David Ignatius · Der König von Washington

David Ignatius

Der König von Washington

Roman

Aus dem Amerikanischen von
Heide Horn und Petra Hrabak,
Kollektiv Druck-Reif

Karl Blessing Verlag

Titel der Originalausgabe: The Sun King
Originalverlag: Random House, New York

Umwelthinweise:
Dieses Buch und sein Schutzumschlag wurden auf
chlorfrei gebleichtem Papier gedruckt.
Die Einschrumpffolie (zum Schutz vor Verschmutzung)
ist aus umweltschonender recyclingfähiger PE-Folie.

Der Karl Blessing Verlag ist ein Unternehmen
der Verlagsgruppe Bertelsmann.

1. Auflage

Umschlaggestaltung: Design Team München
Satz: Uhl + Massopust, Aalen
Druck und Bindung: Wiener Verlag
Printed in Austria
ISBN 3-89667-031-X
www.blessing-verlag.de

FÜR SARAH, AMY UND ADI

Soyez mysterieuse
soyez amoureuse
et vous serez heureuse.

Paul Gauguin

*(Inschrift im Türeingang
seines Hauses in der Südsee,
in dem er gestorben ist)*

EINS

Meine Bekanntschaft mit Sandy Galvin verdanke ich der unabdingbaren Hauptforderung, die an den Redakteur einer Zeitschrift gestellt wird: Er hat die leeren Seiten zu füllen. Unsere Redakteurin Annabelle Paige hatte gekündigt – sie nannte es eine »Kündigung aus Protest«, als wäre sie ein gekränktes Kabinettsmitglied –, weil ich eine ihrer Bildunterschriften geändert hatte. Das Foto zeigte eine Frau um die sechzig, die in einem tief ausgeschnittenen Ballkleid dem Alter und der Schwerkraft zu trotzen versuchte. Unsere Redakteurin hatte geschrieben: »Die stets bezaubernde Mrs. Robert P. Edgerly auf dem Ball des Botschafters.« Ich hatte es durchgestrichen und wie folgt ersetzt: »Barbies Mutter? Nein, Mrs. Robert P. Edgerly auf dem Ball des Botschafters.«

Übertrieben bösartig war das doch wirklich nicht. Manche Frauen würden das sogar als Kompliment auffassen. Sie war überhaupt ein Pechvogel, unsere gute Annabelle Paige – eine blonde Exstewardess mit einem ausgeprägten Bostoner Akzent, der niemals die schreckliche Wahrheit kaschieren konnte, dass sie eigentlich aus Neuseeland stammte. Als sie die Änderung auf den Druckfahnen entdeckte, bekam sie einen Wutanfall hoch drei. Sie rief die Verlegerin an und sagte unter Schluchzen, ich sei grausam und ein Frauenhasser, und sie würde keine Stunde länger für mich arbeiten – und kündigte! Wahrscheinlich hatte sie erwartet, die Verlegerin würde es ihr auszureden versuchen, aber leider hatte sie sich für eine derartige Auseinandersetzung den falschen Tag ausgesucht. Unserer monatlich erscheinenden Illustrierten *Reveal: The Social Bible of Washington* ging es finanziell so miserabel, dass die Verlegerin sogar erwogen hatte, Annabelle Paige zu feuern. Und das war nun gar nicht mehr nötig. »Mmmm, wundervoll!«, wie Annabelle sagen würde. Als Rache blieb unserer ehemaligen verdienten Redakteurin nur, ihren Artikel für die nächste Ausgabe zurückzuziehen – das Porträt eines Mannes, dessen einziges Verdienst darin bestand, in Nordvirginia zum Autohändler des Jahres ernannt worden zu sein, mal abgesehen davon, dass er sich bei Annabelle eingeschleimt hatte. Zwar stand ich jetzt mit zwei leeren Seiten da, fühlte mich aber beschwingt und guten Muts.

»Annabelle hat gekündigt«, rief ich Pamela, meiner Assistentin, über den Flur hinweg zu. »Sie hat ihr Werk über den Autohändler zurückgezogen.« Unser winziges Büro lag in einem alten Gebäude ohne Fahrstuhl an der Connecticut Avenue. Offen gestanden war es eine einzige Rumpelkammer. Vor vielen Jahren, als der Mann der Verlegerin noch lebte, hatten reizvolle Fotos und sogar einige Gemälde die Wände geschmückt. Aber sie waren alle verkauft worden, und jetzt behalfen wir uns mit ein paar alten Filmplakaten oder Postern aus dem Reisebüro.

»Scheiße!«, war Pamelas Kommentar. Sie war klein und blond und hatte gerade an der American University ihren Abschluss gemacht; ihre Ausdrucksweise ließ allerdings eher vermuten, sie hätte ihr bisheriges Leben bei der Handelsmarine verbracht. Ihre journalistische Vorbildung bestand aus einem Jahr Mitarbeit bei der Collegezeitung. »Und was nehmen wir stattdessen rein?«, fragte sie. »Heute Abend ist Redaktionsschluss, falls du das vergessen haben solltest. Und außerdem habe ich eine Verabredung. Wenn du also glaubst, ich bleibe länger, bist du schief gewickelt.«

»Hast du vielleicht eine Idee?«, fragte ich.

»Wie zum Kuckuck soll ich wissen, über wen wir was bringen könnten? Ich bin schließlich erst zweiundzwanzig.«

Ich sagte Pamela, sie solle sich keine Sorgen machen. Ich würde mich darum kümmern und gewiss eine Lösung finden. Aber sie hing schon am Telefon und erzählte einem ihrer Freunde, was für eine Niete ich sei.

Und das konnte ich nicht mal bestreiten. Ich war ein großer, dünner Mann mit dem Ansatz einer Glatze und einem dicken schwarzen Brillengestell à la Buddy Holly. An der High-School hatten sie mich damit aufgezogen, dass man von mir nur einen geraden Strich sehen könne, wenn ich mich zur Seite drehte. Leute wie Pamela lebten dreidimensional, sie nahmen Raum ein. Ich dagegen existierte nur in zwei Dimensionen, auf bedruckten Seiten. Ich besaß keine Masse. Nur Worte.

Die wirklich wichtigen Dinge im Leben ereignen sich nicht zufällig. Wäre man anderer Ansicht, müsste man ja von einem Universum ausgehen, in dem *alles* zufällig ist, wie der wahllose Zusammenprall von Billardkugeln. Zeit und Raum wären die einzige Verbindung zwischen zwei Ereignissen. Diese Willkür habe ich noch nie akzeptieren können, vor allem nicht, wenn es um wahrhaft bedeutende Dinge geht – wie beispielsweise meine Begegnung mit Sandy Galvin und seiner bis dahin für mich unbekannten Welt. Dieses Aufeinandertreffen war so folgenreich, dass ich mir gar nicht vorstellen kann, was wäre, wenn es sich nicht ereignet hätte. Es hat sowohl mein als auch sein Leben verändert.

Also konnte es kein bloßer Zufall gewesen sein, dass ich meinen Freund Hugo Bell anrief, den Immobilienhändler, der seine Nase überall hineinsteckte. Ich erhoffte mir einen Tipp von ihm, über wen ich statt des Autohändlers berichten könnte. Ebenso wenig konnte es Zufall gewesen sein, dass er gerade durch die Lektüre diverser Grundstücksunterlagen erfahren hatte, ein Mann habe erst kürzlich ein großes Anwesen in McLean mit Ausblick auf den Potomac River gekauft und darüber hinaus eine Villa in Georgetown. Zwei repräsentable Häuser in einem Monat – das war für einen *Reveal*-Redakteur ein geradezu traumhafter Stoff! Und es war bestimmt kein reiner Zufall, dass dieser vielfache Hausbesitzer Carl S. Galvin hieß und sich die Telefonnummer seines Domizils in Virginia just auf dem Schreibtisch meines Freundes befand.

Ich erwartete nicht, dass er eigenhändig das Gespräch entgegennehmen würde. Schließlich besaß der Mann zwei Anwesen. Warum also sollte er selbst ans Telefon gehen? »Hallo!«, sagte ich heiter. »Mein Name ist David Cantor. Ich bin der Chefredakteur von *Reveal: The Social Bible of Washington.* Ist Mr. Galvin zu sprechen?«

»Was wollen Sie?«, fragte die Stimme am anderen Ende der Leitung. »Mr. Galvin ist beschäftigt.« Er wirkte kurz angebunden und abweisend. Wahrscheinlich so etwas wie ein Butler, dachte ich.

»Wir würden in unserer nächsten Ausgabe gerne einen Artikel über ihn bringen. Tausend Wörter und ein hübsches Foto. Seine Gründe für den Umzug nach Washington, ein paar inspirierende Gedanken für die Jugend. Einige Zeilen und schon ist er berühmt!«

»Er ist nicht interessiert«, erwiderte der Mann und wollte auflegen.

»Wie können Sie wissen, dass er nicht interessiert ist?« Die Aussicht, noch diesen Nachmittag ein anderes Objekt für einen Artikel in der begrenzten Galaxie der Reichen und Berühmten von Washington finden zu müssen, war nicht gerade beflügelnd.

»Weil *ich* Galvin bin. Und ich möchte nicht, dass eine Zeitschrift mit dem Namen *Reveal* einen Artikel über mich bringt. Es klingt wie reine Zeitverschwendung.«

»Mir gefällt der Name auch nicht«, erwiderte ich hastig. »Ich möchte ihn ändern, aber die Verlegerin lässt es nicht zu. Unsere Illustrierte hieß früher *Enjoy*! Und das war meiner Meinung nach noch schlimmer. Ich wollte sie in *The Savant* umbenennen, denn wir streben ein akademisches Niveau an. Die Verlegerin war dagegen – zu verschwommen –, also haben wir uns auf *Reveal* geeinigt. Aber Sie haben Recht, der Name ist furchtbar. Die Zeitschrift jedoch ist gut, und wenn wir einen Artikel über Sie bringen, wird es sich für Sie auszahlen. Das verspreche ich Ihnen.«

Ich schwafelte Blödsinn. Ich war verzweifelt. Und, wie schon gesagt, es war Schicksal. Er durfte einfach nicht Nein sagen. Das würde ich verhindern.

»Und warum sollte es sich für mich auszahlen?«, fragte Galvin. In seiner Stimme schwang eine Spur Heiterkeit mit. Mein verzweifeltes Gewäsch amüsierte ihn offenbar.

»Weil wir Sie berühmt machen werden. Zumindest in bescheidenem Rahmen. Offensichtlich sind Sie schon reich, wenn Sie zwei Häuser gekauft haben – Sie haben doch zwei Häuser gekauft? –, also nehme ich an, dass Sie bekannt werden wollen. Aus diesem Grund zieht man schließlich nach Washington. Und unsere Zeitschrift ist eine Art Torwächter. Wir sagen den Leuten, für wen sie sich interessieren sollen, und wenn wir ein Porträt von Ihnen bringen – zack! –, sind Sie interessant. Und noch aus einem anderen Grund sollten Sie Ja sagen. Wir bringen nur vorteilhafte Porträts. Vielleicht sollte mir das peinlich sein, ist es aber nicht. Es ist einfach eine Tatsache.«

Jetzt musste er doch laut auflachen, denn meine Bettelei wurde allmählich albern. Etwas, das für mich spricht, in meiner Eigenschaft als Redakteur und als Mensch: Zum Bitten war ich nie zu stolz.

»Kommen Sie heute Abend zu mir, dann können wir darüber reden«, sagte Galvin. »Ich gebe eine kleine Party am Fluss. Zwischen sieben und neun. Dann werden wir sehen, ob Sie so lächerlich sind, wie Sie klingen.«

»Welches Haus?«, fragte ich, aber er hatte schon aufgelegt. Es musste sich um das Haus in Virginia handeln, wenn die Party am Fluss stattfand. Ich hatte es geschafft. Auch wenn er mich rausschmiss, hatte ich bereits genügend Stoff, um meine Seiten zu füllen.

Bevor ich mich auf den Weg zur Party machte, rief ich die Verlegerin an. Ich wollte sichergehen, dass sie mit meinem Vorhaben einverstanden war, den Autohändler durch Galvin zu ersetzen. Als Witwe war sie mir wesentlich sympathischer. Ihr verstorbener Mann hatte ihr die Zeitschrift als eine Art Spielzeug gekauft, aber sie hatte sie lieb gewonnen und um ihren Fortbestand gekämpft, nachdem der Nachlass geregelt worden war. »Ich glaube an den Journalismus«, hatte sie ernsthaft zu mir gesagt und das auch in gewisser Weise so gemeint. Ihre einzige Bedingung war, dass wir etwas Nettes über ihre Freunde schrieben. Ansonsten ließ sie uns freie Hand, solange sich die Leute auf Partys positiv über die Illustrierte äußerten. Und das taten sie immer, weil sie wollten, dass wir ihre Fotos brachten.

Die Leute mögen jetzt über *Reveal* spotten, aber in seiner Glanzzeit hat jeder es gelesen. Und ich weiß auch, warum. In einer Stadt, in der alles bedeutungsschwer und cholesterinarm ist, waren wir ein riesiger, klebrig-süßer Schokoladeneisbecher. Wir berichteten ausführlich über Dinge, die angeblich keinen interessierten – Geld, Mode, teure Villen, Schönheitsoperationen –, und würzten die Berichte mit dem gewissen Hauch von Ironie, der deutlich machte, dass auch wir darüber erhaben waren. Ich kannte die Spielregeln, wusste, wann man besser zu Kreuze kroch und wann man spotten durfte. Ich habe mich nie, wirklich nie, mit den Freunden unserer Verlegerin angelegt. Beispielsweise war mir sehr wohl bekannt gewesen, dass sie Jane Edgerly nicht ausstehen konnte. Ansonsten hätte ich sie nie in dieser Bildunterschrift als Barbies Mutter bezeichnet.

»Wir werden ein Porträt über einen Neuankömmling in der Stadt bringen«, eröffnete ich der Verlegerin. »Ein Mann namens Galvin.«

»Womit verdient er sein Geld?« Sie klang, als sei sie mit den Gedanken ganz woanders. Im Hintergrund lief der Fernseher.

»Das weiß ich nicht. Aber er ist sehr vermögend. Er besitzt zwei Villen. Und er ist anscheinend nicht verheiratet, denn er hat beide Anwesen in seinem eigenen Namen gekauft.« Ich wusste, das würde sie interessieren. Sie war immer noch in der Krise und auf der Suche nach Mr. Rich.

Am anderen Ende der Leitung war Stille. »Ist er, äh… Sie wissen schon…«

Die Verlegerin entwickelte allmählich ein Gespür für das Thema. Vor ein paar Wochen hatte sie eine Postkarte bekommen, auf der nur stand: »Zu viele Juden!« Ich versuchte ihr zu erklären, dass das nicht unsere Schuld war. Die WASPs – die weißen angelsächsischen Protestanten – verloren an Einfluss. Sie gingen vor die Hunde. Und ihre Kinder wohnten das ganze Jahr über im Sommerhaus. So sah die Realität aus, und das beunruhigte die Verlegerin. Daher hatte sie ein Quotensystem für die Veröffentlichung der Fotos vorgeschlagen – einmal die Auserwählten, einmal die anderen, im Verhältnis eins zu eins. Glauben Sie mir, es war ganz schön schwierig, genügend von diesen dämlichen, rosagesichtigen WASPs für unsere Seiten zu finden. Für die Verlegerin war es eine Art Tabuthema geworden, das sie allerdings unentwegt erneut aufs Tapet brachte. Genau wie ich gehörte sie insgeheim auch zur Familie. Ich wollte sie beruhigen.

»Nein«, sagte ich. »Ich glaube nicht, dass er Jude ist. Das Thema wurde gar nicht angeschnitten.«

»In Ordnung«, sagte sie und seufzte. »Es spielt keine Rolle. Bitten Sie ihn, in der nächsten Ausgabe eine Anzeige zu schalten.«

Ich bildete mir gerne ein, im Grunde sei keiner als Chronist des Washingtoner Gesellschaftslebens ungeeigneter als ich, und mit diesem inneren Zwiespalt tröstete ich mich noch lange, nachdem ich bereits zum Geschöpf der amerikanischen Hauptstadt mutiert war.

Ich stamme aus dem Mittleren Westen, einem Vorort nördlich von Chicago; es war nicht unbedingt tiefste Provinz, aber trotzdem hatte ich mich an der Ostküste immer wie ein Außenseiter gefühlt. Mein Vater war Rechtsanwalt gewesen, und er hatte erwartet, ich würde dieselbe Laufbahn einschlagen, Jura studieren, nach Hause nach Highland Park zurückkehren und genau das Richtige tun. Aber im Grunde hatte er selbst das Falsche getan, wie sich herausstellte, und nicht auf seine Gesundheit geachtet, sodass er schon während meiner Collegezeit starb. Ich wäre sowieso nicht mehr nach Hause zurückgekehrt, aber sein früher Tod machte es mir leichter zu erklären, warum ich das ungebundene, nutzlose Leben eines Journalisten wählte. Ich wollte nicht wie mein Vater enden, mit einer Kanzlei, der Mitgliedschaft in einem Country Club und den guten Wünschen meiner Freunde zu den Festtagen, aber mit fünfundvierzig tot und begraben.

Mein Vater setzte alles daran, dass ich nach Harvard ging; für ihn war diese Universität wahrscheinlich der Inbegriff von Absicherung und Wohlstand, aber ich hatte gegenteilige Assoziationen. Darin liegt das Geheimnis von Harvard, falls Sie es noch nicht wissen sollten: Yale oder Princeton oder Stanford verleihen einem Mann Selbstbewusstsein; er fühlt sich wohl in seiner Haut und beherrscht weltmännisches Auftreten. Dieses Gefühl wird einem in Harvard ausgetrieben. Du hältst dich für klug? Dann schau dich um, Sonnyboy. Lauter Intelligenzbestien, eine neben der anderen, so weit das Auge reicht. Du bist nichts. Weniger als nichts. Und an den Wochenenden kriegst du nicht mal eine ins Bett, ganz im Gegenteil zu den Schwachköpfen in Yale, Princeton und Stanford. Die Botschaft lautet:

Klar bist du klug, na und? Du bist und bleibst ein Verlierer. Deswegen sind Harvard-Absolventen so erfolgreich. Sie sind ein Produkt der Unsicherheit.

Und vermutlich sind darum schon so viele Harvard-Absolventen in Washington gestrandet. Wir verstehen, was in dieser Stadt abläuft. Hier regiert die nackte Angst; es ist ein einziger großer Eignungstest. Jeder ist ein Außenseiter; niemand gehört wirklich dazu, außer diesen alternden, rosagesichtigen Alkoholikern, deren Bilder im »Society-Karussell« der *Reveal* erscheinen. Ihre Großväter haben zwar die richtige Vorbereitungsschule besucht, aber ihre eigenen Söhne kommen gar nicht erst rein, weil das Blut ein bisschen zu *dünn* ist. Die mit den rosa Mondgesichtern gehören also dazu, aber alle anderen sind unsicher, halten sich nur vorübergehend hier auf, sind gerade erst angekommen. Das haben die nigerianischen Taxifahrer mit den Anwälten in der K Street, den Immobilienhändlern und den Journalisten gemeinsam, die wie beutegierige Schlangen auf der Lauer liegen. Wir sind die Außenseiter. Wir strampeln uns ab, um Erfolg zu haben. Die hoch geschätzte, etwas verschlafene Zeitung der Stadt, *The Washington Sun and Tribune*, behandelt uns wie gerissene Landstreicher. Aber meine Zeitschrift, möge Gott sie segnen, will uns die Richtung weisen.

Meine Wertschätzung der Angst als Lebensstil hat meine Philosophie in Bezug auf Zeitschriften geprägt, die ich folgendermaßen zusammenfassen kann: Schreibe *über* die wichtigen Leute – aber für die unwichtigen. Menschen, die wirklich etwas bewegen, haben keine Zeit, Gesellschaftsmagazine zu lesen, und sie brauchen auch keine Ratschläge, wie man reich und berühmt werden kann – denn sie sind es schon. Aber alle anderen brennen darauf, hinter das Geheimnis zu kommen – in Erwartung des Tages, an dem auch sie gebeten werden, den zweiten Vorsitz auf dem Wohltätigkeitsball für Leukämiekranke zu übernehmen, oder an dem sie als Botschafter nach Luxemburg gehen oder das neunundzwanzigjährige Exmodel heiraten, das in dem perlenbesetzten Kleid von Emanuel Ungaro so hinreißend aussieht. Darum war es so wichtig, dass die Neureichen in unserem Blatt präsent waren – auf diese Weise konnten unsere Leser sich ausmalen, wie sie eines Tages selbst diesen Schritt nach oben schaffen würden. Sie sahen, dass der Immobilienhändler, der sich doch bisher nur des Baus eines riesigen Einkaufszentrums am Ortseingang von Annapolis rühmen konnte, plötzlich neben dem Innenminister stand – um Gottes willen! Er und seine Frau wirkten zwar ein bisschen nervös, aber sie gehörten jetzt dazu, hatten den Schritt von unwichtig zu wichtig getan. Und auch wir waren dabei, als Berichterstatter und Voyeure.

Bei Galvin interessierte mich nur eines wirklich: Gehörte er zu den Wichtigen oder Unwichtigen? War er ein Autohändler, der auf einem Foto neben dem Präsidenten stehen wollte? Oder gehörte er zu den wenigen wahrhaft aristokratischen Menschen – ein Mann, den es tatsächlich nicht kümmerte, ob *Reveal* eine Story über ihn brachte oder nicht, und der aus diesem Grund genau derjenige war, den wir suchten? Ich wusste nichts über ihn, außer dass er zwei riesige Häuser besaß. Aber mich überkam jenes seltsame Gefühl, das einen auch befällt, wenn man in Erwartung eines Zuges an den Gleisen steht. Die Vögel zwitschern in den Bäumen, die Gleise beginnen zu summen, und man spürt – auch wenn man noch gar nichts sieht –, dass da ein gewaltiger Zug im Anrollen ist.

ZWEI

Diese Nacht war für eine Party wie geschaffen – es war Ende Juni und das Saphirblau des Himmels verwandelte sich mit fortschreitender Dämmerung in ein zartes, für Virginia so typisches Purpur. Frühlingsgewächse wie Azaleen und Hartriegel waren bereits verblüht, aber noch hatte die sommerliche Hitze das Gras nicht verbrannt, und so weit das Auge reichte, war alles grün: die Bäume, der Rasen, die Farne. Als ich Galvins lange Zufahrt hinunterfuhr, entdeckte ich bereits die ersten Anzeichen seiner »kleinen« Party. Zu beiden Seiten parkten Autos in der Wiese, stattliche Limousinen in Regenbogenfarben, die man in der Natur niemals finden würde.

Ich hatte unseren Hausfotografen mitgebracht, der gewöhnlich auf den Partys fotografierte, ein angenehmer Kerl, der mit der gehobenen Gesellschaft sonst nichts am Hut hatte. Er brachte seine Abende damit zu, Frauen in schönen Kleidern zu fotografieren, um dann seiner wahren Leidenschaft zu frönen: Er spielte Mundharmonika in einer Bluesband, die noch keinen einzigen Auftritt gehabt hatte. »Wir sollten parken«, empfahl er hilfreich, und so quetschte ich meinen grauen Honda Civic in die Lücke zwischen einem orangefarbenen Lexus und einem taubenblauen BMW. Obwohl wir noch immer weit vom Haus entfernt waren, konnten wir die Partygäste dort unten hören – schrilles Gelächter, gelegentlich ein Ausruf, aber zumeist ein leises, melodisches Raunen, das von den Bäumen über uns und dem Fluss unter uns widerzuhallen schien.

Als der von Büschen gesäumte Weg eine Biegung machte, kam das Haus in Sicht. Es hatte eine hübsche Fassade aus rotem Backstein und wirkte schlicht und dennoch beeindruckend, wie ein edwardianisches Landhaus. Rechts davon erstreckten sich ein Swimmingpool und ein Garten, und hinter dem Haus fiel ein breit angelegter Rasen sanft zu dem Steilufer ab, von wo aus man den Fluss überblicken konnte. Vielleicht habe ich schon größere Häuser gesehen, aber nicht in Washington. Auf mein Klingeln öffnete ein Butler – diesmal der echte! –, der wusste, wer ich war, und mir mitteilte, Mr. Galvin sei hinten im Garten bei seinen Gästen. Wir durchquerten ein großes Wohnzimmer, in dem Gegenstände unterschiedlichster Stilrichtungen geschmackvoll miteinander kombiniert waren – ein edler Perserteppich, chinesische Seidenparavents, ein Marilyn-Monroe-Porträt von Warhol an der gegenüber liegenden Wand. Die Dinge hatten alle eins gemeinsam: Sie boten einen schönen Anblick und hatten eine Menge Geld gekostet.

Durch die Tür konnten wir die Gäste draußen auf der Terrasse und dem üppig grünen Rasen sehen. Mein Fotograf hatte bereits die Kamera im Anschlag. Unter den Gästen waren viele bekannte Washingtoner Gesichter: der spitzbübische, gerissene Bürochef der *New York Times*; der affektierte britische Botschafter und seine Frau, die für Filmstars schwärmte; die Kolumnisten, die aufmerksam ihren Informanten aus der Regierung lauschten. Letztere sahen zumeist so aus, als wollten sie sich mal wieder tüchtig ausweinen; ein Grund hierfür waren sicherlich die Schwierigkeiten des Präsidenten. Dann die vielen ehemaligen Regierungsmitglieder, inzwischen besser gekleidet und sehr viel wohlhabender als zu ihrer Amtszeit. Sie strahlten die leere Heiterkeit von Menschen aus, denen eine *Aufgabe* fehlt. Auch andere Gäste hatten sich eingefunden – Geschäftsleute, denen man normalerweise nicht auf den Washingtoner Partys begegnete. Ein Nobelpreisträger, der vor Ort ein Biotechnologieunternehmen gegründet und damit ein Vermögen gemacht hatte. Ein fünfunddreißigjähriger Jungunternehmer, der eine Internetfirma aufgebaut hatte, die nun auf dem Aktienmarkt höher notiert wurde als General Motors. Er trug eine schwarze Lederjacke, auf deren Rücken der Firmenname prangte. Ich erinnerte mich noch, dass ich dachte: was für ein seltsames Fest. Wie hatte es Galvin nur geschafft, alle wichtigen Leute in seinem Haus zu versammeln, wo er sich doch erst vor kurzem in Washington niedergelassen hatte?

Mein Fotograf und ich fühlten uns ein wenig im Nachteil, weil wir nicht wussten, wie Galvin aussah. Ich sagte meinem Begleiter, er solle mit dem Fotografieren aufhören. Schließlich wollte ich nicht rausgeschmissen werden, bevor ich Galvin zumindest zu Gesicht bekommen hatte. Wir stiegen die Stufen zum Rasen hinunter. Die Gäste traten etwas zur Seite, als wir uns dazugesellen wollten, und beachteten uns gar nicht, als wären wir irgendwelche Lieferanten, die den falschen Eingang erwischt hatten. Das verletzte mich – ich gehörte schließlich dazu! Man hatte mich eingeladen! –, also schnappte ich mir ein Glas Wein von einem silbernen Tablett und spazierte auf die Steinmauer zu, von der aus man aufs Wasser sehen konnte. In diesem Frühling hatte es viel geregnet und der Potomac gebärdete sich immer noch wie ein reißender Strom. Im Spätsommer würde er nur mehr ein Rinnsal sein, aber im Augenblick war er über seine Ufer getreten und führte auf seinem Weg hinab zur Stadt Schlick und Gestrüpp aus den Hügeln mit sich.

Der Fotograf ließ sich auf der Mauer nieder und verkündete, er würde sich nicht mehr von der Stelle rühren, bevor wir nicht unseren Mann gefunden hätten. Ich blickte hinauf zu der Gästeschar und suchte nach einem mir unbekannten Gesicht. In der Nähe des Hauses kam Bewegung in die Menge, man hörte Gelächter, Arme wurden zur Begrüßung ausgestreckt.

Ich erkannte ihn auf Anhieb. Groß und breitschultrig überragte er die meisten Gäste um mindestens einen Kopf. Er trug einen leichten Sommeranzug, dessen lässige Eleganz an die Kleidung der Filmstars aus den Vierzigern erinnerte. Gerade unterhielt er sich mit dem stellvertretenden Finanzminister und das Seltsame daran war, dass der stellvertretende Minister sich zu Galvin neigte und *ihm* zuhörte. Während Galvin redete, nickte der Minister in der für Washington typischen ernsthaften Art. Daraufhin tat der Gastgeber etwas sehr Ungewöhnliches. Er strahlte – schon seit Monaten hatte ich kein so breites Lächeln mehr gesehen –, als wolle er sagen: Was für eine Nacht, was für ein Ort, welch ein Vergnügen! Und der stellvertretende Minister lächelte beinahe genauso strahlend zurück und wirkte dabei selbstzufrieden wie ein Mitverschwörer. In diesem Augenblick erkannte ich, was das Besondere an Galvin war: Er wusste, wie man Menschen glücklich macht.

Als er bemerkte, dass ich ihn wie gebannt anstarrte, trat er auf mich zu. Er lächelte immer noch. Eine Frau fasste seinen Arm, er drehte sich um und flüsterte ihr etwas ins Ohr, was sie zum Lachen brachte. Dann zeigte er auf mich und entschuldigte sich. Sie sah ihm nach und rief etwas, was ich nicht verstand, aber das war auch gar nicht nötig. Sie wollte ihn für sich. Wie alle.

»Sie müssen der Mann von der Zeitschrift sein«, sagte Galvin und streckte mir die Hand entgegen. Es war ein angenehmer Händedruck: höflich, nicht so, als müsse er etwas beweisen, Ausdruck einer gesunden Mischung aus Distanz und Nähe. Mein kamerabepackter Freund war unterdessen von der Mauer gestiegen und schoss die ersten Fotos. Galvin trat einen Schritt zurück. »Und das muss der Fotograf sein, obwohl ich mich nicht daran erinnern kann, dass von Fotos die Rede war. Aber das macht nichts. Was haben Sie zu Ihren Gunsten zu sagen, Herr Redakteur? Irgendetwas Erhellendes, hoffe ich.«

»Hübsches Haus«, sagte ich einfallslos. Er hatte mich überrumpelt. Ich weiß nicht, was ich eigentlich erwartet hatte, auf jeden Fall nicht diesen Fürsten im Kreise seiner neuen Gefolgsleute. »Ich möchte mich dafür entschuldigen, dass ich den Fotografen mitgebracht habe, aber wir brauchen nun mal tatsächlich ein Foto, und ich dachte, das hätte ich mit meiner Bitte auch zum Ausdruck gebracht. Ich möchte Ihnen nur ein paar Fragen stellen und dann bin ich vollkommen zufrieden und verschwinde. Versprochen.« Ich hatte einen Notizblock aus der Jackentasche gezogen und war bereit, mitzuschreiben.

Er runzelte die Stirn. Irgendwie hatte ich ihn enttäuscht. Ich betrachtete eingehend sein Gesicht, um es mir für den Fall einzuprägen, dass er mich hinauswarf. Aus der Nähe sah man erst, wie dunkel er war, braun gebrannt, mit pechschwarzem, kurz geschnittenem Haar, das wie modelliert wirkte. Sein Gesicht, das so glatt und scharfkantig wie eine Pfeilspitze war, der gut sitzende Anzug verliehen ihm das Aussehen eines Mannes, der aus einer anderen Zeit stammte, der vor langer Zeit aus dem Stork Club direkt ins Hier und Jetzt gestürzt war.

»Machen wir doch einen kleinen Spaziergang«, sagte er, nahm mich beim Ellbogen und ließ den Fotografen einfach stehen. »So gehen die Leute davon aus, dass wir uns kennen und dass Sie nicht ein weiterer Reporter von einem Gesellschaftsmagazin sind, der mal wieder in eine Party reinplatzt.«

»Verstehe«, erwiderte ich. »Gehen wir.« Wir waren ungefähr gleich groß, aber neben ihm kam ich mir so dünn wie ein Strich vor. Ich merkte, dass ich mit Höflichkeiten nur Zeit verschwendete. Schließlich mussten wir noch in dieser Nacht die nächste Ausgabe fertig stellen. Ich brauchte Fakten. »Warum haben Sie zwei Häuser gekauft?«, fragte ich begierig. Das war der Aufhänger für meine Story; das musste ich rauskriegen.

»Für den Artikel?« Er hob fragend die Augenbrauen.

Ich nickte.

»Die Antwort lautet, dass ich mich nicht entscheiden konnte.

Ein Freund war der Ansicht, ich müsse unbedingt in Georgetown wohnen. Ein anderer sagte, McLean sei das Richtige für mich. Ich habe zwei wunderschöne Häuser gefunden und beschlossen, beide zu kaufen.«

»Das ist sentimentaler Quatsch«, sagte ich. »Und es klingt, als seien Sie ein unentschlossener Mann. Wie lautet die inoffizielle Version?« Ich ließ den Stift sinken.

»Im Vertrauen gesagt, sie waren einfach eine gute Investition. Ich werde das Haus in Georgetown abstoßen und ein Heidengeld damit machen. Und Ihr Artikel wird mir dabei helfen.« Er zwinkerte mir zu. Jetzt hatte er denselben Trick bei mir angewandt. Wir waren Verschworene.

»Nutzen Sie mich nur aus!«, sagte ich. »Jemanden, der absolut keine Prinzipien hat, muss ich einfach respektieren. Kein Problem. Aber zurück zum Offiziellen. Planen Sie, Ihr Haus in Georgetown nach dem Erscheinen meines Artikels zu verkaufen und damit ein Heidengeld zu machen?«

»Kein Kommentar.« Ein charmantes, ungezwungenes Lächeln. Eindeutig – der Mann war ein Juwelendieb.

»Versuchen wir's mit den üblichen Fragen«, sagte ich, den Stift wieder auf dem Papier. »Woher stammen Sie?«

Er winkte ab. »Lassen Sie sich von meinem Butler meinen Lebenslauf geben. Da finden Sie alle Einzelheiten oder zumindest all jene, die ich mit den Lesern von *Reveal* teilen möchte. Aber woher stammen *Sie*?«

»Chicago. Nordteil der Stadt. Dann bin ich nach Harvard gegangen. Aber das ist schon lange her. Eigentlich komme ich von nirgendwo, wie jeder hier in der Stadt.«

»Pech. Ich komme aus einem ganz bestimmten Ort. Doch etwas haben wir gemeinsam. Ich war nämlich auch in Harvard. Aber ich habe das Studium abgebrochen. Die beste Entscheidung meines Lebens.« Er schenkte mir wieder dieses unverkrampfte, natürliche Lächeln, das so spontan wie ein plötzlicher Windstoß kam. Wenn er lächelte, hatte man das Gefühl, ein kleiner Scheinwerfer sei auf sein Gesicht gerichtet, der die glatten, sonnengebräunten Wangen, die weißen Zähne und die strahlenden Augen hervorhob.

»Warum war es denn so klug, das Studium abzubrechen?«, fragte ich.

»Weil es mir all dies hier verschafft hat.« Er machte eine ausladende Handbewegung, die den Rasen, das Haus und die Gäste mit einschloss. »Es hat mich gelehrt, Risiken einzugehen und nicht auf die Meinung anderer Leute zu hören.«

»Aber wie sind Sie denn nun so reich geworden?« Ich schrieb alles mit, was er sagte, aber im Grunde war es Blödsinn. Ich hatte immer noch nichts Konkretes erfahren. Ich brauchte endlich etwas mit Biss.

»Steht alles in meinem Lebenslauf«, sagte Galvin. Ich bemerkte, dass er mich in der Zwischenzeit bis zum Seiteneingang manövriert hatte, weg von den Gästen. Mein Fotograf trottete hinter uns her und summte die Melodie von *Hootchie Kootchie Man*. Galvin schüttelte mir die Hand, dankte mir für mein Kommen und entschuldigte sich dafür, dass er nicht mehr Zeit für mich hatte. Ich feuerte noch ein paar dieser idiotischen Fragen auf ihn ab, die in Porträts für ein bisschen Farbe sorgen – »Was ist Ihre Lieblingsfernsehshow?«, »Welches Buch haben Sie zuletzt gelesen?«, »Mit welchem Fernsehstar würden Sie gerne tauschen?« –, aber er spielte nicht mit. Er meinte, es stehe alles in seiner Biografie.

Ich hatte noch eine letzte Frage. Sie war ziemlich banal, aber die Antwort ergab einen ersten Hinweis auf die Brüche, die hinter dieser imposanten Fassade verborgen waren.

»Wofür steht das S in Ihrem Namen?«, fragte ich.

»Sandburg«, antwortete er leise. »Mein voller Name lautet Carl Sandburg Galvin. Im College war mein Spitzname Sandy. Ich wurde nach dem Dichter benannt. Bisher bin ich dem Namen nicht gerecht geworden, aber ich gebe mir Mühe.«

Der Lebenslauf stellte sich als ziemlich unergiebig heraus. Sobald wir wieder im Auto waren, las ich ihn im trüben gelben Schein der Innenbeleuchtung durch. Da hieß es, er habe sein Vermögen mit »Investitionen in Übersee« gemacht. Man erfuhr weder, wo er geboren war, noch wo er vor seinem Umzug nach Washington gelebt hatte. Ich las, dass er das College nicht abgeschlossen hatte, aber Harvard wurde nicht genannt. Die einzig wirklich brauchbare Information war die Erklärung, warum er nach Washington gekommen war: »Mr. Galvin hat einen Fonds eingerichtet, dessen Gelder in eine Reihe von örtlichen und nationalen Unternehmen fließen werden. Unter anderem soll der Medienbereich berücksichtigt werden.«

Der Mann interessierte mich. Er schien von einem unsichtbaren, Funken sprühenden Energiefeld umgeben zu sein. Das Charakterfach, in das er gehörte, war den Lesern von *Reveal* längst vertraut: Männer, wie sie Jahr für Jahr aus St. Louis oder Phoenix in die Hauptstadt kamen; die gerade die im Familienbesitz befindliche Ladenkette oder Immobilienfirma verkauft hatten, um sich hier als Nothelfer, Partyveranstalter oder Kandidaten für Botschafterposten in nördlicheren Breitengraden zu etablieren. Sie begriffen rasch, welche Schulen, Kirchen und Synagogen am prestigeträchtigsten waren; ihre Frauen fanden den richtigen Fitnesstrainer, den richtigen Partyservice und den richtigen Buchclub. Freunde, für die all das kein Neuland mehr war, suchten für sie den adäquaten Club aus. Das Leben hier unterschied sich allerdings kaum von dem in St. Louis – es war nur eine Nummer größer.

Aber bei Galvin lag die Sache anders. Er besaß die Distanziertheit und das Selbstvertrauen eines Außenseiters; die Stadt machte *ihm* ihre Aufwartung. Und das war nicht nur auf seinen Reichtum zurückzuführen. Er schien einen ganz anders gearteten Ehrgeiz zu haben. Er wollte nicht in die Unterhaltung einbezogen werden, er wollte sie in eine andere Richtung lenken. Was verschaffte einem Mann so viel Selbstbewusstsein? Und was fehlte ihm, dass es ihn hierher verschlagen hatte? Macht schien ihn nicht zu interessieren, er wollte weder kandidieren, noch strebte er einen Kabinettsposten an. Er wollte etwas Ursprünglicheres, etwas Unmittelbareres – etwas, was die Aufmerksamkeit auf sich zog, die Leute zum Zuhören veranlasste. Aber ich hatte absolut keine Ahnung, was er uns sagen wollte.

DREI

Im Laufe des Sommers spitzte sich die Affäre um den Präsidenten zu und verstärkte das Gefühl der Beklemmung, das unweigerlich im Juli in Washington auf jedem lastet. Es war, als spanne sich eine undurchlässige Membran über der Stadt, die niemandem und nichts ein Entkommen gewährte. Luft, Hitze, Phantasie und Klatsch waren zusammen mit den gnadenlos schwitzenden Bewohnern in dieser Blase eingeschlossen. Die genauen Einzelheiten des Skandals waren damals kaum in Erfahrung zu bringen; eine Grand Jury tagte unter Ausschluss der Öffentlichkeit, angeblich um Zeugen für die kriminellen Machenschaften des Präsidenten zu vernehmen. Berichte, um welche Art von Verbrechen es sich wohl handeln mochte, variierten von Tag zu Tag, je nachdem, welche Zeugen gehört wurden und welche Nachrichtenagenturen gerade die Treibjagd anführten. Die allgemeine Bewertung der Situation des Präsidenten schien mit der Stimmung auf dem Aktienmarkt zu schwanken. Solange der Aktienhandel lebhaft blieb, war man sich allenthalben einig, dass der Präsident überleben würde.

Nicht einmal das Erscheinen einer neuen Ausgabe von *Reveal* – und der erweckende Kuss, den sie Carl Sandburg Galvin schenkte – konnte die beklemmende Julistimmung vertreiben. Das Porträt war ein sauber zusammengesetztes Stückwerk, wenn ich es mal so formulieren darf. Ich beschrieb die Ankunft dieses geheimnisumwitterten Außenseiters in unserem Treibhaus und schilderte seine Gartenparty in groben Zügen: Galvin inmitten seiner Gäste, sein Auftreten, sein Aussehen, seine Art zu reden. Wir konnten sogar mit einem guten Foto von ihm aufwarten. Er stand auf dem Rasen, das Haus und die Gäste-schar im Hintergrund – und nur der Anflug eines Lächelns auf den Lippen, das jedoch ausreichte, um eine Verbindung mit dem Leser herzustellen, dem er zuzuflüstern schien: Seht mich an! Seht euch *das* an!

Ich betonte, dass Galvin viele Fragen zu seiner Person nicht hatte beantworten wollen, und zitierte die Kommentare einiger Gäste. Einer von ihnen, ein Journalist eines Nachrichtenmagazins, der für seine treffenden, arroganten Seitenhiebe berüchtigt war, meinte, Galvin sei nach Washington gekommen, um seinen alten Freund, den Präsidenten, zu retten. Eine Dame der Washingtoner Gesellschaft hatte angeblich gehört, er sei so eine Art Spion gewesen. Der Inhaber einer ortsansässigen Investmentbank hielt das für absoluten Blödsinn; Galvin habe sein Vermögen im Ölgeschäft gemacht. Er sei eine Art kapitalistischer Freibeuter – einer der cleversten und skrupellosesten dieser Spezies. Es spielte keine Rolle, ob irgendetwas davon stimmte oder nicht; die Magnetwirkung seiner Persönlichkeit erhöhte sich umso mehr. Man war sich nur einig, dass er reich und charmant war und den Wohltätigkeitsvereinen, die einen guten Ruf hatten und gerade en vogue waren, bereits großzügige Spenden hatte zukommen lassen.

Einen Tag, nachdem die Juliausgabe den Leuten mit der richtigen Postleitzahl zugestellt worden war, rief Galvin selbst an. Pamela nahm das Gespräch entgegen. Ich machte ihr klar, dass ich jetzt nicht mit ihm sprechen wollte. Sie solle ihm sagen, ich sei gerade nicht da. Durch die dünne Wand hörte ich, dass sie zumindest die erste Hälfte richtig verstanden hatte. »Es tut mir Leid, Mr. Galvin. Er möchte nicht mit Ihnen sprechen.«

Ehrlich gesagt, ich war einfach zu nervös, um mit ihm zu reden. Nachdem ein Artikel erschienen ist, rufen die Leute normalerweise nur an, um einem zu sagen, dass man irgendetwas falsch rübergebracht hat, und ich wollte in diesem Moment noch nicht wissen, was ich verpatzt hatte. Es war eine absolut neurotische Reaktion – wie wenn man einen Brief bekommt, den man nicht öffnen will und ein paar Tage als Staubfänger auf dem Tisch liegen lässt, bis man sich in Sicherheit wähnt. Solche Scheu war Pamela offensichtlich völlig fremd. Sie meinte vorwurfsvoll, man dürfe nicht lügen, nicht einmal am Telefon, und ich hätte ihr so etwas niemals auftragen sollen. Im Klartext hieß das, ich sei ziemlich überspannt, aber was soll's. Pamela jagte mir Angst ein. Am meisten beunruhigte mich jedoch der Gedanke, dass sie möglicherweise normaler reagierte als ich.

An diesem Tag rief ich Galvin nicht zurück. Ich wollte etwas Zeit gewinnen. Außerdem war es sowieso zu heiß zum Arbeiten und für etwas derart Anstrengendes wie einen Anruf erst recht. Also ging ich ins Kino und setzte mich nach hinten in die Nähe der Klimaanlage.

Ich dachte immer noch über Galvin nach, als mich die Verlegerin am nächsten Morgen zu sich beorderte. Sie schlug ein gemeinsames Mittagessen im Jockey Club vor. Das war ein schlechtes Zeichen. Als die Republikaner im Weißen Haus residierten, war dieses Restaurant das Stammlokal der alternden Prominenz; hier lunchte Johnny Carsons Exfrau, wenn sie in der Stadt war, und wahrscheinlich hätte Ed McMahon auch dort gegessen, sofern er je nach Washington gekommen wäre. Unsere arme Verlegerin ging gern dorthin, wenn sie sich in dem Gefühl wiegen wollte, *wichtig* zu sein. Das Personal scharwenzelte zuvorkommend um die Stammgäste – vor allem um die, die gutes Trinkgeld gaben – herum. Es lag auf der Hand, dass sie mir etwas Unangenehmes mitzuteilen hatte, denn sie war bereits bei ihrem ersten Glas Wein, als ich eintraf.

»Wir gehen bankrott«, sagte sie mürrisch. Ich war erleichtert, denn das wusste ich ja bereits.

Ihre schmale Hand umfasste das Weinglas ein wenig zu fest.

Sie ließ den Blick durch das Lokal schweifen, um sicherzugehen, dass keiner der oberen Zehntausend hier weilte und Zeuge ihres Elends wurde. An diesem Tag sah sie besonders hübsch aus, fand ich. Sie war eine schmale, blonde Frau mit einem fein geschnittenen Gesicht. Ihre Gesichtszüge waren schon seit Jahren immer wieder gestrafft und korrigiert worden, sodass man beinahe glaubte, sie hätte von Natur aus solche Augenbrauen und ihr Haar würde schon beim Aufwachen diesen weichen Schwung besitzen. Es verlangt außerordentliches Geschick, etwas Künstliches so natürlich wirken zu lassen. Ihre Schönheit wurde noch unterstrichen durch ihre fühlbare Verzweiflung und den unruhigen Blick, der dem eines waidwunden Rehs glich.

»Diesmal ist es wirklich ernst, mein Lieber«, sagte sie, nahm hastig einen Schluck Wein und stellte das Glas unsicher auf dem Tisch ab. »Finlandia hat die Wodkawerbung für die Umschlagrückseite gekündigt. Chanel stellt ab Oktober seine Modewerbung ein. Und die Schönheitschirurgen haben mir gerade einen gemeinsamen Brief geschickt, in dem sie ebenfalls drohen, ihre Anzeigen zurückzuziehen, falls wir nicht eine Sondernummer über Brustvergrößerung bringen. Bleiben uns nur noch die Immobilienwerbung, ein paar Partyservicebetriebe und diese Swimmingpoolhersteller, und das war's dann. Nicht genug, um alle Rechnungen zu bezahlen.«

Es folgte eine lange Stille, wie bei einem Begräbnis, während wir beide über die düstere Aussicht nachsannen, *The Social Bible of Washington* könne tatsächlich ihr Erscheinen einstellen. Ich beugte mich vor und legte meine Hand auf ihre. Manchmal reichen Worte allein nicht aus. Sie schenkte mir ein schwaches Lächeln, als wolle sie sagen: *So weit ist es also schon gekommen… dass ich mich von Ihnen trösten lassen muss…*

»Was sollen wir tun?«, fragte sie schließlich.

»Wir könnten noch einmal den Namen ändern«, schlug ich vor. »Ich hatte immer das Gefühl, dass *Reveal* nicht hundertprozentig passt. Er klingt ein bisschen billig. Und er bringt unsere Absicht nicht richtig rüber.«

»Was schlagen Sie vor?«, fragte sie müde. Wir hatten diese Unterhaltung vor ein paar Jahren schon einmal geführt. »Und bitte, fangen Sie nicht wieder mit *The Savant* an. Dieser Name kommt überhaupt nicht in Frage.«

»Mir schwebt etwas Gehobeneres vor.« Ich hielt inne – nicht um der bloßen Wirkung willen, sondern weil ich tatsächlich versuchte, mir etwas einfallen zu lassen. »Wie wär's mit *Lush*? Da denkt man an üppig, grün, fruchtbar. Oder *Moist*. Fast dasselbe, aber geheimnisvoller. Genau mein Thema in diesem Monat!«

»Das kann doch unmöglich Ihr Ernst sein! *Lush* klingt wie ein Magazin für Trinker. Und *Moist* könnte ebenso gut ein Deodorant sein. Jetzt sind Sie wohl völlig übergeschnappt, David! Versuchen Sie's noch mal.«

»Okay. Sie haben Recht. Keine guten Namen. Wie wär's mit einem Titel, der die Inserenten direkt ansprechen würde, mit dem unser Magazin einen ganz anderen Stellenwert bekommt. Etwas wie *Flaunt It!*, mit Ausrufezeichen. Angeben zu können ist doch das Wichtigste, stimmt's? Lesen Sie diese Zeitschrift, kaufen Sie das, wofür darin geworben wird, und der Rest der Welt kann Sie mal kreuzweise. Oder vielleicht *Go for It!*. Dasselbe, aber etwas weniger eindringlich. Oder *Indulge!*. Kerzenlicht, Weichzeichner. Ach, nennen wir es doch einfach *Envy!*. Genau! Das gefällt mir. Neid steht den Menschen ganz deutlich ins Gesicht geschrieben! Und das ist unser Geschäft. Wir sind da, um ihnen zu zeigen, dass alle anderen schönere Häuser, jüngere Frauen oder reichere Ehemänner haben. Wir verkaufen Missgunst!«

Einen Moment hielt ich inne. Ich war mir selbst nicht ganz sicher, ob ich all das ernst meinte oder sie nur auf den Arm nehmen wollte. Genau da lag das Problem mit diesem Job! Er war so absolut lächerlich, dass man schwerlich zwischen Ernst und Spaß unterscheiden konnte. »Je länger ich darüber nachdenke«, fuhr ich fort, »desto mehr gefällt mir *Flaunt It!*. Mit diesen zwei Worten ist doch alles gesagt.«

»Hören Sie auf!«, erwiderte sie. »Das ist kein Spiel, sondern Realität! Ich werde die Zeitschrift einstellen, wenn wir nicht schnellstens eine neue Geldquelle auftun. Ich nehme meine journalistische Verantwortung sehr ernst. Ich weiß, dass mich meine Leser brauchen. Aber ich werde mein Haus auf Martha's Vineyard nicht verkaufen, bloß um die Gehälter zu bezahlen. Bestimmt nicht! Und so können wir nicht weitermachen.«

»Sie haben Recht«, stimmte ich ihr feierlich zu. »Es muss etwas geschehen. Schließlich können wir unsere Illustrierte nicht einfach sterben lassen.« Ich sagte, ich würde eine Liste möglicher Anzeigenkunden erstellen. Juweliere wären doch einen Versuch wert. Wir hatten zwar bereits im Juni eine Sondernummer zum Thema »Heiraten« herausgegeben, aber vielleicht konnten wir noch eine Sondernummer »Verlobung« nachschieben. Und mit den Leuten, die Wäsche verkauften – Bettlaken, Handtücher und Tagesdecken –, hatten wir noch gar keinen Kontakt aufgenommen. »September – Gut gebettet in den Winter!« Und dann die Kieferorthopäden! Warum hatte ich nicht schon früher daran gedacht? Die Leser von *Reveal* legten sicher großen Wert auf schöne Zähne. Diese Marktnische sollten wir unbedingt besetzen. Ich versprach der Verlegerin, eine Liste der zehn besten Kieferorthopäden zusammenzustellen.

Aber in Wirklichkeit bewegte mich nur ein Gedanke: Ich brauchte einen Fluchtplan! Es erschien mir sinnlos, auf dem Deck von *Reveal* zu verharren und heldenhaft zusammen mit dem Schiff unterzugehen. Völlig sinnlos! Und im Übrigen ist Illoyalität eine unterschätzte Tugend. Illoyalität ist die Seele unseres politischen und wirtschaftlichen Lebens. Nun war eindeutig der Zeitpunkt gekommen, das Schiff zu verlassen, aber die Frage war, wohin sollte ich gehen?

Ich hatte es immer für das Beste gehalten, keine Karrierepläne zu machen. Ehrgeiz erschien mir gefährlich. Man setzt sich selbst ein Ziel, na schön – aber was passiert, wenn man es nicht erreicht? Man fühlt sich elend und das aus gutem Grund. Man hat versagt. Die Freunde haben mit stiller Genugtuung zugesehen, wie man die Stufe über ihnen zu erklimmen suchte und dabei ganz jämmerlich gescheitert ist. Und dann schicken sie Kurzmitteilungen, in denen sie ihr Beileid heucheln. Setzt man sich dagegen niemals ein Ziel, riskiert man kein Versagen. Die Arbeitslosigkeit treibt einen hierhin und dorthin, bis man auf fruchtbarem Boden landet, Wurzeln schlägt und Blüten treibt. Oder verwelkt und eingeht, je nachdem, aber das spielt keine Rolle, denn niemand weiß, dass man Scheiße gebaut hat.

In den Momenten, in denen ich den Gedanken zuließ, dass *Reveal* kein Job fürs Leben sei, träumte ich meinen Lieblingstraum von einer Karriere im Fernsehen. Ich wollte keiner dieser roboterhaften Reporter werden, die die Leute unablässig mit Fragen nerven, was es denn für ein Gefühl sei, ein Kind zu verlieren oder eine Wahl oder die Olympischen Spiele. Nein, das klang sogar noch unattraktiver als ein Jurastudium oder eine Karriere als Gastroenterologe. Mein Ehrgeiz, wenn man das überhaupt so nennen kann, zielte in eine gänzlich andere Richtung.

Das klingt jetzt wahrscheinlich selbst für Leute, die das Exotische lieben, ein wenig seltsam, aber ich träumte davon, als Agent für die *Jerry Springer Show* zu arbeiten. Obwohl die Mineralwasserliga über ihn die Nase rümpft, ist Jerry der Pionier der Popkultur. Er dringt jeden Tag in unbekannte Gebiete vor, nur um das arme Kind zu finden, das erklärt: »Ich bin erst zwölf und kümmere mich um meine 680 Pfund schwere Mutter!«, oder die junge Frau, die prahlt: »Ich möchte eine Teeniestripperin sein!«, oder um das Rätsel um »Zack: Das 70-Pfund-

Baby!« zu lösen. Übrigens eines meiner Lieblingsthemen. Welche Mutter wäre nicht an einer Geschichte über ein achtzehn Monate altes Kleinkind interessiert, das siebzig Pfund wiegt? Eine Herausforderung für Eltern, ganz zu schweigen von all den Windeln!

Ganz Amerika stellt sich Abend für Abend angesichts von *Jerry* die Frage: Wo um Himmels willen findet er all diese Leute? Unter welchem Stein, hinter welcher Kurve, in welchem Loch leben sie eigentlich? Und ich wollte der sein, der die Antwort darauf erfährt, der das erste Interview mit Clem, dem 50-Pfund-Baby, führt und dann entscheidet: Nein! Sorry, aber du bist nicht die Richtige. Wir werden auf Zack warten. Ich wollte der Erste sein, der einen ungeschminkten Blick auf die Frau wirft, die beschlossen hat, ihrem Freund vor laufender Fernsehkamera zu gestehen, dass sie in Wirklichkeit ein Mann ist. Ich wollte die Frau treffen, die behauptet: »Ich habe den Weltrekord im Sex gebrochen!« (Für den Fall, dass Sie *Jerry* nicht regelmäßig verfolgen, nenne ich Ihnen die magische Zahl: Es sind dreihundert Männer in einem einzigen Pornofilm.) Diese Menschen waren ein Wunder – zu gut für das wirkliche Leben. Würde es sie überhaupt geben, wenn Jerry nicht da wäre, um ihre Geschichte zu erzählen?

Ganz im Ernst: Heutzutage gibt es im Fernsehen nichts Erhebenderes als *Jerry Springer*, nicht mal das *Mobil Masterpiece Theatre*. Nacht für Nacht gehen diese erstaunlichen Enthüllungen weiter, ein Triumphzug der unendlich perversen und interessanten Art und Weise, in der ganz normale Amerikaner sich in diesem uniformen, seelenlosen Land ausleben. Die Mineralwasserfraktion redet immer über die Bedeutung der Vielfalt. Meine Güte, hier haben wir sie doch! »Ich liebe einen Serienmörder.« »Ich habe meiner zwölfjährigen Tochter den Freund weggenommen!« »Mein fünfzehnjähriger Sohn trägt Frauenkleider!« »Ich habe ein Pferd geheiratet!«

Das lassen wir der Welt am Ende des amerikanischen Jahrhunderts zurück. Das ist unser besonderes Vermächtnis. Können Sie sich vorstellen, solch eine Show in einer vormals großen Nation wie Frankreich, Deutschland oder England zu produzieren? Natürlich nicht. Diese Länder besitzen dafür überhaupt nicht die Energie, sie verfügen nicht über die Gabe, sich selbst zu erfinden. Es sind tote Kulturen, während wir quicklebendig sind – spuckend, Flüssigkeiten absondernd, mutierend, auf dem Weg zu einer höheren und besseren Ebene. Aber ich schweife ab.

VIER

Tags darauf kündigte Pamela. Das hätte mich eigentlich nicht außer Fassung bringen dürfen – sie war eine unqualifizierte Sekretärin und jagte mir zudem Angst ein –, machte mir aber doch zu schaffen. Sie war mir zuvorgekommen, hatte das sinkende Schiff noch vor mir verlassen. Das beunruhigte mich. Allmählich entglitt mir die Kontrolle. »Wie kannst du nur!«, entgegnete ich, als sie verkündete, dies sei ihr letzter Tag, oder besser gesagt, ihr letzter Vormittag, denn sie wolle sich eine ausgedehnte Mittagspause gönnen. »Du Armleuchter, fang endlich an zu leben!«, gab sie zur Antwort. Müßig, die Unterhaltung fortzuführen.

Ich rief die Verlegerin an und teilte ihr mit, dass unsere muntere Crew um ein Mitglied geschrumpft war, oder vielmehr um zwei Mitglieder, wenn man Annabelle Paige aus der Feature-Redaktion dazuzählte, die sich kurz zuvor empfohlen hatte. Das hätte sich in den Ohren der Verlegerin eigentlich wie Musik anhören müssen, bedeutete es doch, dass eine Person weniger zu entlassen wäre, sollte die *Reveal* tatsächlich ihr Leben aushauchen. Aber die Nachricht bewirkte offenbar genau das Gegenteil. »Wir sind am Ende, was?«, sagte sie bekümmert. »Die Mädchen wissen es.«

»Aber nein!«, wandte ich ein. »Von wegen am Ende! Nicht mal am Anfang vom Ende, eher am Ende vom Anfang!«

»David, ich bitte Sie! Ich weiß Ihr Mitgefühl zu schätzen, aber Sie sind nicht Winston Churchill, und wir befinden uns hier nicht im Zweiten Weltkrieg. Haben Sie schon einen der Kieferorthopäden angerufen?«

Nein, musste ich gestehen, woraufhin die Verlegerin geradezu in Verzweiflung geriet. Jetzt wurde ich allmählich wirklich nervös. Sie durfte nicht auch noch vor mir die Segel streichen. Wir mussten wenigstens so lange durchhalten, bis ich eine »Ausstiegsstrategie« entworfen hatte, um mit Henry Kissinger zu sprechen.

»Ich habe eine Idee«, behauptete ich scheinheilig, um Zeit zu gewinnen. »Sie spukt mir schon eine ganze Weile im Kopf herum und entspricht genau dem, was wir jetzt brauchen, um die Position unserer Illustrierten als *The Social Bible of Washington* zu festigen.«

»Und wie lautet Ihre Idee?«, fragte die Verlegerin. Ihre kraftlose, betrübte Stimme weckte Mitleid in mir. Sie müsste mal ordentlich gevögelt werden. Bestimmt war das ein Teil ihres Problems.

»Also: Wir erschaffen jemanden aus der Washingtoner Hautevolee, bauen sozusagen jemanden von null auf. Wir suchen uns eine Person nach unserem Geschmack aus, zum Beispiel die Frau mit dem Pferdegebiss von der Chevrolet-Reklame oder eine der Damen, die man bei der Wahl zur Ehrenbeisitzerin des Leukämieballs übergangen hatte, und machen sie zu einer Berühmtheit. Als Erstes veröffentlichen wir in unserer Kolumne ›Society-Karussell‹ ein Foto von ihr, wie sie auf einem Wohltätigkeitsball tanzt. In der folgenden Ausgabe eines, wie sie eine Rede hält. Brille, intelligente Ausstrahlung, aufmerksam lauschende Zuhörerschaft. In der nächsten Nummer berichten wir über sie, wie sie eine Auszeichnung vergibt, die den Namen einer berühmten Person trägt – zum Beispiel Evangeline Bruce, eine bedeutende Frau, die bereits verstorben ist –, und schmücken den Artikel mit Fotos von unserem Geschöpf, umringt von einer Schar vornehmer älterer Damen. Schließlich arrangieren wir für sie eine Einladung ins Weiße

Haus. Wir fotografieren sie zusammen mit dem Präsidenten und berichten über ihre ganz persönlichen Ratschläge an das Präsidentenehepaar, die wir in unserem Magazin auch abdrucken. In der nächsten Ausgabe prangt sie auf dem Titelbild. Nahaufnahme, Perlen, in einem von Saks Jandel geliehenen Kleid. Überschrift: ›WASHINGTONS HEIMLICHE KÖNIGIN‹. Und schließlich der Knall! Wir lassen sie als Hochstaplerin auffliegen und stellen sie in der Öffentlichkeit bloß. Aufstieg vom Aschenputtel zur Königin und wieder zurück ins Aschenputteldasein, und das alles dank der Zeitschrift *Reveal*. Was halten Sie davon?«

Die Verlegerin seufzte tief. Diesmal hatte ich den Bogen überspannt. Ich hatte die Situation ins Lächerliche gezogen. Die Verlegerin räusperte sich bedächtig. »Das ist doch idiotisch, David. Mir scheint, Sie sind von allen guten Geistern verlassen und begreifen offenbar den Ernst der Lage nicht. So können wir nicht weitermachen. Wir haben kein Geld, keine Werbeanzeigen und sind nicht in der Lage, die Gehälter zu bezahlen. Ohne einen neuen Geldgeber sind wir erledigt. Begreifen Sie das endlich?«

»Ja«, antwortete ich. »Geld ist wichtig. Wir müssen Geld auftreiben. Ohne Geld können wir dichtmachen.«

»Die Frage ist nur, wo kriegen wir es her?« Der stöhnend hervorgestoßenen Frage folgte unvermeidlich ein ärgerliches Schluchzen. Es ist grässlich, wenn Frauen derart außer sich geraten. Es wirkt so berechnend.

»Jetzt weinen Sie doch nicht«, bat ich. »Es wird uns schon was einfallen.« Aber sie selbst würde bestimmt niemanden anrufen, das wusste ich genau. Jeder noch so reiche Mann, der in der Lage wäre, ihre Zeitschrift zu retten, war nur als potenzieller Ehemann für sie interessant – zum Teufel mit der Illustrierten!

»Sie sind immer so gut zu mir gewesen«, sagte sie unter Schniefen. »Ich verdiene Sie gar nicht.« Zugegeben, damit hatte sie Recht.

Pamela saß immer noch an ihrem Schreibtisch und manikürte sich soeben ein letztes Mal die Fingernägel. Sie ging mir wirklich auf den Wecker. »Du bist gefeuert!«, bellte ich und forderte sie auf, das Büro umgehend zu verlassen, andernfalls würde ich die Polizei rufen. »Reg dich ab!«, schrie sie erwartungsgemäß zurück und was für ein Idiot ich doch sei. Doch schließlich ging sie tatsächlich, und ich fühlte mich gleich besser. Allein im Büro entwarf ich einen Brief an Jerry Springer. Wie sollte ich mein etwas ungewöhnliches Anliegen formulieren? Ich war schließlich nicht einer jener x-beliebigen Bewerber, die einen Job im TV-Geschäft suchten. Ich hatte die Essays von Camille Paglia gelesen und war mit den sieben unterschiedlichen Arten von Ambiguität wohl vertraut.

»Sehr geehrter Mr. Springer«, begann ich. »Wenn ich an meine ersten Semester in Harvard zurückdenke, fallen mir zwangsläufig die vielen außergewöhnlichen Menschen ein, die ich dank dieser hervorragenden Institution kennen lernen durfte. James Q. Wilson, Nathan Marsh Pusey, Barrington Moore junior – um nur einige der brillanten Geistesgrößen zu nennen, die Harvard zu Recht den Ruf eines Athens der modernen Welt eingebracht haben. Hiermit, Mr. Springer, möchte ich Sie einladen, dieser erlesenen Gesellschaft beizutreten.«

Nein. Zu formell. Jerry gab nichts auf Prädikate. Dergleichen interessierte ihn nicht. Er wollte jemanden, der ihn dabei unterstützte, dass er bei seiner Gratwanderung nicht den Halt verlor.

Also noch einmal von vorne. »Sehr geehrter Mr. Springer. Ich glaube, ich kann Ihnen zu einem 90 Pfund schweren Baby verhelfen. Neben dem Kleinen wirkt selbst Zack magersüchtig. Bitte setzen Sie sich umgehend mit mir in Verbindung, da Geraldo und Ricki Lake möglicherweise auch interessiert sind.«

Bingo! Während ich den Brief in den Umschlag steckte, klingelte das Telefon. »Pamela!«, rief ich über die Trennwand hinweg. Aber sie war ja gar nicht mehr da. Ich ließ es ein-, zwei-, dreimal klingeln, bis sich der Anrufbeantworter einschaltete und ich eine tiefe, sonore und gleichzeitig befangen wirkende Stimme vernahm, als sei die dazugehörige Person nicht gewohnt, selber zu telefonieren und Nachrichten auf Band zu sprechen. Es war erneut Galvin. Er bat um meinen Rückruf. Aber ich nahm nicht ab. Ich war noch nicht so weit. Allerdings lauschte ich seiner Stimme aufmerksam und schloss aus der hörbaren Unsicherheit, dass er keinesfalls anrief, um sich über meinen Artikel zu beschweren. Dann hätte er einen schärferen, entschiedeneren Ton angeschlagen. Es hörte sich eher nach einer guten Nachricht an. Er hatte den ersten Schritt getan und folgte damit meinen Vorgaben, so wie ich seinen gefolgt war. Was später geschah, konnte kaum mir angelastet werden. Der Mann besaß Geld. Und Ehrgeiz. Was ihm fehlte, war ein zum Diebstahl neigender Gehilfe, dem das Geld locker saß.

Wenige Minuten später stand die Verlegerin vor der Tür. Da sie sich nur selten im Büro zeigte, deutete ich ihr Erscheinen als schlechtes Zeichen. Sie ließ den Blick über die Plakate mit den mexikanischen Badeorten und Grunge-Bands wandern und schüttelte den Kopf. »Ich wollte mir kurz die Bücher ansehen, um einen Eindruck zu bekommen, wie groß der Schaden ist«, sagte sie, zog sich in das geräumige Zimmer im hinteren Teil des Büros zurück, das hohem Besuch vorbehalten war, und tauchte nach zwanzig Minuten wieder auf, aschfahl im Gesicht. »Unsere Schulden belaufen sich auf hundertsiebzigtausend Dollar einschließlich der fünfundsechzigtausend Dollar für die Druckerei, die die nächste Ausgabe nur druckt, wenn sie sofort einen Scheck bekommt. Ich bin ratlos.«

»Dann schicken Sie der Firma doch einen Scheck«, schlug ich vor.

»Aber wir haben doch gar kein Geld, David. Der Scheck wäre nicht gedeckt.«

»Ich weiß. Jetzt hören Sie mir mal gut zu: Sie rufen auf der Stelle die Druckerei an und sagen, Sie würden einen Scheck über fünfundsechzigtausend auf den Weg bringen. Schicken Sie ihn wie vereinbart weg, aber ohne Ihre Unterschrift. Der Kerl von der Druckerei wird anrufen und Sie anbrüllen, Sie hätten nicht unterschrieben, woraufhin Sie antworten: ›Ach je, muss ich wohl vergessen haben. Sie bekommen einen neuen.‹ Mit etwas Glück und falls die Post langsam ist, haben wir eine Woche gewonnen. Und wer weiß, vielleicht hat sich ja bis dahin etwas ergeben, und wir können den Mann tatsächlich bezahlen.«

»Ist das legal?«, fragte die Verlegerin und schüttelte ungläubig den Kopf.

»Keine Ahnung. Interessiert mich auch nicht. Sollte jemand fragen, denken Sie sich eine Lüge aus. Ihnen wird schon nichts passieren. Glauben Sie mir.«

»Aber wie zahlen wir die Gehälter?« Sie schüttelte immer noch ratlos den Kopf. »Ich kann doch nicht jedem einen unsignierten Scheck schicken.«

»Wie wär's mit Naturalien? Erzählen Sie allen, Sie hätten diesen Monat zum ›Katalogmonat‹ erkoren. Anstelle des Gehalts darf sich jeder nach Lust und Laune etwas aus den Katalogen verschiedener Warenhäuser aussuchen. Hungrigen Seelen stellen Sie einen großen Präsentkorb mit Früchten und Leckereien vom ersten Feinkostgeschäft am Platze in Aussicht. Das alles lassen Sie über Ihre Visakarte abbuchen, und – Hokuspokus Fidibus – sind die Gehälter gezahlt. Ich persönlich möchte allerdings Bargeld. Aber dem Rest der Mannschaft erklären Sie: entweder Zahlung in Naturalien oder nichts.«

»Klingt eigentlich ganz vernünftig«, räumte sie sein. Vermutlich stand sie unter Schock. Dann nahm sie meine Hand. Wir standen ganz allein am Rande des Abgrunds. Der Augenblick schlechthin für letzte Geständnisse. »Ich habe meinen Mann nie geliebt«, flüsterte sie. »Nicht einmal am Anfang.«

Ich drückte ihr kurz die Hand. So konnte es nicht mehr lange weitergehen. Die Frau löste sich in ihre Bestandteile auf. »Ganz ruhig. Wir werden schon Geld auftreiben«, beschwichtigte ich sie.

»Ich habe heute einen Anruf von Ihrem Freund Mr. Galvin erhalten«, sagte sie unvermittelt. »Er ist reich, stimmt's? Warum bitten Sie eigentlich nicht ihn um Geld?«

»Was wollte er denn?«, fragte ich gereizt. »Er hat doch nicht etwa vor, uns zu verklagen?«

»Nein, nein. Er hat nach Ihnen gefragt. Er sagte, er hätte Ihnen zweimal auf Band gesprochen, aber Sie hätten nicht zurückgerufen. Er war in Sorge, dass Ihnen womöglich etwas Schreckliches zugestoßen sei. Ich habe versucht herauszufinden, worum es geht, aber er wollte unbedingt mit Ihnen persönlich reden. Der Mann hat Geld. Rufen Sie ihn an! Ich zahle Sie nicht dafür, dass Sie sich wie ein Psychopath aufführen.«

»Verständlich. Ich werde ihn anrufen. Bisher hatte ich einfach zu viel zu tun. Aber ich werde mich noch heute darum kümmern. Oder morgen.«

Wieder nahm sie meine Hand. »Hören Sie, David, falls Sie etwas Geld auftreiben, bin ich gerne bereit, Ihnen einen Anteil an der Zeitschrift als Finderlohn zukommen zu lassen. Was halten Sie davon?«

Der Eifer, der mich schlagartig erfasste, stand mir gewiss deutlich ins Gesicht geschrieben. Zu deutlich. »Und in welcher Größenordnung würde sich der Anteil bewegen?«, fragte ich.

»Fünf Prozent, Schätzchen«, antwortete sie knapp. Sie hatte sich wieder erholt. Himmel, hatte ich etwa geglaubt, sie würde den Laden verschenken?

»Da führt kein Weg hin! Fünfzig Prozent oder nichts.«

»Was sind Sie nur für ein Unmensch! Sie wollen meine

Schwäche ausnützen! Sie sind ja schlimmer als mein Mann! Zehn Prozent, und das ist schon zu viel!«

Wir einigten uns auf fünfzehn Prozent als Finderlohn. Vierunddreißig Prozent gingen an den Investor – kein schlechter Trick! Auf diese Weise behielt sie die Karten in der Hand. Einundfünfzig zu neunundvierzig. Darüber hinaus verlangte sie von dem Investor ein Jahresgehalt und einen Bonus in Höhe von einhundertfünfzigtausend Dollar.

Ich war einverstanden. Warum nicht? Nichts leichter, als fremdes Geld für ein Projekt auszugeben, das niemand kennt. Ich erinnerte die Verlegerin daran, dass wir uns immer noch keinen Text für die Titelseite unserer nächsten Ausgabe überlegt hatten. Wir sollten uns etwas wirklich Heißes einfallen lassen, um Eindruck auf unseren neuen Geschäftspartner zu machen. Zum Beispiel: »Keine Angst vorm Küssen – Topkieferorthopäden geben Ihnen todsichere Tipps« oder: »Die heißesten Gardinen – Innenarchitekten lüften ihre fünf bestgehüteten Geheimnisse« oder »UN ohne Durchblick – Reisetricks internationaler Diplomaten – von U Thant bis Boutros Boutros-Ghali«. Ich versprach, darüber zu recherchieren oder mir einfach etwas auszudenken.

Nach wie vor fühlte ich mich nicht in der Lage, ihn anzurufen. Ich ging vom Büro zu Fuß nach Hause. Beileibe kein beschwerlicher Weg und nur zwei Straßenzüge von der Connecticut Avenue entfernt, aber dennoch ermüdend.

Unwichtig zu sein ist keineswegs leicht. Das ungestillte Verlangen, Macht und Einfluss zu haben und Eindruck zu machen, kostet Kraft. Ich trottete die Straße hinauf. Selbst in der Umgebung meiner Wohnung wirkte jetzt alles unwesentlich und hatte sich in eine Landschaft von Fastfoodrestaurants verwandelt. Früher hatte es hier ein richtiges Lebensmittelgeschäft gegeben. Es hieß Larrimer's und beschäftigte die besten Metzger der Stadt. Sie sahen aus wie Kongressabgeordnete längst vergangener Zeiten, waren dick und freundlich und legten einem die Knochen für den Hund zurück. Jetzt ähnelte der Laden eher einer Lebensmittelboutique, in der man Kaffeebohnen und Pesto in Gläsern kaufen konnte. Überlebt hatten nur die Buchläden, die Schwulennachtclubs und – mehr als verwunderlich – eine Stripteasebar. Ein lautes, nach Schweiß riechendes Etablissement, dessen männliche Besucher den Stripperinnen Fünfdollarscheine ins Strumpfband schoben.

Das Haus, in dem ich wohnte, lag auf der anderen Straßenseite, der Bar gegenüber. Vom Wohnzimmerfenster aus beobachtete ich spätnachmittags, wie die Stripperinnen in Jeans zur Arbeit eintrafen, die Gesichter so einladend wie ein Einkaufszentrum am Stadtrand. Und nachts sah ich die feisten Männer aus dem Gebäude heraustorkeln, zu betrunken, um sich zu schämen. Wenn mein Vermieter wüsste, wie wohl ich mich in dem Haus fühlte, hätte er gewiss längst eine Mieterhöhung geltend gemacht. Als ich das Haus betrat, stand er in der Tür. Er mochte mich nicht. Jahrelang hatte ich mich um eine Wohnung in einem der oberen Stockwerke bemüht, mit Blick nach Süden und auf die Stadt. Es hatten sich etliche Gelegenheiten geboten, aber immer wieder war ich leer ausgegangen. Bestimmt hatten die vom Glück begünstigten Mieter den alten Griesgram bestochen. Ich wohne also nach wie vor in einem der unteren, nordseitigen Stockwerke mit Blick auf die Stripbar und eine straßaufwärts gelegene Episkopalkirche. Sonntags höre ich den Organisten Bach spielen und die unmusikalische Gemeinde evangelische Choräle singen.

An jenem Abend war ich mit meinem Freund Hugo Bell, von Beruf Immobilienhändler, in einem heruntergekommenen indischen Restaurant am Dupont Circle zum Abendessen verabredet. Ein dunkler, kaum frequentierter Ort, der mit dem unerhörten Hinweis »Speisen in romantischer Atmosphäre« für sich warb. »Speisen in anonymer Atmosphäre« wäre zutreffender gewesen. Trotzdem ging ich gerne dort hin, weil es eines der wenigen Restaurants in dem Viertel war, in dem ich todsicher keinem Bekannten über den Weg lief.

Hugo Bell führte ein noch ausgeprägteres Schattendasein als ich. Seine Hautfarbe war schwarz oder, präziser gesagt, mittelbraun mit eingesprenkelten hellen und dunklen Pigmentflecken – Spiegel seiner Seele, denn er saß buchstäblich zwischen zwei Rassen. Ich empfand Mitleid mit ihm. Ein Gefühl, das sich rasch in Zuneigung verwandelt. Mitleid hat eine geradezu verführerische Kraft. Hugo empfand das Gleiche für mich, den großen, einsamen und schrecklich unterdrückten Juden, der sich von Neid und Zorn ernährte, um zu überleben. Das verband uns.

Nachdem Bell eine vornehme Privatschule in Philadelphia absolviert hatte, war er nach Harvard gegangen, und dort hatten wir uns kennen gelernt. Er war ein kluger Kopf mit einer unvergleichlichen Begabung für Zahlen. Sein Studium finanzierte er sich im Casino mit Glücksspielen. Er setzte auf den Rassenhass der Dealer und pockennarbigen Bosse, die, wie er felsenfest glaubte, einem Schwarzen nicht zutrauten, Karten richtig zu zählen, und ihn daher für nichts anderes als einen Glückspilz hielten. Welches Casino Hugo auch betrat, überall räumte er ab. Einmal waren es sogar hunderttausend Dollar, was uns Collegekids wie ein Vermögen vorkam.

Hugo hatte anschließend an der Stanford Law School weiterstudiert, war aber nach seinem Examen zu sehr von der fixen Idee besessen gewesen, seine Hautfarbe würde ihm nur Nachteile einbringen, um sich in einer angesehenen Anwaltskanzlei zu bewerben. Er kam sich vor wie in einem Heißluftballon, der ihn immer weiter forttrug, so lange er sich nicht an etwas Reellem fest hielt. Deshalb rief er auf dem Capitol Hill eine Versicherungsgesellschaft ins Leben, verkaufte Policen, die gegen Prämienzahlungen für die Rechtsbeständigkeit erworbenen Grundeigentums und von Hypothekenforderungen hafteten, und verdiente sich seinen Lebensunterhalt als Makler für bescheidene Niedrigpreisimmobilien.

Die Firma sicherte ihm ein festes Einkommen, ohne dass er sich überarbeiten musste. Jetzt mal ehrlich, hat ein Mensch denn jemals einen Anspruch auf seine Versicherung bei Gericht geltend gemacht? – Aber Hugo brachte auf Grund seiner Tätigkeit so allerhand in Erfahrung. Das war seine Rache an den Weißen. Ihm war nicht an ihrem Geld gelegen, er wollte lediglich ihre Geheimnisse lüften, wie zum Beispiel, dass ein Mann namens Carl S. Galvin soeben zwei repräsentable Anwesen erworben hatte. Bell studierte die Immobilienberichte wie ein Liebhaber von Pferderennen die Liste der gesetzten Pferde. Er kam allen möglichen Tricks auf die Schliche und spürte interessante Einzelheiten auf, die sich hinter einem scheinbar unwichtigen Detail verbargen. Verglichen mit den in Washington herrschenden Maßstäben war Bell ein Exzentriker, besonders was seine Manie betraf, unablässig die Nahtstellen des Rassismus im Auge zu behalten. In Miami, Rio oder Panama City hätte er damit keinerlei Aufsehen erregt, aber in Washington – Reich der Leistungsberechtigten und Titelträger – argwöhnte man in ihm eine Bedrohung.

Ich hatte Bell gebeten, mehr über Galvin herauszufinden. Bevor ich dem Mann einen Besuch abstattete, wollte ich so viel wie möglich über ihn wissen. »Gehe nie unvorbereitet in ein Gespräch«, hatte damals der Karriereberater von Harvard gesagt, bevor er mir nahe legte, mich bei einer Werbefirma vorzustellen. Der Satz hatte mir Angst gemacht und mich davon abgebracht, meine Karriere zu planen. Aber Galvin war der Mühe wert.

Bell hatte tatsächlich zwei wichtige Dinge aufgedeckt, die er nach dem zweiten Bier bereit war mir mitzuteilen. Erstens waren beide Objekte mit Hypotheken belastet. Wirklich reiche Leute aus dem Ausland, die sich in einer Stadt niederlassen wollen, kaufen ihre Häuser meistens in bar, klärte Bell mich auf. Zweitens hatte es ihn stutzig gemacht, dass die Hypotheken bei einer Offshore-Bank ausgegeben worden waren, deren Hauptverwaltung auf einer der Antilleninseln angesiedelt war. »Dort gibt es nichts außer Kokosnüssen und Betrügern«, sagte er. »Seriöse Menschen nehmen dort keine Hypotheken auf.«

FÜNF

Als ich Galvins Anruf schließlich beantwortete, schien er sich zunächst nicht mehr recht zu erinnern, weshalb er mich angerufen hatte. Nach qualvollen Minuten des Schweigens schlug er ein gemeinsames Mittagessen vor. Ich fragte mich, ob das auch der Grund seines ursprünglichen Anrufs gewesen war oder nur ein Versuch, das Gesicht zu wahren. Aber eigentlich war es mir einerlei. Wie er in meiner Gewalt war, war ich in der seinigen. Als er mich fragte, ob es mir recht wäre, wenn wir uns in seinem Haus am Fluss träfen, antwortete ich, dass ich dem Taj Mahal des Nordens nur zu gerne einen neuerlichen Besuch abstattete.

Ohne die heitere Gesellschaft machte Galvins Haus einen verwaisten Eindruck. Die beachtliche Parade parkender Autos in der langen Auffahrt war verschwunden, und in der Stille wirkte das weitläufige Anwesen bedrohlicher als vor der Geräuschkulisse summenden Partygeplauders. Galvin erwartete mich leger gekleidet in seinem Arbeitszimmer. Hemd und Hose waren aus feinem italienischem Tuch, wofür ein Mann wie er leicht tausend Dollar hinblätterte. Er sah gut aus, wirkte jedoch fahrig. Aber vielleicht fühlte er sich auch einfach einsam, weil er in dem großen Haus nur mit seiner Garderobe kommunizieren konnte.

Galvin erging sich in Belanglosigkeiten oder besser gesagt, in Belanglosigkeiten der Größe XXL. Er war gerade aus Kalifornien zurückgekehrt, wo er sich ein kleines biotechnologisches Unternehmen angesehen hatte, das er eigentlich hatte kaufen wollen. Die Firma behauptete, ein bahnbrechendes Verfahren entwickelt zu haben, mit dem sich Ablagerungen in den Arterien auflösen und Herzerkrankungen ohne Operation behandeln ließen. Hörte sich ganz gut an. Mein Vater war an einem Herzinfarkt gestorben. Ob er die Firma gekauft hätte, fragte ich ihn. »Nein«, entgegnete er. »Zu teuer.« Das war genau der Grund, weshalb ich mich nicht zum Geschäftsmann eignete, dachte ich bei mir. Ich begriff einfach nicht, dass alles seinen Preis hat.

Wir nahmen das Mittagessen auf einer sonnengeschützten Terrasse ein, wo die schwüle Außenluft und der Luftstrom der aus dem Hausinneren blasenden Klimaanlage aufeinander prallten. Das war typisch für Galvin: Er wollte die Welt klimatisieren. Von unserem Platz aus konnte man nur die Mauer und das steil abfallende Ufer sehen, nicht aber den Fluss. Anders als bei meinem letzten Besuch waren die Farben der Landschaft nicht mehr frisch und klar voneinander abgegrenzt, sondern verschwammen in der flirrenden Hitze wie auf einem noch nicht vollständig getrockneten Aquarell.

Galvins Küchenchef hatte einen Hummersalat zubereitet. Nicht etwa aus tiefgefrorenen gängigen Exemplaren, sondern aus den schweren Burschen, die sich vor der Küste in Maine tummeln. Sie waren auf einem Bett aus Salat und Tomaten angerichtet und schmeckten köstlich aromatisch. Kaum vorstellbar, dass sie vom Meeresgrund stammten. Galvin schenkte mir ein Glas Meursault ein. Sein eigenes Glas füllte er nur halb voll und nippte auch nur hin und wieder daran. Er behandelte mich jetzt etwas freundlicher. In seiner Stimme schwang nicht mehr der spöttische Unterton mit, als wolle er sagen: »Na, wie wär's mit etwas Erhellendem, Herr Redakteur?«

Mit der funkelnden Silbergabel, die in seiner Hand winzig wirkte, stocherte er in dem Salat und lächelte mich dabei verlegen an. Keine Spur mehr von dem Siegerlächeln, das er vor ein paar Wochen zur Schau getragen hatte, sondern ein eher zaghaftes Grinsen, das ihn verletzlich und sympathisch wirken ließ, als fühle er sich selbst als Gast im eigenen Haus.

»Ich glaube, ich sollte Ihnen etwas über mich erzählen«, sagte er. »Als ich Ihr Porträt über meine Person las, habe ich gemerkt, dass Sie so gut wie nichts über mich wissen. So gesehen haben Sie Ihre Sache allerdings glänzend gemacht. Dennoch ...«

»Sie wollten mir ja auch nichts von sich preisgeben«, entgegnete ich. »Das hat die Sache erschwert. Ich hätte alles Mögliche erfinden können, aber das hätte den einen oder anderen gestört. Mich weniger, aber andere Leute.«

»Ich habe Ihnen nicht getraut. In meiner Branche sind Reporter nicht gern gesehen. Da geht man besser kein Risiko ein.«

»In welcher Branche arbeiten Sie eigentlich? Das ist mir immer noch nicht ganz klar.«

»Ich handele mit Rohstoffen. Ich kaufe und verkaufe. Ganz einfach. Deshalb verstehen Sie es nicht. Außerdem bin ich ein Glückspilz. Das ist das Zweite, was Sie verstehen müssen.«

Ich sah ihn an. Den letzten Satz konnte man kaum in Zweifel ziehen. »Was Glück ist, kann ich mir denken, aber von Rohstoffen verstehe ich nichts«, gestand ich. »Erzählen Sie. Wie sind Sie dazu gekommen?«

Er hob die Hände wie jemand, den man in die Enge getrieben hat. Aber es blieb ihm keine Wahl. Er hatte mich – aus welchem Grund auch immer – zu sich eingeladen und war jetzt mein Gefangener. Er würde reden müssen. Und ich glaube, er wollte es selber. Zu den Nachteilen, die es mit sich bringt, ein großer, ja sogar überlebensgroßer Mann zu sein, gehört auch, dass man eine riesige Last auf seinem Buckel trägt. Man kann nichts davon irgendwo absetzen.

Seine Geschichte klang nahezu unglaublich. Eine Aneinanderreihung vieler kleiner Erfolge, die unausweichlich zum triumphalen Durchbruch führten. 1971 verließ Galvin das College und wollte, wie so viele Männer dieser Altersgruppe, erst einmal nach Vietnam gehen, allerdings als Mitarbeiter einer Hilfsorganisation, nicht als Soldat. Er bewarb sich bei einer Institution, die sich internationaler Hilfsfonds nannte und, so ging das Gerücht, eine Tarnorganisation des CIA war, was Galvin aber als Quatsch abtat. Man setzte ihn in Thailand ein, wo er das Jahr darauf an der Grenze zu Laos Flüchtlingen zu helfen hatte und nach seiner Rückkehr nach Bangkok nichts anderes tat, als mit Freunden aus der Botschaft zu kiffen. Seine Erinnerungen an jene Zeit beschränkten sich auf die Hitze, das Grün des Dschungels und das leere Gelächter von Thaimädchen, die es auf sein Geld abgesehen hatten.

1972 beendete er seine Arbeit bei der Hilfsorganisation und zog nach Hongkong. Ebenso arm wie ein Chinese wohnte er mit einem ehemaligen Harvardstudenten auf der Insel Lantau. Er vertrieb sich die Zeit mit Diskussionen und schrieb als freier Mitarbeiter Artikel in den Rundbriefen einer Ölgesellschaft. Sein Kumpan hingegen wurde zusehends nervöser. Er hatte Angst, nicht mehr an die großen Fleischtöpfe heranzukommen, wenn er nicht schleunigst nach Harvard zurückkehrte. Also packte er seine Opiumpfeife ein, machte sich auf den Weg nach Hause und nahm sein Studium wieder auf, während Galvin in Hongkong blieb. Ihm gefiel die Stadt und er verspürte keine Sehnsucht nach der Heimat.

Das Glück fiel ihm unvermutet in den Schoß, als ihm ein Freund aus Großbritannien, der im Rohstoffhandel tätig war, vorschlug, in die Firma einzutreten. Obwohl der Brite nicht gerade clever war, wurde er durch den Handel mit Devisen immer reicher, sodass Galvin sich sagte: »Das kann ich auch.« Er kaufte sich einen neuen Anzug und tat so, als verstünde er was von dem Geschäft, was nach ein paar Wochen tatsächlich der Fall war. Es erwies sich nicht einmal als sonderlich schwierig. In erster Linie kam es darauf an, das Risiko zu begrenzen und die Nerven zu behalten. Wie beim Pokern: Hat man gute Karten, verwettet man sämtliche Chips, hat man weniger gute, hält man sich zurück. 1973 gelang ihm der erste große Wurf. Er hatte auf den Anstieg der Ölpreise gesetzt und tatsächlich verhängten die Araber einige Monate später ein Ölembargo. Schlagartig geriet er in den Ruf eines Genies und der Geldfluss setzte ein. Schon bald fand er Gefallen am Reichtum. Er kaufte sich einen Rolls-Royce, gab bei dem Schneider des Mandarin Hotels neue Anzüge in Auftrag und flog erster Klasse, während sich sein Geld zusehends vermehrte. Im Laufe der zwei folgenden Jahrzehnte baute er eine der weltgrößten Rohstofffirmen mit Niederlassungen in Genf, New York und Hongkong auf. Doch seit ein paar Jahren langweilte ihn das Geschäft zunehmend. Es war für ihn, als müsse er jahraus, jahrein den ganzen Tag Tennis spielen. Hinzu gesellte sich die Angst, das Blatt könne sich wenden.

»Zeit für einen Kassensturz«, sagte er. »Deshalb bin ich nach Washington gekommen. Ich möchte mein Portefeuille in Ordnung bringen und etwas Neues in Angriff nehmen.«

Mein Bild von ihm nahm allmählich schärfere Konturen an, schleierhaft blieb mir nur, weshalb er sich schon mit 23 Jahren einen Rolls-Royce zugelegt hatte. Da hatte wohl eine Menge im Argen gelegen, dass er so groß herauskommen wollte.

»Wo sind Sie aufgewachsen?«, fragte ich. Diese Frage war von jeher ein angemessenes journalistisches Gambit. Den Anfang des Fadens finden und versuchen, ihn bis ins Zentrum des Labyrinths zu verfolgen. Ich bezweifelte, dass er mir viel erzählen würde, aber es war immerhin einen Versuch wert.

»Pittsburgh.« Er sprach den Namen bedächtig, unter Betonung beider Silben aus: *Pitts-burgh*. Als wäre er zu groß und zu unförmig, um ihn in einem Stück zu schlucken.

»Welchen Beruf hatte Ihr Vater?«

Hier zögerte Galvin zum ersten Mal. Es war sein Haus, seine Terrasse, sein Hummersalat, sein Vater. Er konnte die Antwort verweigern. Aber er war nun mal dabei auszupacken, und aus Gründen, die ich nicht verstand (auch später nicht, obwohl ich es zeitweise meinte), beschloss er weiterzureden.

Er war in Mount Lebanon aufgewachsen, einem Vorort von Pittsburgh. Vom Zentrum aus betrachtet auf der anderen Seite des Monongahela. Mitten im etablierten Bürgertum. Kleine Grundstücke, winzige Häuser, in jeder Einfahrt ein Boot. Als Heranwachsender hatte Galvin den Ort gehasst. Fast jeder Bewohner des Stadtteils war in der Stahlindustrie beschäftigt, deren Hütten und Hochöfen das Flussufer zu beiden Seiten säumten. Die braven Mitschüler auf der High-School langweilten ihn ausnahmslos. Die Väter waren Angestellte im mittleren Management und für die Jungen galt ein Job in der Hauptverwaltung der Firma im Stadtzentrum als das Karriereziel schlechthin. Die schlechten Schüler waren zwar interessanter, bewegten sich aber in einer Einbahnstraße. Entweder hin zu den Hochöfen oder ins Gefängnis. Es war ein Wohnviertel, in dem der Footballspieler Joe Namath, der wenige Meilen flussabwärts gespielt hatte, als Inbegriff des größtmöglichen Erfolgs galt. Galvin spielte auch Football. Er war kräftig und robust und konnte eine Menge einstecken. Aber da er sich ein Stipendium für Harvard zum Ziel gesetzt hatte, wurde er als Freak abgestempelt. Im Jahresbericht der Schule hieß es, er würde es wahrscheinlich bis zum Präsidenten bringen. Seine Freundin wusste, dass er nie wieder zurückkäme, sobald er Pittsburgh erst einmal verlassen hatte.

Wenn ein Mann seine Lebensgeschichte erzählt und mit keinem Wort seinen Vater erwähnt, beschleicht einen der Verdacht, dass er etwas verschweigen möchte. Aber schließlich kam Galvin doch noch auf ihn zu sprechen. Sein Vater war in der Hauptverwaltung der Stahlarbeitergewerkschaft der Vereinigten Staaten tätig gewesen. Er war sozusagen das einzige Mitglied der Arbeitsgruppe. Standen die Verhandlungen mit den Stahlunternehmen an, errechnete Mr. Galvin die Kosten für die Gesundheitsvorsorge und die Beträge für die Ruhestandsgelder. Aber seine eigentliche Berufung war eine ganz andere. Er war ein Träumer, der sich Gedanken darüber machte, wie die Welt im Grunde genommen funktionieren sollte, der in seinem Arbeitszimmer saß und Konzepte für eine kostenlose Gesundheitsvorsorge, kostenlose Freizeitstätten für Arbeitnehmer und kostenlose Universitäten entwarf. Alles sollte kostenlos sein, und als ihn sein neugieriger Sohn fragte, wer das bezahlen solle, gab ihm der alte Mann zur Antwort: »Die Bosse!« Mr. Galvin legte die Entwürfe in einer Pappschachtel ab, die er, sobald sie voll war, in den Keller trug, um sich sogleich eine neue vorzunehmen. Daneben arbeitete er an einem Werk mit dem Titel *Enzyklopädie der Arbeit*, das Jahr für Jahr umfassender wurde und sich immer weniger zur Veröffentlichung eignete. Galvin bezeichnete seinen Vater als berufsmäßigen Idealisten, der ein Leben in Enttäuschung führte.

Der Sohn wuchs unter dem Einfluss der hochfliegenden Ideen seines Vaters auf, hörte die Musik von Pete Seegers und unternahm Picknickausflüge mit der Young People's Socialist League. Die Boheme der Arbeiterklasse – eine Welt, von der es sich herrlich träumen ließ, aber in der ein ruheloser junger Mann 1967 nicht leben konnte. Als Galvin im Sommer jenes Jahres ins College eintrat, stellte er erstaunt fest, dass die intellektuellen Ergüsse im Keller seines Vaters auf dem Campus groß in Mode waren. Jeder Cambridgestudent wollte Folk Songs singen und ein zweiter Woody Guthrie werden. Eine Zeit lang spielte Galvin das Spiel der linksgerichteten Collegeaspiranten mit, die ihn angeblich beneideten, weil er aus Pittsburgh stammte und sein Vater Gewerkschaftler war. Aber ihre großen Ideen ärgerten ihn. Er kannte sie zu gut, sie rochen nach den Hirngespinsten seines Vaters. Reich zu werden klang hingegen interessant.

Seinem Vater verschlug es die Sprache. Er hatte nie in Betracht gezogen, dass sein kluger Sohn Geschäftsmann werden könnte. Schließlich hatte er ihn nicht ohne Grund nach dem Dichter Carl Sandburg benannt. Er war dazu bestimmt, für die Schweinemetzger, Werkzeugmacher und Weizenstapler einzutreten. Dem alten Herrn war allerdings entgangen, dass sich die Dinge genau dorthin entwickelten. In der wahren amerikanischen Version des Märchens trachtete nämlich jeder Schweinemetzger insgeheim danach, Besitzer des Abpackbetriebs zu werden. Aber das ließ sich nun einmal nicht in Mount Lebanon realisieren. Jahrelang wohnte der Vater in dem bescheidenen Vororthäuschen und lehnte jede finanzielle Hilfe seines Sohnes ab. Erst als seine Frau, die Bibliothekarin der Stadt, eines Winters auf dem Eis ausrutschte und sich die Hüfte brach, sah er ein, dass es an der Zeit war, sich nach Florida zurückzuziehen – das taten sogar die Stahlarbeiter – und sich von seinem wohlhabenden Sohn ein Haus in Sarasota kaufen zu lassen.

Galvin wollte etwas. Eine andere Erklärung gab es nicht für seine Offenheit. Ich war gespannt. Leute wie er wirken oft deshalb so geheimnisvoll, weil sie einem das Gefühl vermitteln, dass es ihnen an nichts fehlt. Andererseits wollte ich auch etwas von ihm und ich hielt es für wichtig, ihm mein Anliegen zu unterbreiten, noch ehe die Reste des Hummers abgeräumt waren. Sonst lief ich Gefahr, dass er mich mit seinem Ansinnen überrumpelte.

»Ich möchte Ihnen ein geschäftliches Angebot machen, Mr. Galvin«, sagte ich bedeutsam. Meiner Vorstellung nach redeten Geschäftsleute so miteinander. Er lachte. Diese Reaktion hätte einen weniger verzweifelten Mann bereits entmutigt.

»Es heißt, einer der führenden Zeitschriftenverlage in Washington suche einen neuen Investor«, fuhr ich fort. »Ich wollte Sie darüber in Kenntnis setzen, ehe es die Runde macht. Ich könnte mir vorstellen, dass es für Sie vielleicht ganz hilfreich wäre, wenn ich Sie mit der Verlegerin bekannt machen würde.«

Lieber Himmel! Wie erbärmlich ich mich anstellte. Aber er wurde sofort hellhörig. Und damit war sein Kontingent an Charme auch schon verbraucht. Ein sparsames Lächeln, eine Hand an meinem Ellbogen. »Ich habe Sie richtig eingeschätzt. Ich habe es gewusst«, sagte er in verschwörerischem Ton.

»Das Blatt, um das es geht, ist gewiss das wichtigste der Stadt, Mr. Galvin. Auf Grund eines gewissen Rückgangs an Werbeaufträgen diverser Firmen leidet es augenblicklich unter Liquiditätsproblemen. Aber mithilfe einer Kapitalspritze lassen sich die Schwierigkeiten sicherlich in den Griff bekommen.«

»Reden Sie weiter!«, drängte er, sah mich dabei aber skeptisch an. »Kommen Sie zur Sache. Um welche Zeitschrift handelt es sich?«

»Tut mir Leid, ich führe zum ersten Mal ein Gespräch, in dem es um Finanzen geht. Ich bitte um Nachsicht. Die besagte Zeitschrift ist nicht ohne Grund auch unter dem Namen *The Social Bible of Washington* bekannt. Es handelt sich um meine eigene, geliebte, aber finanziell unter einem ungünstigen Stern stehende Zeitschrift – die *Reveal.*«

Er stöhnte. »Scheiße! Und das ist alles?«

Welche Schmach, muss ich bekennen. Aber ich ließ nicht locker.

»Ich weiß, kein Vergleich mit dem *Time Magazine* oder der *Newsweek*, aber auch nicht gerade dem *New England Journal of Medicine.* Wir haben treue Leser und Anzeigenkunden. Zumindest einige. Leider sind wir Pleite gegangen, und nun sucht die Verlegerin – eine attraktive Witwe, Gott segne sie – einen neuen Investor. Da musste ich sofort an Sie denken. Das war vielleicht etwas dumm, aber Sie geben bestimmt einen hervorragenden Verleger ab. Überlegen Sie mal: Sie könnten sowohl demütigende Reportagen über Ihre Feinde wie auch schmeichelhafte Artikel über Ihre Freunde schreiben lassen.

Wir könnten Ihnen sogar unter dem Titel ›Was mich bewegt‹ – oder so ähnlich – eine Kolumne einrichten, in der Sie sich zu dem einen oder anderen Thema des Tages äußern. Darüber hinaus stünde ich Ihnen als unermüdlicher Lakai und Vollstreckungsbeamter zur Seite.«

Galvin konnte sich ein Schmunzeln nicht versagen. Er schien sich über mich – einen Spaßvogel, der drauflosplapperte, wie ihm der Schnabel gewachsen war – köstlich zu amüsieren.

»Ihr Eifer gefällt mir, aber ich hatte gehofft, Sie würden von einer anderen Zeitung reden, die eine kleine Finanzspritze benötigt. An jener Zeitung bin ich nämlich außerordentlich interessiert.«

»Ach so! Die andere Zeitung. Verstehe. Und welche meinen Sie?«

»Die *Washington Sun and Tribune.*« In seiner Stimme schwang etwas wie Ehrfurcht mit. So würde ein Bergsteiger das Wort »Everest« aussprechen.

»Mann o Mann!«, entfuhr es mir. Das war wohl kaum eine Antwort, aber etwas Besseres fiel mir nicht ein. Die *Sun* war die tonangebende Zeitung. Darüber war man sich in der ganzen Stadt einig. Es war das Blatt, das der Präsident und der Kongress Morgen für Morgen als Erstes lasen und das folglich das politische und journalistische Tagesgeschehen bestimmte. Es war im Besitz zweier alteingesessener Familien, der Hazens und der Crosbys, die genügend verdienen wollten, um ihre Clubbeiträge zahlen zu können, aber auch nicht viel mehr. Die *Sun* war der Renner unter den Zeitungen. Seitdem ihre Auflagenhöhe in den Achtzigerjahren die der *Post* überflügelt hatte, nahm sie eine Monopolstellung ein. Ein größerer Fisch ist in der Branche kaum denkbar, aber die Leute hatten einen Verkauf stets für ausgeschlossen gehalten.

Galvin schob seinen mächtigen Unterarm quer über den Tisch. Das reinste Brecheisen. Keine Spur mehr von sanfter Milde in den zu Schlitzen verengten Augen, die er jetzt auf mich heftete. Jetzt kam ich langsam dahinter, welcher Beschäftigung er nachging. Es ging ihm keineswegs darum, Menschen glücklich zu machen, zumindest nicht ausschließlich. Wie er selbst es ausgedrückt hatte, kaufte und verkaufte er Waren.

»Ich vertraue Ihnen ein Geschäftsgeheimnis an«, sagte er bedeutungsvoll. »Die *Sun* ist erledigt. Aus der Zeitung ist kaum mehr etwas herauszuholen. Das zeigt sich zwar noch nicht in den Büchern, aber es ist ein Faktum. Beide Familien wissen es. Sie zanken sich, wie ich gehört habe, und erwägen den Verkauf. Deshalb habe ich Sie zum Essen eingeladen. Ich wollte in Erfahrung bringen, was Sie über die *Sun* wissen oder herausfinden können.«

Ich lehnte mich zurück. Eine zarte Nachmittagsbrise war aufgekommen. Die welken Blätter in den Bäumen raschelten, die Insekten brachten sich in Sicherheit. Galvin sah mich hoffnungsvoll an und wartete auf meine Antwort. Deutlich zeichneten sich die Wangenknochen ab. Kaum zu glauben. Er brauchte mich.

Ich nahm meine große schwarze Brille ab und rieb meine kleinen schwarzen Augen. »Was ich über die *Sun* weiß? Zum Beispiel, dass sich die Hazens und die Crosbys nicht besonders grün sind und dass sie sich vor ein paar Jahren zerstritten haben, weil sich damals einige jüngere Familienmitglieder mit dem Gedanken trugen, ihre Anteile zu verkaufen. Aber angeblich haben sie den Streit beigelegt. Ich weiß, dass Howard Bacon, der Chefredakteur, mit der *New York Times* ein Gespräch geführt hat, in dem es darum ging, ob er die Redaktion des Magazins übernimmt. Das Gespräch wäre gewiss nicht zu Stande gekommen, wenn er nicht nervös wäre. So gesehen weiß ich eine ganze Menge über die *Sun*. Und ich kann noch mehr herausfinden.«

»Wie?« Galvins Gesicht war immer noch angespannt. Er war entschlossen, den Berg zu bezwingen, und er brauchte Unterstützung.

»Ich kenne dort ein paar Leute. Ich kenne überall Leute. Das ist mein Job. Ich bin der Chronist der Washingtoner Gesellschaft.«

»Wen kennen Sie von der *Sun*? Nennen Sie Namen.«

»Nun ja, ich kenne Bacon ein wenig, aber nicht näher. Außerdem ein paar von den jüngeren Reportern. Dann kenne ich noch die Redakteurin vom Lifestyle-Ressort. Ein heimtückisches Luder. Sie sollten sie feuern, sobald Sie das Blatt übernommen haben und mich dafür einstellen. Aber am besten kenne ich die Auslandsredakteurin. Sie heißt Candace Ridgway.«

Ich konnte nicht beurteilen, ob er den Namen zur Kenntnis genommen hatte. Er hörte zu, sah mich aber nicht an, sondern blickte unverwandt über die Mauer hinweg auf das gegenüberliegende dicht bewachsene Flussufer. Unvermittelt wandte er sich mir zu.

»Mit derartigen Nebensächlichkeiten kann ich nichts anfangen. Das ist kein Spiel. Ich muss wissen, was dort vor sich geht.«

»Verstehe, Captain.«

»Weil Sie nämlich einen Job brauchen, wenn Ihr albernes Blatt hopsgeht.«

»Ja, Captain. Das ist absolut richtig.«

»Jetzt mal im Ernst«, sagte er und legte mir seinen Arm um die Schulter, schwer und selbstgefällig. »Wenn die Sache klappt, können Sie bei mir anfangen. Redakteur für die Rubrik Lifestyle, Redakteur der Comicseite – was immer Ihnen zusagt. Haben Sie begriffen? So sieht die Sache aus!«

Wir gingen ein Stückchen spazieren. Er zeigte mir den Gymnastikraum, den er sich über die Garage hatte bauen lassen. Ein richtiges kleines Fitnessstudio mit Trimmgeräten, Wasserspender, Stapeln ordentlich zusammengelegter Handtücher – es fehlten nur noch die Mädchen in den hautengen Gymnastikanzügen. Sogar ein neuer Punchingball hing von der Decke. Er sei im College Amateurboxer gewesen, sagte er. Wenn er bekifft war, hatte er den Sack bearbeitet.

Ich hörte ihm nur halb zu, muss ich gestehen. Meine Gedanken wanderten umher. Sandy Galvin – der Mann, der den klassischen Träumen eines jeden zwanzigjährigen Studienanfängers zugunsten des Geldverdienens abgeschworen hatte – hatte kurz vor seinem fünfzigsten Geburtstag beschlossen, sich auf ein riskantes Glücksspiel einzulassen und eine Zeitung zu kaufen. Den Grund dafür habe ich damals nicht verstanden, und er wurde mir auch später nie so recht klar, wie ich bereits angedeutet habe. Aber von jenem Tag an war ich für ihn Wasserträger und Spitzel – und er für mich das Gleiche. Und zwar auf eine Art, die ihm vermutlich nie klar wurde. Nicht einmal am Schluss. Wir hatten uns aus beiderseitigem Interesse auf eine Verschwörung eingelassen, und es gelang uns, Unglück in einem Ausmaß anzurichten, wie ich es mir niemals hätte vorstellen können.

SECHS

Das Verlagsgebäude der *Washington Sun and Tribune* – eine elegante Konstruktion aus Glas und Stahl – lag im Stadtteil Foggy Bottom, auf halbem Weg zwischen dem Weißen Haus und Georgetown. Früher als Viertel der Lagerhäuser und unbebauten Grundstücke bekannt, ist es seit einigen Jahren, wie viele andere Fin-de-Siècle-Stadtteile Washingtons auch, ein Magnet für Geld und Macht. Vor fünfzehn Jahren hatten die Verleger diese prächtige Zentrale errichtet und ihren angestammten Sitz im Nordosten der Stadt aufgegeben, der ungünstig jenseits der zwar unsichtbaren, aber allgemein anerkannten Grenzlinie zwischen den Wohnvierteln der schwarzen und weißen Bevölkerung lag. Das neue Gebäude hatten sich die Verleger selbst zum Geschenk gemacht. Sie wollten sich und ihrem Sieg über die *Post* ein Denkmal setzen und hatten zu dem Zweck einen der führenden Architekten des Landes mit dem Entwurf beauftragt und viel zu viel Geld dafür aufgewendet. Solches erlebt man zuweilen auch bei unglücklichen Ehepaaren: Sie bauen sich ein phantastisches Domizil in der Hoffnung, es würde sie von ihren Problemen ablenken. Aber das erweist sich in der Regel als Irrtum.

Die Fassade gleißte in der sommerlichen Mittagssonne. Sie sah aus, als könne man sich an ihr die Finger verbrennen. Ich stand am Bordstein und bestaunte das Werk, das Reichtum und Geschmack der Eigentümer geschaffen hatten. Sie ähnelte einer modernen Plastik: Ein Blatt aus Chrom und Glas ragte graziös in den Himmel, als strecke sich eine Zeitungsrolle den aufragenden Druckereigebäuden der *Sun* entgegen. Der Komplex wurde zu beiden Seiten von tiefschwarzen Metallstäben eingefasst. Im Gebäudeinneren befand sich ein weiträumiges Atrium, das die zwei Familien als Museum ausgestaltet hatten, wo sie sich und ihre guten Werke feierten. Eine Bronzeplastik aus dem Jahre 1910 dokumentierte den Augenblick, als der erste Hazen und der erste Crosby den Erwerb und die Fusion zweier erfolgloser Zeitungen – der *Sun-Democrat*, einer Morgenzeitung, und der *Tribune*, einer Nachmittagszeitung, mit einem kräftigen Händedruck besiegelten. Neben der Skulptur hingen bescheidene Fotos beider Söhne, die das Blatt durch die mageren Vierziger- und Fünfzigerjahre gebracht hatten, sowie ein weitaus größeres Porträt des derzeitigen Patriarchen Harold Hazen. Er war es, der mit dem Segen der Crosbys der Zeitung zu Größe und Ansehen verholfen hatte. Gewitzt und nicht minder eitel, so sah er auf diesem imposanten Bild aus. Eitelkeit gehörte wohl zwingend zu einem Verleger, war aber ein gefährlicher Wesenszug.

Ich war gekommen, um meiner Freundin Candace Ridgway einen Besuch abzustatten, von der ich mir hieb- und stichfeste Informationen über die *Sun* erhoffte. Als Reporterin kannte sie die Tricks, mit deren Hilfe man Geheimnisse lüftete. Im Gegensatz zu mir musste sie weder intrigieren noch schmeicheln. Alles, was sie herausfinden wollte, fiel ihr geradewegs in den Schoß, als stünde es ihr von Rechts wegen zu. Nach einem Abstecher nach London, wo man sie als Redaktionsleiterin eingesetzt hatte, war sie erst vor kurzem nach Washington zurückgekehrt und betreute jetzt die Auslandsredaktion. Das war wie ein Signal und die Kollegen witterten weitere Beförderungen. Man redete viel über Candace, zum Teil auch, weil sie ihren Ehrgeiz nicht verhehlte. Schon im College hatte sie verkündet, sie wolle eines Tages eine Zeitung verlegen.

Ich kannte Candace seit meiner Zeit in Harvard, wenn auch eher oberflächlich. Sie war drei Jahre älter als ich und hatte schon kurz vor ihrem Examen gestanden, als ich gerade mit dem Studium anfing. Trotzdem war sie mir gegenüber sehr nett gewesen während des grässlichen Auswahlverfahrens, dem man sich stellen musste, um bei der Universitätszeitung *The Harvard Crimson* angenommen zu werden. Zudem hatte sie mich in jenem ominösen ersten Studienjahr, das schon so manche junge Männer in den Selbstmord getrieben hat, immer wieder aufgemuntert. Seitdem verfolgte ich ihre Karriere, schrieb ihr begeisterte Briefe, wenn mir eine ihrer Reportagen gefallen hatte, und bat sie gelegentlich um Rat. Im Unterschied zu mir war sie offenbar durch nichts aus dem Tritt zu bringen. Während ich von einem Job in den nächsten gestolpert war und mich damit brüstete, nicht berühmt zu sein, strahlte ihr Stern am Pressehimmel zunehmend heller. Ich hatte es mir zur Regel gemacht, derart erfolgreiche Menschen nicht zu mögen, aber bei Candace fiel mir das schwer.

Sicher verdankte sie ihre Ausstrahlung zu einem gewissen Teil auch ihrer Herkunft aus dem Washingtoner Establishment. Erst als ein tragisches Ereignis ihr scheinbar rundum glückliches Leben erschüttert hatte, verlor das Bild ein wenig an Glanz und machte Candaces Erfolg für ihre Mitmenschen erträglicher. Ihr Vater war Ende der Sechzigerjahre stellvertretender Verteidigungsminister gewesen. Auf dem Höhepunkt des Vietnamkriegs erlitt er einen »Zusammenbruch«, wie es damals hieß. Zwei Jahre später, im Herbst 1971, beging er Selbstmord. Schon lange bevor ich Candace kennen lernte, war mir ihr Vater ein Begriff gewesen. Er galt als Symbol für den *Crack-up*, den Niedergang des vornehmen, aber kurzsichtigen Establishments, den eine Bande asiatischer Bauern und Marihuana konsumierender Collegestudenten heraufbeschworen hatte.

Der Tod des Vaters war und blieb der einzige Schönheitsfehler in Candaces Leben. Nur wenn man eine Ahnung vom

Ausmaß der Verletzung hatte und begriff, wie viel Kraft und Selbstdisziplin Candace brauchte, um diesen Schmerz zu bewältigen, konnte man verstehen, warum sie so stark geworden war. Wir waren im College darauf zu sprechen gekommen, denn wir hatten beide unsere Väter verloren. Das war eine der wenigen Erfahrungen, die wir wirklich miteinander teilten.

Ihr Privatleben blieb ein Geheimnis, aber soviel ich wusste, war sie an nichts und niemanden ernsthaft gebunden, außer an die Zeitung. Es ging das Gerücht, sie würde sich regelmäßig mit einem in die Jahre gekommenen Wunderknaben, einem Staatssekretär im Finanzministerium, treffen – wir hatten sogar in einer zurückliegenden Ausgabe der *Reveal* ein Foto von beiden zusammen veröffentlicht –, aber als ich sie nach ihm fragte, verdrehte sie nur die Augen. Sie sagte gern, ihre einzig wahre Liebe gelte den Fakten, und das war beruhigend. Wahrscheinlich wirkte sie schon allein deshalb so sexy, weil man sich nicht vorstellen konnte, dass sie tatsächlich mit jemandem Sex hatte.

Während ich auf sie wartete, sah ich die Menschen aus dem Gebäude zum Mittagessen strömen. Wenn man Journalisten auf das Wesentliche reduzierte, erkannte man, womit sie in Wirklichkeit beschäftigt waren: Sie gingen Mittag essen. Die Männer trugen mehrheitlich Anzüge und das trotz der Hitze. Das war das Werk der *Sun*. Dieses Unternehmen stülpte seinen Novizen offensichtlich eine Art *Corporate Identity* über und formte sie zu Persönlichkeiten gleichen Aussehens und gleicher Sprache. Ich habe diesen Werdegang bei einigen ambitionierten Freunden verfolgt, die jetzt dort arbeiteten. Die Zeitung sog zuerst alles aus ihnen heraus, was sich noch nicht verfestigt hatte und kraftlos und einzigartig wirkte, füllte sie dann bis zum Platzen mit dem zeitungseigenen Lebenssaft, dessen Temperatur bei circa null Grad lag, und – schwuppdiwupp! – hatten die neu gewonnenen Angestellten Überlebensgröße angenommen, waren in elegante Anzüge gekleidet und willens, in die Welt hinauszugehen und jedermann anzupinkeln.

Ich redete mir ein, dass Candace eine Ausnahme bildete und sich ihren Körpergeruch, ihren Duft und ihre Werte bewahrt hatte. Aber vielleicht tat ich das nur, weil ich sie gar nicht so gut kannte, wie ich meinte.

Punkt zwölf Uhr dreißig trat sie forschen Schrittes aus dem Glaspalast und winkte mir kurz zu. Sie trug ein limettenfarbenes Kostüm – ein unerhörtes Kleidungsstück für den Büroalltag! Ich wiegte mich in der Illusion, sie hätte es wegen unserer Verabredung angezogen. Sie kam auf mich zu und schob sich lachend eine vorwitzige blonde Locke aus dem Gesicht, ehe sie mir die Hand reichte. Ihre Selbstsicherheit wirkte bezaubernd und natürlich. Sie war sich ihrer Schönheit bewusst. Wie ein Fotomodell wusste sie, welchen Eindruck ihre elfenbeinfarbene Haut, der taufrische Glanz auf ihrer Wangen und ihre geschmeidigen Bewegungen vermittelten. Zum Schutz vor dem grellen Mittagslicht setzte sie ihre Sonnenbrille auf. So sah man nicht die Unerbittlichkeit, die ich früher schon in ihren Augen entdeckt zu haben meinte. Das war Candaces Geheimnis: Hinter der blonden Maske verbarg sich eine stahlharte Frau. In der Branche war sie weniger für ihre Schönheit bekannt (die man hinnahm) als vielmehr für ihr Durchsetzungsvermögen. Sie galt als *tough.* Während des Iran-Irak-Kriegs saß sie einmal in Basra eingeschlossen. Alle anderen Journalisten waren evakuiert worden, nur sie hatte aus unerklärlichen Gründen bleiben dürfen. Über ihre Erlebnisse hatte sie ein erheiterndes Tagebuch verfasst: Wie sie in schrottreifen Taxis an die Front gefahren war, während eines nächtlichen Angriffs vier Stunden in der Badewanne zugebracht hatte, weil jemand ihr gesagt hatte, dass die Rohrverbindungen auch dann heil blieben, wenn das Hotel getroffen würde, und wie sie sich gegen etliche eindeutige Angebote sexbesessener Irakis zur Wehr gesetzt hatte. Sie war eine jener Feministinnen, für die es ganz selbstverständlich war, sexy zu sein und Sex als Machtinstrument einzusetzen. »Jetzt mal ehrlich«, soll sie zu einem neidischen männlichen Kollegen gesagt haben, nachdem sie sich ein Exklusivinterview gesichert hatte, »mit wem würde sich König Hussein nach einem langen Tag wohl lieber unterhalten, mit dir oder mit mir?«

Ich winkte ein Taxi herbei und hielt Candace die Tür auf, als sie die schlanken Beine auf den Sitz schwang. Eine wirklich elegante Frau erkennt man daran, dass sie auch dann noch anmutig wirkt, wenn sie in einem kurzen Rock in ein Taxi steigt. In der Absicht, Galvin mit der Rechnung zu beglücken, hatte ich einen Tisch in einem nahe gelegenen, absurd teuren französischen Restaurant reserviert. Als ich dem Fahrer den Namen des Restaurants zurief, ahnte Candace sofort, dass etwas im Busch war.

»Ich dachte, die *Reveal* ist am Ende«, sagte sie und zog die Augenbrauen hoch. »Was ist los? Verkauft ihr jetzt Anzeigenraum im Fototeil?«

»Das Geschäft läuft tatsächlich miserabel, aber deine Idee, Anzeigenraum zu verkaufen, ist nicht schlecht. Vielleicht komme ich darauf zurück. – Nein, ich möchte, dass du unser Mittagessen als Rendezvous mit deinem alten, teuren Freund betrachtest.«

»Dann nehmen wir uns doch lieber gleich ein Zimmer«, erwiderte sie. »Wir könnten im Bett Mittag essen.«

Das war ihre Masche, wenn wir uns trafen: Sie spielte auf Sex an, weil sie wusste, dass sie sich keiner Gefahr aussetzte. Sie stimmte sich stets auf ihren jeweiligen Begleiter ein. Viele ihrer Bekannten konnten das nicht ausstehen. Mir gefiel es. Ich ließ mich gerne von einem Profi manipulieren.

»Und, wie geht's in der Zeitung?«, fragte ich, als wir am Tisch saßen. So eine Frage kam bei Journalisten immer gut an. Sie halten nämlich ihre Arbeit für schrecklich interessant und wichtig und sind fest davon überzeugt, dass alle danach schmachten zu erfahren, wie es in der Redaktion läuft.

»Entsetzlich!«, antwortete sie. »Ich bekomme niemanden für Bagdad. Bei unserer Redaktionsleiterin in Neu-Delhi haben genau an dem Tag die Wehen eingesetzt, an dem der Taifun Bangladesch erreicht hat. Unser Korrespondent in Moskau droht, zur *Times* zu wechseln, wenn wir nicht seine Frau einstellen. Ich hab von allem die Nase voll, ehrlich gesagt!«

Den letzten Satz unterstrich sie mit einer Handbewegung, als verscheuche sie eine Fliege, und mir fielen ihre frisch lackierten und polierten Fingernägel ins Auge. Auch das war typisch für Candace: Mochte der Stress im Verlag auch noch so groß sein, die wirklich wichtigen Dinge, wie beispielsweise eine sorgfältige Maniküre, vernachlässigte sie nicht.

»Es ist mir ein Rätsel, wie du den ganzen Quatsch erträgst«, sagte ich. »Du eignest dich doch gar nicht zu solchen bürokratischen Aufgaben.«

»O doch«, entgegnete sie. »Das ist ja das Beunruhigende. Ich beherrsche das Metier sogar ganz gut. Es kommt meiner diktatorischen Veranlagung entgegen. Den Leuten in der *Sun* liegt unendlich viel an meiner Meinung. Sie sind schrecklich bedürftig, insbesondere die Männer. Ich muss Acht geben, dass ich sie nicht quäle.«

Daran zweifelte ich keine Sekunde. Sie verstand es, sich so zu geben, dass man darauf brannte, ihr einen Gefallen zu tun.

Ein Ober trat an unseren Tisch und ratterte unaufgefordert die Tagesgerichte herunter. Alle ohne Preisangabe. Ob es den Kreditrahmen meiner VisaCard wohl sprengen würde? Ach was, Agenten machten sich doch um so etwas keine Sorgen.

»Hast du mit dem Anführer der zweiten Liga immer noch ein Verhältnis?«, fragte ich. Weshalb war ich so spöttisch? Er hieß Mark Pavel und war Leiter der Abteilung für internationale Wirtschaftsangelegenheiten. Das war bestimmt eine sehr wichtige Aufgabe, trotzdem kam er mir wie ein absoluter Hohlkopf vor. In einem Anfall von Eifersucht hatte ich seinen Werdegang gelesen. Eine Aneinanderreihung von Institutionen mit wohlklingenden Namen: Yale (seine Trefferquote war vermutlich etwas zu dürftig für ... na ja, Sie wissen schon, was für ein Jammer!), Trinity College; Cambridge, mithilfe eines Marshall-Stipendiums; Harvard Business School; Goldman Sachs; Abteilung Auslandsbeziehungen. Alles hatte er geschafft, nur das wirkliche Leben war an ihm vorbeigegangen.

»Wir sehen uns hin und wieder«, antwortete sie. »Er ist dekorativ und besitzt hübsche Krawatten.«

»Du solltest ihm den Laufpass geben. Er ist ein Wurm.«

»Mag sein. Aber er ist unproblematisch. Mikrowellentauglich. Und solange du mich nicht um meine Hand bittest, muss ich mich allein durchschlagen.«

So sehr mir das ungezwungene Geplänkel auch behagte, ich musste allmählich zur Sache kommen. Schließlich konnte ich Galvin nicht die Rechnung unterjubeln, ohne ihm ein paar Informationen zu liefern.

»Wie geht es den Hazens und Crosbys?«, erkundigte ich mich. »Wie man hört, knistert's zurzeit ein bisschen im Gebälk.«

Sie sah mich neugierig an. Meine Frage klang vermutlich etwas seltsam, aber ich kostete den Vorteil aus, als verschrobener Mensch zu gelten.

»Es knistert sogar ganz gewaltig«, antwortete sie. »Diese Familie ist absolut chaotisch und unglücklich mit der Entwicklung ihrer Zeitung, und jeder ärgert sich über jeden. Die jungen Leute finden, die Zeitung werfe nicht den Ertrag ab, der erwirtschaftet werden könnte, und alle sind sauer auf Harold Hazen, weil der Kurs der Aktie so niedrig notiert ist. Er liegt nach wie vor bei plus-minus vierzig Dollar – dem Stand von vor fünf Jahren. Wir haben die Hausse des Jahrhunderts, aber das Familienunternehmen verzeichnet nicht einen Penny Gewinn.«

»Die Ärmsten!« Es fiel mir schwer, Mitleid für reiche Leute aufzubringen, deren Vermögenswerte wenig einbrachten. »Woher weißt du das alles? Klingt nicht nach dem üblichen Klatsch aus eurer Nachrichtenzentrale.«

»Stimmt.« Sie lächelte verschmitzt. »Ich habe eine ganz gute Quelle.«

»Na, erzähl schon«, forderte ich sie auf und machte eine aufmunternde Handbewegung. »Komm, erzähl es deinem David. Bitte. Ich möchte es wirklich wissen.«

»Du willst das doch nicht etwa in der *Reveal* bringen, oder?«

»Aber nein. Ich weiß von nichts. Ich brauche nur Stoff für meinen Roman über das Leben in Washington. Wenn du mir nicht die Wahrheit sagst, denke ich mir etwas wirklich Boshaftes aus.«

Lachend schüttelte sie den Kopf. Was für ein Witzbold! Für sie war ich immer noch der magere Student im ersten Studienjahr, der sich abmühte, bei der *Crimson* mitarbeiten zu dürfen, und der ihr verzweifelt schöne Augen machte.

Obwohl ich in den Boden versunken wäre, wenn sie meinem Werben nachgegeben hätte... »Willst du es tatsächlich wissen?«, fragte sie mit Nachdruck.

»Ja. Unbedingt!« Offenbar klang meine Stimme so überzeugend, dass sie die Ernsthaftigkeit meiner Absicht nicht länger in Zweifel zog. Aber es stimmte ja auch. Ich wollte es unbedingt wissen.

»Na schön, ich erzähl's dir, aber nur weil du so ein hoffnungsloser Fall bist und ich genau weiß, dass ich dir trauen kann. Ich habe eine langjährige Freundin namens Ariane Hazen, Harolds Tochter. In der High-School war sie sogar ein, zwei Jahre lang meine *beste* Freundin. Wir haben den Kontakt aufrechterhalten, und seit ich aus London zurück bin, treffen wir uns ziemlich oft. Sie ist geschieden und ein wenig einsam. Mir scheint, sie braucht eine Freundin in der Nachrichtenredaktion, und ich bin die Einzige, die sie gut kennt.«

»Und... weiter...?« Verschwörerisch beugte ich mich vor. »Was spricht sie?«

»Sie ist verärgert. Ihrer Meinung nach hat man das Blatt heruntergewirtschaftet. Sie möchte vieles ändern und hofft dabei auf die Unterstützung ihres Bruders und der Crosby Kids. Ihr Vater ist gekränkt. Ihm ist zu Ohren gekommen, dass seine Tochter gegen ihn intrigiert, was ihn sehr verletzt. Er weiß selber, dass das Blatt am Boden ist, hat aber keine Ahnung, wie er das Ruder herumreißen soll, und möchte auch nicht die Nachrichtenredaktion erschüttern. Deshalb mögen wir Mr. Hazen so gerne. Er ist ein Arbeitgeber alter Schule. Ihm liegt unser Wohl am Herzen. Ihm bereitet es Vergnügen, eine gute Zeitung herauszubringen. Der Aktienmarkt interessiert ihn herzlich wenig.«

»Und? Worauf läuft es hinaus?«, hakte ich nach. »Verkaufen die Hazens die Zeitung?«

»Das glaube ich kaum. Die Familie zankt sich immer noch. Ariane weiß noch nicht, wie sie vorgehen wird. Bei unserem letzten Gespräch wollte sie einen Berater anheuern und mit den anderen jungen Leuten die Möglichkeiten diskutieren. Warum willst du das eigentlich alles wissen? Du führst wohl etwas im Schilde. Hast du etwa einen Käufer?« Erwartungsvoll sah sie mich an. Sie wusste mehr, als sie erzählte. Das war typisch für sie. Aber in diesem Fall galt für mich das Gleiche.

»*Ich?* Wie denn? Woher sollte ich jemanden kennen, der die *Sun* kauft?«

Sie tätschelte meine Hand. Ganz ruhig. Ist ja schon gut. Das war der Vorteil, wenn man als Verlierer galt. Man wirkte harmlos. Die Leute kamen gar nicht auf den Gedanken, dass man ihnen tatsächlich Schaden zufügen könnte, während sie einem ihre Geheimnisse anvertrauten.

An der Tür wurde es unruhig. Eine massige Gestalt mit einer extravaganten Krawatte betrat das Restaurant und schüttelte allen möglichen Leuten herzhaft die Hand. Offenbar ein Stammgast. Nachdem er den Küchenchef begrüßt hatte, trat er an den Tisch eines Zeitschriftenkolumnisten und plauderte mit ihm.

Der Mann hatte früher einmal in der Regierung gesessen, war aber mittlerweile als Investmentbanker tätig und Gerüchten zufolge als potenzieller Außenminister im Gespräch, falls die Republikaner wieder das Ruder übernahmen. Es lag auf der Hand, dass er Candace kannte und früher oder später auch unseren Tisch mit seiner überbordenden Jovialität überschütten würde.

»Hallo, Candy!«, begrüßte er sie und küsste sie auf die Wange. Candace stellte mich vor und verschwieg dabei gnädig, dass ich ein Mitarbeiter der *Reveal* war. Der Mann war schließlich ein nachweislich hochkarätiger Bursche. Verlegen stand ich neben den beiden, während sie sich über Bosnien, den Irak und politische Entwicklungen unterhielten, zu denen ich keine Meinung besaß. Zu meinem Erstaunen bewahrte Candace während dieses grässlichen Zwischenspiels durchweg Haltung. Sie schmeichelte ihm nicht, lachte nicht zu laut über seine Witze, sondern traf schlichtweg den richtigen Ton. Fakten waren nun mal ihre Leidenschaft.

»Ich mache mir manchmal wirklich Sorgen um dich, David«, sagte sie, nachdem das Dessert abgeräumt war. »Du scheinst nicht gerade glücklich zu sein.«

Verblüfft schwieg ich einen Augenblick. Für gewöhnlich interessierte sich niemand für mein Privatleben. Was bezweckte sie mit der Bemerkung? »Entschuldige, aber du verwendest ein Wort, das ich nicht verstehe. *Glücklich* – was ist das?«

»Ich meine es ernst, David. Ich mache mir Sorgen um dich. Du bist so begabt und vergeudest dein ganzes Talent bei dieser albernen Zeitschrift. Soweit ich es beurteilen kann, hast du überhaupt kein Privatleben.«

»Was soll das heißen?«, erwiderte ich. »Ich habe eine Katze *und* einen Fernseher.«

»Zieh doch nicht alles ins Lächerliche. Du wirkst dadurch nur umso erbärmlicher. Hast du wenigstens ab und zu mal eine Verabredung?«

»Nein, natürlich nicht. Ich bitte dich. Mit wem sollte ich denn ausgehen?«

Die Frage hing in der Luft. Mal ehrlich, mit wem *sollte* ich denn ausgehen? Und selbst wenn ich mich mit jemandem treffen würde, was sollten wir denn unternehmen? Ein viel zu komplexes Problem, um sich nach einem köstlichen Mittagessen mit sautiertem Täubchen und einer erlesenen Crème brûlée den Kopf darüber zu zerbrechen. Nein, persönliche Fragen beantwortet man am besten mit klösterlichem Schweigen. Vor langer Zeit soll es eine Heilige gegeben haben, die ihr ganzes Leben damit verbracht hat, die Flöhe einzeln von ihrem ungepflegten Körper zu entfernen, um sie anschließend ebenso sorgfältig wieder zurück an ihren Platz zu setzen. Selbst unter Berücksichtigung *aller* meiner Probleme führte ich doch ein weitaus besseres Leben.

Candace Ridgway sah mich nachdenklich an. »Mit wem außer dir sollte ich ausgehen?«, fragte ich und betrachtete ihre weiche Haut, die zarte Färbung ihrer Wangen, ihre vollen Lippen.

Vermutlich hatten wir beide ein kaltes Herz. Das war es, was Candace und mich verband. Ich spreche nicht von herkömmlicher Mitleidlosigkeit, sondern von einem Herz mit einer ganz besonderen Struktur, auf die Candace schon kurz nachdem wir einander im College begegnet waren, zu sprechen gekommen war. Damals meinte ich tatsächlich, ich hätte den Schlüssel zu ihrer Persönlichkeit gefunden. Es war nicht mehr als ein vages Gefühl, wie es Erstsemester oft überkommt, aber seltsamerweise mag ich sogar Recht gehabt haben.

An jenem Tag war ich in das *Crimson*-Gebäude an der Plympton Street gegangen, um mich mit ihr zu treffen. Als Studentin kurz vor dem Abschluss ihres Studiums war sie meine »Tutorin«, die mir bei meiner Arbeit für die Collegezeitung zur Seite stand. Sie saß im Büro des Chefredakteurs auf einer ausladenden roten Ledercouch und las in einem Buch von Graham Greene. *Das Herz aller Dinge* – einer seiner düsteren katholischen Romane, ein hervorragendes Buch und alles, aber in jener Zeit eine nicht gerade besonders gefragte Lektüre. Ich wollte Konversation machen und stellte ein paar Fragen zu dem Roman. Sie sah mich an, als sei sie mit ihren Gedanken ganz woanders. Manche Menschen haben diesen Blick, wenn sie kurz davor sind, in Tränen auszubrechen. Meine Frage brachte sie zurück in die Wirklichkeit. Ich glaube, sie war dankbar, mit jemandem reden zu können. Sie wollte mir eine Passage aus dem Buch vorlesen, den Teil, in dem der syrische Händler Yusef dem verzweifelten Polizeichef Major Scobie ein syrisches Sprichwort zitiert. Ich habe es kürzlich nachgeschlagen, weil ich mir den genauen Wortlaut wieder ins Gedächtnis rufen wollte: »Von zwei Herzen ist das eine immer kalt und das andere warm; das kalte Herz ist wertvoller als Diamanten; das warme Herz hat keinen Wert und man wirft es fort.«

»Glaubst du, dass das stimmt?«, hatte Candace mich gefragt.

Ich antwortete, ich wüsste es nicht. Ich war gerade mal achtzehn und nicht einmal sicher, ob ich überhaupt ein Herz hatte.

»Ich glaube, es stimmt«, fuhr sie fort. »Wenn ein kaltes Herz warm wird, kühlt es nie wieder ab.«

Dieser ungemein persönlichen Bemerkung fügte sie nichts hinzu. In Harvard warfen die Collegekids damals mit solchen Sätzen um sich, und wir alle lasen heimlich Emily Dickinson. Selbst das Wasser im Wasserhahn barg Romantik. Aber nachdem ich dieses Sprichwort gehört hatte, fühlte ich mich wohler, da ich kein Mensch war, der liebevoll wirkte. Vielleicht bedeutete dies, dass auch in mir kein wertloses, warmes Herz schlug.

Wir wandten uns unserer eigentlichen Aufgabe zu, und sie machte ihre kritischen Anmerkungen zu einer meiner überheblichen Theaterrezensionen. Doch die Passage aus dem Buch von Graham Greene ging mir nicht aus dem Sinn. Candace hatte ganz eindeutig von sich selbst gesprochen, und ich weiß noch, dass ich mich fragte, ob sich ihr Herz wohl aus Leidenschaft allmählich erwärmte oder ob es noch immer ganz kalt war.

Hugo Bell war am Telefon. Er erklärte, er sitze gerade in einem ligurischen Restaurant – ganz richtig, er sagte ligurisch, nicht italienisch – beim Abendessen mit einem Freund, der als Makler in einer der hiesigen Investmentgesellschaften arbeitete. Sie hatten sich über den Rohstoffmarkt unterhalten und waren dabei auch auf Carl Galvin zu sprechen gekommen. Eine wirklich interessante Unterhaltung. Ob ich nicht Lust hätte, ihnen Gesellschaft zu leisten, ein köstliches ligurisches Dessert – Pfirsiche mit Glühwein – zu probieren und zu hören, was sein Freund zu berichten hatte.

Normalerweise wäre ich um diese Tageszeit nicht mehr aus dem Haus gegangen. Ich hörte gerade Musik und wartete auf eine Folge der *Simpsons*, die als Wiederholung ausgestrahlt wurde, aber Bells Angebot war zu verlockend. Umfassendes Wissen war meine einzige Waffe gegenüber Galvin.

Das kleine, laute Restaurant lag an der Connecticut Avenue. Bell saß im hinteren Teil des Lokals mit einem ganzen Arsenal Bierflaschen vor sich. Sein Freund, Jack Liggitt, hatte gewisse Ähnlichkeit mit einem englischen Spürhund. Offenbar teilten die beiden Männer eine Vorliebe für Jazz. Liggitt hatte sich als junger Mann bemüht, mit Ahmed Jamal zu trommeln, aber die schwarzen Musiker hatten ihn abgelehnt. Er saß zwischen zwei Stühlen – sein Interesse galt einer Sache, der er sich aber nie ganz hingeben durfte. Dieses Schicksal teilten Hugo und Jack. Zwei Gestrandete. Liggitt überreichte mir in der für Makler typischen Art seine Karte und schüttelte mir kumpelhaft die Hand.

Wahrscheinlich glaubte er, durch mich zu einem lukrativen Geschäft zu kommen. »Dieser Typ namens Galvin ist ein ziemlicher Brocken«, begann er kühn. »Wissen Sie Näheres über ihn?«

»Wenig«, antwortete ich. Ich berichtete, was mir Klein-Galvin über seine Tätigkeit erzählt hatte.

»Die interessanten Einzelheiten hat er ausgelassen«, klärte mich mein Informant auf, hoch beglückt darüber, die Lücken füllen zu können. Anscheinend hatte er die kontinuierliche Glückssträhne der Carl Galvin Corporation über Jahre verfolgt.

Es stimmte, dass Galvin im Jahr 1973 ins Ölgeschäft eingestiegen war, aber dabei hatte es sich kaum um eine Aneinanderreihung glücklicher Fügungen gehandelt. Falls es so war, wie Jack sagte, besaß Galvin bereits damals einflussreiche Freunde. Leute, die er an der US-Botschaft in Bangkok kennen gelernt hatte. Diese Kontakte erleichterten ihm den Einstieg in die Rohstofffirma in Hongkong. Sie gaben ihm Tipps, führten ihn in die maßgeblichen Kreise ein, vermittelten Zusammenkünfte zwischen ihren Freunden und ihm. Bereits nach einigen Monaten war ihm das Glück hold. Mit dem Gespür eines Spielers unterzeichnete er im Spätsommer zum richtigen Zeitpunkt den Vertrag über hunderttausend Tonnen Rohöl aus dem Iran, die im Dezember zur Lieferung anstanden und knapp über fünf Dollar pro Fass kosten sollten, dem Marktpreis vom August. Er rechnete damit, die Ware an die Japaner weiterverkaufen zu können.

»Apropos Glück«, sagte Jack: Im Oktober brach der Nahostkrieg aus, woraufhin die Araber ihr Ölembargo verhängten, sodass im Dezember der Ölpreis auf dreizehn Dollar pro Fass stieg. Galvins Gewinn betrug achthunderttausend Dollar – nicht schlecht für einen dreiundzwanzigjährigen Studienabbrecher. Nach diesem Erfolg war keine Rede mehr von einer eventuellen Rückkehr nach Harvard. Er blieb noch zehn Jahre in Hongkong und weitete den Rohstoffhandel auf Blei, Zinn, Nickel, Mangan, Aluminium und sogar Quecksilber aus.

Ende der Siebzigerjahre war er es leid, seine Gewinne noch länger mit dem schwerfälligen britischen Unternehmen zu teilen, und gründete eine eigene Firma. Wie viele Spekulanten erlebte auch er in den folgenden zwanzig Jahren die übliche Berg-und-Tal-Fahrt des Marktes, bis er es in den Neunzigerjahren tatsächlich zu enormem Reichtum brachte.

Vor drei Jahren schätzte die *Financial Times* sein Vermögen auf annähernd eine Milliarde Dollar. Hinter vorgehaltener Hand hieß es, Galvin hätte sich finanziell übernommen. Aber das sagten die Leute stets von Geschäftsleuten, die mit Rohstoffen handelten.

»Der Mann kalkuliert immer sehr riskant, das ist sein Geheimnis«, erklärte Jack. Ich fragte, was das hieße. Galvin wirkte auf mich nicht wie jemand, der auf Risiko spielte.

»Er handelt immer unmittelbar an der Marge«, erklärte der Makler. »An einem Punkt, wo keiner mehr einsteigen will.«

Als nach dem Abzug der Portugiesen aus Angola im Jahr 1975 das Interesse am Öl dieses Landes vollkommen zum Erliegen kam, kaufte er und hatte somit Ende der Siebzigerjahre Zugriff auf Rohöl, als die Ölkrise alles lahm legte. Und als sich während des Golfkrieges Mitte der Achtzigerjahre niemand in den Persischen Golf wagte, klinkte Galvin sich ein. Er erwarb verrostete alte Panzer, schickte sie in das Kriegsgebiet und erzielte einen Riesengewinn. Desgleichen in Russland zu Beginn der Neunzigerjahre. Der Ausgang des Krieges war nicht absehbar und die meisten Händler wagten kein Geschäft. Galvin indes sah seine Chance gekommen.

Meine Frage, ob Galvin ein Betrüger sei, belustigte Jack nur. »So ist der Rohstoffhandel nun einmal«, erklärte er. »Auf der verkehrten Seite des Vertrags zu stehen ist das einzige Vergehen.«

Das eigentliche Problem im Rohstoffhandel sei der Ausstieg aus dem Geschäft, fügte er nach einer Weile hinzu. Da sei so viel Geld im Spiel, dass es sich gar nicht vermeiden lasse, bei anderen Leuten in der Kreide zu stehen. Und sobald sich der Markt verändere, werde es schwierig, Schulden zu begleichen.

»Ich habe das Gefühl, Galvin möchte aussteigen«, sagte ich in Erinnerung an eine kryptische Bemerkung, die er gegen Ende unseres gemeinsamen Mittagessens gemacht hatte.

»Na, dann sollte er sich besser beeilen«, antwortete Jack. Der Markt gebe nach, und wenn man mit dem Geld anderer Leute jonglierte, sei man nicht mehr sein eigener Herr.

SIEBEN

Galvin wollte in allen Einzelheiten wissen, worüber Candace und ich uns beim Mittagessen unterhalten hatten. Ich war unschlüssig, was ich ihm erzählen sollte, denn es erschien mir unfair. Wie eine dieser Gemeinheiten in der *Jerry Springer Show*. Da sitzt die Ehefrau hinter den Kulissen, während der Ehemann gerade Jerry erzählt, dass er mit seiner Schwägerin ein Verhältnis hat. Aber im Grunde blieb mir keine Wahl. Die Rechnung belief sich auf annähernd hundertfünfzig Dollar, also war Diskretion schon aus rein praktischen Erwägungen nicht angebracht. Ich sagte mir schließlich, dass ich keinen langfristigen Schaden anrichten würde, wenn ich etwas verriet. Galvin, so schien es mir, könnte der *Sun* und begabten Leuten wie Candace nur von Nutzen sein. Aber das war die Logik eines Mannes, der sich kaufen ließ.

Diesmal bat mich Galvin nach Georgetown. Er sagte, er wolle dieses Haus bald verkaufen und es bis dahin noch ein wenig nutzen. Es war ein altes Stadthaus in der Q Street – von außen eher unansehnlich, aber innen cremefarben tapeziert und mit Bücherregalen aus dunklem Holz ausgestattet. Hohe Glastüren führten in einen großen Garten, vor den Augen der Passanten verborgen wie ein Smaragd in einem Schmuckkästchen. Man hat mir erzählt, dass in arabischen Städten wie Damaskus oder Kairo Häuser auf diese Weise gebaut werden – die Fassade ist schmucklos, um nicht den Neid der Nachbarn zu erwecken, aber dahinter verbirgt sich ein Palast.

Der Butler – ein anderer als in dem Haus in Virginia – sagte, Mr. Galvin sei im Garten und schwimme gerade ein paar Runden. Er führte mich zu einem grau gefliesten Swimmingpool, der auf allen vier Seiten von sattgrünem Rasen gesäumt war. Galvin kraulte seine Bahnen, ich setzte mich und sah ihm dabei zu. Sein Körper pflügte das Wasser, und mit jedem kraftvollen Zug wühlte er das Wasser auf wie ein Schiffsbug. Er beachtete mich nicht, bis er sein Pensum erfüllt hatte; dann stand er plötzlich vor mir, tropfnass und sehr mit sich zufrieden.

Ich reichte ihm ein Handtuch. Nun gehörte ich zu seinem Gefolge – wie der Butler oder der Gärtner. Während er sich abtrocknete und ab und zu an einer Cola light nippte, erzählte ich ihm von meinem Mittagessen mit Ms. Ridgway. Die meiste Zeit hörte er schweigend zu, nur gelegentlich stellte er ein paar Fragen, um mich auf die Themen zu lenken, die ihn interessierten. Als ich Ariane Hazen erwähnte, lächelte er zufrieden. O ja! Er schien alles über sie zu wissen. Sie sei die Schlüsselfigur, meinte er. Von den Nachkommen der Hazens und Crosbys sei sie die Einzige, die ein Gespür fürs Geschäft besitze. Wenn sie die Führung übernehme, würden die anderen folgen.

Er deutete mit einem nassen Finger in meine Richtung. »Was, schätzen Sie, ist die *Sun and Tribune* wert?« Da ich mit den Schultern zuckte, beantwortete er seine Frage selbst. »Bei vierzig Dollar pro Aktie schätzt man den Wert des Unternehmens auf ungefähr achthundert Millionen Dollar. Aber das nur, weil die Zeitung von kompletten Idioten geleitet wird. Bei einer Versteigerung würde die Aktie möglicherweise sechzig bis siebzig Dollar erzielen. Die Frage ist, auf welche Weise wir die *Sun* billiger bekommen könnten – für, sagen wir, fünfzig Dollar die Aktie oder fünfundfünfzig.«

»Sie fragen den Falschen«, sagte ich. »In Hauswirtschaftslehre bin ich durchgefallen.«

»Letztendlich hängt alles vom Hazen Trust ab«, überlegte

er laut. Er erklärte mir, die *Sun* besitze zwei verschiedene Aktienkategorien, um sich gegen eine Übernahme zu schützen – A-Aktien für die Familie und B-Aktien für alle anderen. Das Unternehmen könne nicht ohne eine Mehrheit der A-Aktien verkauft werden, und das größte Aktienpaket werde in einem 1963 eingerichteten Trust treuhänderisch für Harold Hazens Kinder verwaltet. Harold und sein Sohn übten gemeinsam das Stimmrecht aus. Laut Galvin war dieser Trust der Hauptknackpunkt.

Er ballte seine riesige Hand zu einer Faust und streifte leicht mein Kinn. »Beinahe hätte es zu den goldenen Handschuhen gereicht«, sagte er. Dabei entsprach er so gar nicht dem landläufigen Bild eines Boxers. Er war kein bulliger Muskelprotz; im Gegenteil, in seinen Bewegungen lag eine natürliche Anmut.

Ich reichte ihm die Restaurantrechnung und fragte in meinem unterwürfigsten Ton, ob er sie mir vielleicht erstatten könne, da es eine Menge Geld und ich relativ arm sei.

»Natürlich!«, schnaubte er. »Seien Sie doch nicht dumm!« Er ging ins Haus und kam mit einem Umschlag in der Hand zurück. Im Umschlag lag ein Scheck – und zwar nicht über hundertfünfzig Dollar, sondern über fünftausend.

»Das kann ich nicht annehmen«, sagte ich. »Das ist absurd.«

»Aber sicher können Sie das annehmen. Sie haben es sich verdient. Lassen Sie mich nur wissen, wenn Sie mehr brauchen.«

Ich faltete den Scheck sorgfältig zusammen und steckte ihn in die Brieftasche. Was sollte ich mich beklagen, wenn er beschlossen hatte, mir einen Teil seines Geldes nachzuwerfen? Und vielleicht hatte er Recht – vielleicht hatte ich es wirklich verdient, auch wenn das ein eher beunruhigender Gedanke war. Ich wollte gehen, aber mit einer Handbewegung bat er mich, noch einen Augenblick zu bleiben.

»Wie sah sie aus?«, fragte er.

»Wer?« Einen Moment lang wusste ich nicht genau, wen er meinte.

»Candace Ridgway. Wie sah sie aus, als Sie mit ihr essen waren?«

Er betrachtete mich aufmerksam und wartete auf eine Antwort. »Da muss ich überlegen«, sagte ich. »Sie ist sehr schön. Vielleicht haben Sie das schon gehört; es stimmt wirklich. Sie hatte ein pastellfarbenes Kostüm an, so eine Art Lindgrün – eine eigenartige Farbe, aber sie stand ihr. Sie hat volles blondes Haar, das ihr immer ins Gesicht fällt, und eine wunderbare Haut. Sie flirtet gern, ist aber zugleich unnahbar, falls Sie wissen, was ich meine. Was gibt's da noch zu sagen? Sie sah toll aus.«

Galvin erwiderte nichts. Er schloss die Augen, als versuche er sich Candace vorzustellen. Lange saß er so da, und das schien mir eine gute Gelegenheit, zu verschwinden. Also verabschiedete ich mich und verließ das Haus durch die Vordertür. Im Hinausgehen warf ich noch einen Blick zurück. Vornübergebeugt saß er da, das Badetuch um die Hüften geschlungen, den Kopf in die Hände gestützt. Er wirkte wie ein Boxer, der sich auf einen großen Kampf vorbereitet – oder an die Wunden aus einem früheren Kampf zurückdenkt. Schwer zu sagen.

Galvin führte Ariane Hazen einige Tage später zum Mittagessen aus. Er rief sie einfach an, aus heiterem Himmel, und erklärte, er sei ein Investor, der erst vor kurzem nach Washington gezogen sei. Er verfolge die Entwicklung ihres Unternehmens und würde sie gerne zum Mittagessen einladen. Sie nahm sofort an, denn sie wusste bereits, wer er war. Galvin erzählte mir später, sie sei zunächst etwas nervös gewesen und habe wohl auch den Eindruck vermeiden wollen, dass sie mit einem potenziellen Käufer ein Komplott schmiede. Sie trug sogar einen Hut, um im Restaurant unerkannt zu bleiben. Galvin deutete das als gutes Zeichen: Immerhin nahm sie das Treffen so ernst, dass sie vorzog, es geheim zu halten.

Sie sei eine seltsame Frau, sagte er. Voller Energie, die kein Ventil fand. Dieser Fluch lastete auf jedem, der mit dem Namen Hazen geboren war. Zu oft in ihrem Leben – in den Situationen, in denen die meisten Menschen aussteigen wollen, aber genau wissen, dass sie es nicht können – hatte sie es geschafft, sich freizukaufen. Sie war ein Opfer der Freiheit, die einem das Geld bietet, um den unangenehmen Seiten des Lebens auszuweichen. Losungen wie *sich auf die Hinterbeine stellen* oder *sich nicht unterkriegen lassen* hatten in ihrer Welt keine Bedeutung. Das machte sie für jemanden wie Galvin zu einer leichten Beute.

Sein Bericht verriet, dass er seinen Charme an diesem Tag nicht umsonst hatte spielen lassen. Er führte sie in ein kleines italienisches Restaurant – eines von der Art, die man mit Freunden besucht, nicht mit Geschäftspartnern – und setzte sich nicht ihr gegenüber, sondern neben sie. Er erzählte ihr von seinen früheren Abenteuern in Afrika und dem Nahen Osten, als er sein Geschäft aufgebaut hatte. Es ist immer wieder erstaunlich, wie anfällig die Menschen für gespielte Offenheit sind. Sie erkennen nicht, welch gefährliche Waffe Freundlichkeit sein kann.

Als der geeignete Zeitpunkt da war, kam Galvin ohne Umschweife auf die Finanzlage der *Sun* zu sprechen. An der Wall Street sei man ja skeptisch, sagte er. Die Analysten, die die Entwicklung der Zeitung verfolgten, wären der Ansicht, das Management arbeite schlecht. Außerdem habe er gehört, dass die Auflage und die Einnahmen aus Inseraten im zweiten Vierteljahr unter den veranschlagten Zahlen lägen, was den Aktienpreis noch mehr drücken würde.

»Sie wissen ja mehr als Dad«, erwiderte sie sarkastisch. »Er glaubt, alles sei in schönster Ordnung.« Nun war der Damm gebrochen, und sie schüttete ihr Herz aus.

Einige der jüngeren Familienmitglieder glaubten, die Zeitung könne mehr einbringen, klagte sie. Es ging bergab. Aktien anderer Medienunternehmen wurden um ein Zwanzigfaches – oder sogar Fünfundzwanzigfaches – über ihren Gewinnen gehandelt, die *Sun* brachte es nur auf das Zwölffache, eine armselige Zahl. Für die ältere Generation war das in Ordnung. Sie hatten alles, was sie sich wünschten, und lebten ganz gut von den Dividenden. Aber für Ariane und ihre Generation war das nicht genug. Die *Sun* war ihre wichtigste Kapitalanlage. Wenn sie es nicht mit den Erträgen anderer Medienkonzerne aufnehmen konnte, dann war vielleicht der Zeitpunkt gekommen, das Management auszuwechseln – oder die Aktien zu verkaufen und etwas Anderes zu erwerben.

»Was sagt Ihr Vater dazu?«, fragte Galvin.

»Er sagt, *The Washington Sun* sei ein öffentlicher Trust. Wenn es uns nur ums Geld ginge, dann sollten wir in Coca-Cola investieren.«

»Eine ehrenwerte Einstellung«, bemerkte Galvin, »aber keine sehr einträgliche.« Er legte ihr seine Vision von der Leitung des Unternehmens dar – wie es in andere Sparten expandieren könne, vom Pressewesen in den Bereich der Fernsehübertragungen und des Kabelfernsehens, ja sogar in den Sektor Hochtechnologie. So funktioniere heutzutage die Welt, sagte er. Disney mache nicht nur Filme. General Electric verkaufe nicht nur Glühbirnen.

Er forderte sie auf, sich einmal vorzustellen, welch phantastische Möglichkeiten in dem schwerfälligen öffentlichen Trust ihres Vaters steckten. Aber er hütete sich, ihr einen direkten Rat zu geben. Die Familie brauche einen Investmentbanker, jemanden, der ihnen helfen könne, verschiedene Alternativen auszuloten.

»Bitte sagen Sie mir, was Sie für das Beste halten«, bat ihn Ariane. »Wir brauchen Hilfe und ich weiß wirklich nicht, an wen ich mich wenden soll. Ich kann niemandem trauen.«

»Ich kann Ihnen nur raten«, meinte Galvin, »möglichst schnell zu handeln.« Das derzeitige Management der *Sun* müsse unbedingt die Analysten an der Wall Street davon überzeugen, dass es in Kürze weitaus aggressiver auftreten werde. Ansonsten würde die Zeitung eine begehrte Zielscheibe für alle, die glaubten, mehr als nur vierzig Dollar pro Aktie aus der Firma herausholen zu können. Und wenn dieser Prozess einmal begonnen habe, sei er kaum zu stoppen.

Ariane nickte ernst. Mit seinen Worten hatte er haargenau ihre eigenen Befürchtungen bestätigt. Und eben darum erschienen sie ihr vollkommen glaubhaft. Sie fragte, ob er zu einem Treffen mit den anderen Familienmitgliedern bereit sei, und Galvin erwiderte, es sei ihm ein Vergnügen. Aber er warnte Ariane noch einmal, nicht zu lange zu warten. Der Markt sei unbeständig, die *Sun* eine verlockende Trophäe. Es gebe an der Wall Street Gerüchte, dass jemand eine Übernahme plane. Auch ein Harold Hazen besitze nicht genug Einfluss, um den Umschwung noch lange aufzuhalten.

Ich begegnete Candace zufällig in der Videothek. Auf meine Frage, was sie sich denn ausleihe, reagierte sie ein wenig verlegen, und das machte mich neugierig. *Knackige Häftlinge in Ketten* vielleicht? Aber es stellte sich heraus, dass sie *Leoparden küsst man nicht* gewählt hatte, die alte Screwballkomödie mit Katharine Hepburn und Cary Grant. Vielleicht wollte sie eine heimliche Fixierung auf Katharine Hepburn verbergen. Die Aristokratin mit dem lohfarbenen Haar, zu klug und schnell für jeden außer dem unvergleichlichen Mr. Grant; eine Frau, die begriffen hatte, dass Männer nützliche Spielzeuge sind, die man aufblasen oder aus denen man die Luft herauslassen konnte, je nach Bedarf.

Ich fragte sie, ob wir nicht in einem Starbucks in der Nähe der Videothek einen Kaffee trinken wollten. Etwas anderes war in Washington kaum mehr zu finden; in manchen Gegenden gab es in jeder Straße ein solches Kaffeehaus. Sie kannten ihre Kunden: Koffeinabhängige mit Statusängsten.

»Die Welt ist ein einziger Brei«, sagte Candace. »Ist dir das auch aufgefallen?«

Mir war nicht ganz klar, was sie meinte.

»Alles ist in Auflösung begriffen. Ich bekomme von unseren Korrespondenten ständig äußerst beunruhigende Meldungen. Weißt du, dass eine Immobilie in Hongkong nur noch halb so viel wert ist wie im Vorjahr? Russland kann die Zinsen für seine Schulden nicht bezahlen, es ist bankrott. Brasilien steht mit dreihundert Milliarden Dollar in der Kreide. Die Summe der notleidenden Kredite japanischer Banken beläuft sich auf fünfhundert Milliarden Dollar. Weißt du, was da vor sich geht, David? Dringt das überhaupt zu dir durch?«

»Eigentlich nicht«, antwortete ich. »Es klingt schlimm. Aber irgendjemand muss doch darauf aufmerksam werden.«

»Nein, niemand. Sogar die vernünftigen Leute bemerken es nicht. Die Menschen sind solche Narren! Und genau darum brauchen sie Zeitungen.« Sie erzählte mir von einem Projekt, an dem ihre Korrespondenten gerade arbeiteten, womit sie das Interesse der Leser auf diese globale Misere lenken wollten. Aber als sie meinen abwesenden Blick sah, gab sie es auf und winkte in bester Katharine-Hepburn-Manier ab.

Ich fragte sie, ob sie ihre Freundin Ariane Hazen wieder einmal getroffen habe. Ihre Augen weiteten sich. »Sie ist vollkommen außer sich!«, antwortete Candace. »Hast du denn nicht davon gehört? Jemand kauft ganze Aktienpakete auf. Die Hazens stehen unter Schock!«

Ach ja? Ich tat überrascht. Es bereitete mir diebisches Vergnügen, ein Geheimnis zu hüten. Ich fragte Candace, was sie von der Aussicht hielt, dass die Zeitung verkauft werden würde – schließlich sicherte die *Sun* ihr das Auskommen. Aber das tat sie mit einem Lachen ab. Für Journalisten gehörte es schon fast zum guten Ton, mit dem geschäftlichen Teil der Zeitung nichts zu tun zu haben.

Sie verabschiedete sich, um zu Hause auf Video die glanzvolle Vergangenheit heraufzubeschwören und wenigstens kurze Zeit zu vergessen, wie die Welt um sie herum zerfiel. Ich stellte mir vor, wie sie ins Bett gekuschelt die Szene aus *Leoparden küsst man nicht* verfolgte, in der die Hepburn einen Ballsaal betritt, aber nicht weiß, dass sie einen Riss im Kleid hat.

Grant versucht indessen ritterlich, ihr Hinterteil mit seinem Zylinder zu bedecken. Candace war eine der wenigen modernen Frauen, die diese Szene hätte spielen können. Das war ihr Problem – sie war ein Vollblut, das sich den Stall mit lauter Ackergäulen teilen musste.

Von zu Hause aus rief ich Galvin an. Ich vermutete, er sei der geheimnisvolle Käufer. Er kannte das Gerücht, aber er sagte, es handele sich dabei um jemand anders. Sicher war nur, dass eine New Yorker Investmentbank auf dem Markt aufgetaucht war, um im Namen eines nicht genannten Kunden Aktien der Washington Sun and Tribune Co. zu kaufen. Galvin meinte, es könne eventuell ein Immobilienspekulant aus Kalifornien sein. Der mysteriöse Käufer blieb unter der Fünfprozentgrenze. Bei einem Kauf von über fünf Prozent hätte er seine Identität vor der Börsenaufsichtsbehörde SEC preisgeben müssen. Doch die Handelstätigkeit war so lebhaft, dass die Aktien der *Sun* aus ihrem Dornröschenschlaf – vierzig Dollar pro Aktie – erwacht waren und einen leichten Wertzuwachs verzeichneten. Laut Galvin rief Ariane Hazen fast stündlich an und bat ihn flehentlich, der Familie zu helfen. Denn Harold Hazen weigerte sich standhaft, eine Investmentbank zu beauftragen – er zog es vor, im sicheren Hafen zu bleiben und abzuwarten, bis der Sturm abgeflaut war.

Galvin besuchte Ariane Hazen am nächsten Tag. Er bat mich mitzukommen – er brauche einen Partner, sagte er, damit alles seriöser aussehe. Sie wohnte in Cleveland Park, in einem viktorianischen Haus mit Türmchen, Veranden und zinnengekrönten Mauern. Hier lebte die Limousinenfraktion der Washingtoner Liberalen – nur dass sie heutzutage alle Jeeps vor dem Haus stehen hatten. In diesem Viertel konnte man sogar einen Felsbrocken werfen und sich dennoch sicher sein, dass man keinen Republikaner traf – so eine Gegend war das! Ariane hatte ihre Villa in Cleveland Park pfirsichfarben gestrichen, damit man sie keinesfalls für eine von diesen rastlosen, unglücklichen Zeitungserbinnen hielt.

Sie öffnete uns die Tür in einem schwarzen Kleid, das sich über ihrem großen Busen spannte, und schien ganz erpicht darauf, übers Geschäftliche zu reden. Auf dem Couchtisch lag sogar ein Taschenrechner, für alle Fälle. Seltsam, dass diese Frau über vierzig sich darauf versteift hatte, das Familienunternehmen rentabler zu gestalten. In den Neunzigerjahren war es Mode – oder zumindest akzeptabel – geworden, Geld anzuhäufen. Arianes feministische Einstellung milderte ihre Gewinnsucht ein wenig. Sie wollte nur das, was ihr zustand.

Galvin trug einen locker geschnittenen Leinenanzug und ein braunes Hemd mit offenem Kragen – so sah gewiss kein Söldner aus. Er reichte Ariane einen braunen Aktenordner.

»Wir wissen, wer dieser Übernahmegeier ist«, sagte er. In dem Ordner lag ein Papier von einer der großen Wall-Street-Firmen über den Verkauf eines ziemlich umfangreichen Pakets von *Sun*-Aktien. Der Käufer wurde als eine Holdinggesellschaft mit Namen PalmTrust identifiziert.

»Ich darf Ihnen nicht sagen, wie mein Partner daran gekommen ist«, sagte Galvin mit einem Kopfnicken in meine Richtung. »Aber es ist echt.«

Ich blickte ihn neugierig an. Was zum Teufel sollte das? Wie war ich zur Quelle für Insiderinformationen über Aktien geworden? War das nicht illegal? Ein aufregender Gedanke, aber ich wäre gern vorher gefragt worden. Galvin warf mir einen Blick zu, der besagte: *Halt den Mund und spiel deinen Part!*

»PalmTrust ist mir vollkommen unbekannt«, meinte sie. »Wer ist das?« Ihre Hand, in der sie das Dokument hielt, zitterte leicht. Sie wollte für sich selbst und ihre Familie das Richtige tun, doch das hier war geradezu Furcht einflößend.

»PalmTrust ist in Delaware eingetragen. Die Bücher dort geben nicht viel her. Aber mein Partner hat mir mitgeteilt, dass das Unternehmen von einem bekannten Immobilienhändler namens Melvin J. Wolfe kontrolliert wird, der aus Kalifornien stammt. Er hat sein Vermögen als Spekulant gemacht. Ein ziemlich übler Bursche, heißt es.«

Er sah mich an, als erwarte er eine Bestätigung. »Das ist richtig«, sagte ich und nickte.

»Ist er wirklich Immobilienhändler? Das ist ja schrecklich. Ich muss mit meinem Vater sprechen. Und was passiert jetzt, wo Wolfe all die Aktien gekauft hat?« Aus irgendeinem Grund blickte sie mich dabei an.

»Wolfe ist ein Verrückter!«, platzte ich heraus. »Man weiß nie, was ein Mann wie er als Nächstes tun wird.« Langsam fand ich in meine Rolle hinein, aber Galvin machte eine Handbewegung in meine Richtung, die unmissverständlich befahl: Stopp!

»Noch ist alles offen«, sagte Galvin jetzt mit sanfterer Stimme. »Er bleibt gerade unter der Fünfprozentgrenze. Vielleicht ist es für ihn eine Investition, aber das bezweifle ich. Wahrscheinlicher ist, dass er bald ein Übernahmeangebot macht.«

»Was sollen wir tun?«, fragte sie. Sie hatte sich nun vollkommen in seine Hand begeben.

»Sie müssen überlegen, wie Sie die Übernahme abwehren können, und zwar sofort. Es sei denn, Sie wollen die Zeitung an PalmTrust verkaufen. Dann brauchen Sie natürlich nichts zu unternehmen.«

Sie streckte die Arme nach diesem gut aussehenden Mann aus, der nur wenige Monate zuvor in der Stadt aufgetaucht war und sich innerhalb kurzer Zeit – wer konnte schon sagen, wie das genau vor sich gegangen war? – bei den wichtigen Leuten in Washington unentbehrlich gemacht hatte.

»Ach bitte«, sagte sie, »sprechen Sie doch mit meiner Familie. Wir brauchen Hilfe, und Sie sind der Einzige, dem ich traue.«

Galvin tätschelte ihr sanft den Rücken. Was für ein ungleicher Kampf! Er wusste genau, was er wollte, sie war völlig ahnungslos. »Ich helfe Ihnen gerne. Aber Sie brauchen einen wohl überlegten Plan. Typen wie Wolfe lassen sich nicht so leicht abschrecken.«

Wir fuhren in Galvins Limousine davon. Ich lümmelte mich tief in den mit Plüschvelours bezogenen Sitz, legte die Beine hoch und genoss mein neues Leben als Schauspieler, aber Galvin war nicht sehr erfreut. »Machen Sie so etwas nicht noch einmal«, sagte er. »Ich mag keine Überraschungen. Beim nächsten Mal sind Sie gefeuert.« Er hatte die Stimme nicht erhoben, aber es war klar, dass er es ernst meinte. Es war ein wenig beunruhigend. Er hatte mir zu verstehen gegeben, dass ich ihm gehörte und er mir wehtun konnte. Auf dieser Welt gibt es Menschen, die die Fähigkeiten besitzen, anderen Gewalt anzutun. Ich gehöre nicht dazu, also dauert es immer eine Weile, bevor mir diese Eigenschaft bei anderen auffällt. Aber an jenem Tag erkannte ich sie für einen kurzen Augenblick in Galvin.

ACHT

Am nächsten Vormittag um zehn Uhr versammelten sich die Familien Hazen und Crosby im Konferenzraum der sie vertretenden Anwaltskanzlei. Harold Hazen hatte wohl gehofft, wenn er abwartete und seine Tochter zur Räson brachte, dann wäre bald alles wie früher. Aber es war zu spät. Um neun, kurz vor Börsenbeginn, hatte PalmTrust ein öffentliches Angebot eingebracht, alle ausstehenden Aktien der Washington Sun and Tribune Co. zum Preis von achtundvierzig Dollar pro Aktie zu übernehmen. Diese offizielle Ankündigung verstärkte das Unbehagen in dem Zimmer, wo die beiden Familien verzweifelt nach einer Lösung suchten.

Ich hatte Galvin gebeten, mich mitzunehmen, auch wenn ich mich am Tag zuvor zu sehr aufgespielt hatte. Ich wollte schlichtweg dabei sein, wollte sehen, welche seiner Karten er ausspielen würde. Galvin lehnte zunächst ab. Als ich ihm jedoch versicherte, dass niemand meinen Namen mit meiner lächerlichen Illustrierten in Verbindung bringen würde, gab er nach. Ich bezweifelte, dass einer von ihnen die *Reveal* je gelesen hatte – das hatten sie nicht nötig, denn schließlich saßen sie an der Spitze der Washingtoner Gesellschaftspyramide. Ich glaube, Galvin erklärte sich nur deshalb einverstanden, weil er Publikum brauchte. Ich trug einen alten blauen Anzug mit Röhrenhosen, in denen ich aussah, als ginge ich auf Stelzen.

Das Konferenzzimmer befand sich im obersten Stockwerk eines neuen Bürohochhauses, von dem man einen Ausblick auf den Lafayette Park und das Weiße Haus hatte. Es war ein schöner Raum mit einem langen marmornen Konferenztisch und hochmodernem Videoequipment. Im Grunde hätte die Anwaltskanzlei ihre Klienten nicht dorthin einladen sollen. Die luxuriöse Ausstattung verriet, dass man sich dort für seine Dienste zu teuer bezahlen ließ. Galvin und ich nahmen an dem einen Ende des Tisches Platz, Harold Hazen und sein Anwalt an dem anderen und die Mitglieder der beiden Clans an den Längsseiten. Sie saßen nicht nach Familienzugehörigkeit zusammen, sondern nach Alter, sodass die Eltern – Harolds Generation – Ariane und den anderen jungen Leuten gegenübersaßen. Es war etwas befremdlich, von ihnen als den jungen Leuten zu sprechen – sie waren alle in den Dreißigern und Vierzigern –, aber es traf den Kern der Sache. Soweit mir bekannt war, hatte keiner von ihnen bisher etwas Erwähnenswertes geleistet.

Mr. Hazen begrüßte uns schroff und sagte, die Familie wäre froh über jeden Rat, den wir anzubieten hätten. Er gehörte zu den Menschen, die sich bemühen, dankbar zu erscheinen, auch wenn man ihnen unsympathisch ist. Aber im Moment stand ihm das Wasser bis zum Hals. Er hatte so viele Jahre lang hart gearbeitet und empfand es nun als bitter, dass seine Familie ihn so gering schätzte.

Galvin dagegen hatte eine positive Ausstrahlung; was er anpackte, schien ihm mühelos zu gelingen. So war es auch an jenem Morgen. Er wirkte in diesem Umfeld so unbeschwert und entspannt, als gehöre er hierher. Darüber hinaus war er eindeutig besser gekleidet: Er trug einen eleganten grauen Anzug und eine eisblaue Krawatte von Hermès. Das Fenster, vor dem er saß, zeigte eine Postkartenansicht des Weißen Hauses. Er bat um unsere Aufmerksamkeit, aber vermutlich hatte niemand das, was er nun sagte, erwartet, ich am allerwenigsten.

»Es ist mir eine Ehre, heute hier bei Ihnen zu sein«, begann er und schaute dabei Mr. Hazen an. »Ihre Zeitung ist nicht irgendein Unternehmen, sie ist ein öffentlicher Trust.«

Trag bloß nicht zu dick auf, warnte ich ihn im Stillen. Diese Leute waren vielleicht im Moment ein wenig überfordert, aber sie waren keine Dummköpfe.

»Ich habe es mir zur Regel gemacht, niemals Ratschläge zu erteilen«, fuhr Galvin fort. »Aber wenn Sie möchten, bin ich Ihnen gerne dabei behilflich, Ihre Optionen durchzugehen.«

»Dann tun Sie das bitte«, sagte Mr. Hazen. Allgemeines Kopfnicken entlang des Tisches.

»Meiner Ansicht nach«, meinte Galvin, »können Sie zwischen drei Möglichkeiten wählen. Keine ist perfekt, aber Sie müssen sich für eine entscheiden und daran festhalten. Die erste ist, PalmTrusts Angebot von heute Morgen anzunehmen. Das würde Ihnen für Ihre Aktien einen hübschen Gewinn bringen, und vielleicht versüßt Ihnen Wolfe das Ganze mit, sagen wir, fünfzig Dollar pro Stück. Dies ist der erste Punkt auf der Tagesordnung. Möchte einer von Ihnen die Aktien an PalmTrust verkaufen?«

Einen quälenden Moment lang blieb es still. Dann ergriff Ariane das Wort. Sie trug ein schlichtes braunes Kleid, in dem sie sehr geschäftsmäßig wirkte. »Entscheidet euch«, sagte sie und sah dabei ihren Bruder und die Crosbys an. »Jetzt oder nie.«

Einer von den jüngeren Crosbys hob die Hand. Sein blondes Haar lichtete sich bereits, und sein Gesicht sah aus, als wäre es zu oft in der Waschmaschine gewesen – der eindeutige Beweis dafür, dass selbst den robustesten Familien allmählich die Puste ausging.

»Ich bin Andrew Crosby. Ich finde, achtundvierzig Dollar klingen durchaus reizvoll und fünfzig sogar noch besser. Es ist nicht viel, aber es liegt zumindest über dem derzeitigen Wert.«

»Unsinn!«, knurrte Harold Hazen. »Für diesen Preis ist die Zeitung glatt gestohlen! Das ist unerhört! Reden wir nicht mehr darüber. Es macht mich ganz krank. Wie lautet Alternative Nummer zwei, Mr. Galvin?«

»Nummer zwei lautet, PalmTrust mit allen Mitteln zu bekämpfen«, erklärte Galvin. »Und vielleicht gewinnen Sie sogar – wenn Sie zusammenhalten –, denn das Unternehmen kann nicht ohne die Zustimmung der Leute in diesem Raum verkauft werden, die die Aktienmehrheit besitzen. Aber Sie müssen Ihren Verwaltungsrat davon überzeugen, dass eine Absage an PalmTrust im besten Interesse aller Aktionäre ist. Und Sie müssen sich selbst die Frage stellen, die auch Analysten an Sie richten würden –und zwar ob Sie aggressiver auftreten und mehr aus dem Unternehmen herausholen wollen.«

Ariane und die anderen jungen Leute gaben einhellig der Meinung Ausdruck, dass die Zeitung mehr Gewinn abwerfen sollte. »Bravo!«, rief Andrew Crosby. Dies war die höflichste Form der Revolution, die man sich vorstellen konnte.

»Ich höre mir gerne alle vernünftigen Vorschläge an«, sagte Mr. Hazen und blickte Hilfe suchend zu seinem Anwalt. »Aber ich muss euch daran erinnern, dass ich immer noch die Kontrolle über den 1963er Trust ausübe. Und wenn ich auch in Zukunft mit der Unterstützung von Mr. Crosby senior rechnen darf, verfüge ich über eine bequeme Mehrheit der stimmberechtigten Aktien.«

Ariane stieß ihren jüngeren Bruder Michael an, der bisher nur stumm dabeigesessen war. Er lebte die meiste Zeit in Santa Monica und schrieb Drehbücher, die niemals verfilmt wurden. »Sei lieber nicht so vorschnell, Dad«, warf er ein. »Du brauchst meine Unterstützung, um über den Trust abzustimmen, und ich habe mich noch nicht entschieden.«

»Du hast dich noch nicht entschieden?« Der alte Mann schüttelte den Kopf. »Seit wann seid ihr alle so habgierig?«

Man konnte ihm ansehen, dass er gekränkt war. Hatten die jungen Leute überhaupt eine Vorstellung, was »mehr aus dem Unternehmen herausholen« in der Praxis bedeutete? Es bedeutete, treue Mitarbeiter an die Luft zu setzen und Fotos von vollbusigen Frauen in knappen Bikinis zu bringen. Es bedeutete idiotische Preisausschreiben und Glücksspiele, Coupons und Werbeseiten. Aber nicht mit Harold Hazen! Er hatte sich bisher nicht dieser Mittel bedient und würde nicht ausgerechnet jetzt dazu übergehen.

»Das hat nichts mit Habgier zu tun, Dad. Darum geht es nicht.«

»Ach, ich weiß doch ganz genau, worum es euch geht. Ihr wollt mehr Geld – also wollt ihr jetzt entweder Ausverkauf betreiben oder die Aktien behalten und einen neuen Geschäftsführer suchen, der das Unternehmen profitabler gestaltet. Nun, das mag im Interesse der Zeitung sein oder auch nicht, es ist jedenfalls nicht euer Bier. Das ist eine Sache zwischen mir und dem Verwaltungsrat. Bis sie mich feuern, bin ich nur ihnen Rechenschaft schuldig. Also, wie lautet die dritte Möglichkeit, Mr. Galvin?«

Galvin hatte schweigend zugehört, wie die Familienmitglieder ihre vergifteten Pfeile aufeinander abschossen. Er ließ sich mit seiner Antwort Zeit – ging zum Fenster, betrachtete die Fußgänger, die durch den Lafayette Park schlenderten, und die Scharfschützen auf dem Dach des Weißen Hauses. Ich bezweifelte bereits, ob er überhaupt etwas erwidern würde, denn er machte einen nachdenklichen und unsicheren Eindruck. Was für ein glänzender Schauspieler, dachte ich. Ich wusste nicht, worauf er hinauswollte, aber ich war wie gebannt.

»Ich hatte nicht vor, mich in diesen Streit persönlich einzumischen«, begann er. »Aber Sie haben ein Problem und Sie müssen es bald lösen oder Sie werden eine große Zeitung zerstören.«

»Verschonen Sie uns«, unterbrach ihn Mr. Hazen. »Wie lautet Möglichkeit Nummer drei?«

»Die dritte Möglichkeit ist, einen weißen Ritter zu finden – jemanden, der ein freundschaftliches Übernahmeangebot macht und PalmTrust ausbremst. Je länger ich mir diese Unterhaltung anhöre, desto klarer wird mir, dass dies die richtige Lösung ist. Andernfalls wird diese Geschichte traurig enden.«

»Und wer könnte dieser weiße Ritter sein?«, fragte Mr. Hazen, obwohl sein Gesicht verriet, dass er es bereits wusste. Plötzlich wussten wir es alle, aber ich würde jede Wette eingehen, dass keiner – und ich am allerwenigsten – gemerkt hatte, wie Galvin uns in diese Sackgasse hineinmanövriert hatte.

»Bitte hören Sie jetzt genau zu, was ich Ihnen zu sagen habe.« Galvin blickte jedem Einzelnen der Reihe nach fest in die Augen. »Ich biete fünfzig Dollar pro Aktie zuzüglich einer Prämie von fünf Dollar, zahlbar an alle Inhaber der A-Aktien, die hier um diesen Tisch sitzen. Das sind siebzehn Prozent mehr als PalmTrust anbietet. Ich mache das, weil ich glaube, dass ich die Zeitung retten und wieder zum Erfolg führen kann. Ich möchte Ihr Verbündeter sein. Ihre einzige Alternative, so fürchte ich, ist eine kräftezehrende Auseinandersetzung mit Mr. Wolfe. Wenn Sie jedoch nicht interessiert sind, dann sagen Sie es mir gleich. Ich möchte weder Ihre noch meine Zeit verschwenden.«

Galvin setzte sich. Ringsum erhob sich lautes Stimmengewirr, das von Harold Hazens Stimme übertönt wurde. »Was zum Teufel soll das?«, donnerte er los. »Was ist denn *das* für ein mieser Trick?«

Aber fast genauso laut ließ sich seine Tochter vernehmen. »Ich halte das für eine glänzende Idee. Wir sollten darüber diskutieren und danach abstimmen.« Das löste noch mehr aufgeregtes Geplapper aus. Es ging hin und her. Galvin warf mir zum ersten Mal einen kurzen Blick zu. Sein Gesicht war hart und undurchdringlich, aber in seinen Augen loderte ein Feuer.

Der Anwalt der Familie gab uns zu verstehen, dass nun der geeignete Zeitpunkt gekommen sei, die Familien allein zu lassen. Sie hätten eine Menge zu bereden. Galvin erwiderte, auch er brauche etwas Zeit, um ein Dokument für den Verwaltungsrat vorzubereiten, in dem er sein Angebot und die finanziellen Details ausführen wolle. Bevor er ging, schüttelte er jedem Familienmitglied am Tisch die Hand und bedankte sich für die Ehre, ihn oder sie kennen gelernt zu haben. Mit großen Augen sahen sie diesen starken, braun gebrannten Mann an, den ihnen offenbar der Himmel beschert hatte. Galvins Abgang schien sogar Harold Hazen zu beeindrucken.

In der Tür drehte sich Galvin noch einmal um. »Ihre Entscheidung soll zum Besten der Zeitung dienen«, sagte er. »Nur darum bitte ich Sie.«

Während wir mit dem Aufzug nach unten fuhren, sagte er kein Wort. Erst als wir das Gebäude verlassen hatten und um die Ecke bogen, öffnete er den Mund. Ich erwartete ein strahlendes Lächeln oder einen Freudenschrei, aber er war überraschend kühl und unbeteiligt; eher wirkte er ein wenig wehmütig. »Ich weiß, ich sollte mich freuen«, sagte er, »aber ich finde es eher traurig. Das war viel zu simpel. Die Leute sind nett, aber sie gehören einer aussterbenden Spezies an. Es wird Zeit, dass sie anderen Platz machen.«

Auf unserem Weg entlang der Connecticut Avenue blieb Galvin alle paar Schritte stehen und unterhielt sich mit einigen Leuten, die gerade auf dem Weg in die Mittagspause waren – Gehilfen im Weißen Haus, Journalisten, dem Geschäftsführer einer Washingtoner Bank, Anwälten der führenden Washingtoner Kanzlei. Viele dieser Menschen waren auf seiner Party gewesen und wollten ihm noch einmal für seine Gastfreundschaft danken. Er gab sich bereits wie der Bürgermeister unserer kleinen Stadt, und dabei hatte er sich erst vor kurzem hier niedergelassen. Das war Harold Hazens wahres Problem. Niemand konnte Galvin aufhalten. Die Frage war nur, was würde er mit der Macht anfangen, die ihm so ganz selbstverständlich und unaufhaltsam zuflog?

NEUN

Am Nachmittag desselben Tages saßen Galvin und ich im Garten seines Hauses in Georgetown und warteten auf Ariane. Er hatte sie zum Schwimmen eingeladen. Ein kluger Schachzug – so wirkte sie weniger wie seine Handlangerin. Galvin unterlief an jenem Tag kein Fehler. Er sprühte immer noch vor rastloser Energie. Zu meinem Erstaunen trug er ein Jo-Jo bei sich, ein hübsches handgeschnitztes Ding in Form einer Weltkugel, mit dem er während unserer Unterhaltung geistesabwesend, aber außerordentlich geschickt spielte.

»Unter Geschäftsleuten findet man selten Jo-Jo-Experten«, bemerkte ich. »Wie kommt es, dass Sie so gut damit umgehen können?«

»Einer aus der Firma Duncan hat es mir beigebracht«, erwiderte er und schleuderte den kleinen Globus in einem weiten Bogen in meine Richtung. »Er kam immer zum Pausenhof in Mount Lebanon und hat den Kindern Jo-Jos verkauft. Ein mysteriöser Bursche; fuhr einen großen Pontiac mit Klappverdeck und trug schicke Klamotten. Wahrscheinlich war er schwul. Er brachte uns die verschiedensten Kunststückchen bei – die Achterbahn, *Around the World.* Damals waren unsere Eltern in heller Sorge, dass wir unsere Zeit mit dem Erlernen von Jo-Jo-Kunststücken verschwendeten und es niemals zu etwas bringen würden.«

Er ließ es noch ein paarmal auf und ab hüpfen und zeigte mir dann einen Trick namens *Cat's Cradle*, wobei er den Faden so hochzog, dass er eine kleine Schlinge formte, und dann das immer noch auf und ab gleitende Jo-Jo hindurchschlüpfen ließ. Ich war schwer beeindruckt. Aber was beeindruckte mich nicht an diesem Mann? Woher nahm er diese Energie? Und worauf zielte sie ab?

»Warum wollen Sie die *Sun* kaufen?« Diese Frage beschäftigte mich schon seit seinem Auftritt vor den Hazens und Crosbys. »Was springt für Sie dabei heraus? Das Geld brauchen Sie nicht und ebenso wenig den ganzen Ärger. Außerdem kennen Sie sich im Zeitungsgeschäft überhaupt nicht aus. Ich kapier's einfach nicht.«

»*Walk the Dog!*«, sagte er. Das war die Bezeichnung für ein anderes Kunststück, nicht die Antwort auf meine Frage. Er ließ das Jo-Jo zu Boden schnellen und ruckte ganz leicht mit dem Handgelenk. Der Miniglobus hüpfte über die Fliesen der Terrasse. Galvin zwinkerte mir zu und legte das Spielzeug beiseite.

»Es hat nichts mit Geld zu tun«, sagte er. »Damit haben Sie Recht. Es geht um Journalismus. Grundsätzlich bin ich der Meinung, dass die Zeitung lausig ist und ich sie verbessern kann. Vielleicht wird sie nicht unbedingt profitabler, aber besser. Zufrieden?«

Ich sollte ihm wohl bestätigen, dass dies eine annehmbare Antwort sei, aber er hatte mich noch lange nicht überzeugt.

»In Ordnung«, sagte er und hob die Hände. »Ich bekenne: Es geht um Liebe.« Herausfordernd warf er den Kopf in den Nacken und schenkte mir sein strahlendes Lächeln.

Das sollte vermutlich ein Scherz sein. »Ach, ich bitte Sie!«, sagte ich. »Die *Sun* ist eine seriöse Zeitung, jedenfalls nach Meinung der seriösen Leute. Jedes zweite Jahr gewinnt sie den Pulitzerpreis. Sie dagegen sind nur ein Geschäftsmann. Wie kommen Sie darauf, dass Sie eine bessere Zeitung herausgeben könnten?«

»Die *Sun* ist schrecklich, und das wissen Sie! Sie ist langweilig und schwerfällig. Sie bringt endlose Fortsetzungsberichte wie ›Ruanda, wohin?‹ und ›Die Zukunft des Auswärtigen Dienstes‹. Die Redakteure haben solch eine Angst, die Leser zu vergrätzen, dass ihnen die Arbeit überhaupt keinen Spaß mehr macht. Mal ehrlich: Lesen Sie das Ding? Ich wohne erst seit ein paar Monaten hier und habe sie schon über. Die Artikel klingen alle, als hätten deren Verfasser einen Stock verschluckt. Wissen Sie, was ich meinen Mitarbeitern als Erstes sagen werde, falls wir siegen? *Seid heiter!*«

»Und als Zweites?«

»Keine Ahnung. Schluss mit den teuren Reisen! Verschwendet keine Heftklammern mehr! Woher soll ich das wissen? Es wird viel Spaß machen, das ist alles. Warten Sie nur ab.« Er drohte mir mit dem Finger.

Selten hatte ich ihn so aufgekratzt erlebt. Bald würde er sich seine Beute schnappen. Aber ich war ja so einfältig! Ich verstand immer noch nicht, wie kompliziert sich seine Verfolgungsjagd wirklich gestaltete, und erkannte erst recht nicht, welche Trophäe ihn in Wahrheit lockte.

Er spielte schon wieder mit dem Jo-Jo, als es an der Tür läutete. Gleich darauf führte der Butler Ariane Hazen in den Garten. Sie trug das schlichte braune Kleid vom Vormittag, aber für Galvin hatte sie noch einen französischen Seidenschal darüberdrapiert.

Galvin nahm sie am Arm und geleitete sie zu den Liegestühlen am Pool. Sie hatte einen kleinen Sportbeutel mit ihren Schwimmsachen mitgebracht, aber mir war klar, dass die beiden nicht in den Pool steigen würden. Sie war über das, was Galvin in Gang gesetzt hatte, viel zu aufgeregt. Das war Vatermord. Man würde ihren Vater entmachten, und sie würde ihm den Todesstoß versetzen.

»Sie waren großartig an diesem Vormittag«, sagte Galvin. »Was ist passiert, nachdem wir gegangen waren?«

»Es wurde ziemlich laut. Wir haben heftig miteinander gestritten, uns dann aber auf einige Dinge geeinigt.« Die beiden

Familien, so berichtete Ariane weiter, hätten sich rasch entschieden, das Angebot von PalmTrust abzulehnen. Nach langem Hin und Her habe man sich dann auf einen Wechsel im Management geeinigt. Mr. Hazen sei darüber nicht gerade glücklich, werde sich aber fügen müssen. Zuletzt hätten sie über Galvins Angebot diskutiert. Hier sei es hart auf hart gegangen. Mr. Hazen behaupte immer noch beharrlich, Galvin würde das Ganze manipulieren.

»Wer hat die Mehrheit, Ariane?«, fragte Galvin. »Wer hat die Fäden in der Hand?«

»Ich glaube, wir.« Sie sagte es ein wenig zaghaft, wie ein junges Mädchen. Noch konnte sie ihre neu gewonnene Macht kaum begreifen. »Mein Bruder hat Dad am Ende unserer Besprechung erklärt, dass er bei der Abstimmung über den Trust für Ihr Angebot stimmen wird. Dad ist immer noch dagegen, also haben wir eine Pattsituation – was bedeutet, dass das Stimmrecht für die anderen Aktien von dem Treuhänder, einem New Yorker Anwalt, ausgeübt wird. Er wird tun, was der Verwaltungsrat verlangt. Aber ich bezweifle, dass es dazu kommen wird.«

»Warum?« Galvin wurde sichtlich unruhig. Sie waren am entscheidenden Punkt angelangt.

»Weil mein Vater und Mr. Crosby anschließend eine Unterhaltung unter vier Augen geführt haben. Die Crosbys haben Daddy zwanzig Jahre lang nicht reingeredet, aber sie geben nicht so ohne weiteres klein bei, schon gar nicht der alte Crosby. Er hat Dad klargemacht, dass es vorbei ist. Die Crosbys können es sich einfach nicht leisten, ein Angebot von fünfundfünfzig Dollar pro Aktie auszuschlagen. Und das bedeutet, dass sie als stimmberechtigte Aktionäre auf Ihrer Seite stehen werden. Also kommt es auf den 1963er Trust gar nicht mehr an. Sie haben gewonnen.«

»Dann tun Sie's doch endlich!«, sagte Galvin.

»Was meinen Sie?«, fragte sie.

»Drücken Sie ab!«, rief er. »Jetzt! Stellen Sie die entscheidende Frage! Berufen Sie noch heute Abend eine weitere Versammlung ein. Meine Unterlagen werden dem Verwaltungsrat am späten Nachmittag vorliegen. Die Direktoren werden bereits telefonisch um ihre Meinung gebeten, ganz informell. Tun Sie's! Warten Sie nicht so lange. Lassen Sie sich die Zügel nicht aus der Hand nehmen!«

»Ja, Sie haben Recht.« Einen Moment lang war sie richtig erschrocken. Er hatte ihr mit seinem plötzlichen Temperamentsausbruch Angst eingejagt. Für einen Augenblick hatte er seine Maske fallen lassen, und die ungebändigte Kraft dahinter kam zum Vorschein. Galvin erkannte, dass er einen groben Fehler gemacht hatte. Sanft legte er ihr seine riesige Hand auf die Schulter.

»Es tut mir Leid«, sagte er. »Wenn ich nur daran denke, was wir bei einer Neugestaltung der *Sun* für Möglichkeiten haben! Ich gerate geradezu ins Schwärmen! Aber mein Rat, schnell zu handeln, gilt noch. Je länger wir warten, desto leichter wird es für Wolfe. Wann treffen sich die Familien wieder?«

»Morgen Vormittag. Ist das zu spät?« Sie klang ein wenig ängstlich, als fürchte sie, er könne wieder wütend werden.

»Nein, gerade richtig. Mein Anwalt wird den Anwalt Ihres Vaters heute Abend anrufen.« Er nahm ihre Hand. »Wir haben es beinahe geschafft«, sagte er und gab ihr einen Kuss auf die Wange. »Ich hoffe, Sie werden es nie bereuen.«

Sie wich seinem Kuss aus, erstaunt über seine Worte. »Wieso sagen Sie so etwas? Das ist doch dumm. Warum sollte ich es denn jemals bereuen?« Die Frage hing im Raum und verlangte eine Antwort. Sie sah ihn fest an – mit Augen, aus denen jahrelange, bittere Enttäuschung sprach – und zwang ihn, ihren Blick zu erwidern.

»Ich bin jetzt siebenundvierzig«, sagte sie. »Das ist das Wichtigste, was ich je getan habe – und wahrscheinlich das Wichtigste, was ich je tun werde. Es muss richtig sein. Versprechen Sie mir, dass es funktioniert.«

Er war so klug, jetzt kein Süßholz zu raspeln. »Ich kann Ihnen nicht versprechen, dass ich Erfolg habe«, entgegnete er. »Aber ich werde mein Bestes geben, um die Zeitung besser und gewinnbringender zu gestalten. Ich bin ein komplizierter Mensch – und ich vermute, Sie auch –, aber das ist eine einfache Übung für mich. Ich würde nicht zulassen, dass einer von uns ein derartiges Risiko eingeht, wenn ich nicht davon überzeugt wäre, dass mir mein Vorhaben gelingt.«

Sie beschirmte mit der Hand ihre Augen und musterte Galvin im Licht der Nachmittagssonne. »Ich war mir nicht sicher, ob ich all das würde durchstehen können, also habe ich meine Freundin Candace Ridgway gefragt, was sie über Sie weiß. Ich brauchte einen Rat und sie verfügt über gute Menschenkenntnis.«

Einen Augenblick lang war es im Garten totenstill.

»Und was hat Candace Ridgway gesagt?«

»Sie hat gesagt, ich hätte richtig entschieden. Sie meinte, die Zeitung könne ein wenig frischen Wind vertragen, und sie wirkten wie ein anständiger Mensch, der weiß, was er tut. Und ich vertraue Candace. Darum weiß ich, dass ich es nicht bereuen werde.«

Der Verkauf ging schnell über die Bühne. Am Ende glich Galvin einem Torero, der dem Stier den Degen so schnell bis zum Heft ins Fleisch stößt, dass das Tier mitten im Angriff tot zusammenbricht.

Galvin verbrachte den nächsten Vormittag zu Hause in der Nähe des Telefons. Einmal schickte er mich weg, um Zigaretten zu kaufen. Er rauchte keine einzige, aber offenbar beruhigte es ihn zu wissen, dass sie da waren. Hin und wieder warf er den Kopf zurück und lachte oder murmelte halblaut einen Ausdruck aus seiner Hippiejugend wie »Das ist ja unglaublich!«

oder »Irre!«. Dieser Enthusiasmus war Teil seines Geheimnisses. Immer noch besaß er die Fähigkeit, über sein Glück zu staunen.

Er sandte seine Anwälte zu den Hazens und Crosbys, um die letzten Einzelheiten auszuhandeln. Mr. Hazen forderte zusätzlich zu dem Geld für seine Aktien ein Abfindungspaket. Galvins Anwälte waren bereits darauf vorbereitet und legten Mr. Hazen ein Angebot vor, das er nach längerem Hin und Her akzeptierte. Mr. Crosby verlangte eine Erweiterung seines Beratervertrags, was schnell geregelt war.

Ariane Hazen wollte eine längerfristige Aufgabe bei der Zeitung übernehmen. Galvin übertrug ihr die Leitung der Washington Sun and Tribune Foundation, einer neuen Abteilung für wohltätige Zwecke. Schließlich sollte Galvin nachweisen, dass er tatsächlich finanziell in der Lage war, Aktien im Wert von einer Milliarde Dollar zu übernehmen. Ein leitender Angestellter einer New Yorker Investmentbank war zur Stelle, um die komplexe Finanzierung zu erklären, an der ein Syndikat von Banken beteiligt war, die Galvin über Jahre hinweg Geld geliehen hatten. Laut Vertragsbedingungen behielt Galvin die Kontrolle über die stimmberechtigten Hazen-Crosby-Aktien, der Rest sollte an der Börse frei gehandelt werden.

Kurz vor zwölf Uhr mittags rief einer seiner Anwälte an und teilte ihm mit, der Vertragsabschluss stehe kurz bevor. Galvin sagte, er solle Champagner für den Konferenzraum ordern. Dann ließ er sich dorthin chauffieren, um bei der Unterzeichnung dabei zu sein. Er hatte einen Fotografen engagiert, der den historischen Händedruck zwischen einem erschöpften und erbitterten Harold Hazen und einem strahlenden Sandy Galvin dokumentierte. Es gab auch ein Familienfoto, auf dem Ariane zu ihrem weißen Ritter aufsah. Die anderen Hazens und Crosbys lächelten nichts sagend, aber man wusste, was sie dachten: Fünfundfünfzig Dollar die Aktie, bar auf die Hand!

Nachmittags fuhr Galvin zum Verlagshaus, um sich mit dem

Verwaltungsrat zu besprechen. Nur die Hälfte der Direktoren hatte es geschafft, so kurzfristig nach Washington zu kommen; die übrigen nahmen über eine Konferenzschaltung an der Sitzung teil. Galvin und seine Anwälte legten ihnen das Konzept in einer knapp zweistündigen, detaillierten Präsentation dar. Die Direktoren hatten ein paar Fragen gestellt, waren aber im Grunde mit der Übernahme einverstanden, wie Galvin mir später verriet. Er war mit einigen der Direktoren befreundet, und erst später wurde bekannt, dass er schon bald nach seiner Ankunft in Washington heimlich Kontakt mit ihnen aufgenommen hatte.

Der Verwaltungsrat segnete eine kurze Stellungnahme ab, die gegen vier Uhr ausgegeben wurde, als das Gerücht die Runde machte, ein neues Gebot für die *Sun* stehe bevor. In der Stellungnahme hieß es, den Direktoren liege ein Angebot von einer Investmentgruppe vor, an deren Spitze Carl S. Galvin stehe. Die vorläufige Entscheidung des Verwaltungsrats laute, den Aktionären die Annahme des Angebots zu empfehlen. Die Erwartung, dass PalmTrust mit einem verbesserten Angebot Galvin überbieten werde, führte zu einer plötzlichen Belebung bei den Aktienkäufen. Aber der Immobilienkönig hüllte sich in Schweigen. Nach Börsenschluss verkündete PalmTrust, es ziehe sein Angebot zurück und werde seine Aktien Galvin überlassen.

Galvin kehrte gegen halb sechs nach Georgetown zurück. Er wirkte müde, aber ungeheuer erleichtert. »Wir haben es geschafft«, sagte er. »Vielen Dank für Ihre Hilfe.« Das war alles. Er brüstete sich nicht mit seinem Sieg. Vielleicht betrachtete er Erfolg als etwas Selbstverständliches und daher Uninteressantes.

Er ging nach oben, um sich für die Zeitungs- und Fernsehinterviews ein frisches Hemd anzuziehen. Auch das hatte Galvin arrangiert: Eine Prozession von Reportern marschierte durch den Salon, und jeder bekam fünfzehn Minuten von der kostbaren Zeit des neuen Verlegers. Mich hatte er vorsichtshalber in die Speisekammer gesteckt, aber durch den Türspalt konnte ich sehen, wie Galvin gestikulierte, ernst in die Runde blickte, die Achseln zuckte und seine Meinung kundtat. Er war der Mann der Stunde, und jeder wollte ihn zu fassen bekommen.

Es ist gewiss ganz natürlich, dass man sich nach der Vorführung eines Zauberkunststücks fragt: Wie hat der Zauberer das bloß gemacht? Zugegeben, niemand mag es, wenn ein Kind den Großvater am Ärmel zieht, während dieser seinen berühmten Trick mit dem rosafarbenen Zauberball vorführt und kräht: »Schaut doch! Er hat einen *zweiten* rosa Ball in seiner Hand versteckt!« Aber es war mein Schicksal, dieses Kind zu sein, jetzt und für alle Zeiten. Während Galvin als der neue Verleger der *Sun* den Beifall entgegennahm, ließ ich die Ereignisse der letzten Wochen im Geiste vorbeiziehen und versuchte zu verstehen, wie er scheinbar so mühelos sein Ziel erreicht hatte.

Rückblickend wurde mir klar, dass Galvin diese Unternehmung so akribisch wie einen militärischen Einsatz geplant hatte. Er hatte die finanziellen Einzelheiten seines Angebots schon lange vor jenem ersten Treffen mit den Hazens und Crosbys ausgetüftelt – sein bewegendes Statement, er habe »nicht vorgehabt«, sich als weißer Ritter anzubieten, war eine glatte Lüge gewesen. Natürlich hatte er es geplant – er hatte sein Angebot bis auf den letzten Dollar durchgerechnet. Aber als weißer Ritter brauchte man einen Kontrahenten, der die holde Maid bedrohte. Woher war der geheimnisvolle schwarze Ritter gekommen, und wie hatte Galvin so viel über seine Schachzüge wissen können? Natürlich ahnte ich die Antwort bereits. Ich arbeitete für den Zauberer; ich brauchte nicht erst in seine Taschen zu schauen, um zu wissen, dass er etwas verbarg.

Nicht, dass ich moralische Bedenken hatte, nein, keineswegs – diese Leute waren für mich ohnehin nichts als miese Ratten –, aber ich wollte sichergehen, dass ich Recht hatte.

Also fragte ich ihn. Das war ein beinahe tödlicher Fehler, wie sich herausstellte, aber es entsprach meinem Wesen. Zwei Tage, nachdem der Kauf der *Sun* bekannt geworden war, rief ich Galvin an und sagte mit gewichtiger Stimme, ich müsse ihn sofort in einer dringenden Angelegenheit sprechen. Er lachte laut auf – solchen Ernst war er von mir nicht gewohnt –, sagte aber, ich solle gleich zu seinem Haus in Georgetown kommen.

Gegen zehn Uhr war ich bei ihm. Er trug einen seidenen Morgenmantel und saß im Garten, nippte an einem Kaffee und las die *Sun*.

»Das ist wirklich eine grauenhafte Zeitung«, sagte er, als er mich kommen sah. »Sie ist wie diese neuen Tomaten aus dem Supermarkt – groß, rot und saftig, aber ohne Geschmack. Da ist kein Funken Leben mehr drin, wenn Sie verstehen, was ich meine. Es wird leicht sein, Verbesserungen vorzunehmen.«

»Sie haben sie gestohlen«, sagte ich.

»Wovon reden Sie, alter Junge? Setzen Sie sich und trinken Sie auch einen Kaffee. Haben Sie den Verstand verloren?«

»Sie sind nur durch Schiebung an die Zeitung gekommen«, wiederholte ich. »Sie haben veranlasst, dass PalmTrust ein Angebot macht, damit Sie es überbieten können. Deswegen wussten Sie so viel über sein feindliches Übernahmeangebot – weil Sie es arrangiert haben. Es gab niemals einen schwarzen Ritter – außer Ihnen.«

»Das ist ja eine unerhörte Anschuldigung«, bemerkte er. »Was Sie da erzählen, wäre illegal.« Mir war, als spiele die Spur eines Lächelns um seine Lippen. »Und außerdem haben Sie überhaupt keinen Beweis.«

»Vielleicht nicht, aber es stimmt doch, oder?«

Furchtlos begegnete ich seinem Blick – ein Hofnarr würde das niemals wagen. »Sagen Sie mir die Wahrheit. Ich bin nicht bloß ein Wasserträger. Ich möchte es wissen.«

»Seien Sie vorsichtig, David«, sagte er. »Bald wird sich Ihnen eine günstige Gelegenheit bieten. Wichtige Dinge werden geschehen. Verpassen Sie Ihre Chance nicht.«

»Ich könnte die Börsenaufsichtsbehörde nach ihrer Meinung fragen. Bestimmt finden die ganz schnell heraus, was da gelaufen ist.« Seine Selbstgefälligkeit hatte meinen Widerstand herausgefordert. Er sollte nicht glauben, er könne mich genauso manipulieren wie all die anderen. Ich wollte den Witz verstehen, an dem Ding teilhaben, das er gedreht hatte. Gott sei Dank erkannte er das, bevor der Wortwechsel eskalierte.

»Wie wär's mit einer Abmachung zwischen Ihnen und mir, und zwar gleich jetzt. Sie mischen sich nicht in meine Geschäftsangelegenheiten, und ich rede Ihnen nicht in Ihre journalistische Tätigkeit hinein. Okay? Es gibt vieles, was Sie über diese Transaktion nicht wissen, und das kam auch so bleiben. Haben wir uns verstanden?«

Ich nickte. Ein konkreteres Zugeständnis würde ich nicht aus ihm herauslocken, aber das war gar nicht nötig. Für den Augenblick reichte es mir, einfach die Wahrheit zu wissen – oder was ich dafür hielt.

»Gut.« Er wirkte nun wieder entspannter. »Jetzt will ich Ihnen etwas verraten. Ich habe beschlossen, einen neuen Redakteur für das Ressort *Modernes Leben* einzustellen. Und das wird mein Vertrauensmann, der von mir hoch geschätzte Mr. David Cantor sein.«

Lächelnd schüttelte er mir die Hand. Er liebte es, Geschenke zu verteilen.

»Mann, das ist toll!«, rief ich aus. Eine idiotische Antwort, aber ganz ehrlich, ich war überwältigt. Hätte ich nicht jeglichem Ehrgeiz abgeschworen, wäre das mein Traumjob gewesen.

»Ich hoffe, das heißt ja. Sie haben es vor ein paar Wochen selbst vorgeschlagen, und ich finde, das ist eine gute Idee. Sie sind ein Unruhestifter. Es stört Sie nicht, Leute zu beleidigen, und genau so jemanden brauche ich – einen Bombenleger, den nichts an das alte Regime bindet. Gilt die Abmachung?«

»Ja«, erwiderte ich, immer noch wie betäubt. Ich war so glücklich, wie ein unglücklicher Mensch nur sein kann. Damals, und auch später noch, nagte allerdings die Frage an mir, ob er mich zu seinem Vizekönig ernannt oder einfach gekauft hatte. Es war ein verstörender Gedanke, dass ich in Wahrheit nicht besser war als die Hazens und Crosbys und er sich meinen Wert ausgerechnet hatte – aber damit konnte ich leben.

Noch am selben Abend rief ich die Verlegerin von *Reveal* an, um ihr meine Kündigung mitzuteilen. Ich hätte es ihr von Angesicht zu Angesicht sagen sollen, aber ich fürchtete, sie würde eine Szene machen, die mich in Verlegenheit gestürzt hätte. Man sollte meinen, ich hätte mich großartig bei dem Gedanken gefühlt, ihr zu eröffnen, dass ich nach all den Jahren der Demütigung – sie zahlte mir immer noch mickrige achtundvierzigtausend Dollar im Jahr, mein Gott! – nun die Fliege machte, aber mir war traurig zu Mute. Ich war alles, was ihr geblieben war. Wir hatten uns durch die letzte Nummer der *Reveal* gequält – ich hatte mich dazu aufgerafft, eine Titelstory über Washingtons Starfriseure zu schreiben.

Aber nach der List mit dem nicht unterschriebenen Scheck drohte die Druckerei jetzt mit einem Gerichtsverfahren. Und schließlich konnten wir ein Drittel der Auflage nicht ausliefern, weil wir kein Geld dafür hatten. In den Büroräumen in der Connecticut Avenue stapelten sich die Starfriseurausgaben.

»Ich habe eine traurige Nachricht«, sagte ich also zur Verlegerin. »Zumindest hoffe ich, dass Sie sie traurig finden. Falls nicht, wäre das nämlich noch trauriger.«

»Worum geht es?«, fragte sie eine Spur zu laut. Mir kam der Verdacht, dass die Cocktailstunde bei ihr schon begonnen hatte.

Ich konnte nicht einfach mit der Tür ins Haus fallen. Das wäre so, als würde man einen alten, treuen Hund erschießen.

»Wir haben es immer gut hingekriegt, Sie und ich. Wir haben gute Zeiten zusammen erlebt.«

»Nein, das haben wir nicht. Die Zeitschrift ist pleite. Wir haben auf der ganzen Linie versagt. Die Leute lesen uns nicht mehr. Mittlerweile ist es ihnen sogar egal, ob wir Fotos von ihnen bringen oder nicht. Wie können Sie also behaupten, wir hätten es gut hingekriegt?«

»Nun ja, wir haben es immerhin versucht.« Ich wollte nicht mit ihr streiten und außerdem hatte sie Recht. Die Zeitschrift war einfach Müll. »Ich muss Ihnen etwas Wichtiges sagen.«

»Wollen Sie etwa wieder den Namen ändern? Prima. Nennen Sie sie, wie Sie wollen. Es ist mir egal. *Lush, Moist, Throb, Flaccid.* Es spielt keine Rolle. Von mir aus können Sie sie auch *Blow Job* nennen.«

»Darum geht es nicht. Ich möchte den Namen nicht ändern. *Reveal* gefällt mir. Der Name ist mir ans Herz gewachsen. Nein, es ist etwas anderes.«

»Sie wollen Ihr Geld. Natürlich. Es tut mir Leid. Vielleicht gefällt Ihnen etwas aus den Katalogen. Wie wär's mit The Sharper Image? Da gibt es hübsche Sachen. Oder Fleisch von Balducci's.«

»Ich kündige.« An diesen beiden Worten führte kein Weg vorbei. »Ich habe einen neuen Job. Die Starfriseure waren meine letzte Nummer.«

»O Gott!« Ihre Stimme brach. Ich dachte, sie hätte einen Herzanfall, aber schließlich, nach ungefähr fünfzehn Sekunden, hörte ich sie weinen. »Es ist aus«, sagte sie zwischen zwei Schluchzern. »Mein Baby ist tot.«

Ihr Gefühlsausbruch übertraf meine schlimmsten Erwartungen: Die Frau war völlig von der Rolle. »Sie finden bestimmt schnell einen anderen Redakteur«, sagte ich. »Ich kann Ihnen dabei helfen.«

Dieses mitfühlende Angebot brachte sie in Rage. Ihr Selbstmitleid wich der Entrüstung. Wie konnte ich es wagen, ihr

Hilfe anzubieten? Unerträglich, die Vorstellung, sie brauche Unterstützung von einem solchen Versager wie mir. So tief würde sie niemals sinken. »Ich will Ihre Hilfe nicht, Sie Mistkerl. Ich dachte, der Journalismus wäre Ihnen wichtig!«

»Das stimmt. Ich habe einfach ein besseres Angebot.«

»Ha!«, unterbrach sie mich. Sie wollte gar nicht hören, was für ein Angebot es war. »Was immer es ist, es ist zu gut für Sie. Ich hätte auf Annabelle Paige hören sollen. Sie hat mich gewarnt, dass Sie ein Frauenhasser sind!«

Die Unterhaltung verlor an Niveau. »Es tut mir Leid, dass es so enden muss«, sagte ich. »Ich bin Ihnen dankbar für all Ihre Hilfe. Morgen Vormittag räume ich mein Büro.«

»Sie sind ein mieses Stück Scheiße!« Mit diesen Worten legte sie auf. Als ich am nächsten Morgen zum Büro kam, hatte sie bereits das Schloss auswechseln lassen.

ZEHN

Galvin beschloss, sich und seinen Triumph mit einer Dinnerparty – in Abendgarderobe und mit Tanz – auf seinem Anwesen in Virginia zu feiern. Das war seine Art, Washington wissen zu lassen, dass das federführende Nachrichtenblatt – bekannt für scharfsinnige Editorials und ausgewogene lokale Berichterstattung, jedoch weniger für seinen Humor – in erstklassige Hände übergegangen war. Bereits wenige Tage nach der Einigung mit Harold Hazen wurden die Einladungen verschickt. Sie waren auf cremefarbenem, schwerem Papier gedruckt und steckten in festen, mit Blattgold gefütterten Umschlägen, wie Hochzeitseinladungen. Galvins Eifer hatte etwas hinreißend Kindliches an sich. Er hatte sich ein phantastisches, milliardenschweres Spielzeug gekauft und wollte es unverzüglich seinen Spielkameraden zeigen.

Da er davon ausging, dass ich über Erfahrung bei der Vorbereitung von Partys verfügte – war ich denn nicht Redakteur der *Social Bible of Washington* gewesen? –, erkor er mich zum Ein-Mann-Festkomitee. Geld spielte keine Rolle – es sollte die gigantischste Party werden, die Washington je gesehen hatte! Von fruchtloser Hektik getrieben, vergeudete ich einen ganzen Tag, bis ich mich verschämt an meine ehemalige Arbeitgeberin wandte, die Verlegerin der *Reveal*, und ihr ohne Umschweife gestand, in welch verzweifelter Lage ich mich befand. Ich sollte die Party des Jahres organisieren und besaß nicht einmal einen Smoking. Ich sagte ihr auch, dass sie selbstverständlich ganz oben auf der Gästeliste platziert war. Schließlich war es *ihr* Magazin gewesen, das Galvin in Washington eingeführt hatte. Somit war es in gewissem Sinn auch *ihre* Party. Und ob sie mir nicht vielleicht einen Rat geben wollte und könnte …

Es wird niemanden, der mit den Gepflogenheiten unserer Hauptstadt vertraut ist, verwundern, dass meine ehemalige Chefin mir bereitwilligst ihre Hilfe anbot, obwohl sie mich erst ein paar Tage zuvor unflätig beschimpft hatte. In einer Stadt voller Höflinge zählt einzig und allein das Jetzt. Kaum gerät das Machtgefüge durch die geringste Erschütterung in Bewegung, schon ist die Vergangenheit ausgelöscht. Das wusste die Verlegerin. Wie sie überhaupt alles wusste. Ohne Zögern nannte sie mir die für die Ausgestaltung des Festes richtigen Leute und Betriebe – angefangen beim Partyservice und beim Orchester, über Floristen, Barmixer, Spirituosenlieferanten, Lebensmittelhändler, bis hin zum Zeltverleiher und zum Chauffeur, der die Autos der Gäste auf einen Parkplatz bringen sollte. Vertreter der von ihr empfohlenen noblen Betriebe rissen sich geradezu um einen Termin mit uns, um ihre Angebote zu unterbreiten. Die *Reveal*-Herausgeberin prüfte die Preise, forderte einen Rabatt von fünfundzwanzig Prozent, gab sich schließlich mit zehn Prozent zufrieden und reichte mir dann den Vertrag zur Unterschrift. Galvin tauchte einmal während einer dieser Verhandlungen auf und bedachte die Verlegerin mit einem Blick uneingeschränkter, aufrichtiger Wertschätzung. Eine wertvollere Geste der Wiedergutmachung konnte sie sich kaum wünschen.

Bald darauf fuhren die ersten Lastwagen vor mit Kisten voll Porzellan, mit Tischen, Stühlen und Zelten, in denen eine Zirkusarena bequem Platz hätte finden können. Ein Wagen lieferte eine Tanzfläche von der Größe eines Baseballinnenfeldes an, ein anderer zahllose Tröge mit Grünpflanzen, ein dritter brachte Spirituosen, die gereicht hätten, ein Kriegsschiff flottzumachen. Galvin beobachtete gut gelaunt die emsige Geschäftigkeit. Er war zurückgekehrt – angenehm ermüdet nach einer Tennisstunde bei einem professionellen Coach, der unablässig im Einsatz zu sein schien –, während ich mich gerade mit einem Spirituosenhändler oder einem Lebensmittellieferanten herumstritt.

»Wie viele Krabben haben Sie bestellt?«, fragte er.

»Zweitausend«, antwortete ich, »vier für jeden Gast«.

»Verdoppeln Sie die Menge!«, wies er mich an und orderte zusätzlich noch Krebse, Austern, Kaviar und Räucherlachs. Als ich ihm die Kosten für jeden zusätzlichen Posten nannte, lächelte er selig. Was bin ich doch für ein Glückspilz, ein solches Fest auszurichten!, schien seine Miene auszudrücken.

Am Nachmittag vor der Party war ich so nervös, dass ich es für angebracht hielt, ein Beruhigungsmittel zu nehmen. Ein Relikt meiner verzärtelten Erziehung der Siebzigerjahre, in denen ich Erfahrungen in Selbstmedikation sammeln konnte. Ich rief meine Ärztin an wegen eines Medikaments – Valium, Hustensaft, ein Mittel gegen Panikattacken, was immer –, aber sie war nicht da und ihre Helferin verweigerte mir erbarmungslos jede Hilfe, sodass ich mich für einen etwas schlichteren, aber keineswegs weniger wirksamen Tranquilizer namens Martini entschied. Auf diese Weise gestärkt, zog ich meinen geliehenen Smoking an und fuhr in meinem Honda Civic zu Galvins Anwesen. Ich war der erste Gast und konnte das Ergebnis unserer Bemühungen mit unverhohlener Bewunderung betrachten.

Wir hatten eine unwirkliche Landschaft geschaffen. Lichterketten mit winzigen Glühbirnen schmückten die Bäume zu beiden Seiten der langen Auffahrt zu Galvins Haus. Sie funkelten und schimmerten im Hauch der sanften Abendbrise, als wollten sie den Weg zu einem verzauberten Ort weisen. Das große rote Backsteingebäude am Ende der Zufahrt wurde von einem Dutzend Scheinwerfern angestrahlt. Das ganze Anwesen leuchtete, als wäre es soeben aus einer anderen Galaxie gelandet. Die Zimmerfluchten wurden durch duftige Blumengirlanden und Galvins farbenprächtige Gemäldesammlung verschönt, die er vor nicht allzu langer Zeit um einen phantastischen Diebenkorn und einen Motherwell in knalligem Rot und Schwarz ergänzt hatte. Doch an diesem Abend diente das Interieur nur als Durchgang zu dem atemberaubenden Spiel von Licht und Farbe, das sich im Freien darbot.

Selbst das Wetter war Sandy Galvin an diesem Abend Ende September gewogen. Als letzter Gruß an den verklingenden Sommer bot sich der Himmel wolkenlos dar, man musste beinahe annehmen, die Götter dort oben hätten solch großes Interesse an dem bevorstehenden Schauspiel, dass ihnen an uneingeschränkter Sicht gelegen war. Über dem Fluss im Osten stieg der Mond auf – kreisrund, geisterbleich und unglaublich groß. Noch war es zu hell, als dass man die Sterne hätte sehen können, aber man wusste, sie waren da. Ein Stern für jedes Sandkorn im Ozean, einer für jeden Klecks Druckerschwärze in Mr. Galvins Zeitung. Als ich durch die Terrassentür ins Freie trat, vernahm ich den Klang einer Violine. Der Musiker probierte ein paar Töne eines heiteren Straußwalzers, brach ab, stimmte nach und setzte von neuem an.

Der Garten war in Anlehnung an das berühmte Gemälde *Moulin de la Galette* von Renoir gestaltet, auf dem Paare unter freiem Himmel tanzten. Es war Galvins Einfall gewesen. Ich hatte ihn zunächst für verrückt gehalten, doch jetzt nahm mir das Ergebnis geradezu den Atem. Von den Bäumen herabhängende und über den Rasen gespannte Papierlampions zauberten ein zartes Spiel von Licht und Schatten. Am Rand der leicht abfallenden Grünfläche standen zwei große Zelte. In dem einen wurde gegessen, im anderen getanzt. Wie in der Zufahrt schmückten auch hier Lichterketten die Baumkronen und vermittelten den Eindruck glitzernder Weihnachtsbäume. Während in dem einen Zelt das Orchester probte, eilten Angestellte des Partyservice beladen mit Tellern, Schüsseln und Wärmeplatten in das andere Zelt.

Am Schlafzimmerfenster entdeckte ich Galvin. Andächtig und erwartungsvoll blickte er auf sein Werk hinab. Er erwartete jemanden. Er hatte die vollkommene Bühne geschaffen, es fehlten nur noch die Akteure – insbesondere eine Akteurin, die er bereits vor sich sah, die aber für mich noch unsichtbar war.

Zwei Stunden später hatte sich der Garten gefüllt. Ich wusste, es würde eine gelungene Party werden – die Leute tranken sogar! Für gewöhnlich mieden Partygäste in Washington eisern jeglichen Alkohol. Trinken bedeutete Entspannung, bedeutete Abbau von Hemmungen, aber auch die Gefahr, etwas Dummes zu sagen, unvorbereitet Stellung zu beziehen oder gar einen regelrechten Fauxpas zu begehen. Wenn man trank, arbeitete man nicht, aber die Menschen in Washington arbeiteten unablässig. Das galt insbesondere für die Journalisten, die mittlerweile tatsächlich die Enthaltsamsten waren und das Risiko am meisten scheuten. Aber am heutigen Abend waren die Regeln außer Kraft gesetzt. Als wären Entspannung und Ungezwungenheit der Eintrittspreis.

Galvins Gästeliste war ein Meisterstück. Gemäß dem Motto »Die Großmut steht dem Sieger zu Gesicht« hatte er die Hazens und die Crosbys eingeladen – nicht nur die junge Generation, deren Stimmen ihm den Sieg gebracht hatten, sondern auch die alten Herren. Die beiden Familien saßen im Büfettzelt beieinander, schüttelten artig Hände wie General Lee bei Appomattox und nahmen von allen Seiten gute Wünsche entgegen. Nur Ariane fehlte. Sie machte mit Galvin die Runde, stellte ihn Inserenten, Geschäftsführern verschiedener Unternehmen und langjährigen, treuen Gefolgsleuten der Familie vor. Er konnte von Glück reden, dass sie sich seiner annahm. Diese Verbindungen zur Vergangenheit waren unabdingbar für den Erfolg.

Galvin mischte sich unter seine Gäste, als wäre er John D. Rockefeller, der Geld unters Volk streute. Alle wollten mit ihm plaudern. Sicher, es war seine Party, aber man spürte, dass es zumindest an diesem Abend auch seine Stadt war. In einer Stadt von Durchreisenden galt eine Zeitung als verlässlicher Wertmaßstab. Sie legte den Kurs fest, zu dem die Waren der Stadt gehandelt wurden – Einfluss, Macht, Ansehen. Der Wechsel des Verlegers kam einem Regierungswechsel gleich.

Wie er so im sanften Licht der Lampions seines französischen Gartens umherschlenderte, wirkte der Gastgeber selber wie das Werk eines Künstlers: Nichts im Gesicht dieses großen, muskulösen, in maßgeschneidertes Tuch gekleideten Mannes, den eine Aura lässiger Eleganz umgab, deutete auf schlaflose Nächte oder sorgenschwere Tage hin. Er war der Mann der Stunde. Es heißt, für George Washington hatte es keine Alternative gegeben. Er hatte zwangsläufig der erste Präsident der Vereinigten Staaten werden müssen, denn keiner hatte ein besseres Bild als Reiter abgegeben. Ähnlich verhielt es sich mit Galvin.

Etwas abseits vom Gedränge hielt ich Ausschau nach bekannten Gesichtern. Ich entdeckte drei Richter des Obersten Gerichtshofes – zumindest genug für eine deftige Meinungsverschiedenheit. Auch der Sprecher des Repräsentantenhauses war da. In seinem stramm sitzenden Smoking sah er aus wie das Männchen mit der Kochmütze, das für leckeres Gebäck warb. Leicht gebeugt, als drücke ihn das viele Geld, das sich in seiner Obhut befand, war selbst der klapperdürre Finanzminister gekommen, verabschiedete sich jedoch schon wenig später. Und auch die Außenministerin hatte sich eingefunden, wenngleich sie sich in regelmäßigen Abständen wichtigtuerisch ins Haus zurückzog, um Telefongespräche entgegenzunehmen. Es kursierte das Gerücht, sie sei auf dem Absprung. Doch Genaueres wusste niemand. Der Vizepräsident vergnügte sich mit seiner Frau im Tanzzelt beim Temptations Walk, dem Tanz, zu dem einst die Soulgruppe Temptations den Impuls gab. Wahrscheinlich führte das Ehepaar die gleichen Tanzschritte aus wie damals vor fünfunddreißig Jahren, als sie sich beim Fünfuhrtee der High-School zum ersten Mal begegnet waren. Angesichts der Auswahl der Gäste muss zur Ehre des Vizepräsidenten gesagt werden, dass man eher seiner munteren Gattin als ihm einen Seitensprung zutraute.

Wohin man auch blickte, Journalisten. Sie lehnten an Zeltstangen, musterten die Gäste und unterhielten sich hauptsächlich miteinander (denn wer konnte wohl interessanter sein?). Der Präsident sei am Ende, meinten sie. Mit seinem Ruf gehe es bergab, die Meinungsumfragen bestätigten es. Schuld daran sei nicht, was er getan habe, erklärte einer, sondern das, was er *allem Anschein nach* getan habe. Nein, widersprach ein anderer, das stimme nicht. Es liege daran, dass er nicht den Eindruck vermittle, sein anscheinend begangenes Vergehen aufrichtig zu *bereuen*. Dieses Pack wusste alles und nichts. Bei dem Büfett mit Krustentieren traf man sie nicht an. Sie stopften sich nicht mehr mit kostenlosen Garnelen voll. Das war Schnee von gestern. Mittlerweile verdienten sie mit ihrer tugendhaften Passivität mehr Geld als so manche Geschäftsleute und Anwälte. Dabei war ich doch einer von ihnen. Warum missfielen sie mir so sehr?

Die Verlegerin der *Reveal* rauschte in einem bauschigen gelben Kleid vorbei, das zu früheren Fernsehstars wie Dinah Shore oder Florence Henderson gepasst hätte. Der durch und durch künstliche Stil vergangener Zeiten kleidete sie außerordentlich gut. Sie war in Begleitung des einstigen »Autohändlers des Jahres« aus Nordvirginia, über den wir in einer der zurückliegenden Ausgaben beinahe einen Artikel gebracht hätten, wenn wir uns nicht in letzter Minute für Galvin entschieden hätten. Es sah ganz so aus, als hätte der Autohändler vor kurzem seine Frau verlassen und würde viel ausgehen. Vielleicht gibt es ja doch noch Happyends.

Ich spazierte hinüber zu der niedrigen Mauer, von der man auf den Fluss blicken konnte. Der Mond stand nun bereits etwas höher und spiegelte sich in dem träge dahin fließenden Wasser. Ich wollte mich etwas ausruhen. Der unverdiente Status und das Ansehen, das von Galvins Ruhm auf mich abfärbte, hatten mich ermüdet. Plötzlich waren alle Leute ohne jeden Grund nett zu mir. Am liebsten hätte ich jeden, der mir alles Gute wünschte, mit einer unfreundlichen Antwort bedacht. *Und wo waren Sie vor zwei Tagen, als ich noch eine erbärmliche Figur darstellte, ohne Geld, aber mit einem lädierten Honda Civic?* Doch stattdessen schüttelte ich den Leuten die Hände und lächelte halbherzig. Bereits ein schlechtes Zeichen!

Etwas weiter entfernt sah ich zwei tief im Gespräch versunkene Männer auf die Brüstung zuschlendern. Bei dem einen handelte es sich um Galvin. Er blickte hinunter auf den Fluss und die fernen Lichter von Washington und nippte dabei an seinem Champagner, während der andere redete. Er saß auf der Mauer, etwas unterhalb von Galvin. Der Mann war leicht untersetzt, hatte schütteres blondes Haar und wirkte erschöpft. Er war schätzungsweise in Galvins Alter, Ende vierzig, sah aber wesentlich älter aus. In der Hand hielt er ein großes Glas Whiskey, und ich merkte rasch, dass er ziemlich betrunken war. Dafür dauerte es eine Weile, bis ich ihn erkannte. Es war Howard Bacon, der Chefredakteur der *Sun*.

»Ich bin zu alt für Höflichkeiten«, hörte ich ihn sagen. »Dafür habe ich mich zu viele Jahre für zu viele Verleger aufgearbeitet. Deshalb frage ich Sie geradeheraus: Was haben Sie mit der Zeitung vor?«

»Ich will sie verbessern«, antwortete Galvin. »Mit Ihrer Unterstützung und der Unterstützung Ihrer Mitarbeiter.«

»Hmm, eine hübsche Idee. Nichts dagegen einzuwenden. Aber für wen soll sie besser werden? Für die Inserenten, die uns für den Teufel in Person halten? Für den Präsidenten, der Tag für Tag jammert, dass wir ihn nicht fair behandeln? Für seine

Gegner im Kongress? Für die Parteiführer, die für die Rechte der Schwarzen eintreten, für das jüdische Komitee, für die Rentnerlobbyisten und den Harvard-Yale-Club? Habe ich jemanden vergessen?« Der arme Kerl war wirklich betrunken.

»Die Zeitung soll für die Leser besser werden«, antwortete Galvin leise.

»Verstehe! Geben Sie nichts auf mein Gerede. Ich gehöre zum alten Eisen. Ich bin müde und verbraucht, und da quietscht es eben manchmal in den Angeln. Ich gebe auch zu, dass ich all die Einwände gegen die Zeitung satt habe. Wirklich. Aber eines kann ich zu unseren Gunsten sagen: Da anscheinend alle über unser Blatt schimpfen, muss etwas an ihm gut sein. Oder?«

Galvin runzelte die Stirn. »Ich verstehe nicht, was daran gut sein soll, Howard, wenn jeder über die Zeitung herzieht. Wofür soll es gut sein, dass die Leser sie nicht mögen? Vielleicht gibt es ja einen Grund, weshalb den Leuten die *Sun* nicht gefällt. Darüber müssen wir reden.«

»Klar. Unbedingt. Wir werden über alles reden. Sie sind jetzt der Boss. Ich habe getan, was ich konnte, um die Zeitung zu verbessern. Aber um ehrlich zu sein, manchmal habe ich das Gefühl, ich hätte mich festgefahren. Dann weiß ich überhaupt nicht mehr, warum ich mich jemals auf dieses Geschäft eingelassen habe. Die Kanten schleifen sich ab, das Bild verliert an Kontur. Verstehen Sie, was ich meine?«

Er sah Galvin an. »Nein, offenbar nicht. Aber für den Rest von uns ist es nicht leicht! Wir alle könnten ein paar neue Ideen brauchen. Ich will mich nur versichern, dass Ihre Konzeption wirklich gut ist.«

In Bacons Stimme schwang etwas wie Resignation mit, die Männer mittleren Alters zuweilen überkommt, wenn sie Bilanz ziehen und feststellen, dass sich manche Dinge in ihrem Leben nicht ganz im Lot befinden. Ich hatte ihn schon des Öfteren bei Bekannten zwischen vierzig und fünfzig beobachtet, jenen dumpfen Blick, der zu fragen schien: Und wo ist der Rest von mir abgeblieben? Galvin bildete da eine Ausnahme. Interessant. Er strebte immer noch vorwärts, hoffte und suchte. Die Frage *War das alles?* war ihm nie über die Lippen gekommen. Die Ängste eines alternden Bacon langweilten ihn, und er wechselte das Thema.

»Wie lauten die Kommentare der Mitarbeiter der Zeitung? Was denken die Reporter und die Redakteure?«

»Ehrlich gesagt, sie machen sich vor Angst fast ins Hemd. Sie wissen nicht viel über Sie. Aber was sie gehört haben, gefällt ihnen nicht. Sie befürchten, dass Sie viele Leute auf die Straße setzen werden und neue Teams zusammenstellen zur Bildung zusätzlicher Ressorts, in der Art von ›Fernsehen heute‹ oder ›Fröhliche Begebenheiten aus dem Ausland‹. Sie befürchten, dass Sie das Niveau generell senken werden. Die Mitarbeiter mögen die Zeitung so wie sie ist. Sie sind stolz darauf. Sie lehnen Veränderungen ab.«

»Veränderungen sind immer schmerzvoll.« Galvin legte die Hand auf Bacons Schulter. »Ich will Ihnen gegenüber aufrichtig sein, Howard. Ich habe ein paar neue Ideen. Bestimmte Punkte hebe ich mir für später auf, aber ich will auch nicht drum herumreden. Ich beabsichtige, das Blatt attraktiver zu gestalten. Das ist ein Fakt. Ich denke, das ist unbedingt nötig. Und für die Umgestaltung brauche ich Redakteure, die mich dabei unterstützen.«

»Ich verstehe«, erwiderte Bacon teilnahmslos. »Botschaft angekommen.« Er erhob sich. Er wirkte vernichtet – zu viele anstrengende Jahre, zu viel Alkohol, Termindruck und unzählige lange, arbeitsreiche Abende hatten in seinem abgekämpften Gesicht ihre Spuren hinterlassen. Er schwankte ein wenig. Es gab nichts Schlimmeres für einen Journalisten als das, was er gerade durchmachte. »Entschuldigen Sie mich bitte, Sir, ich begebe mich jetzt auf die Suche nach einer Ihrer Toiletten.«

Galvin blickte seinem Chefredakteur nach. Als er sich zum

Haus umwandte, entdeckte er mich. »Vermutlich haben Sie alles mitgehört«, sagte er.

»Ja. Traurig. Mr. Bacon ist nicht gerade das, was ich einen Helden des Journalismus nennen würde. Aber mir ist zu Ohren gekommen, dass ein cleverer neuer Redakteur das Ressort *Modernes Leben* übernimmt.

Galvin grinste. Nichts konnte ihm an diesem Abend die Stimmung verderben. »Über einen Menschen, der ein Glas Whiskey in der Hand hält, soll man kein Urteil fällen. Das ist stets ein Fehler.«

Die Party dauerte bis spät in die Nacht. Es war nicht etwa so, dass die Gäste kamen und gingen, sondern sie kamen und blieben. Auch das war für Washington außergewöhnlich. Hier hieß es in aller Regel »Licht aus um elf«, damit jedermann am nächsten Schultag putzmunter war. Aber vielleicht würde Galvin auch diese Regel ändern.

Ich schlenderte weiter. Ich wusste, dass ich noch nicht einmal die Hälfte der Gäste gesehen hatte. Es war eine riesige Party. Das Orchester spielte jetzt andere Melodien. Oldies zum Mittanzen – Glenn Miller, Broadwayklänge und sogar den Walzer, den der Geiger vor Stunden geprobt hatte. Angelockt von der Musik betrat ich das Zelt. Viele Menschen standen um die Tanzfläche herum und beobachteten ein einsam tanzendes Paar. Als ich schließlich genau hinsah, war ich wie vor den Kopf gestoßen.

Galvin hielt Candace zärtlich im Arm, führte sie mit einer unmerklichen Bewegung der Schultern, einem leichten Druck seiner Oberschenkel. Ich hatte Candace an dem Abend noch gar nicht gesehen, da so viele Leute da waren und ich mich größtenteils im Hintergrund gehalten hatte. Sie sah umwerfend aus. Das blonde Haar hatte sie aus dem Gesicht frisiert, was die ausgeprägten Wangenknochen und den anmutigen Hals umso mehr hervorhob. Sie trug eine Perlenkette und ein langes schwarzes Kleid, das leicht und zart wie Chiffon wirkte. Jetzt verehrte ich sie schon so lange, aber so schön war sie mir noch nie vorgekommen. Die Musik verstummte. Aber die beiden blieben auf der Tanzfläche stehen. Er flüsterte ihr etwas ins Ohr, und sie lächelte – und da war es wieder, sein verhaltenes, jungenhaftes, unwiderstehliches Lächeln. Das Orchester setzte ein, und sie begannen erneut zu tanzen. Die Art, wie sie sich bewegten, verriet, dass sie schon früher miteinander getanzt hatten. Ihr Körper verstand die Sprache seines Körpers und schmiegte sich all seinen Bewegungen an, wie ein Blatt, das ein Windstoß mit sich forttrug. Niemand sonst tanzte. Niemand rührte sich. Wir waren wie gelähmt. Der neue Verleger der *Sun* tanzte mit der Auslandsredakteurin. Als das Orchester zu spielen aufhörte, applaudierten wir alle.

Wie dämlich war ich gewesen! Selbst als alle Zeichen darauf hindeuteten, war ich immer noch blind wie ein Maulwurf. Dabei hatte ich mich für ganz besonders clever gehalten, als ich nach dem Mittagessen mit Candace Galvins Fragen so ausführlich beantworten konnte. Und als er mir offenbarte, er würde die Zeitung aus Liebe kaufen, hielt ich das für einen Scherz. Ich hatte nicht einmal geahnt, dass er, als er dort an seinem Schlafzimmerfenster stand, allein nach ihr Ausschau gehalten hatte. Vielleicht war die ganze Party, die ich so eifrig vorbereitet hatte, nur als Kulisse für Candace gedacht.

Ungefähr eine halbe Stunde schlenderte ich wie in Trance ziellos umher. Warum schmerzte es so? Schließlich hatte ich keinen Anspruch auf sie. Aber sie war nun mal meine absolute Traumfrau. Obwohl wir uns nicht ein einziges Mal wirklich nahe gekommen waren, hatte ich sie irgendwie voller Stolz als meinen Besitz betrachtet, weil doch nur ich allein wusste, wie außergewöhnlich sie war. Doch nach dem Tanz mit Galvin begriff ich, wie betrügerisch und absurd mein Anspruch war. Das Gefühl der Niederlage war so überwältigend. Ich kann es kaum erklären.

Es war an der Zeit, diesen Ort zu verlassen. Für mich war die Party zu Ende. Als ich durchs Haus zur Eingangstür ging, musste ich an dem kleinen Arbeitszimmer vorbei, in dem Galvin und ich Stunden um Stunden zugebracht hatten, um die Party zu planen und über die bevorstehenden Veränderungen bei der *Sun* nachzudenken. Die Tür war angelehnt. Ich konnte ins Zimmer sehen. Sie saßen auf der Couch. Sie küssten sich nicht und hielten auch nicht Händchen, sondern saßen nur da und plauderten miteinander. Ich hörte Gelächter. Er hatte sich an etwas aus ihrer gemeinsamen Vergangenheit erinnert, worauf sie kichern musste. Ein Laut, der mir an ihr fremd war. Schallendes Gelächter, pure Heiterkeit.

Ich konnte nicht sagen, von wem ich mich mehr betrogen fühlte – von ihm oder von ihr. Aber das war lächerlich. Ich war keine Person aus Fleisch und Blut. Ich existierte nur zweidimensional. Die Liebe war nur etwas für Menschen, die mehr Raum in dieser Welt einnahmen. Doch selbst ein Strichmännchen kann in eine andere Rolle schlüpfen, vielleicht sogar besser als andere. Es kann sich im Schatten anderer verbergen und in die Spalten und Risse ihrer Ziele und Wünsche fliehen.

ELF

Candace Ridgway wohnte in einer schmalen Straße in Georgetown, in der sich vornehmlich pensionierte Diplomaten und Agenten niedergelassen hatten. Eine schmiedeeiserne Treppe führte zur Eingangstür des hübschen, zweistöckigen Backsteinhauses, dessen Rückfront auf einen briefmarkengroßen Garten wies. Das Hausinnere war licht und unaufdringlich, das Mobiliar schlicht, was die alten Böden und Stuckverzierungen gut zur Geltung brachte. Keine Frage, hier wohnte eine allein stehende Person. Vermutlich eine Frau, denn zum einen war es in dem Haus auffallend ordentlich, und zum anderen gab es nirgendwo einen Fernseher. Aber vor allem atmete es die adrette, duftige Frische eines von einem weiblichen Wesen bewohnten Heims. Die Fenster waren sauber, die Gardinen hübsch gefältelt, und die Teppiche warfen in der Mitte keine Falten. Jeder Gegenstand war wohl überlegt platziert.

Über dem Kamin hing ein Bild aus dem neunzehnten Jahrhundert. Es war das Porträt einer attraktiven mittelblonden Frau. Sie trug eine Bluse mit Stehkragen und hatte das Haar im Stil jener Zeit zu einer strengen Frisur frisiert, doch war es dem Maler gelungen, die Leidenschaft in ihren Augen und die sanfte Röte ihrer Wangen einzufangen. Es sei das Porträt einer Vorfahrin, hatte Candace mir einmal erzählt, aber darauf hätte sie mich gar nicht hinzuweisen brauchen. Es war offenkundig. Auf einem Tisch seitlich davon stand ein Foto der Eltern von Candace aus glücklichen Tagen: Braun gebrannt und vom Wind zerzaust schipperten sie an Bord einer ansehnlichen Concordia-Jolle vor der Küste von Maine, was der in Neuengland üblichen Vorstellung von Romantik entsprach. Die Mutter hatte wohl gerade einen Scherz auf den Lippen, über den der Vater schon im Voraus lächelte.

In der offenen Feuerstelle lag sorgfältig gestapeltes Holz und signalisierte dem Besucher, dass die Dame des Hauses keinen Mann brauchte, der sie wärmte. Etwas entfernt von dem Kamin standen eine gemütliche Couch und zwei Sessel. Und neben der Treppe befand sich eine gut bestückte Bar – auch dies ein unmissverständlicher Hinweis darauf, dass die Bewohnerin sich ohne die Hilfe eines Mannes einen Drink zu mixen verstand. Der richtige Platz, um zu plaudern, aber zugleich ein einsamer Ort, wo diese unverheiratete Frau zu viele Stunden allein verbrachte und las.

Ich hatte Candace am Morgen nach der Party angerufen. Im Laufe der Nacht hatte sich meine Enttäuschung in Stumpfheit verwandelt. Ich war nicht verletzt, redete ich mir ein. Nur neugierig. Jetzt, da ich einen kleinen Einblick gewonnen hatte, wollte ich auch den Rest wissen. Ich war entschlossen, so viel wie möglich über die beiden in Erfahrung zu bringen, sozusagen als Revanche. Candace hatte offenbar die Dringlichkeit aus meiner Stimme herausgehört, denn sie lud mich umgehend zum Sonntagsbrunch ein. Dass sie tatsächlich zu Hause war, beruhigte mich, muss ich gestehen, denn als ich Galvins Märchenland verließ, war ich im Zweifel, ob Candace nach Hause gehen würde. Und nun war sie tatsächlich daheim!

In weißen Shorts und einem gelben Lacoste-Hemd mit dem kleinen Krokodil über der linken Brust öffnete sie mir die Tür. Ihre Wangen waren gerötet. Sie kam gerade aus dem Garten, wo sie ihre Herbstpflanzen gesetzt hatte. Sie schlug vor, auf der rückwärtigen Veranda Kaffee zu trinken und die Morgensonne zu genießen, solange die Hitze noch erträglich sei. Ihr Gefühl für Stil und Präzision kam sogar im Garten zum Ausdruck. Die frisch gesetzten Pflanzen mit den winzigen, fröhlich bunten Blüten bildeten eine entzückende Einfassung.

»Das war wirklich eine phantastische Party!«, sagte ich. »Ich wusste gar nicht, dass du Galvin kennst.«

»Niemand hat es gewusst. Ich schätze, wir haben ziemlich viel Aufsehen erregt.«

Ich nickte. Die Septembersonne verlieh ihrem Gesicht einen zarten Schimmer und eine Frische, als wäre sie soeben aus der Badewanne gestiegen, sodass ich mich unwillkürlich an eines der Modelle von Renoir erinnert fühlte. Vielleicht sah auch Galvin in ihr eine der Frauen dieses Gemäldes und hatte deshalb seinen *Bal au Moulin* inszeniert.

»Erzähl mir von dir und Galvin. Es geht mich zwar eigentlich nichts an, aber das ist einerlei. Es macht die Sache umso interessanter. Wenn es mich etwas anginge, wüsste ich es bereits. Aber da dem eben nicht so ist, klär mich bitte auf.«

Unentschlossen sah sie mich an. Aber es stand ihr ins Gesicht geschrieben, dass sie über ihn sprechen wollte. Sie hatte gestern ein paar Karten aufgedeckt und wollte jetzt zeigen, was sie noch alles in der Hand hielt. Aber dieses Thema barg auch eine Gefahr, die ich allerdings an jenem Tag noch nicht einzuschätzen vermochte.

»Das ist alles längst Vergangenheit«, sagte sie. »Ist es denn wirklich wichtig?«

»O ja«, versicherte ich ihr.

»Wir waren auf dem College miteinander befreundet gewesen, aber unsere Beziehung endete traurig, und wir verloren uns aus den Augen. Als er vor ein paar Monaten nach Washington zog, wollte er mit mir ausgehen, aber ich lehnte ab. Es knisterte noch zu sehr zwischen uns, und es wäre bestimmt kein entspannter Abend geworden. Danach fingen die Schwierigkeiten an. Als es sich herumsprach, dass er die Zeitung kaufen wollte, beschloss ich, niemandem zu erzählen, dass wir früher einmal befreundet waren. Es war nicht der richtige Zeitpunkt.

Dann hat er mich zu seiner Party eingeladen und mich zum Tanzen aufgefordert. Na ja, und jetzt stehen wir da, und alle wissen, dass wir ein Paar sind. Oder halten uns für ein Paar. Weshalb interessiert dich unsere Geschichte eigentlich? Bekommt dir das gut?«

»Nein, ganz und gar nicht. Erzähl sie mir trotzdem. Entweder du tust es oder du bleibst bis an mein Lebensende das Objekt meiner Begierde.«

»Wo fange ich am besten an…« Sie legte die gefalteten Hände an die Lippen. Dann kamen die Worte langsam und stockend hervor.

Im Herbst 1970 hatte Candace ihr Studium in Radcliffe aufgenommen. In jenem Jahr geriet die Welt gerade völlig aus den Fugen, das müsse man zunächst einmal wissen, erklärte sie. Kein Vergleich mit heute. Überall brodelte es, es passierten die verrücktesten Dinge. Jungs aus feinen Schulen redeten plötzlich von Revolution und lernten, wie man mit einem Gewehr umging, nahmen Drogen und schrieben zur Melodie von *White Christmas* Liedtexte wie »Ich träume vom Aufstand der Weißen«. Und auf den Partys der Studienanfänger tanzten sie unter dem Porträt des berühmten Pädagogen A. Lawrence Lowell zu dem Song *Street Fighting Man*. Niemand wusste, was Ernst war und was Jux. Der Geruch von Sex erfüllte die Luft – schmutzig, geil, herrlich.

Sie lernte Galvin eines Tages nach den Vorlesungen auf dem Campus kennen. Es war ein herrlicher Herbstnachmittag, und er spielte Frisbee, während sie auf der Bank in der Sonne saß und versuchte, ein Buch von Max Weber zu lesen. Als er zu Ende gespielt hatte, setzte er sich neben sie. Ihr war die Ablenkung nur recht. Sie unterhielten sich locker und ungezwungen, und er lächelte freundlich. Es wirkte nicht wie ein Annäherungsversuch. Galvin war zwei Jahre älter als sie und bereits im vorletzten Studienjahr. Noch am selben Abend rief er sie an und wollte sich mit ihr verabreden. Sie hätte eigentlich argwöhnisch werden müssen – die Kommilitonen der Abschlusssemester hatten es stets auf frisch gebackene Radcliffestudentinnen abgesehen, deren Namen in einem Adressbuch standen, das bei den Jungen »Hühnerverzeichnis« hieß. Aber sie hatte keine Angst vor ihm. Er war zuvorkommend und vergnügt und strahlte ein Selbstbewusstsein aus, das mehr dem eines Mannes als eines jungen Studenten entsprach.

Wenige Tage später besuchten sie einen Vortrag von Norman Mailer. Ein klassisches Harvard-Rendezvous. Mailers Buch *Heere aus der Nacht* war erst kurz davor veröffentlicht worden, und Mailer war eine Ikone. Doch leider war er an dem Abend sturzbesoffen. Es war erbärmlich. Er stotterte und schrie herum, und als Candace ihm eine Frage zur journalistischen Objektivität und Subjektivität stellte – es war ihr wirklich ernst, denn sie wusste schon damals, dass sie Reporterin werden wollte –, ging er auf sie los und schimpfte sie »Schlampe« und »Fotze«. Aber sie ließ sich nicht einschüchtern und konterte lautstark, er sei eine Sau und überhaupt kein richtiger Journalist. Und danach buhten die Studenten ihn aus. Eine unglaubliche Szene! Eine Studentin im ersten Semester hatte Norman Mailer die Meinung gesagt – Galvin strahlte begeistert.

Danach führte er sie in eine schäbige irische Bar, wo sie sich lange unterhielten. Sie war selbst noch ganz benommen von dem Gefühl, sich lautstark mit dem berühmtesten Schriftsteller der Vereinigten Staaten angelegt zu haben. Was sie sagte, hatte Hand und Fuß, Galvin lachte glücklich, stellte sie seinen Freunden vor und orderte beim Kellner Biernachschub. Galvin sah gut aus und war darüber hinaus auch noch klug – unglaublich! Normalerweise war ein Mann entweder nur das eine oder das andere. Anschließend begleitete er sie zur Cabot Hall. Sie schmusten ein bisschen auf dem Bett in ihrem Zimmer. Er drängte sie nicht, wie sie es von anderen Jungen kannte. Er wartete, bis sie so weit war, bis ihre Brüste ihn berührten, sich ihr Körper ihm entgegenwand. Sie gingen in jener ersten Nacht nicht »bis zum Letzten«. Vielleicht hätte sie sich ihm ja hingegeben, aber er hatte nicht insistiert. Eine Woche später schliefen sie miteinander. Sie bat ihn, behutsam zu sein, weil sie noch fast Jungfrau war, worauf er lachte und fragte, was sie damit meine. Sie erklärte ihm, sie hätte es Ende des Sommers mit ihrem Freund von der High-School gemacht. Nachdem er sie fast ein Jahr lang immer wieder bedrängt hatte, hatte sie schließlich nachgegeben.

Aber es war eine einzige Katastrophe gewesen! Schon nach zehn Sekunden hatte er einen Orgasmus und war daraufhin so verlegen gewesen, dass er kaum sprechen konnte. Also zählte das für sie eigentlich nicht. Aber Galvin hatte bereits Erfahrung. Sie erinnerte sich an jede Einzelheit – wie er sich anfühlte, die Leichtigkeit in ihrem Kopf, die weichen Knie. Die Zärtlichkeit danach.

Das ist Liebe, hatte sie sich gesagt.

Er bat sie, Sandy zu ihm zu sagen, weil man ihn nach dem Dichter Carl Sandburg benannt hätte. Von seinem Vater erzählte er nur, er sei Gewerkschaftsfunktionär. Offenbar war es ihm ein wenig peinlich, dass er aus Pittsburgh stammte. Zu Anfang hatte er sogar nur gesagt, er käme aus »Westpennsylvania«. Wie hätte er ahnen können, dass sie es als herrliche Befreiung empfand, mit jemandem zusammen zu sein, der nicht aus ihrer privilegierten Welt stammte.

Er wollte alles über ihren Vater wissen. Als ehemaliger Mitarbeiter des Pentagon stand Dwight Ridgway damals nicht gerade in hohem Ansehen. Die linken Studenten nannten ihn einen Kriegsverbrecher. Aber Galvin wollte die Wahrheit herausfinden. Vielleicht wollte er sich vergleichen, wollte einschätzen, gegen wen er antreten musste. Candace versuchte ihm zu erklären, wie ihr Vater gewesen war, ehe der Krieg seinen Tribut gefordert hatte. Keine leichte Aufgabe. Wie sollte sie einen Menschen beschreiben, der ihrer Erinnerung nach alles getan hatte, Böses von ihr abzuwenden? Candace war sein einziges Kind gewesen, in sie hatte er all seine Hoffnungen gesetzt. Sie sollte schön, mutig, offen und gewitzt sein. Er hatte sie dazu ermuntert, Risiken einzugehen und versprochen, für sie da zu sein, wenn sie ihn brauchte. Es sei kein Zufall, dass meist »Papa« und nicht »Mama« das erste Wort eines Kindes ist, weil Väter sich spielerischer geben und ihre Kinder anspornen, Neues auszuprobieren. Doch sie seien auch diejenigen, die fortgingen.

Die letzten Lebensjahre hatte ihr Vater kränkelnd verbracht. Zwar war zu Hause nicht viel darüber gesprochen worden, aber Candace hatte gewusst, dass etwas nicht stimmte. Er war immer müde und trank zu viel. Er war auf eine Weise krank, die sie nicht begriff. Im Frühjahr vor seinem Tod war er lange im Krankenhaus gewesen. Die Mutter hatte ihr nie erklärt weshalb. Als er sich im September am Flughafen von ihr verabschiedete, standen ihm die Tränen in den Augen. Es war das erste Mal, dass sie ihn weinen sah.

Jenen Herbst in Harvard hatte sie als eine einzige lange Party erlebt, die sich über Monate hinzog. Kaum einer studierte ernsthaft, dazu war das Leben auf dem Campus zu chaotisch. Candace und ihr neuer Freund ließen sich mit der Masse treiben, hatten Tag und Nacht Sex und nahmen Drogen.

Ein paar Jahre später wurden sie vorsichtiger und griffen nur noch zu gängigen Rauschmitteln wie Speed und Kokain.

Doch 1970 konnte sich ein Pärchen mühelos aus dem Medizinschrank bedienen – Pot, Acid, Meskalin. Galvin und Candace, die zu jenen Menschen gehörten, die alles ausprobieren mussten, nahmen Meskalin. Noch Jahre später gab Candace unumwunden zu, dass sie es genossen hatte.

Sie schluckten die ekelhaft schmeckenden Tabletten in Galvins Zimmer. Während der anfänglich besonders starken Wirkung lagen sie im Bett, hörten Musik und sahen zu, wie die Tapete schmolz. Sandy legte ihr entweder einen kalten Waschlappen auf die Stirn oder blies ihr über die Wange.

Kleine Dinge zeigten extreme Wirkung, als hätte jeder Nerv sich gedehnt, um noch intensivere Eindrücke aufzunehmen. Manchmal hatten sie dabei grotesken, erschöpfenden Sex mit Halluzinationen. Zuweilen gingen sie hinunter an den Fluss, die Pupillen riesengroß – bestimmt merkte damals jeder, dass sie high waren –, legten sich ans Ufer und sahen in die Wolken, die die Form von Tieren annahmen. Da wusste sie, dass sie ihn liebte, denn selbst in vollkommen abgedrehtem Zustand, zitternd vor Kälte und Feuchtigkeit, konnte sie daliegen und sich dennoch völlig sicher fühlen, weil er bei ihr war.

Das war es, was Sandy Galvin von anderen unterschied. Obwohl die Welt um ihn herum befremdlich war und immer brüchiger wurde, blieb er, wie er war. Selbst seine Haare trug er unverändert kurz wie in der High-School. Er sah so vernünftig aus, dass die Leute ihn unweigerlich für einen Studenten der Wirtschaftswissenschaften hielten. Außerdem trieb er Sport – Boxen, Lacrosse und Football –, bis er sich im zweiten Studienjahr das Fußgelenk brach. Er war der einzige attraktive Mann in Candaces Bekanntenkreis, der sich seinen Realismus bewahrt hatte. Ihrer Meinung nach hatte er damals nur deshalb Drogen genommen, um sich nicht vollständig von den anderen auszuschließen. Man wurde zum Außenseiter, wenn man nicht selber ein bisschen durchgeknallt war. So verrückt ging es damals zu.

An einem Wochenende Mitte Oktober, kurz vor Halloween, unternahmen sie einen Campingausflug zu den White Mountains. Die Blätter der Bäume hatten sich bereits verfärbt und die hügelige Landschaft von New Hampshire leuchtete dunkelrot und safranfarben. Außerdem war es bereits herbstlich kühl. Sie marschierten knapp drei Stunden bergan, bis sie den eisblauen, von hohen Fichten umsäumten Bergsee erreicht hatten. Sandy machte ein Feuer, sie richteten ihre Schlafsäcke her und grillten Fische, die er im See gefangen hatte. Da sie vom Wandern so erschöpft waren, schliefen sie nach dem Essen sofort ein, ohne Sex gehabt zu haben. Um Mitternacht wachten sie auf. Das Feuer war mittlerweile niedergebrannt, die Sterne standen zum Greifen nahe funkelnd und groß am Firmament. Sie schliefen miteinander. Es war ein unvergleichliches Gefühl. Sex und Liebe und dazu ein grenzenloser Himmel. Eng umschlungen und kaum einer Bewegung fähig lagen sie zusammen im Schlafsack und schliefen ein.

Als sie am nächsten Morgen aufwachten, fragte Galvin sie, ob sie ihn heiraten wolle. Sie zitterte. Während der Nacht hatte es einen Kälteeinbruch gegeben und der Boden war mit Raureif bedeckt. Er verstand nicht, weshalb sie weinte.

Während Candace mir das erzählte, füllten sich ihre Augen erneut mit Tränen. Der kristallklare Herbstmorgen war der Beginn einer unglücklichen Zeit. Kaum hatte Galvin ihr den Antrag gemacht, zog sie sich zurück. Allein der Gedanke an Heirat war verrückt. Sie hatte gerade ihr Studium begonnen, es wurde immer offensichtlicher, dass ihr Vater allmählich den Verstand verlor, und darüber hinaus hatte sie einen Freund, der sie abgöttisch liebte. Das war zu viel. Ihre Leitungen waren überlastet und schalteten sich aus Selbstschutz nacheinander ab. Sandy drängte sie nicht, aber er hatte nie begriffen, was an jenem Morgen am See schief gelaufen war.

Den ganzen Winter über hörte sie auf ihrem Plattenspieler in Cabot Hall den traurigen Song von Joni Mitchell, *Urge for Going*. Darin ging es um die Furcht vor Verlust, den ersten Frost, der die letzte Erinnerung an den Sommer zerstört und uns auf einen Abschied vorbereitet, während wir nicht aufgeben. Leise sang sie den Text mit und Galvin legte die Arme um sie und drückte sie fest an sich. Er begriff es nicht und sie konnte es ihm nicht erklären.

Es dauerte noch ein Jahr, bis ihre Beziehung schließlich zu Ende war. Nach dem Tod des Vaters trafen sie sich nicht mehr. Ich wollte wissen, was der Grund für den endgültigen Bruch gewesen war, aber Candace nannte ihn mir nicht. Ihre Augen waren gerötet, sie wirkte erschöpft. Es hatte sie viel Kraft gekostet, ihr erstes Studienjahr in den Armen des Mannes, den sie geliebt hatte, in Gedanken erneut zu durchleben. Sie wollte sich nicht daran erinnern, was sie empfunden hatte, als sie sich voneinander trennten. Sie ging ins Haus, um allein zu sein. Wie fremd sie aussah, als sie weinte. Ihre Lippen hatten gezittert, ihr Gesicht war schmerzvoll verzogen. Sie hatte die Fassung verloren. Allerdings nur kurz.

Nach ein paar Minuten kam sie wieder und bat um Entschuldigung. Sie hatte sich und ihre Gefühle wieder im Griff. Schade, ich fand sie äußerst bezaubernd, als sie sich in der Vergangenheit verloren hatte. Aber ich konnte sie verstehen. Dieser Gefühlsausbruch war ihr unangenehm. So etwas passierte ihr sonst *nie*. Ich sollte bloß keinen falschen Eindruck gewinnen. Ihre Liebe galt nach wie vor nur den Fakten. Wir plauderten eine Weile über die Schwierigkeiten, mit denen der Präsident zu kämpfen hatte. Ihre Theorie lautete, als Sohn eines Alkoholikers müsse er einfach verrückte Dinge tun, um die Liebe anderer zu erringen. Aber schließlich waren zurzeit ohnehin alle landauf, landab eifrig dabei, die Gründe für das Verhalten des Präsidenten zu analysieren. Es war das nationale Freizeitvergnügen und stellte selbst Baseball in den Schatten.

Wir aßen ein paar Bagels und schenkten uns noch mal Kaffee ein. Ich erzählte ihr von meiner neuen Aufgabe bei der *Sun* – dass Galvin sich entschlossen hatte, die Redakteurin des Ressorts *Modernes Leben* zu feuern und mir den Job zu übertragen. Candace schien sich aufrichtig darüber zu freuen.

»Dann sind wir ja beieinander!«, meinte sie und ich fühlte mich nahezu glücklich. Allein der Gedanke, mich, wenn ich so richtig schlecht gelaunt war, zu ihr hinüberstehlen zu können und ihren unerreichbaren schönen Körper zu betrachten und ihr eine ketzerische Bemerkung zu entlocken, stimmte mich euphorisch.

Sie bat mich zu gehen. Doch es gab noch eine Frage, die ich ihr stellen musste. Schließlich war ich allein deswegen gekommen. Es wäre ganz und gar nicht meine Art gewesen, jetzt aufzubrechen, ohne wenigstens den Versuch unternommen zu haben, ihr eine Antwort zu entlocken. Ich war bereits an der Tür, als sich meine Lippen endlich zu dem entscheidenden Satz formten.

»Liebst du ihn immer noch?«

Sie zuckte zurück. Ich entnahm ihrer Miene, dass sie sich diese Frage kaum zu stellen gewagt hatte, geschweige denn sie zu beantworten. »Ich weiß es nicht«, entgegnete sie.

ZWÖLF

An dem Tag, an dem der Handel perfekt war, bezog Galvin das ehemalige Büro von Mr. Hazen. Es lag im obersten Stock des Verlagsgebäudes und bot einen ungehinderten Ausblick über Foggy Bottom bis hin zum Potomac River. Galvin hatte mich an jenem Morgen zu sich gerufen, und als ich eintrat, stand er am Fenster und starrte auf die Häuserreihen, deren Dächer den diesigen blau-grauen Himmel zu berühren schienen. »Warum sind die Häuser hier alle so niedrig?«, wollte er wissen. »Es sieht aus, als hätte man sie einfach mit dem Messer abrasiert. Geradezu unwirklich.« Ich erklärte ihm, dass es eine Verordnung gebe, wonach kein Gebäude höher als das Capitol sein dürfe. Aber er hatte Recht, es sah tatsächlich unwirklich aus.

Auf dem Namensschild an seiner Tür stand SANDY GALVIN. Er bat mich, ihn ab jetzt so zu nennen. Ich fand diesen Namen zu nett für so einen harten Menschen, aber er wollte von jedem so angeredet werden. Er war jetzt der Verleger einer Zeitung und konnte endlich in die Fußstapfen seines Namenspatrons Mr. Sandburg treten. In mir regte sich der Verdacht, dass Candace dabei ihre Hand im Spiel hatte. Wahrscheinlich war sie der Ansicht, dadurch würde er weniger Furcht einflößend wirken.

Der neue Verleger verlor keine Zeit. Bereits am ersten Vormittag bestellte er alle Abteilungsleiter zu sich, um gemeinsam eine Strategie zu entwickeln. Howard Bacon vertrat die Nachrichtenredaktion; er sah nur unwesentlich besser aus als auf der Party. Dann marschierte ein korpulenter Mann mit einem flotten Spruch auf den Lippen herein; es handelte sich um Frank Moran, den Leiter der Anzeigenabteilung. Auch die Leiter der Abteilungen Vertrieb, Marketing, Lokales und Buchführung schlurften ins Zimmer. Mir gegenüber benahmen sie sich äußerst respektvoll; wahrscheinlich hielten sie mich für den Vollstreckungsbeamten ihres Brötchengebers. Ich glaube, sie hatten alle Angst, auf die Straße gesetzt zu werden.

Galvin ließ sie auf den Sofas Platz nehmen und bat jeden um einen Kurzbericht zu seinem Ressort. In den letzten Tagen hatte er alle verfügbaren Zahlen studiert – Auflagenhöhe, Einnahmen aus Inseraten, Druckkosten, Personalkosten und den erwarteten Gewinn für das Restjahr. Nach seinen Fragen zu urteilen, schien er kaum weniger über den wirtschaftlichen Ertrag der Zeitung zu wissen als die Abteilungsleiter. Als sie geendet hatten, sagte Galvin kopfschüttelnd: »Das reicht nicht.« Er wies jeden an, ihm bis nächsten Montag fünf gute Vorschläge zu unterbreiten, wie die Ertragskraft der Zeitung gesteigert werden könnte. Wer keine fünf guten Vorschläge anzubieten hatte, sollte besser kündigen.

Ich hatte erwartet, dass Galvin seine Tätigkeit als Verleger in den ersten Wochen ruhig angehen lassen würde. Das wäre nur vernünftig gewesen, gerade für einen Neuling, der gar nicht wissen konnte, wo hier die Klippen und Untiefen lauerten. Aber wieder einmal hatte ich den Mann falsch eingeschätzt. Er glich einem Kippschalter – entweder AN oder AUS; dazwischen gab es nichts. Er machte die Zeitung zu seinem Lebensinhalt – er schien weder Familie noch andere Aufgaben zu haben, noch schien er jemals die Freuden und Leiden erfahren zu haben, die die Führung eines solch großen Unternehmens mit sich bringt. Unermüdlich entwickelte er neue Ideen, Strategien und Verfahren. Er stürzte sich in die Arbeit und begann das Unternehmen in seinen Grundfesten zu erschüttern, genau wie er es angekündigt hatte. Anscheinend war er der Überzeugung, dass sich ein Wandel nur durch eine Schocktherapie herbeiführen ließ.

Jeden Morgen kam er um sieben Uhr dreißig ins Büro – abgesehen von den Pförtnern und dem Sicherheitspersonal war er der Erste, der das Gebäude betrat – und widmete sich eine Stunde lang der Lektüre der Zeitung. Er markierte Artikel mit gelbem Stift und feuerte Memos auf die Mitarbeiter ab. »Ihre Bullenstory war Spitze!«, »Der Artikel über Bosnien war ja leider nichts Neues!«,»Warum berichten wir nicht über Stockcarrennen?« Er bestellte die Abteilungsleiter jeden Vormittag um neun Uhr dreißig zum Brainstorming zu sich, und dabei stellte sich heraus, dass sie tatsächlich einige sehr gute Ideen hatten – alle außer Moran von der Anzeigenabteilung, der klug genug war, die Zeichen der Zeit zu erkennen und sein Bündel zu schnüren. Außerdem holte Galvin sich Berater ins Haus, die den wirtschaftlichen Ertrag der jüngsten Vergangenheit überprüfen sollten. Und er begab sich auf Rundgänge durch das Verlagsgebäude, schneite bei den Reportern und den Druckereiarbeitern herein und stattete den netten alten Damen einen Besuch ab, die telefonisch die Kleinanzeigen entgegennahmen. Seine erste Frage lautete immer: »Wie können wir mehr Zeitungen verkaufen?« Er blieb bis spät in die Nacht, unterhielt sich mit den Umbruchredakteuren, den nächtlichen Helfern in der Nachrichtenzentrale und den Druckern. Meistens wartete er, bis die Zeitung in Druck ging. Es ist nicht schwer, von einer Zeitung begeistert zu sein, und Galvin war sichtlich hingerissen.

Außerdem nahm er Veränderungen vor, die für alle sichtbar waren. Zuallererst musste das Familienheiligtum in der Halle weichen. Einen Tag nach Galvins Einzug begannen Arbeiter die Statuen und Porträts der verschiedenen Hazens und Crosbys zu entfernen, die neunzig Jahre lang die Geschicke der Zeitung gelenkt hatten. Galvin höchstpersönlich – in seinem weißen Hemd, aber ohne Krawatte und mit bis zum Bizeps aufgerollten Hemdsärmeln – überwachte die Handwerker, die den tonnenschweren historischen Müll auf einen großen Lastwagen luden. Die Familien murrten, aber da keiner von ihnen mit diesen Memorabilien etwas anzufangen wusste, brachte man sie bis auf weiteres in einem Lagerhaus in Waldorf, Maryland, unter.

Galvin begann buchstäblich die Mauern niederzureißen. Er wollte die Eingangshalle offener gestalten und in eine Art Straßencafé verwandeln. Mir erschien das als eine völlig irrwitzige Idee, aber er bestand darauf. »Wir wollen die Welt zu uns einladen!«, belehrte er mich. »Unsere Leute sollen sich nicht länger hinter ihren Schreibtischen verstecken, sondern leben!« Also sprengten die Bauunternehmer ein Loch in die Fassade aus Glas und Stahl, groß genug, um ein neues, über zwei Stockwerke reichendes Open-Air-Atrium zu schaffen. Galvin ließ draußen an der Vorderseite eine riesige Markise anbringen, so bunt wie ein Zirkuszelt. Damit wollte er der Außenwelt signalisieren, dass jeder willkommen war. Der Bautrupp musste Tag und Nacht arbeiten. Galvin saß ihnen ständig im Nacken, trieb sie an und wusste alles besser.

Als die Bauarbeiten fertig waren, wies Galvin die Arbeiter an, ein riesiges Transparent im neuen Atrium aufzuhängen. Ein Geheimprojekt – nicht einmal mir hatte er davon erzählt. Darauf stand in riesigen Buchstaben der neue Slogan der *Sun*: GET REAL! – Haltet euch an das Wesentliche!

So lautete die Botschaft. Mit diesen Worten knurrte er Redakteure an, deren Storys zu lang oder zu langweilig waren. Er gebrauchte diesen Satz, um die Produktionsabteilung dazu zu bringen, noch mehr Zeitungen mit den aktuellen Baseballergebnissen zu drucken. Er liebte seinen Slogan und wiederholte ihn unablässig. Schließlich bestellte er sogar fünfzigtausend Buttons mit dem neuen Credo. Er selbst trug immer und überall einen und war enttäuscht – wenngleich nicht sonderlich überrascht –, dass die Angestellten seinem Beispiel nicht folgten.

Ich sah die beiden zusammen in der Cafeteria. Sie saßen in einer Nische drüben beim Fenster. Vielleicht glaubte Galvin, dort blieben sie unbemerkt. Sie aßen Salat von Plastiktellern. Er war in Hemdsärmeln; sein Oberkörper wirkte riesig, und mir drängte sich der Gedanke auf, dass diese Hemden speziell für ihn angefertigt sein mussten.

Candace fing meinen Blick auf und bedeutete mir, an ihren Tisch zu kommen; wahrscheinlich hatte sie bemerkt, dass sie von allen Seiten beobachtet wurden. Sie wirkte schuldbewusst, als hätte man sie gerade beim Ladendiebstahl ertappt.

»Was gibt's?«, fragte ich.

»Candace will mehr Geld für das Auslandsressort«, erwiderte er verdrießlich. »Sie ist eine richtige Nervensäge. Ich habe ihr gesagt, dass keiner begeistert zum Kiosk rennt, bloß weil wir über die indonesische Schuldenkrise berichten, aber sie lässt nicht locker.«

»Was werden Sie tun?«, wollte ich wissen. Keck saß sie da und formte mit den Lippen immer wieder das Wort *Geld*.

»Es ihr geben«, antwortete Galvin mit gespielter Entrüstung. Zumindest von ihr ließ er sich gerne ausnehmen.

»Verstehst du ihn?«, fragte ich Candace, als er den Tisch verlassen hatte.

»Ich denke schon. Seine Konzentration ist rasch erschöpft. Die letzte Person, mit der er sich unterhält, kann ihn leicht beeinflussen, also achte ich darauf, dass ich diejenige bin.«

»Er ist in dich verliebt«, sagte ich.

»Nein, das stimmt nicht. Weshalb glaubst du das?« Damals dachte ich: Das ist ihr einziger blinder Fleck. Sie verstand nicht, welche Wirkung sie auf Männer hatte. Das kam bei schönen Frauen häufig vor. Sie waren sich ihrer selbst so bewusst, dass sie sich nur schwer in jemand anderen hineinversetzen konnten.

»Wie er dich ansieht. Du bist seine Trophäe. Manchmal glaube ich, du bist der Grund, warum er die Zeitung gekauft hat.«

Sie blickte mich an, als wäre ich der größte Idiot in der Stadt. »Du spinnst«, meinte sie. »Niemand bringt Sandy dazu, etwas wider seinen Willen zu tun.«

Einige Wochen nach der Übernahme berief Sandy Galvin zum ersten Mal eine Versammlung mit den Mitarbeitern der Nachrichtenredaktion ein. Davor war er nervös – so kannte ich ihn gar nicht – und fragte mich, was er anziehen und ob er seine Rede mit einem Witz eröffnen solle. Ich riet ihm, etwas Seriöses zu tragen und sich auch so zu verhalten – zum ersten Mal hatten die Angestellten Gelegenheit, ihren neuen Verleger kennen zu lernen und sich anzuhören, was er wirklich vorhatte. Sie hatten Angst. Zeitungsleute halten sich gerne für aufgeschlossene Menschen, aber wenn es um ihre eigenen Angelegenheiten geht, sind sie äußerst konservativ. Sie hassen Veränderungen. Je weniger Neuerungen, desto besser.

Die Mitarbeiter versammelten sich im umgestalteten Atrium. Es war ein kühler, windiger Vormittag im Oktober; immer wieder wirbelte der Wind die Laubhaufen auf dem Gehsteig durcheinander und wehte die Blätter in die Halle hinein. Galvin hatte angeordnet, ausnahmsweise die Lobby für den Publikumsverkehr zu schließen, damit unsere Familienkonferenz ungestört stattfinden konnte. Man hatte Klappstühle in einem großen Halbkreis um das Podium aufgestellt, aber wie so oft bei solchen Anlässen saß das Gros der Leute ganz hinten, während die vorderen Reihen unbesetzt blieben. Galvin schnappte sich das Mikrofon und verkündete, er werde demjenigen fünfzig Dollar schenken, der sich als Erster ganz nach vorne setzte. Augenblicklich setzte ein Ansturm auf die vorderen Plätze ein. Galvin überreichte dem Gewinner einen nagelneuen Geldschein. Damit war dieses Problem gelöst.

Kurz nach halb elf begann er mit seiner Rede. Er trug einen schlichten blauen Anzug, wie immer maßgeschneidert, aber nicht zu ausgefallen. Zwar wirkte er ein wenig nervös, doch das war gar nicht schlecht, denn es machte ihn gewissermaßen menschlicher. Ich stand zusammen mit den anderen Ressortleitern – meinen neuen Kollegen! – hinter dem Podium, direkt neben Candace Ridgway. »Er sieht aus, als wolle er für seine Rolle vorsprechen«, flüsterte ich ihr zu.

Sie nickte. Auch sie war besorgt. Er leitete zum ersten Mal eine Zeitung. Es waren ihre Leute; sie hätte ihn gerne vor deren ausgesprochen feindseliger Haltung beschützt, aber sie konnte nichts tun.

»Guten Morgen«, sagte Galvin. Ein paar Dutzend Zuhörer antworteten automatisch mit »Guten Morgen!«, als befänden wir uns in einem riesigen Umerziehungslager. Er blickte in die versteinerten Gesichter. »Na, macht's schon Spaß?«, fragte er scherzhaft. Niemand antwortete, bis endlich von hinten eine Stimme ertönte: »Nein!«

»Macht doch ein freundlicheres Gesicht, um Gottes willen!« Er drehte sich um und zwinkerte mir zu. Schon vor einigen Wochen hatte er versprochen, diesen Satz bei der ersten Personalversammlung anzubringen, aber ich hatte es für einen Scherz gehalten. »Die Arbeit hier soll Spaß machen. Was hätte sie sonst für einen Sinn? Wir zahlen den meisten von Ihnen nicht so viel, dass Sie sich mit dem Unglücklichsein abfinden könnten.« Ich spähte ins Publikum. Die wenigen Leute, die eine Reaktion zeigten, verdrehten die Augen. Sie misstrauten ihm instinktiv. Galvin ließ sich nicht irritieren; er vermutete ohnehin schon, dass die meisten Journalisten Dummköpfe seien.

»Sie kennen mich nicht«, fuhr Galvin fort, »und ich bin sicher, viele von Ihnen haben Sorge, ich könnte alles Alte über Bord werfen. Zu Beginn unserer Zusammenarbeit möchte ich Ihnen eines deutlich sagen: Damit liegen Sie ganz richtig! Ich werde tatsächlich Altlasten über Bord werfen. Denn sonst – und davon bin ich überzeugt – wird unser Boot sinken.«

»Willkommen auf der *Titanic*!«, krächzte irgend so ein Klugscheißer ganz hinten.

»Das war zwar ein schlechter Witz, aber derjenige, der das gesagt hat, bekommt eine Gehaltserhöhung«, strahlte Galvin. »Denn dies hier ist tatsächlich die *Titanic*! Meine Botschaft an Sie lautet: Wir stecken in ernsten Schwierigkeiten. Wir können nicht einfach so weitermachen. Die Zeitung, die Sie lieben – die Ihre Gehälter zahlt und die ärztliche Versorgung Ihrer Kinder gewährleistet –, ist todkrank, und ohne Hilfe wird sie sterben. Sie fragen sich jetzt sicher, woher ich das wissen will. Dieser Mann ist kein Journalist. Was weiß *der* denn schon? Und Sie haben Recht. Ich bin nur Geschäftsmann. Die würdige Vergangenheit dieser Zeitung bedeutet mir absolut nichts – für mich zählt nur die Zukunft.«

»Wie kommt er an?«, fragte ich Candace. Sie kannte ihre Leute.

»Wenn er ihnen Angst einjagen will, dann ist ihm das zweifelsfrei gelungen«, flüsterte sie. »Sie sehen verschreckt aus.«

»Ich kann mich nur an den Zahlen orientieren«, fuhr Galvin fort, »und da erkenne ich Folgendes: Die Auflage der *Sun* ist im Laufe der vergangenen acht Jahre ständig gesunken. Der Rückgang war zwar nicht weiter dramatisch – pro Jahr ein paar tausend Leser weniger –, aber es summiert sich. Wirklich erschreckend wird es, wenn man den Rückgang der Auflage vor dem Hintergrund des Wachstums dieser Region betrachtet. In den letzten zehn Jahren hat Washingtons Gesamtbevölkerung um achtundfünfzig Prozent zugenommen. Doch in jenen zehn Jahren ist die Auflage der *Sun* um zwölf Prozent zurückgegangen. Hat das jeder von Ihnen verstanden? Die Bevölkerung um achtundfünfzig Prozent rauf, die Auflage um zwölf Prozent runter.

Was würden Sie von einem Unternehmen halten, das Jahr

für Jahr weniger Produkte absetzt, obwohl der Markt sprunghaft wächst?« In dem großen Atrium herrschte Schweigen. Nur das GET-REAL-Transparent knatterte im Wind. »Nun, meine klugen Journalisten! Was würden Sie von einem solchen Unternehmen halten? Ich erwarte eine Antwort.«

»Es steckt in Schwierigkeiten«, sagte der Mann in der ersten Reihe, der die fünfzig Dollar gewonnen hatte. Wahrscheinlich hatte er das Gefühl, Galvin etwas schuldig zu sein.

»Es liegt im *Sterben*!«, rief der neue Verleger. »Kein schneller, sondern ein langsamer Tod – das ist furchtbar. Und ich versichere Ihnen, wenn die *Sun* so weitermacht, ist sie tatsächlich in zehn Jahren tot! Die Menschen werden sich ihre Informationen anderswo holen – aus dem Fernsehen, übers Internet, aus dem Radio, da gibt es viele Möglichkeiten. Aber sie werden keine Zeitung mehr kaufen, die so festgefahren ist, dass sie nicht einmal merkt, wie sie verblutet. O nein! Sie werden keine langweilige Zeitung kaufen, bloß weil sie einen großen Namen hat. Tut mir Leid, aber dafür ist das Leben zu kurz.«

»Meine Güte«, flüsterte Candace. »Worauf legt er es an? Massenselbstmord?« Mir war jedoch klar, dass Galvin nur mit ihnen spielte.

»Was glauben Sie, wie lange werden sich die Inserenten noch mit dieser Situation abfinden?«, fragte er seine Zuhörer. »In den letzten Wochen habe ich mich mit vielen von ihnen unterhalten, daher kenne ich die Antwort. Nicht mehr lang! Sie werden weiterhin in der *Sun* inserieren, so lange wir am besten die Menschen erreichen, die Lebensmittel, Autos und Möbel kaufen. Die magische Zahl ist fünfzig Prozent. Sie werden in der *Sun* inserieren, so lange wir mindestens die Hälfte der Haushalte im Einzugsgebiet von Washington erreichen.

Aber wissen Sie überhaupt, wie hoch unsere tatsächliche Vertriebsdichte im letzten Quartal war? Wer von Ihnen, werte Museumswächter, wagt eine Schätzung? Es waren siebenundvierzig Prozent, Tendenz fallend. Wir liegen im Sterben, glauben Sie mir. Die Inserenten mochten die Hazens und die Crosbys, und sie mögen mich auch. Sie sind der Meinung, dass wir eine gute Zeitung herausgeben. Aber als Verkaufsmedium ist sie wie ein Dinosaurier zum Aussterben verurteilt.«

Galvin hielt inne und blickte in die Runde. Die Zuhörer sahen aus, als wäre gerade eine Bombe hochgegangen. Harold Hazen hatte nie eine solche Rede gehalten. Er hatte es als unter seiner Würde empfunden, geschäftliche Angelegenheiten vor den Mitarbeitern zu erörtern. Galvin hingegen schwelgte förmlich darin. Geschäft war das wirkliche Leben – nur die unverfälschte menschliche Energie machte den bierernsten, abstrakten Kram erträglich. Aber er erkannte, dass seine Zuhörer wie betäubt waren. Nicht mehr lange und sie würden abschalten.

»Haben Sie jetzt genug schlechte Nachrichten gehört?«, fragte er. Diesmal ertönte ein allgemeiner Aufschrei: »Aufhören!«, »Genug davon!« Sogar Candace und die anderen Ressortleiter schlossen sich dem Chor an.

Er trat einen Schritt vom Podium zurück. Zum ersten Mal an diesem Morgen zeigte er sein Verschwörerlächeln. Als wolle er sagen: Lasst uns gemeinsam ein Komplott schmieden. Die meisten seiner neuen Mitarbeiter kannten es noch nicht, aber ich wusste, was nun folgte. Das Kraftfeld seines Charmes war aufgebaut; er würde sie alle auf seine Seite ziehen.

»Wie also lautet die *gute* Nachricht?« Er machte eine Pause, als warte er darauf, dass sich jemand melde und einen alternativen Vorschlag einbrächte. Doch alles blieb still.

»Die gute Nachricht lautet: Wir können das ändern. Und *werden* es ändern. Aus Verlierern werden Gewinner, und zwar auf eine Weise, die die Welt ermessen kann – indem wir die Leser zurückerobern, die wir im Laufe der letzten zehn Jahre verloren haben. Wir werden die im Zeitungsgewerbe übliche Auffassung missachten und expandieren.

Ich glaube so fest an unseren künftigen Erfolg, dass ich Ihnen eine Wette anbiete. Es ist eine verdammt kostspielige Wette – immerhin habe ich gerade eine Milliarde Dollar in diese Zeitung investiert. Ich wette also, dass die *Sun* ihre Auflage innerhalb der nächsten zwei Jahre um zweihunderttausend Exemplare steigern wird. Das wären über eine Million Zeitungen pro Tag – und wir würden wieder mehr als fünfzig Prozent der Haushalte erreichen. Solche Steigerungsraten gab es bisher in der Zeitungsbranche nicht. Damit wären wir die erfolgreichste Zeitung in ganz Amerika. Ich glaube, die *Sun* hat das Potenzial dazu. Also, wer von Ihnen macht mit?«

Schweigen. Wahrscheinlich waren sie vollkommen überwältigt von der Kühnheit dieses Vorhabens. In der Branche gehörte nobles Scheitern schon fast zum guten Ton. Der Gedanke an einen strahlenden Erfolg war den meisten dieser Leute fremd. Galvin blickte in die Runde und schüttelte den Kopf. Wie wollten sie den Berg ersteigen, ohne den ersten Schritt zu tun?

»Gut«, sagte er. »Ich werde Ihnen die Sache etwas erleichtern. Ich bin bereit, eines meiner Aktienpakete mit Ihnen, den Mitarbeitern dieser Zeitung, zu teilen. Die Aktien werden im Augenblick zum Stückpreis von zweiundfünfzig Dollar notiert. Wenn wir mein Ziel erreichen, wird sich der Wert dieser Aktien verdoppeln oder sogar verdreifachen. Als gemeinsame Inhaber werden wir alle daran verdienen, und falls die Wette schief geht, verlieren wir alle. Was halten Sie davon?«

Endlich gab es vereinzelt Beifall. Selbst unter Journalisten kann die Aussicht auf zusätzliche Einnahmen so etwas bewirken. Ich konnte mir ein Grinsen nicht verkneifen. Hier war ein Experte am Werk.

Nun stellte Galvin sich den Fragen aus dem Publikum. Ein älterer Herr, der sich als Vertrauensmann des Journalistenverbandes zu erkennen gab, sprang sofort auf. Er hatte keine Frage, sondern wollte vielmehr etwas erwidern. Mit seinem Angebot, die Aktien mit den Mitarbeitern zu teilen, versuche Galvin nur von Lohnkürzungen und Streichungen bei den Zusatzleistungen abzulenken. Der Journalistenverband werde alles in seiner Macht Stehende tun, um die Angestellten vor den Machenschaften des neuen Verlegers zu schützen. Galvin hatte eine entwaffnende Antwort parat. Natürlich würde er liebend gerne die – seiner Meinung nach zu hohen – Arbeitskosten senken, ihm seien jedoch die Hände gebunden. Die Löhne seien langfristig durch die Tarifvereinbarungen abgesichert. Was die Aktien angehe, so stehe es jedem Mitarbeiter frei, sie abzulehnen. Ein weiterer Fragesteller wollte Genaueres wissen: Wie würde Galvin die Auflagenstärke um zweihunderttausend erhöhen? Womit wolle er so viele neue Leser gewinnen?

»Mit Spaß!«, erwiderte Galvin. »Mit Überraschung. Mit Leidenschaft. Und einem Bingospiel!« Hier zeigte sich erstmals Galvins Begeisterung für Preisausschreiben und Glücksspiele. Es stellte sich heraus, dass seine Berater auf sein Geheiß hin Anfang der Neunziger eine Studie über Auflagensteigerungen bei den größten britischen Tageszeitungen durchgeführt hatten. Als wesentlicher Faktor hatten sich Spiele erwiesen – Lotto, Bingo, Poker, Toto, Kreuzworträtsel –, wobei den Gewinnern Geldpreise winkten. So etwas gefiele den Lesern und die *Sun* würde die besten Spiele bringen.

Schließlich formulierte einer der dienstältesten Reporter die vielleicht entscheidende Frage. »Das klingt ja alles ganz interessant«, sagte er. »Aber wenn wir nicht mit Ihrem Vorgehen einverstanden sind, was dann? Wenn wir Ihnen nicht vertrauen, sondern der Ansicht sind, dass Sie die Zeitung in den Ruin führen? Was sollen wir dann tun?«

Galvin versuchte gar nicht erst, eine diplomatische Antwort zu finden. »Dann sollten Sie sich nach einem anderen Job umsehen.«

»Wie war ich?«, wollte Galvin hinterher wissen. Diese neue Unsicherheit war geradezu rührend. Ich erklärte ihm, er habe seine Sache gut gemacht, sich jedoch ein unerreichbares Ziel gesetzt. Es sei unmöglich, innerhalb von zwei Jahren zweihunderttausend neue Abonnenten zu gewinnen. Vielleicht gebe es da draußen zweihunderttausend zusätzliche Haushalte, aber die säßen alle vorm Fernseher; sein Plan sei geradewegs zum Scheitern verurteilt. Das schien ihn erstaunlich kalt zu lassen. Zwei Jahre bedeuteten für ihn eine Ewigkeit. Falls er seine Wette verlor, müsse er sich später etwas Neues ausdenken. Jetzt zähle allein die Gegenwart.

»Wie hat Candace meine Rede gefallen?«, fragte er.

»Woher soll ich das wissen? Warum fragen Sie sie nicht selbst?« Ich war es Leid, immer den Vermittler zu spielen. Wenn sie zusammen tanzen konnten, dann konnten sie auch miteinander reden.

»Sie gibt mir keine Antwort. Sie sagt, ich sei nun ihr Boss und da gehöre sich das nicht. Was ist das bloß für ein Unsinn? Wozu ist man denn Verleger einer Zeitung, wenn man sich nicht einmal mit dem Leiter der Auslandsredaktion besprechen kann?«

Ich sagte ihm, er solle sich keine Gedanken machen. »Keiner wünscht Ihnen sehnlicher den Erfolg als Candace. Nur darum ist sie so vorsichtig. Sie wird bald lockerer werden. Alle werden lockerer werden. Sogar Sie.«

Ich saß in meinem neuen Büro am Schreibtisch und beobachtete die vielen Leute, die an meiner Tür vorübereilten: Redaktionsassistenten, Reporter, Sekretärinnen, Redakteure für besondere Aufgaben, Umbruchredakteure, Gestalter – und alle arbeiteten sie für mich! Im Grunde war es vollkommen absurd, dass sie nominell einem eigenbrötlerischen Geschöpf der Angst unterstanden – einem Mann, der unangenehme Briefe ungeöffnet liegen ließ und problematische Telefonate nicht beantwortete. Ich starrte auf meinen braunen, auf Hochglanz polierten Schreibtisch. Mir war, als würde ich an einem heißen

Tag in einen schlammigen Fluss blicken. Der Tisch war aus Teakholz und wurde jede Nacht von unsichtbaren Helfern gewienert, die auch den Papierkorb leerten und meine Zeitschriften und Zeitungen ordentlich stapelten.

Ich griff nach dem Brieföffner, der zuvorkommenderweise für mich bereitlag, und begann meine Initialen in das weiche Holz des Schreibtisches zu ritzen. Die Klinge drang so tief ein, dass es mich einige Mühe kostete, aber schließlich konnte man die Buchstaben erkennen: DC. Während ich dem C den letzten Schliff gab, kam meine Sekretärin herein, eine nette Frau Mitte dreißig, Mutter von zwei kleinen Mädchen.

»Möchten Sie etwas aus der Cafeteria?«, fragte sie und ignorierte mein zerstörerisches Treiben. Wahrscheinlich galt für sie die Devise: Der Chef hat immer Recht, auch wenn es sich um einen so absonderlichen Chef wie mich handelte. Sie hätte auch nichts gesagt, wenn ich im Abfallkorb ein Lagerfeuer angezündet hätte.

Nach einigen Tagen beschloss ich, mein Büro etwas aufzupeppen; mit einer bloßen Entweihung gab ich mich nicht zufrieden. In einem Kinoladen erstand ich ein Poster von *Arielle*, der Meerjungfrau, für mich einer der zwei oder drei größten Filme aller Zeiten – in jedem Fall rangierte er noch vor *Citizen Kane*, aber eher nach *Vom Winde verweht*. Es war so aufbauend, stets Arielles liebreizendes Lächeln und ihr wallendes rotes Haar im Blick zu haben, das niemals nass zu werden schien, obwohl sie doch unter Wasser lebte. Plötzlich outeten sich auch andere als heimliche Fans von Arielle – meistens Männer; die Frauen dagegen missbilligten hübsch frisierte Meerjungfrauen, die für Prinzen schwärmten.

Außerdem hielt ich jeden Vormittag eine Mitarbeiterbesprechung ab. Schon in der ersten Woche war mir klar geworden, dass dies der wesentliche – und vielleicht der einzige – Faktor war, der einen guten Manager ausmachte.

Also zitierte ich mein halbes Dutzend Redakteure jeden Tag

um elf Uhr in mein Büro und bat um Vorschläge, wie wir die nächste Ausgabe tatsächlich lesenswert machen könnten. Am Anfang fiel ihnen nichts Besseres ein, als lange Listen herunterzubeten – welche Filme am Wochenende im Kino anliefen, welche Berühmtheiten uns die PR-Leute ans Herz legten, welche Preisverleihungen, Festbankette und andere Kostbarkeiten gesellschaftlichen Klatsches einen Bericht wert waren. Kein Wunder, dass die *Sun* so grauenhaft war, wenn man die Sache so anpackte. Da war ja selbst die *Reveal* in ihren übelsten Zeiten noch interessanter!

In den ersten Tagen sagte ich einfach Nein. Nein, nein und nochmals nein – bis sie mir endlich bessere Ideen lieferten. Meine Mitarbeiter waren höchst erstaunt, dass ich einen Artikel guthieß, der über die fünf besten und die fünf schlechtesten Parkmöglichkeiten für ein Rendezvous im Auto berichtete. (Eindeutiger Spitzenreiter: der Potomac Overlook abseits vom George Washington Parkway in Virginia; letzter Listenplatz: Westmoreland Park im Montgomery County – dort leuchten die Bullen mit ihren Scheinwerfern direkt ins Auto und zwingen einen auszusteigen, auch wenn man splitternackt ist.)

Es machte mir Spaß, ein Klugscheißer zu sein, der über alles redete, was ihm in den Sinn kam, und die Redakteure mit meinen Witzen zum Lachen zu bringen. Aber nach einigen Wochen begann ich mich zu fragen, ob ich hier wirklich meine Nische gefunden hatte. Sandy Galvins Tamtam mit Auflagenkampf und Milliardenwetten war ja schön und gut, und natürlich hoffte ich, dass es jeden motivierte, eine peppigere Zeitung herauszubringen, aber für mich war das belanglos. Geld interessierte mich nicht und genauso wenig wollte ich ein Zeitungsbürokrat sein. Dafür hatte ich wahrlich nicht bei Galvin unterschrieben!

Man verstehe mich nicht falsch, meine Absichten waren äußerst vielschichtig. Aber hauptsächlich ging es mir darum, den Menschen Unannehmlichkeiten zu bereiten. Galvin hatte mich richtig eingeschätzt. Ich war der geborene Unruhestifter, aber nicht aus Mutwillen. So sehr ich auch etwas anderes vorgeben mag, meine Possen waren nicht nur die eines Hofnarren. Die Triebfeder meines Verhaltens war vielmehr ein Bedürfnis – so mächtig wie das Bedürfnis sein kann, zu malen, zu singen oder dreiundzwanzigjährige Praktikantinnen zu verführen.

Ich hatte das Bedürfnis, die Wahrheit zu sagen, vor allem, wenn sie den Leuten unangenehm war. Das hatte schon mein Vater zu spüren bekommen, solange er noch gelebt hatte – ich hatte ihn gereizt, war auf seinen Fehlern herumgeritten und hatte sogar eine kleine Zeitung herausgebracht mit dem Titel: *Die schmutzige Wahrheit über Dad*. Auf dem College hatte ich in einigen Artikeln den Dekan der medizinischen Fakultät attackiert, weil er als Berater einer großen Arzneimittelfirma tätig war. (Natürlich hatte er eine vernünftige Erklärung parat – er helfe der Firma bei der Verbesserung von Arzneimitteln – aber trotzdem.) Bevor ich meinen ersten Job bei einer Zeitung in North Carolina verlor, hatte ich einen Enthüllungsbericht über den Besitzer eines dortigen Möbelgeschäftes geschrieben, einen früheren Baptistenprediger, der die Kunden mit einem Trick namens »Erst mieten, dann kaufen« hereinlegte.

Ein altes Sprichwort besagt, dass ein Journalist die Selbstgerechten plagen und den Geplagten zu ihrem Recht verhelfen soll. Nun, mit Letzterem kenne ich mich nicht so aus – die armen Geplagten sollten wohl eher anderswo Trost suchen –, aber Ersteres leuchtet mir ein. Ich konnte einfach der Versuchung nicht widerstehen, bei jeder sich bietenden Gelegenheit gegen jene Mitmenschen zu Felde zu ziehen, die mir überlegen waren, besonders in Washington, D. C., das mit potenziellen Opfern so reich gesegnet war und wo frommer Unsinn praktisch ein Muss ist.

Religiöse Fanatiker wollen uns immer weismachen, dass der

Mensch hier auf Erden einem bestimmten Zweck zu dienen habe. Das bezweifle ich – es sei denn, dass er zu Dünger für andere, weniger komplexe Lebensformen wird –, aber wollen wir einmal annehmen, sie hätten Recht. In diesem Fall wüsste ich genau, dass der Sinn meines Lebens weder darin bestand, Sandy Galvins Wasserträger zu sein, noch, den Leiter des Ressorts *Modernes Leben* zu spielen. Das waren alles nur Mittel zum Zweck und mein Lebenszweck war – man verzeihe mir diese pathetischen Worte –, *die Wahrheit zu sagen.* Die Menschen unablässig mit der Wahrheit zu plagen, die furchtbaren Wahrheiten auszusprechen, die die meisten Menschen nicht über die Lippen brachten. Das war meine Berufung, und nun, dank des Mannes, der zugleich mein Gönner und mein Rivale war, lag das Ziel in greifbarer Nähe.

Ich schickte Galvin ein Memo. Das ist bei Zeitungsbürokraten üblich; wir senden Memos mit der Beschreibung unserer Vorhaben an andere Bürokraten, damit wir sie bei Besprechungen fragen können: »Haben Sie mein Memo bekommen?« Dann können sie antworten: »Ja, und ich habe Ihnen auch eines geschickt, in dem ich meine Ansichten zu Ihren Überlegungen darlege.« Mein Memo an Galvin lautete wie folgt:

Sehr geehrter Herr Verleger,
ich würde in Ihrer Zeitung gerne eine Kolumne einführen. Ich habe eingehend darüber nachgedacht. Es sollte sich um eine wöchentliche Kolumne in der Rubrik *Modernes Leben* handeln, die ich in dem mir eigenen sprunghaften, doch lebendigen Stil verfassen werde. Auch der Name für die Kolumne steht bereits fest. Ich werde sie *The Savant – Der gelehrte Kolumnist* nennen. Sie werden mir gewiss zustimmen, dass dieser Name von einer gewissen Sorglosigkeit zeugt. Das Copyright habe ich schon vor einigen Jahren erworben – in Erwartung des Tages, an dem die Kolumne schließlich erscheint. Ich wer-

de darin Themen nach eigenem Gutdünken aufgreifen. Eines kann ich Ihnen jedenfalls versprechen: Die Leser werden sich vor Schmerzen krümmen! Vor kurzem erst haben Sie den Mitarbeitern nahe gelegt, die *Sun* solle für Überraschungen gut sein und Spaß machen. Nun, hier haben Sie zum ersten Mal Gelegenheit, zu Ihrem Wort zu stehen.

Ihr ergebener Sklave aus der Nachrichtenzentrale
David Cantor.

Die Hauspost, die offensichtlich noch langsamer war als die amerikanische Bundespost, stellte Galvin mein Memo zwei Tage später zu. Er rief mich sofort an. »Was, wenn ich Nein sage?«, fragte er.

»Dann, sehr verehrter Verleger, kündige ich. Ich werde den vernünftigen Rat befolgen, den Sie erst kürzlich einigen Angestellten gegeben haben – nämlich dass sich diejenigen, die sich nicht ins Gesamtbild einfügen wollen, verabschieden sollten. Genau das werde ich tun.«

»Sie können nicht so einfach gehen«, widersprach er.

Aber natürlich konnte ich das. Das war der Vorteil, wenn man keinen echten, greifbaren Ehrgeiz besaß. Es machte solche Drohungen glaubwürdig. Ich hatte ihn in der Hand, und er wusste es. Er versicherte mir, ich könne jederzeit mit der Kolumne anfangen, und erhöhte sogar mein Gehalt, das sich schon auf dem absurden Niveau von hundertzwölftausend Dollar befand, auf noch absurdere hundertfünfunddreißigtausend.

Dieser Vorgang bestätigte eine alte Lehre, die zwar offenkundig, aber einer Wiederholung wert ist: Wenn sie merken, dass man sich nicht kaufen lässt, sind sie bereit, höhere Leihgebühren zu zahlen.

Ich versicherte dem Verleger, die erste Kolumne werde in einigen Wochen erscheinen, sobald ich ein Thema gefunden hätte, das man so richtig auswalzen konnte.

Galvin beschäftigte weiterhin Handwerker in der neuen Empfangshalle. Sie hängten Spruchbänder und Wimpel auf sowie riesige Poster von Mark Trail, Dogbert und anderen Figuren aus den Comicseiten der *Sun*. Der Ort ähnelte immer mehr dem Bühnenbild für eine chinesische Oper. Aber erst als Galvin die Kameras installierte, erkannten wir, dass es sich *tatsächlich* um die Kulisse für eine neue Fernsehshow handelte.

Er plante eine tägliche Nachrichtensendung mit dem Titel *The Anti-News*, die einer der Giganten vom Kabelfernsehen übertragen sollte. Es hatte Galvin schon immer begeistert, wie die *Today*-Show das Treiben auf den Straßen New Yorks mit einbezogen hatte – und somit die Lebendigkeit und die Dynamik dieser Stadt in die Sendung eingeflossen waren. Nun wünschte er sich für unsere Hauptstadt dasselbe. Washington war ein einziger Rummelplatz – vor allem jetzt, in einer Ära der endlosen Skandale. Warum sollte man sich etwas vormachen? Galvin wollte Jongleure und Wahrsager ins Foyer holen, Seite an Seite mit dem stellvertretenden Außenminister und dem Vorsitzenden der Federal Reserve Bank oder anderen Gästen. Er wollte die öden mittäglichen Zusammenkünfte im Sitzungssaal abschaffen, die seit Generationen kennzeichnend für die *Sun* gewesen waren, und durch offene Diskussionsrunden im Atriumcafé ersetzen – mit Reportern, Redakteuren und den Hausfrauen, die gerade zufällig vorbeikamen und ebenfalls Fragen an den jeweiligen Moderator stellten. All dies war Teil von Galvins schwer durchschaubarer, aber wohl durchdachter Strategie. Er wollte ein Instrumentarium schaffen, womit er die alte Zeitung, die im Sterben lag, umgestalten konnte in eine neue, die überlebensfähig wäre.

Mit atemberaubender Geschwindigkeit wurden die Kameras in der Halle installiert. Bald darauf verkündete Galvin, es sei an der Zeit, mit den *Anti-News* auf Sendung zu gehen. Kein Script, keine Proben und nur das Nötigste an Planung. Sein Konzept für diese Nachrichtensendung, die als krasser Gegensatz zu den üblichen Sendungen dieser Art gedacht war, entsprach einer Mischung aus *Cops* und Dan Rathers Nachrichtenmagazin. Alles sollte unmittelbar, live und spontan sein. Die Mitarbeiter der Nachrichtenredaktion sollten schreiend auf den Set rennen, wenn sie eine Exklusivmeldung hatten, genau wie sonst auch. Die Reporter sollten zerknitterte Hosen und verschwitzte Hemden tragen, und wir würden ihnen bei der Arbeit über die Schulter blicken – wie sie Informationsquellen auspressten, Missetaten aufdeckten und sich über die kleinen täglichen Triumphe des Guten über das Böse freuten.

Galvin ging es um einen Einblick ins Nachrichtengeschäft. Die Fernsehzuschauer verabscheuten die Journalisten, die sie für gewöhnlich im Fernsehen sahen, weil diese unangenehme Fragen stellten, auf Pressekonferenzen schmollten und sich aufplusterten, um bedeutsamer zu wirken als ihre Interviewpartner. Aber in Wahrheit seien Reporter gar nicht so, zumindest nicht immer. Wenn die Leute die Wirklichkeit kannten, würde sich ihre Aversion gegenüber Journalisten legen, davon war Galvin überzeugt.

Als Moderatorin wählte Galvin eine gut aussehende Wirtschaftsjournalistin, die ihm in der Cafeteria aufgefallen war. Sie hieß Angelica, war Mitte zwanzig, und jeder im Haus vermutete, dass Galvin mit ihr ins Bett ging, aber das war nicht der Grund. Sie besaß *Ausstrahlung*; sie wollte keine stilvolle Langeweile verbreiten, sondern wirklich wahrgenommen werden. Ihre Kollegen, vor allem die Frauen, äußerten sich missbilligend über die kurzen Röcke und engen Blusen und das zerwühlte Haar, das immer so aussah, als sei sie gerade aus dem Bett gestiegen. Sie hielten sie für unseriös, aber damit lagen sie völlig falsch. Was kann seriöser sein als unverfälschte sexuelle Energie?

Bei der ersten Sendung saß Galvin mit Angelica in der Aufnahmekabine und fungierte als zweiter Moderator. Ich glaube, er wollte die Sache selbst in die Hand nehmen, weil er es niemandem sonst zutraute, alles richtig zu machen (die hübsche Angelica mit den großen Augen natürlich ausgenommen). Er trug einen Kaschmirblazer und ein Hemd von Armani mit offenem Kragen – im Großen und Ganzen war er ein echt cooler Zeitungsverleger. In gewissem Sinn war *er* die Show. Er hatte bereits beschlossen, seine eigene Persönlichkeit ins Marketing einzubringen, wie der Geflügelfabrikant Frank Perdue, der persönlich für seine Hühnchen warb, oder dieser Typ, dem ein bestimmter Rasierapparat so gut gefallen hatte, dass er kurzerhand die Firma aufkaufte.

»Freunde, was *macht* eigentlich eine Zeitung?«, fragte er in der ersten Einstellung. »Ich habe gerade eine gekauft, und im Laufe der nächsten Wochen und Monate werden Sie und ich es herausfinden.« Entwaffnend. Wenn man ihm so zusah, hatte man das Gefühl, er würde die Zuschauer zu einer Art Realityshow einladen. Ganz gewöhnliche Leute würden miterleben, wie er sich mit einer mächtigen Institution des Journalismus und den überdimensionalen Egos herumschlug, die dort ein und aus gingen, und wie er dabei abschnitt. Er war Verleger, Tellerwäscher und Zugpferd in der Werbung. Zum Beispiel hielt er das Logo der Firma Koons Ford in die Kamera und sagte, er könne sich für sie verbürgen, weil er seinen eigenen Wagen dort gekauft habe. Ich wusste, dass er log – er hatte irgendwo anders einen großen Lexus geleast –, aber es war Fernsehen, wie es sein sollte, hypermoderner und zugleich altmodischer Kitsch.

Galvin machte auch bei den Interviews mit – trotz des unweigerlichen Protests seines Chefredakteurs Howard Bacon, in dessen Augen es für einen Verleger unpassend war, die Grenze zwischen Werbeträger und Journalist zu verwischen (das zeigte nur, dass Bacon gar nichts verstanden hatte, denn genau darum ging es Galvin ja). Der erste Interviewgast des Vormittags war der Anwalt des Präsidenten, der zufällig auch mit Galvin befreundet war. An Stelle des üblichen Katz-und-Maus-Spiels in

Bezug auf die Schwierigkeiten, die der Präsident mit dem Gesetz hatte, wählte Galvin einen anderen Einstieg. Er sagte dem Anwalt, er sehe müde aus – was der Wahrheit entsprach –, und fragte ihn, ob er genug Schlaf bekomme. »Was wünschen Sie sich vom Leben?«, wollte Galvin während des Gesprächs wissen, und so entstanden einige grandiose Fernsehmomente, in denen der Anwalt, dem man diese Frage wahrscheinlich seit Jahren nicht gestellt hatte, ehrlich zu antworten versuchte.

Ich hatte eigentlich nur ein paar Minuten zuschauen wollen, aber ich konnte mich einfach nicht mehr losreißen. Galvin und Angelica waren absolut faszinierend. Ein weiterer Gast war ein Rockstar, der sich zu einem Konzert in der Stadt aufhielt. Anstatt ihn den üblichen Mist über die Tour und sein neuestes Album zu fragen, bat Angelica ihn, ihren Lieblingssong zu singen – hier und jetzt, *a capella* –, und sie wirkte dabei so entzückend, dass er einwilligte.

Daraufhin stand *sie* auf und begann auf der Bühne zu tanzen – und einen Augenblick lang dachte ich sogar, sie würde sich ausziehen. Jedenfalls kam dieses Feeling rüber. Das war live, authentisch, spontan. Galvin verließ hinterher kopfschüttelnd die Kulissen, erstaunt über sich selbst. Er war jetzt auf dem richtigen Weg, doch – wie ich inzwischen vermute – lag für ihn der wahre Reiz darin, dass sogar er selbst nicht genau wusste, worauf er zusteuerte.

DREIZEHN

In diesem Jahr schien der Sommer kein Ende zu nehmen. Die Tage waren lang und trocken, und die einzig schmerzliche Folge waren die vielen Bienen, die die Stadt heimsuchten – diese zähen kleinen Biester mit den gelben Streifen auf dem Rücken. Sie waren ziemlich reizbar, vermutlich, weil sie nicht genug zu fressen fanden. Eines Morgens ließen sie ausgerechnet mich auf dem Weg zur Arbeit dafür büßen. Ganz unschuldig spazierte ich die Straße entlang, in der einen Hand hielt ich mein Frühstück – eine Dose Coca-Cola –, mit der anderen verscheuchte ich die Bienen. Ich blieb stehen, um einen Schluck zu nehmen, da spürte ich, wie zusammen mit dem köstlichen Coca-Cola etwas Festes, Haariges in meinen Mund glitt. Und – *piks!* – schon war es geschehen. Eine Biene hatte mich in die Innenseite der Lippe gestochen. Als ich im Büro ankam, hatte meine Lippe schon preisverdächtige Ausmaße angenommen.

Kurz nach meiner Ankunft stattete mir Howard Bacon einen Besuch ab. Gerade hatte er die tägliche Besprechung der Ressortleiter mit Galvin verlassen und wirkte sichtlich aufgebracht. Er war ein Mann mit heller Haut, hatte feines blondes Haar wie ein neu geborenes Baby und bleiche, kaum erkennbare Augenbrauen. Und wenn er wie jetzt wütend war, zeigten sich auf seinen Wangen leuchtend rosa Flecken. Mit meiner überdimensional angeschwollenen Lippe war ich nicht gerade zum Plaudern aufgelegt, aber Bacon war da unerbittlich.

»Ihr Freund Galvin treibt mich zum Wahnsinn«, schnaubte er. »Die meisten seiner Vorschläge verstehe ich nicht, und alle anderen sind schlichtweg falsch.« Neugierig sah er mich an. »Was ist mit Ihrer Lippe los?«

»Bienen'tich«, erwiderte ich. Durch die Schwellung hatte meine Aussprache gelitten, doch Bacon ließ sich durch so eine Lappalie nicht aus dem Konzept bringen.

»Galvin wollte heute Morgen ständig wissen, wo die gute Nachricht sei. Was soll ich darauf antworten? Ist es etwa meine Schuld, dass der Präsident in Schwierigkeiten steckt oder dass es auf dem Aktienmarkt einen Einbruch gegeben hat oder dass in Kanada ein Flugzeug abgestürzt ist? Was will er eigentlich – sollen wir uns die positiven Meldungen vielleicht *ausdenken*?«

»Wohl kaum. Man kann esch nicht auschschließen, aber ich glaube nicht, dasch er von unsch verlangt, schelber Nachrichten tschu schreiben. Jedenfaws jetzt noch nicht.«

»Im Ernst, Cantor, Sie kennen ihn doch. Was hat er vor? Will er, dass ich kündige? Kein Problem. Er braucht es mir nur zu sagen, und schon bin ich weg. Ich habe wahrlich Besseres zu tun, als hier hängen zu bleiben und meinen Ruf zu ruinieren.«

Ich schüttelte den Kopf. »Er wiw nur, dasch die Tscheitung intereschanter wird. Er denkt, dasch er schonscht Lescher verwiert. Er schucht lebendigere Geschichten.«

»Tiergeschichten«, murmelte Bacon. »Letzte Woche hatten wir drei Artikel über Tiere auf der ersten Seite. Das Zebra, das aus dem Zoo entlaufen war. Das Pferd in Manassas, das bis zehn zählen konnte. Und dann die Sache mit den toten Fischen – na ja, das war eigentlich keine richtige Tiergeschichte, aber meine Güte! Für so etwas bin ich doch nicht Journalist geworden! Was zum Teufel will er von mir?«

Er tobte. Angelockt durch das Geschrei, starrten Mitarbeiter der Redaktion neugierig durch die Glastrennwand. Im Geiste sah ich die E-Mails vor mir, die gerade in der Nachrichtenzentrale die Runde machten: »Bacon ist übergeschnappt. Gerade brüllt er in Cantors Büro herum!«

»Nehmen Schie Urlaub«, schlug ich vor. »Fahren Schie irgendwohin, wo esch regnet und esch nicht scho viele Bienen gibt.« Ich meinte es ernst. Er sah so mitgenommen aus, dass ich fürchtete, er würde auf der Stelle tot umfallen.

»Wissen Sie schon das Neueste? Er will auf der Titelseite Editorials bringen – um den Lesern zu zeigen, dass die Zeitung Herz hat. Das hat er uns eben bei der Besprechung eröffnet. Die Zeitung mit Herz! Der Mann tickt doch nicht mehr richtig! Er macht aus der *Sun* ein Regenbogenblatt!«

Allmählich ging die Schwellung zurück, und die Taubheit wich aus meiner Lippe; wenn ich mir Mühe gab, klang ich nicht mehr wie der lispelnde Elmer Fudd aus Bugs Bunny. »Immer mehr Menschen lesen die Regenbogenpresse«, sagte ich, »während wir Leser verlieren. Galvin sieht das Ganze aus diesem Blickwinkel. Es ist nicht persönlich gemeint. Als Geschäftsmann muss er sich an den Zahlen orientieren.«

Bacon hörte gar nicht zu. »Die Mitarbeiter werden das nicht hinnehmen! Sie wehren sich schon jetzt. Sie wollen nicht für eine Zeitung arbeiten, die in aufdringlichen Werbespots für ihre Wetterkarte wirbt. Deswegen sind sie wahrlich nicht Journalisten geworden.«

»Wetter ist ein wichtiges Thema«, erwiderte ich. Langsam hatte ich keine Lust mehr, mir seine Tiraden anzuhören. Er war mein Boss, aber meine Lippe schmerzte immer noch, und ich wollte, dass er mein Büro verließ. »Die Leute interessieren sich nun einmal für das Wetter.«

»*Natürlich* interessieren sie sich dafür! Das weiß ich nur zu gut! Schließlich war ich es, der keine Kosten für eine anständige Wetterkarte gescheut hat. Aber das sind Kinkerlitzchen. Wir haben es hier mit einer großen Zeitung zu tun, die weltweit vierzehn Büros besitzt und für die hervorragende Kolumnisten und Kritiker arbeiten. Aus diesem Grund sollten uns die Leute mögen. Nicht wegen diesem Mist, den Galvin uns aufzudrücken versucht. Die Zeitung mit Herz! So ein hirnverbrannter Schwachsinn!«

Draußen hatte sich unterdessen eine Menschenmenge versammelt. Ich sagte Bacon, er solle entweder leiser reden oder gehen. Er stand auf.

»Lässt er sich von Ihnen etwas sagen?«, fragte er mich.

»Kaum. Nicht, wenn es um wichtige Dinge geht. Er weiß, was er will. Bei den meisten Leuten ist es ihm egal, was sie von ihm denken.«

»Gibt es denn jemanden, auf den er hört?«

»Ja. Ich denke, auf jemand Bestimmten würde er hören. Candace Ridgway. Sie waren auf dem College miteinander befreundet – vermutlich kennen Sie die Geschichte. Aber sie will nicht mit ihm reden.«

»Warum nicht?«, fragte Bacon.

»Das weiß ich nicht genau. Sie pflegen eine etwas eigenartige Beziehung. Er ist der Boss und das macht es für sie schwierig, aber da steckt noch mehr dahinter. Ich glaube, sie hat Angst, ihm zu nahe zu kommen.«

»Aber vielleicht sollte sie doch mal mit ihm reden, am besten sofort. Jemand muss zu ihm durchdringen. Wir sitzen hier auf einem Pulverfass.«

Ich versprach ihm, mein Möglichstes zu tun. Wenn er Candace aber wirklich etwas zu sagen hätte, solle er es lieber persönlich versuchen. Schließlich arbeitete sie für ihn, und auf mich als Botenjunge war kein Verlass.

Candace Ridgway telefonierte gerade, als ich eintrat. Ihr Büro war gemütlicher als meines. Auf ihrem Schreibtisch stand immer eine Vase mit frischen Blumen, die von irgendwoher kamen – ursprünglich hatte ich angenommen, sie seien ein Geschenk dieses alternden Wunderknaben, Mr. Staatssekretär, aber kürzlich hatte sich mir ein anderer Verdacht aufgedrängt. Auf dem Sofa saß ein Plüschtier aus Kindertagen – ein unförmiger Teddybär, dem ein halbes Ohr fehlte. Candace hatte mir einmal stolz erzählt, dass er sie sowohl in Krisengebiete als auch auf Gipfeltreffen begleitet hatte. Jetzt beobachtete er hier mit stillem Vorwurf, wie sie für die Mitarbeiter des Auslandsressorts das Kindermädchen spielen musste.

Ich wollte Candace zum Mittagessen einladen. Wenn ich schon die Rolle des Laufburschen übernehmen musste, sollte wenigstens ein anständiges Essen dabei herausspringen.

Im Moment hielt sie dem Pressesprecher des Weißen Hauses eine geharnischte Strafpredigt. Sie verlangte eine Erklärung, weshalb man während eines Parisbesuchs des Präsidenten letzte Woche der *Sun* ein Hotelzimmer in Rechnung gestellt habe, obwohl unser Korrespondent bei seinem Onkel übernachtet hatte. Mit solchen Dingen mussten sich Redakteure wie sie herumschlagen! Während sie sprach, machte sie alberne Gesten, deutete mit dem Finger in den Rachen oder hielt sich die Nase zu.

Ich setzte mich einstweilen auf die Couch und sah mich um. Dieses Büro beherbergte im Gegensatz zu meinem einen echten Zeitungsmenschen. An einer Wand hing eine Urkunde der Columbia University, die besagte, dass Candace den Pulitzerpreis für Auslandsreportagen gewonnen hatte, und zwar für eine einige Jahre zurückliegende Artikelserie über Schmiergelder, die amerikanische Firmen in Übersee gezahlt hatten. An einer anderen Wand entdeckte ich eine Sammlung der Presseausweise, die sie Anfang der Achtzigerjahre von verschiedenen durchgeknallten Milizen im Libanon erhalten hatte – Papierstückchen mit unleserlichem arabischem Gekritzel, auf denen ihr Foto prangte. Auf diesen einfachen Aufnahmen sah sie bemerkenswert schön aus – das windzerzauste Haar mit Haarspangen gebändigt, blickte sie furchtlos in die Kamera. Ihr Gesicht wirkte kühl und heiter, obwohl sie in Bunkern oder

Kellerlöchern saß, die als behelfsmäßiges Fotoatelier dienten. Sie strahlte vollkommene Gelassenheit aus, eine tiefe Überzeugung, dass nichts ihre Schönheit mindern konnte. Unzählige Verehrer hatte sie damit eingeschüchtert. Die libanesischen Bandenchefs hatten diesen Blick eingefangen und mit roher Gewalt auf ihre Passierscheine getackert.

Die einzige Ungereimtheit in diesem Raum war ein silbern gerahmtes Bild auf ihrem Schreibtisch. Es zeigte ihren Vater, Dwight Ridgway, nur wenige Wochen bevor er es aufgegeben hatte, sich und anderen etwas vorzumachen. Sein Gesicht wirkte würdevoll und aristokratisch – und gerade darum traten die verräterischen Anzeichen des Verfalls umso deutlicher hervor. Die Krawatte war exakt über dem obersten Hemdknopf gebunden, das stahlgraue Haar korrekt frisiert, wie es nur die WASP-Männer können. Aber da war etwas Wildes in seinen Augen, der Blick eines Mannes, der am Abgrund gestanden und seine dunkelsten Seiten kennen gelernt hat und der innerlich zerstört zurückgekehrt ist. Es gab noch mehr Hinweise auf seine starke Anspannung: die scharfen Falten in den Mundwinkeln, die tiefen Furchen auf der Stirn, die Augenringe - Zeichen von so umfassender Schlaflosigkeit, dass keine Droge stark genug war, das Bewusstsein zu betäuben. Beim Anblick dieses Gesichts drängte sich einem unweigerlich die Frage auf, was in seinem wohl geordneten bürgerlichen Leben schief gegangen sein mochte, dass er seine Tochter am Ende aus solch tief liegenden Augen anstarrte.

Als Candace den Hörer auflegte, sah sie, wie ich das Bild betrachtete. Ich war ganz vertieft in meine Überlegungen, was für ein Mensch er wohl gewesen sein mochte und was für bittere Erfahrungen er gemacht haben musste, um letztendlich daran zu zerbrechen. Sie freute sich offenbar, dass ich das Porträt bemerkt hatte und somit an die stürmischen Ereignisse erinnert worden war, die ihr Leben geprägt hatten. Aber ihr war auch ein wenig unbehaglich zu Mute. Schließlich befanden wir uns im Büro einer Zeitung; es galt, die kleinen Wahrheiten aufzudecken, nicht die großen des Lebens.

»Was führt dich denn hierher?«, fragte sie mich. »Du solltest doch in deiner eigenen Redaktion sein, bei den kreativen Leuten. Dies hier ist eine ideenfreie Zone.«

»Bacon ist gerade in meinem Büro ausgerastet. Er ist der Meinung, Galvin ruiniere die Zeitung, und möchte, dass du mit Sandy redest, ihn dazu bringst, wenigstens einen Teil seiner neuen Ideen nicht umzusetzen. Bacon glaubt, das würde helfen.«

»Wie ich das hasse!«, rief sie aus. »Was erwartet er von mir?« Bacons Annahme, dass sie besondere Einflussmöglichkeiten auf Galvin habe, empfand sie als eine Beleidigung.

»Lass uns zusammen zu Mittag essen. Dabei können wir alles Weitere besprechen. Ich führe dich in ein schickes Restaurant aus.«

»Ach, schade!«, sagte sie. »Heute kann ich nicht. Ich habe meiner Mutter versprochen, vorbeizukommen. Aber mit Freuden tauche ich ein andermal auf deinem Spesenkonto auf.«

»Ich kann dich ja zu deiner Mutter begleiten«, sagte ich hastig. »Ich habe das Haus noch nie gesehen, und deine Mutter kenne ich auch nicht. Ich muss doch Erfahrungen sammeln. Der gelehrte Kolumnist muss über alles in Washington Bescheid wissen.«

Sie freute sich, dass ich ihrer Mutter einen Besuch abstatten wollte, genauso wie sie sich über mein Interesse für das Foto ihres Vaters gefreut hatte. Doch sie hob warnend den Finger. »Es wird aber bestimmt nicht besonders spannend für dich. Meine Mutter ist achtundsiebzig. Sie ist ziemlich wortkarg, vor allem bei Leuten, die sie nicht kennt.« Ich sagte, es würde mir nichts ausmachen. Alles war besser, als mich mit meinen neuen Kollegen über das Fernsehprogramm für diesen Herbst zu unterhalten.

Betty Ridgway wohnte in einer alten Villa in Georgetown, westlich der Wisconsin Avenue und nur ein paar Häuserblocks von Candaces eigener Wohnung entfernt. Das Kopfsteinpflaster der Straße wirkte beinahe altertümlich, und zwischen den Pflastersteinen verliefen noch die alten Straßenbahnschienen, weswegen das Autofahren so seine Tücken hatte. Das Haus selbst war ein düsterer grauer Kasten, aber wie bei so vielen Häusern in Georgetown verbarg sich dahinter ein riesiger, blühender Garten, der liebevoll gepflegt war. Mrs. Ridgway saß in ihrem Wohnzimmer am Kamin, in dem das Hausmädchen ein Feuer angezündet hatte (irgendwie hatte sie auch als Witwe immer genug Geld für ein Hausmädchen gehabt, aber genau darin bestand das wahre Geheimnis der WASPs: Sie wussten, wie man sein Geld zusammenhält). Sie hatte die Füße auf einen Schemel gestützt und las einen Agatha-Christie-Roman. Eine zeitlose Szene, die sich sicher im Laufe der letzten fünfzig Jahre unzählige Male haargenau so abgespielt hatte. Auch darum beneidete ich die WASPs: Sie waren gänzlich immun gegen Zeit und Mode.

Mrs. Ridgway begrüßte mich zurückhaltend. Sie hatte sich darauf gefreut, mit ihrer Tochter zu plaudern, und zum Mittagessen eine kleine kalte Platte vorbereitet – winzige Fleischstückchen und Salatblättchen, die nicht einmal für ein Kaninchen gereicht hätten.

»Meine Güte«, bemerkte sie. »Sie sind aber groß!«

Ich gab vor, schon zu Mittag gegessen zu haben, aber davon wollte sie nichts hören. Sie trug dem Dienstmädchen auf, etwas aus der Speisekammer zu holen, von dem ein gestandener Mann satt werden konnte. Das Mädchen kam mit einem angeschnittenen Stück kaltem Roastbeef zurück, das an den Rändern schon grau wurde und aussah, als sei es mindestens eine Woche alt. Sie servierte es mir einfach so, auf einer großen Platte, mit Messer, Gabel und etwas Ketchup.

Wir stocherten in unserem Essen herum. Candace versuchte, eine Unterhaltung in Gang zu bringen. Sie erzählte ihrer Mutter, dass ich vor meinem Job bei der *Sun* Redakteur bei der Illustrierten *Reveal* gewesen sei und somit zu den Schiedsrichtern der Washingtoner Gesellschaft gehört hätte. Mrs. Ridgway musterte mich und nickte streng. Die Vorstellung, dass dieser zaundürre junge Mann, der ihr da gegenübersaß, etwas mit der gehobenen Gesellschaft zu tun gehabt hatte, bestätigte ihre schlimmsten Befürchtungen. »Wer *sind* eigentlich all diese Leute, über die ich in der *Reveal* gelesen habe?«, fragte sie. »Diese Bernsteins und Rubins und Greens? Wer sind sie?«

»Es sind Juden«, erwiderte ich. Es folgte ein langes – wirklich sehr langes – Schweigen, und ich dachte schon, jetzt hätte ich es mir auf ewige Zeiten verdorben. Aber dann bemerkte ich, wie Candace verzweifelt versuchte, ein Kichern zu unterdrücken. Plötzlich prustete sie los, und schließlich mussten selbst Mrs. Ridgway und ich lachen, so unpassend das auch war. Schwer zu sagen, wer hier der eigentliche Antisemit war, aber das spielte keine Rolle. Das Eis war gebrochen.

Wir sprachen kurz über Festveranstaltungen und Wohltätigkeitsbälle. Mrs. Ridgway erwähnte, dass sie sich an einen Artikel aus unserer Illustrierten erinnere. Unter dem Titel »Nur das Beste für Ihr Geld« hatten wir genau untersucht, wie viel Geld die Ausrichtung jeder großen Wohltätigkeitsveranstaltung verschlang und wie wenig für den eigentlichen guten Zweck übrig blieb. Der Bericht hatte Mrs. Ridgway sogar gefallen. Er hatte sie in ihrer Überzeugung bestärkt, dass diese Bälle nur ein groß angelegter Schwindel von neureichen Aufsteigern waren, damit die *Reveal* Fotos von ihnen abdruckte. Ich bewunderte ihre Offenheit. Hätte ich noch bei der *Reveal* gearbeitet, hätte ich sie als Gesellschaftsredakteurin angeworben.

Nachdem wir noch ein wenig geplaudert und zum Nachtisch hauchdünne, fade schmeckende Kekse zu uns genommen hatten, entschuldigte sich Mrs. Ridgway und zog sich ins obere

Stockwerk zurück. Candace war anscheinend der Ansicht, ich sei außerordentlich gut angekommen. Ältere Frauen mögen es, wenn man sie neckt. Ab einem gewissen Alter wird einem so viel Ehrfurcht entgegengebracht, dass es einem wahrscheinlich glatt die Luft abschnürt. Man wird sowieso bald sterben, warum es also auch noch überstürzen?

Ich bat Candace, mir das Haus zu zeigen, da ich verstehen wollte, wie sie in dieser erdrückenden Atmosphäre zu solch einem lebensbejahenden und selbstbewussten Menschen hatte aufblühen können. Sie war einverstanden. Ich hatte die Mauern der Familienfestung durchbrochen. Die Geheimnisse dieser prominenten Washingtoner Familie, die in ihren Glanzzeiten wie keine zweite in Georgetown gefeiert worden war, warteten darauf, von mir erforscht zu werden.

Candace führte mich in das ehemalige Arbeitszimmer ihres Vaters im rückwärtigen Teil des Hauses. Drei Wände waren von dunklen Bücherregalen gesäumt, aber der düstere Eindruck wurde durch ein großes Fenster gemildert, das auf den Garten zeigte. Staubpartikel schwebten fast regungslos in der Luft, als wären sie an den einzelnen Sonnenstrahlen aufgehängt. »Daddys Bücher sind noch alle da«, sagte sie. »Wir haben sie nicht angerührt. Du kannst dich gerne ein wenig umsehen.«

Ich trat an eines der Regale. Hier hatte ein Rationalist gelebt; hier fand sich ein Wegweiser durch die erklärbare Welt. Die Glaubenssätze einer ganzen Generation waren ordentlich aufgereiht. Ganz oben die Geschichtsphilosophen – die Durants, Toynbee, Gibbon, sogar Spengler –, die Geschichte als Lehrstück für die Gegenwart betrachteten. Für einen Mann wie Dwight Ridgway hatte die Botschaft sicherlich gelautet, dass die zivilisierte Welt einem Treuhandvermögen glich, das von unbesonnenen Erben verschleudert werden konnte. Im Regal darunter entdeckte ich die Memoiren von Präsidenten, Generälen und Ministern des zwanzigsten Jahrhunderts. So viele kluge Gedanken, so viele gute Vorbilder. Gegen 1965 hatte er das Sammeln offenbar eingestellt; erschöpft von der Anstrengung, selbst Geschichte zu machen, hatte er es wohl aufgegeben, darüber zu lesen.

Daneben hatte Mr. Ridgway die etwas subversiveren Erklärungen für das Chaos des modernen Lebens platziert – die Werke Sigmund Freuds. Ich zog die Ausgabe der *Traumdeutung* heraus. Das Buch war vergilbt, aber man konnte erkennen, dass es aufmerksam durchgelesen worden war – die Seiten waren teilweise umgeknickt und an den Rändern mit Notizen versehen. Des Weiteren standen da bekannte soziologische Werke, die damals wie heute bestätigten, was die Menschen schon immer über das Leben geahnt hatten – *The Organization Man*, *The Lonely Crowd*, *The End of Ideology.* Momentaufnahmen des amerikanischen Bewusstwerdungsprozesses in der Mitte unseres Jahrhunderts.

Auch die Chronik der amerikanischen Kulturrevolution war in seinen Bücherregalen vertreten, jenes Erdbeben, das Candace und mich und unsere ganze ketzerische Generation hervorgebracht hatte, die Drogenkonsum und freie Liebe propagierte. Er hatte die literarischen Wegbereiter des großen Tabubruchs gesammelt: *Lady Chatterley*, *Ulysses*, *Lolita*, *Wendekreis des Krebses* – in ihren gewagten, in Boston verbotenen Erstausgaben. Damals hatte Norman Mailer in einem Roman über Soldaten nicht ein einziges Mal *fuck* sagen dürfen, weswegen er dauernd *fug* und *fuggin* schrieb; und auf einmal, nur wenige Jahre später, konnte er auf jeder Seite *fuck* und *Fotze* und *Scheiße* schreiben. Was war geschehen, dass die alten Fesseln so schnell durchtrennt worden waren? Mailer hätte der Gedanke zwar entsetzt, aber die wahren Befreier waren vermutlich die feministischen Schriftstellerinnen im nächsten Regal – Simone de Beauvoir, Mary McCarthy, Betty Friedan –, die der sexuellen Revolution Tür und Tor geöffnet hatten.

Mr. Ridgway hatte auch eine umfassende Schallplattensammlung und einen alten Plattenspieler hinterlassen. Seine Lieblingsplatten, den abgegriffenen Hüllen nach zu schließen, waren die Musicals von Rodgers und Hammerstein: *Carousel, Oklahoma!, South Pacific* – die Musik, die seine Generation lehrte, wie man liebte, heiratete und alt wurde. Er war aber auch ein Jazzfan. Es gab einige alte Aufnahmen von Billie Holiday aus ihrer Zeit vor der Drogensucht, ein paar frühe Aufnahmen von Miles Davis, ein ganzes Regal Dave Brubeck. Ich zog ein ziemlich zerfleddertes Album heraus. Es zeigte Brubeck und seine Band auf Tournee im Westen; sie trugen Tweedjacken und sackartige wollene Hosen. Ich fragte mich, ob Mr. Ridgway jemals Marihuana geraucht hatte. Es war anzunehmen; wahrscheinlich hatte er einen Joint in das Haus seiner Familie in Maine mitgebracht und sich mit seiner Lady bekifft. Und danach hatten sie sich bestimmt genussvoll am Strand geliebt.

Der Mann wurde mir allmählich sympathisch. Er hatte sich mit wirklich wichtigen Dingen umgeben, mit den Leitfäden und Vermächtnissen des zwanzigsten Jahrhunderts. Was hatte ihn nur so weit vom Kurs abweichen lassen?

Candace saß in einem Sessel am Fenster und schaute zu, wie ich das, was von ihrem toten Vater geblieben war, in Augenschein nahm. Kein einziges Mal unterbrach sie mich, sondern beobachtete aufmerksam, wie ich an den Regalen entlangging und hier und da ein Buch herauszog. Sie spürte, dass ich dasselbe Rätsel zu lösen versuchte, über das sie sich seit nahezu zwanzig Jahren den Kopf zermarterte.

»Was hat ihm denn nur so zugesetzt?«, fragte ich. Nun, da ich seine Bücher gesehen hatte, wollte ich es gern begreifen.

»Vietnam«, erwiderte sie knapp. Doch sie hatte noch sehr viel mehr zu erzählen.

Der Krieg hatte Dwight Ridgway und seine Freunde vernichtet. Candace war Zeuge dieser Entwicklung gewesen, hatte sie aber erst viele Jahre später verstanden. Diese Männer benahmen sich wie Jungen in einem schicken Kabriolett, die so von sich und ihren Fahrkünsten überzeugt waren, dass sie die Tachonadel bis zum Anschlag hochjagten. Mit Tempo hundertachtzig prallten sie gegen eine Mauer, und danach war von den meisten nicht mehr viel übrig. Auch die, die wie Mr. Ridgway davonkamen, waren innerlich zerstört. Ihre Wunden hörten nicht mehr auf zu bluten. Für diese Opfer des Vietnamkrieges brachte man am wenigsten Mitgefühl auf – sie waren die Männer, die den Krieg geführt hatten. Aber ihr Leiden war genauso real wie das der Soldaten, die nie mehr nach Hause zurückkehrten.

Diese Männer hatten kein Versagen gekannt; mit Zweideutigkeiten, Zweifeln oder auch nur dem leisesten Anflug von Schwäche kamen sie nicht zurecht. Genau darum erwiesen sich ihre Fehler als so verheerend – weil sie sich für unbesiegbar gehalten hatten. Sie gehörten zu der Generation, die den Weltkrieg gewonnen hatte – wie also konnten sie solch einen unbedeutenden Krieg verlieren? Mr. Ridgway war überzeugt, dass sich dieses Problem aus der Welt schaffen ließ. Jeden Abend kam er aus dem Pentagon nach Hause, erschöpft von seinem Kampf, alles am Laufen zu halten. Er fuhr in einer schwarzen Limousine mit einem Stander vor, der ihn als stellvertretenden Verteidigungsminister auswies. Der Chauffeur trug ihm die Aktentasche die Stufen hinauf, wo ihn Mrs. Ridgway und Candace schon an der Tür erwarteten. Seine Tochter umarmte er nur flüchtig. Dann ging er geradewegs in sein Arbeitszimmer, mixte sich einen Cocktail und trank ein, zwei Stunden lang, bis er sich nicht mehr so müde fühlte.

Candace durfte das Zimmer nicht betreten – Anweisung ihrer Mutter –, also stand sie auf der Türschwelle, spähte hinein und versuchte, ihrem Vater ein Lächeln zu entlocken. Manchmal war er guter Laune und erzählte ihr irgendeine lustige Begebenheit. Aber meistens war seine Stimmung finster, ja, tiefschwarz. Wie sehr diese Männer litten, konnte man nur verstehen, wenn man es hautnah miterlebt hatte. Die Öffentlichkeit nahm stahlharte Bürokraten mit akkuratem Haarschnitt und gebieterischem Auftreten wahr. Aber wenn man sie zu Hause sah, wo sie in eine wachsende Depression versanken, dann wurde einem schnell klar, dass sie immer verzweifelter Theater spielten.

Alle paar Monate reiste Mr. Ridgway nach Vietnam, um mit den Generälen zu sprechen und sich über den Verlauf des Krieges ein Bild zu machen. Für gewöhnlich legte er auf dem Rückflug in Hawaii einen Zwischenstopp ein und brachte seiner Tochter von dort eine Blumengirlande oder ein Kleid mit. Anfangs war er bei seiner Rückkehr noch optimistisch – die Generäle schafften es immer, alle Bedenken zu zerstreuen. Sie benötigten ja nur einige hunderttausend neue Soldaten oder ein paar größere Bombardements oder eine neue Offensive; nur noch ein wenig mehr, und der Feind würde kapitulieren. Mr. Ridgway wollte gerne glauben, dass es funktionieren würde. Alle wollten inbrünstig daran glauben, denn schließlich hatten sie ihre Karriere darauf verpfändet. Aber wenn er dann eine Zeit lang zu Hause war und die Zahl der Gefallenen Woche für Woche wuchs, geriet er ins Grübeln. Zweifel waren nicht erlaubt; man gab sich den anderen gegenüber optimistisch. Mr. Ridgway nahm an möglichst vielen Beerdigungen teil. Das gehörte zu den Regeln, aber es vergrößerte den Schmerz.

Und dann, irgendwann im Laufe des Jahres 1967, erkannten Mr. Ridgway und einige andere, dass der Krieg ein Fehler war. Er bot keine Lösung. Es war möglich – ja, sogar wahrscheinlich –, dass sie all diese jungen Männer in einen sinnlosen Tod geschickt hatten. Dieser aufkeimende Zweifel trieb ihn allmählich in den Wahnsinn. Vielleicht schlummert in jedem von uns die Anlage zu einer Geisteskrankheit, die nur auf eine Extremsituation wartet, um ihr Gift freizusetzen – um dann wie ein Krebs der Seele Metastasen zu bilden, die unseren klaren Verstand zerstören. Genau das geschah bei Mr. Ridgway. Die Vietnamtragödie rührte an etwas Tiefem, Dunklem, das schon die ganze Zeit in ihm gelauert haben musste, und langsam begann ihn die Finsternis einzuhüllen.

Man musste ihn gekannt haben, als er noch gesund war, um das Ausmaß der Zerstörung zu begreifen. Mr. Ridgway gehörte zu jenen Männern, die einfach alles konnten. Er war an der High-School in drei Sportarten ausgezeichnet worden, hatte die Festrede zur Verleihung seines akademischen Grades in Harvard auf Lateinisch gehalten und war ein charmanter und gebildeter Mann, der die Schönheit eines Gemäldes oder eines Musikstücks erkannte und auch seine Tochter dafür begeistern konnte. Dass Candace ihn glühend verehrte, wäre zu viel gesagt, denn sie neigte schon damals zur Respektlosigkeit. Aber sie hatte geglaubt, nichts würde ihm Schwierigkeiten bereiten. Erst als er Selbstmord beging, begriff sie, wie schwach er im Grunde gewesen war.

Und doch hatte es Anzeichen gegeben. Es quälte Candace, dass sie ihm vielleicht hätte helfen können, wäre sie nicht so sehr mit sich selbst beschäftigt gewesen. Er hatte mehr getrunken als sonst. Sie lag schon im Bett, wenn er die Treppe herunterpolterte, um sich noch einen Scotch zu holen. Er fand keinen Schlaf. Candace konnte nicht ahnen, welche Albträume ihn quälten, aber manchmal hörte sie ihn mitten in der Nacht aufschreien. Mrs. Ridgway ertrug es nicht. Sie zog aus dem gemeinsamen Schlafzimmer aus und schlief am anderen Ende der Diele. Es war ihr peinlich – das war das Schlimmste. Sie hatten den Glauben an ihn verloren, und er wusste es. Er blieb bis tief in die Nacht hinein auf, trank und las, und am nächsten Morgen stand er auf, ging wieder zur Arbeit und tat so, als sei alles in bester Ordnung.

Nachdem er 1969 aus der Regierung ausgeschieden war, wurde er Mitglied einer Stiftung und versuchte, ein Buch zu schreiben. Aber er war ein seelisches Wrack. Sein Arzt wies ihn in eine Klinik ein, und erst Jahre später erfuhr Candace, dass er dort mit Elektroschocks behandelt worden war. Damals steckte die Psychotherapie noch in den Kinderschuhen; die Methoden waren kaum besser, als würde man Blutegel zur Behandlung eines Fiebers einsetzen. Darum war er mit so unendlich traurigen Augen aus der Klinik nach Hause gekommen und hatte seine eigene Tochter kaum erkannt: Man hatte ihm dort elektrischen Strom durch den Kopf gejagt.

Sein Zusammenbruch ging wie in Zeitlupe vor sich. Er nahm sich eine Geliebte – eine geschiedene Frau, die in einem der großen Wohnblocks in der Connecticut Avenue ein Apartment besaß. Sie hatte wie Mr. Ridgway am College Tennis gespielt. Man sah sie im Chevy Chase Club zusammen spielen und begann zu tuscheln. Aber obwohl Candace noch so jung war, glaubte sie ihn zu verstehen. Ihre Mutter wurde älter und war aus dem gemeinsamen Schlafzimmer ausgezogen. In den Phasen, in denen es ihm gut ging, war ihr Vater immer noch ein jugendlich wirkender, gut aussehender Mann. So jedenfalls lautete die offizielle Version. In Wirklichkeit aber verlor er allmählich den Verstand.

Candace zeigte mir das Zimmer, in dem er sich umgebracht hatte. Wir stiegen die breite Treppe zum ersten Stock hinauf, von dem aus eine etwas schmalere Treppe zum zweiten Stockwerk führte. Hier oben war es hell und luftig; Sonnenlicht flutete durch ein großes Dachfenster. Auf der Frontseite befand sich ein Kinderzimmer voller Poster und Puppen und Glasfigürchen – das Zimmer von Candace. Ein kleinerer Raum, anscheinend ein Nähzimmer, ging auf den Garten hinaus. Candace musste die Tür erst aufschließen. Unter einem Fenster, durch das man einen Ausblick über die Wipfel der Bäume hatte, standen eine Couch und ein mächtiger Sessel. Mr. Ridgway zog sich gerne nachmittags nach der Arbeit hierher zurück, machte es sich bequem und las. Das tue ihm gut, sagte er.

Es geschah an einem Tag im Herbst des Jahres 1971, während Candace im College war. Mr. Ridgway stieg hinauf in das sonnendurchflutete Zimmer und erhängte sich. Er hinterließ keinen Abschiedsbrief, aber auf seinem Lesetisch lag die Bibel, aufgeschlagen bei einem Vers aus dem Hohe Lied Salomos, in dem es heißt, Liebe sei stärker als der Tod. Die Worte waren durchgestrichen.

Mrs. Ridgway fand ihn wenig später. Sie erreichte Candace in Radcliffe und teilte ihr mit, dass ihr Vater tot sei, sagte aber nicht, dass er Selbstmord begangen hatte, da sie sich schämte. Candace erfuhr die Wahrheit erst später am Nachmittag von einem Fremden.

Ich nahm sie in die Arme. Sie weinte. Die meiste Zeit über verbarg sie ihr Entsetzen hinter einer perfekten Maske, aber nun hatte sie ihr Innerstes offenbart. Selten hatte ich mich jemandem so nahe gefühlt wie an jenem Tag Candace. Und trotz allem, was danach passiert ist, schätze ich mich glücklich, mit ihr gemeinsam diese Tür zur Vergangenheit, zu diesem Zimmer geöffnet zu haben.

Bevor wir wieder fuhren, blieb sie noch eine Weile bei ihrer Mutter und zog sich danach kurz zurück, um ihre Fassung wiederzugewinnen. Auf der Fahrt zurück zum Büro sprachen wir nur das Nötigste. Ihr Gesicht war ein klein wenig verquollen – schließlich hatte sie geweint –, aber abgesehen davon sah sie gut aus. Sie war unverwüstlich – schließlich war ihr gar nichts anderes übrig geblieben, als sich den schwierigen Umständen anzupassen. Aber es war mehr als das: Sie besaß eine gewisse Elastizität, wie ein Baum, der sich im Wind biegt, aber nicht bricht. Darin bestand paradoxerweise das Vermächtnis ihres Vaters. Sie hatte erfahren, was Schmerz war und wie man ihm trotzte. Und ich hoffte sehr, dass sie ebenfalls gelernt hatte, was Mitgefühl bedeutete.

Als wir uns dem Verlagsgebäude näherten, fragte ich sie, ob

sie jemals mit jemand anderem so über ihren Vater gesprochen hatte. Ich wollte etwas Besonderes für sie sein, zumindest in dieser Beziehung. »Nur noch ein Mensch weiß davon«, antwortete sie und damit war alles klar. Sie hatte es Galvin erzählt. Vermutlich sollte ich mich geschmeichelt fühlen, dass ich der Dritte im Bunde war, aber es war nur ein weiterer Schlag. Ich konnte ihm nicht entkommen. Überall tauchte plötzlich sein Gesicht auf, wie eine Zielscheibe an einem Schießstand.

VIERZEHN

Der gelehrte Kolumnist hängte ein Schild an seine Bürotür mit der Aufschrift: WENN SIE NICHTS NETTES ÜBER JEMANDEN ZU SAGEN HABEN, SIND SIE HIER GENAU RICHTIG. Damit sollten so genannte »Selbstanbieter« angelockt werden, wie man in Geheimdienstkreisen jene Überläufer nennt, die kurz entschlossen Geheimnisse preisgeben, weil sie ihre Frauen nicht ausstehen können oder sich ärgern, dass es mit der Beförderung nicht geklappt hat – oder was es sonst noch für lächerliche Gründe geben mag, sorgsam gehütete Geheimnisse zu enthüllen. Der Kolumnist grub in verborgenen Winkeln nach Stoff für seine regelmäßig erscheinenden Meinungsbeiträge, und dafür war ihm jede Quelle recht, wenn sie nur ergiebig war.

Das Verfassen einer Kolumne war nicht gerade das, was ich mir als Schreibübung erträumt hatte. Nicht etwa weil ich befürchtete, meine Freunde vor den Kopf zu stoßen – streng genommen hatte ich nämlich gar keine –, aber mir war nicht im Entferntesten klar, was es in Wirklichkeit hieß, für eine seriöse Zeitung zu arbeiten. Ich konnte natürlich schreiben: »Es ist grotesk! George Will predigt den Menschen Moral, hat aber selber seine Frau sitzen gelassen.« Doch die *Sun* verfügte über Anwälte, die in Verleumdungsklagen erfahren waren und daher von derartigen Aussagen abrieten, weil man sich dadurch womöglich »belangbar« machte. Außerdem saßen in der *Sun* Redakteure, die die Behauptung, Will hätte seine Frau sitzen gelassen, möglicherweise in Zweifel zogen und den Artikel herausnahmen. Ich konnte vielleicht einen Tobsuchtsanfall bekommen – wie es sich für Vollblutautoren gehörte, wenn Redakteure in ihren Manuskripten herumpfuschten. Aber das war im Grunde keine angemessene Reaktion. Um als echter Zeitungskolumnist zu gelten, blieb mir offenbar nichts anderes übrig, als meine Opfer überlegt auszuwählen.

Ich erinnere mich an eine Geschichte über einen britischen Journalisten namens Claude Cockburn – Aristokrat, Exkommunist, Ladykiller und auch noch auf anderen Gebieten ein herzerfrischend verwerflicher Bursche. Auf der Suche nach jemandem, den er in seiner Kolumne verunglimpfen könnte, soll er einmal einen Freund gefragt haben: »Wer wird in dieser Welt am meisten bewundert?« Der Freund dachte eine Weile nach, ließ eine Reihe namhafter Persönlichkeiten aus Wissenschaft, Musik und Literatur im Geiste Revue passieren und erklärte schließlich, der am meisten bewunderte Mensch dieser Welt sei Dr. Albert Schweitzer, der gütige Arzt aus dem Elsass, der sein Leben in den Dienst der Not leidenden Bevölkerung Afrikas gestellt hatte. »Na gut«, meinte Cockburn. »Dann schreiben wir eben etwas über den alten Schweitzer.«

Diese Einstellung wollte sich unser gelehrter Kolumnist zu Eigen machen. Er saß an seinem polierten Teakschreibtisch und überlegte, wer in Washington wohl das höchste Ansehen genoss. War es vielleicht Ralph Nader, der unantastbare Fürsprecher der Verbraucher, dem wahrscheinlich mehr Menschen, als ehedem in Hiroshima und Nagasaki umgekommen sind, ihr Leben verdanken, weil er die Autoindustrie zum Bau sicherer Autos gezwungen hatte? Nader hatte ein makelloses, bescheidenes Dasein geführt. Bingo! Beschäftigen wir uns doch mit dem guten alten Ralph, und werfen wir einen etwas tieferen Blick in sein Sexualleben. ENTHÜLLUNGEN ÜBER DAS LIEBESLEBEN DES ALLERHEILIGSTEN VERBRAUCHERGURUS! Aber wenn ich es mir recht überlegte, war Nader bereits ein angestaubter Heiliger. Er hatte seine Arbeit getan. Selbst wenn er mit einem Hund Sex hätte, würde das niemanden mehr hinterm Ofen hervorlocken.

Und wie wäre es mit der Richterin Sandra Day O'Connor? Diese Frau hatte man ja geradezu heilig gesprochen! Sie vertrat im Obersten Gerichtshof die gemäßigte Mitte, hatte die liberalen Abtreibungsgesetze verhindert und hielt die Rechten davon ab, die Verfassung außer Kraft zu setzen. Die Frau hatte etwas geradezu aufreizend Bewundernswertes an sich. Dann nehmen wir uns doch Sandra vor! Bestimmt hat sie früher heimlich auf dem Klo geraucht oder beim Tennis den Linienrichter ausgetrickst. Aber die Anwälte der *Sun* würden Beweise verlangen. Das war das Problem, wenn man einer amtierenden Richterin des Obersten Gerichtshofes nachstellte. Anwälte halten immer zusammen. Sie sind schlimmer als die Gambino-Familie!

So tastete ich mich voran, suchte nach geeigneten Personen, um mir dann Gründe auszudenken, weshalb sie sich eigentlich doch nicht so recht eigneten, bis mir der Himmel den Kammerjäger sandte, der über jedwede Berühmtheit etwas zu berichten wusste. Eigentlich hatte mir Candace den Tipp gegeben. Bei einer meiner Stippvisiten in ihrem Büro auf der verzweifelten Suche nach Themen für meine Kolumne kam sie auf ihre Mutter zu sprechen, die einen Kammerjäger beschäftigte, der ständig von der Ungezieferplage in den Häusern angesehener Bürger Washingtons erzählte. Er sei ein Indikator dafür, wohin sich die Stadt allmählich entwickelte, meinte Candace. Selbst die Kammerjäger würden über kurz oder lang ihre Memoiren schreiben. Sie gab mir seine Telefonnummer und ich rief ihn an.

Sanjay war ein redseliger Inder von Ende dreißig. Er sagte, er kenne meinen Namen aus der *Reveal*, und als Kammerjäger arbeite er nur übergangsweise, eigentlich wolle er auch schreiben. Nachdem ich ihm ein bisschen gut zugeredet hatte, drängten auch schon die Geschichten von Wanzen und Flöhen ans Tageslicht. Er sagte, in Washington gäbe es einen allseits bekannten Lobbyisten – angeblich der beste Freund des Präsidenten –, ein prima Kerl, keine Frage, und persönlich sehr auf Reinlichkeit bedacht, aber in seinem Haus wimmele es nur so von Ungeziefer! Richtig fette Exemplare! Sogar Kakerlaken – Sanjay brachte das Wort kaum über die Lippen. Und Mäuse! Und auch die Transportministerin kämpfe mit Ungeziefer, musste er zu seinem Bedauern hinzufügen. Eine entzückende Dame – das Salz der Erde –, und *sie* traf bestimmt keine Schuld an den Problemen des Präsidenten. Trotzdem… Während einer Dinnerparty, zu der die Ministerin geladen hatte, krabbelte plötzlich eine gigantische Spinne gefährlich nahe an der Butterdose vorbei über den Tisch. Um Haaresbreite wäre es zur Katastrophe gekommen. Prompt rief sie anderntags die Kammerjäger und beschimpfte sie aufs Heftigste. Als wäre es die Schuld der Männer.

Und dann die Leute vom Fernsehen, diese Nachrichtenreporter. Einige unter ihnen ließen einfach Lebensmittel auf dem Küchentisch liegen, sodass das kleine Viehzeug praktisch gezwungen sei, darüber herzufallen. Und dann fragten sie sich, woran das liegen mochte. Als Beispiel nannte er eine sehr prominente Fernsehreporterin, die sich der Lebensmittelmotten in ihren Getreideflockenpackungen nicht mehr zu erwehren wusste. Er hatte ihr erklärt, sie solle die Schachteln, verdammt noch mal, verschließen! Aber sie habe natürlich nicht auf ihn gehört. Die Motten seien immer wiedergekommen, und sie habe sich gewundert weshalb. Für ihn waren das eindeutige Zeichen eines *inneren Zerfalls.* Ungeziefer lasse sich nicht belügen, vertraute er mir an. Man könne von diesen Tieren viel lernen, wenn man aufmerksam sei. Die Tiere wussten um solche Dinge. Der Mann war geradezu besessen und ich ließ ihn einfach reden. Die Anwälte der *Sun* gestatteten ohnehin nicht, dass ich die wirklichen Namen nannte. Sie hielten es offenbar für ehrenrührig herumzuposaunen, dass in jemandes Haus große, fette Schaben herumkrabbelten. Also tilgte ich die Namen der Betroffenen, und schon hatte der gelehrte Kolumnist seine erste Kolumne!

Galvin fand den Kammerjäger, der mit den Namen Prominenter nur so um sich warf, wundervoll. Bereits einen Tag später verschaffte er Sanjay und mir einen Auftritt in den *Anti-News.* Sanjay entpuppte sich als Mediennaturtalent. Da er wie ein asiatischer Bruder des Mechanikers aussah, der für die Haushaltsgeräte von Maytag warb, wirkte er glaubhaft. Außerdem redete er ohne Unterlass. Wie sich herausstellte, war sein Reservoir an Horrorgeschichten über namhafte Mitbürger, deren Haushalte von Ungeziefer verseucht waren, noch längst nicht erschöpft. Nach der Show bat er mich, ihm bei der Suche nach einem Literaturagenten behilflich zu sein. Alles schien sich prächtig zu entwickeln, bis die Transportministerin einen Brief an den Arbeitgeber des Kammerjägers schrieb und sich über diese Indiskretion beklagte. »Ist unser Land schon so tief gesunken, dass selbst die Küchenschränke von Regierungsvertretern vor voyeuristischen Blicken nicht sicher sind?«, hieß es in dem Brief, woraufhin die Firma ihren Kammerjäger vor die Tür setzte.

Da mich nun Schuldgefühle plagten, rief ich Galvin an. Vielleicht konnten wir Sanjay ja zu einem neuen Job verhelfen. Der Herausgeber reagierte geradezu euphorisch. Das sei doch eine phantastische Story für die neue *Sun*! Ein herzloser Bürokrat hatte die Existenz eines aufrechten Angestellten vernichtet. Galvin kündigte eine Rettet-Sanjay-Kampagne an. »Wir werden von der Transportministerin eine Entschuldigung fordern, dass sie das Leben dieses Burschen ruiniert hat«, rief er erregt. »Und die Firma werden wir zwingen, ihn wieder einzustellen. Wir sind die Zeitung, die sich für den kleinen Mann stark macht und sich nicht einschüchtern lässt! Die Zeitung mit Herz!«

Er machte Ernst mit seiner Ankündigung. Trotz Howard Bacons Einspruch erschien einen Tag später auf der Titelseite die traurige Geschichte des unerschrockenen, wahrheitsliebenden Kammerjägers. Es blieb jedoch unerwähnt, dass jener sich augenblicklich bemühte, seine Memoiren an den Mann zu bringen und sie außerdem als Film zu vermarkten. Die Reportage trug die Überschrift »KAMMERJÄGER ÄRGERT PRÄSIDENTENFREUNDIN« und fand breites Echo. In einem Kästchen daneben standen Telefonnummer und E-Mail-Adresse der Ministerin, sodass die Leser sofort ihre Meinung kundtun konnten. Müßig zu erwähnen, dass binnen vierundzwanzig Stunden ein reuevoller Entschuldigungsbrief eintraf und Sanjay seinen alten Job wieder angeboten bekam, den er jedoch ablehnte. Er arbeitete bereits an einem Drehbuch. Alles in allem ein großer Erfolg für die *Sun*.

Eines Nachmittags stattete Galvin mir einen Besuch in meinem Büro ab. Er klimperte mit ein paar Münzen in der Hosentasche und sah richtig glücklich aus. »Diesen Film mag ich sehr gerne«, meinte er und deutete auf das *Arielle*-Plakat. »Ich muss jedes Mal weinen, wenn ich ihn mir ansehe.« Seine gute Laune täuschte mich nicht darüber hinweg, dass etwas im Busch war. Seit kurzem steckte er seine Nase in jede Abteilung und machte damit nicht nur Bacon rasend. Getrieben von einer Art manischer Entschlossenheit, wollte er alles verändern, was ihm unter die Finger kam. Als ginge es ihm darum, eine bestimmte Frist einzuhalten. Dieses Mal hielt er sich allerdings mit Ratschlägen zurück. Sein Besuch war rein privater Natur. Er lud mich zum Essen ein. Eine Feier am übernächsten Abend im Kreis einiger Freunde.

Ich brauchte einen Text für die nächste Kolumne. Der redefreudige Kammerjäger hatte derart eingeschlagen, dass wir in der nächsten Ausgabe etwas bringen mussten, was die Leser noch mehr fesselte, etwas wirklich Pikantes. Jemand hat einmal gesagt, Kolumnen zu schreiben hätte etwas von Sexbesessenheit an sich. Kaum war man mit der einen fertig, widmete man sich bereits der nächsten. Obwohl es mir gehörig gegen den Strich ging, spürte ich die Notwendigkeit, ein paar Nachforschungen für eine Reportage zu betreiben.

Einer meiner Topkandidaten unter den üblichen Verdächtigen war Hugo Bell, der schattenhafte Immobilienkönig. Sein Geschick, in den obskursten Dokumenten zu schürfen und Nuggets zu Tage zu fördern, beeindruckte mich zutiefst. Wer erwarb gerade ein prächtiges neues Haus wegen eines profitablen Buchvertrags? Wer musste sein luxuriöses Anwesen wegen einer bevorstehenden Scheidung verkaufen? Wer hatte gerade eine Anzeige seines Nachbarn am Hals, weil er seinen Hund hatte frei laufen lassen? – Bell wusste es! Ich hatte ihn schon länger nicht mehr gesehen und erinnerte mich nicht, ob er mir oder ich ihm einen Gefallen schuldete, aber es war immerhin einen Versuch wert.

»Hallo, mein Freund«, säuselte ich ins Telefon. »Der gelehrte Kolumnist ist am Apparat. Ich brauche eine heiße Story!«

Bell löste gerade ein Kreuzworträtsel – noch so eine Marotte von ihm: Als Schwarzer das Kreuzworträtsel der *New York Times* zu lösen, das vermittelte ihm das Gefühl von Aufbegehren – und dabei ließ er sich ungern stören. Trotzdem hatte er ein paar Leckerbissen für mich. Ted Koppel trug sich mit dem Gedanken, seinen Landsitz an der Küste von Maryland zu verkaufen; Larry King renovierte die Bäder seines Penthouses; König Husseins attraktive Exhaushälterin suchte Interessenten für ihre Memoiren, die den etwas unpassenden Titel trugen: *Ich und der König*. Nichts von alledem schien dem Niveau der Kolumne gerecht zu werden. Ob er denn nichts anderes hätte, drängte ich Bell.

»Ein paar Konkurse gefällig?«, bot er an. »Da hätte ich eine Menge auf Lager. Auf dem Immobilienmarkt tun sich gespenstische Dinge. Derartige Bewegungen habe ich Ende der Achtzigerjahre zum letzten Mal beobachtet, kurz bevor der zivile Markt zusammenbrach.«

»Was ist daran denn so gespenstisch?«, fragte ich. Das klang nicht gerade nach Stoff für eine Kolumne, aber man wusste ja nie …

»Tja, in den letzten vierzehn Tagen finden sich keine Käufer für teure Immobilien. Es gibt nur Verkäufer. Das ist beängstigend. Und einige der Verträge, die letzte Woche zur Unterzeichnung angestanden sind, haben sich zerschlagen. Auf einmal ist das Geld knapp. Die Geldgeber sind nervös.«

»Warum? Woran liegt das?« In Wirtschaftsangelegenheiten war ich ein Trottel. Ich begriff nicht einmal das, was sich unmittelbar vor meiner Nase abspielte.

»Der Markt gibt nach, mein Freund. Die Reichen sind die Ersten, die dran glauben müssen. Alles geht hübsch vorwärts, und plötzlich klappt die Finanzierung nicht. Die Kreditgeber machen die Kasse zu. Das Geld wird knapp. Die Hand ist an der Gurgel. Ich spüre es. Daran bin ich gewohnt.«

»Wer ist das Opfer der Geldknappheit? Helfen Sie mir auf die Sprünge. Ich muss eine Kolumne schreiben.«

»Na ja …«, begann er zögerlich. Das Beste hob er sich immer bis zum Schluss auf.»Vielleicht kann ich Ihnen mit ein paar Informationen über einen gewissen Investmentmagnaten dienen, Besitzer zweier besonders erlesener Immobilien, ein Unternehmer, dessen Vermögen aus obskuren Quellen stammt. Wäre das was für Sie?«

Jetzt war ich ganz Ohr. »Kommen Sie zur Sache. Haben Sie etwas über Galvin in Erfahrung gebracht?«

»Mhm.« Er schnurrte geradezu. »Sieht ganz so aus, als hätte Ihr Boss ein klitzekleines finanzielles Problem.«

»Kann ich mir nicht vorstellen. Der Mann ist reicher als der liebe Gott. Ihr Freund Jack hat es mir haarklein erzählt. Galvin ist Milliardär.«

»Gut möglich, aber Jack behauptet, er sei zudem ungeheuer verschuldet. Ich habe Ihnen ja erzählt – vielleicht wissen Sie es noch –, dass er das Geld zum Kauf der Häuser auf reichlich ungewöhnliche Weise aufgenommen hat, und zwar bei einer Offshore-Bank, die ihren Sitz auf den Antillen hat, wo seriöse Menschen bestimmt keine Hypothek aufnehmen! Erinnern Sie sich?«

»Natürlich. Und was ist daran so schlimm? Eine Hypothek ist eine Hypothek.«

»Aber ist Ihnen auch bekannt, dass Mr. Galvin das Schmuckstück in Georgetown für 2,6 Millionen anbietet?«

»Dass er es veräußern will, hat er mir erzählt, aber ich wusste nicht, zu welchem Preis.«

»Diesen Preis wird er aber kaum erlösen, mein Freund, weil sich die Immobilie nicht verkaufen lässt. Im Augenblick wird der Markt mit Angeboten stattlicher Villen überschwemmt, wie ich Ihnen bereits erzählt habe, doch es mangelt an Käufern. Und das ist für Mr. Galvin ganz besonders bedauerlich, weil er nämlich dummerweise noch ein Problem hat, wie ich aus zuverlässiger Quelle weiß. Eine andere Finanzierungsgesellschaft hat kürzlich die Hypothek auf sein Anwesen in Georgetown erworben. Dieses Unternehmen firmiert zufälligerweise auch unter einer Offshore-Adresse in der Karibik. Die neuen Besitzer sehen sich auf Grund der rückständigen Zinszahlungen von Mr. Galvin gezwungen, aus der Hypothek eine Zwangsvollstreckung der Immobilie zu betreiben.«

»Das ist doch Unsinn. Kein Mensch würde bei einem Milliardär zwangsvollstrecken.« Fieberhaft durchforstete ich mein Gedächtnis, ob Galvin jemals etwas von alten Geschäftsfreunden erzählt hatte, in deren Schuld er stand. Kaum vorstellbar. Galvin wirkte nicht wie jemand, der andere um einen Gefallen bat. »Wer hat die Hypothek erworben?«

»Bisher tappen wir noch im Dunkeln. Wir kennen nur die Nummer eines Postfachs in Willemstad. Dahinter kann sich jeder Beliebige verbergen. Aber gewiss niemand, mit dem Sie gerne bekannt wären.«

»Wie hoch sind Galvins Schulden?«

»Die Kreditsumme beläuft sich auf 2,5 Millionen, die monatlichen Zinsen liegen bei über zwanzigtausend.«

»Wissen noch andere Leute darüber Bescheid, Hugo?«

»Nein. Ich glaube, ich bin der Einzige in der Stadt, und da ich ernsthaft bezweifle, dass mir jemand in den Archiven nachspioniert, gehört die Information ganz Ihnen.«

Verschwiegenheit ist nicht gerade meine Stärke, aber diese Neuigkeit wollte ich unbedingt ganz tief versteckt in meinem Gedächtnis vergraben. Hugo gelobte mir hoch und heilig Stillschweigen, bis er wieder von mir hörte. Mir ging es nicht darum, Galvin zu schützen oder ihm einen Gefallen zu tun, vielmehr konnte ich die Informationen zu diesem Zeitpunkt noch nicht einordnen, wusste nicht, welche Türen sich dadurch auftaten und was sich womöglich dahinter befand. Ich war mir nicht einmal darüber im Klaren – und das meine ich im Ernst –, ob ich über die finanziellen Nöte meines Gönners bekümmert oder erfreut sein sollte. Das war der Luxus, den sich Journalisten leisteten. Es war durchaus möglich, nein, sogar erstrebenswert, sich jeglicher Loyalitätsbekundungen zu enthalten und einfach nur zu beobachten.

Letztendlich fand der gelehrte Kolumnist, dem nichts verborgen blieb, in jener Woche doch noch etwas, worüber sich zu schreiben lohnte. Vor einigen Jahren hatte ich einen nigerianischen Taxifahrer kennen gelernt, der vom Untergeschoss des Apartmenthauses aus, in dem ich wohnte, eine Befreiungsbewegung organisierte (www.freenigerianow.com – »All Nigeria, all the time!«). Kano war ein kultivierter Bursche. Wenn er nicht Taxi fuhr oder politische Manifeste für seine Website verfasste, sammelte er Lyrik und Volkserzählungen der Ibo. Ich wusste nicht viel über Nigeria, aber wenn Kano die Führungsclique in Lagos nicht mochte, musste etwas faul an ihnen sein.

Kano entwickelte sich nach und nach zu Washingtons bevorzugtem Nigeriaexperten, wenngleich seine politische Gruppe keine Mitglieder hatte, soweit ich das beurteilen konnte. Er wurde regelmäßig in Zeitungen zitiert, im National Public Radio interviewt und vom Kongress vorgeladen, um dieses oder jenes zu bestätigen. In meinen Augen verkörperte er den Inbegriff eines der Geheimnisse der Hauptstadt schlechthin: Um mächtig zu sein, genügte es, mächtig zu wirken.

Als ich an einem Oktoberabend von der *Sun* nach Hause kam, fand ich Kano inmitten von Gepäck und Möbelstücken vor dem Haus sitzend. Man hatte ihm gekündigt – ohne ersichtlichen Grund, wie er behauptete. Ich vermutete allerdings, dass er seine Miete nicht bezahlt hatte. Ein weiterer Fall für die *Sun*! Ich verfasste einen Bericht über Kanos Misere.

PROMINENTER AFRIKANISCHER DISSIDENT VON VERMIETER GEDEMÜTIGT. Unser Fotograf schoss ein eindrucksvolles Foto von ihm und seiner kunterbunt zusammengewürfelten Habe, mit der er vor dem Haus kampierte. Kano bekam seinen Auftritt in den *Anti-News* und bewohnte bereits eine Woche später ein Apartment in einem der oberen Stockwerke unseres Hauses mit Blick auf die Stadt, mietfrei. Es war die Wohnung, nach der es mich gelüstet hatte. Aber, Schwamm drüber! Ich verdiente jetzt so viel Geld, dass ich mich sogar im Watergate würde einmieten können, wenn ich wollte. Außerdem war es ein weiterer Sieg für die Zeitung mit Herz.

War es möglich, dass ich den Neid mancher Menschen erweckt hatte, seitdem ich Kolumnist war? Dieser verstörende Gedanke überkam mich, als auf Büttenpapier verfasste Briefe ehemaliger Harvard-Kommilitonen eintrudelten. Leute, die es all die Jahre nicht der Mühe wert befunden hatten, sich zu melden, mir jetzt aber unbedingt mitteilen wollten, wie angetan sie von meiner letzten Kolumne in der *Sun* gewesen waren. Gierig verschlang ich die Lobhudeleien, um sie am liebsten umgehend wieder zu erbrechen und in meinen gewohnten Zustand quälender Einsamkeit zurückzukehren. Ich litt unter einer *erfolgsbedingten Krise.* Das war mein Problem! Jetzt schien es mir gar nicht mehr so unvorstellbar, dass ich eines Tages, mit ein wenig Geschick, einen Gastauftritt in der *Jerry Springer Show* landen konnte.

Mit jedem Jahr trat deutlicher zu Tage, dass wir Harvard-Journalisten Gewächshauszüchtungen waren. Giftige, ambitionierte Osterglocken. Von Geburt an hatte man uns gegossen und gedüngt, damit wir zu ganz besonderen Pflanzen heranwuchsen. Doch anders als unsere einfach gestrickten, vernünftigen Kommilitonen, die nach unserem gemeinsamen Studium noch ein Rechts- oder Wirtschaftsstudium absolvierten und zu Reichtum gelangten, drängten wir der Welt *unser Innerstes* auf. Wir waren verrückt. Das war unser Geheimnis. Verrückt – vor lauter Talent und aus lauter Unsicherheit. Jene, denen es an beidem mangelte, blieben auf der Strecke, wohingegen die Überlebenden wie intellektuelle Kudzupflanzen gediehen.

Einer unserer Mitbrüder hatte uns nach seiner ersten Theaterrezension für die *Crimson* versichert, dass er es eines schönen Tages zum Theaterkritiker der *New York Times* bringen würde. Und so war es auch. Es kam nicht einmal überraschend. Im Gegenteil, wir wären konsterniert gewesen, wenn er es nicht geschafft hätte. Ein aufstrebender Filmkritiker geriet derart außer sich, als ein Kommilitone seine Rezension eines Films von Sam Peckinpah zerpflückte, dass er ihm buchstäblich den Mund stopfte. Jetzt rezensiert er Filme für *The New Yorker* und das Magazin *Salon.* Der Dritte im Bunde, ein ebenso hoch talentierter Mann, war mit vierzig Herausgeber dreier marktführender amerikanischer Zeitschriften. In unseren Kreisen war er für den Ausspruch bekannt: Wo du hingehst, dort ist dein Platz. Ein Langhaariger mit radikalen Ideen, der mit Vorliebe Essays über Trotzki verfasste, war zu einem der angesehensten Wirtschaftsjournalisten und Lakaien der Reichen und Mächtigen avanciert. Welch eine Galerie!

Nur ich hatte mich widersinnigerweise zusammengekauert und hinter einer Mauer des Versagens verschanzt und dort recht zufriedene Jahre verbracht. Kein Mensch hatte jemals auf die lesenswerte Titelgeschichte des Chefredakteurs der *Reveal* reagiert, in der es um Washingtons heißeste Postleitzahlen ging (20016, 20007 und 20854, falls Sie die Ausgabe verpasst haben sollten). Mein Versagen diente mir als Schutz und als Ausrede für den Rest meines Lebens.

Dennoch wurde ich in all den Jahren das unangenehme Gefühl nicht los, dass auch in mir der Erfolg schlummerte. Wie ein Virus, das sich vermehrte und schließlich fest einnistete. Als Nächstes würde es von mir fordern, dass ich Freundschaften schloss, Beziehungen einging und ein echtes Leben führte.

Aber ich war stärker, redete ich mir ein. Ich würde den Krankheitserregern noch ein Weilchen trotzen können. Zur Erhaltung meiner Gesundheit würde ich die schmeichelhaften Briefe meiner Kommilitonen einfach nicht mehr öffnen.

FÜNFZEHN

Der lange Spätsommer endete schließlich in den letzten Oktobertagen. Die Bienen zogen sich dorthin zurück, wo immer Bienen sich eben zurückziehen, Nebelschwaden hingen in der Luft. Die Bäume an beiden Seiten der Auffahrt zu Galvins Villa warfen ihre Blätter in nassen Klumpen ab und gaben den Blick hinunter zum Fluss und auf die Skyline der Stadt frei. Eine erbarmungslose, wenig reizvolle Aussicht. Washington sieht sich selbst stets dicht belaubt und in einem ewig währenden Sommer. Fliegt man Mitte Juli über die Stadt, gewinnt man den Eindruck, als verschwänden alle Häuser unter einem Blätterdach. Aber mit dem Beginn des Herbstes muss Washington Farbe bekennen. Dann treten die Schlaglöcher, der abbröckelnde Putz, die Schmutzecken der Stadt zu Tage. Darin liegt das Wesen der Selbsttäuschung Washingtons – der erbärmliche Winter trifft die Stadt stets überraschend. Gespannt auf das Fest fuhr ich die Zufahrt zu Galvins Haus hinunter. Was hielt unser Titan für uns bereit? Er hatte derzeit ein enormes Tempo drauf, während der Rest der Welt immer langsamer wurde. Er lebte phasenverschoben. Ob er sich dessen bewusst war? Am Ende der Zufahrt trat sein stattliches Haus ins Blickfeld. Spät blühende Stiefmütterchen schmückten die gepflegten Beete. Immer in voller Blüte, so sollte sein Leitsatz lauten.

Linker Hand des Hauses hörte ich das *Plop, Plop* von Tennisbällen. Ich ging dem Geräusch nach bis zu einer Mauer aus unbehauenen Steinen, die mit Efeu und Klematis bewachsen war.

Dieses Amphitheater war erst einige Monate zuvor an Stelle eines Maschendrahtzaunes als Eingrenzung des Tennisplatzes errichtet worden. Die Gärtner kehrten und walzten das Spielfeld täglich glatt. Die selben Scheinwerfer, die den Park beleuchteten, machten es möglich, den Tennisplatz auch am Abend zu benutzen.

Galvin lieferte sich gerade ein Match mit Candace. Offenbar beschränkte sich der Kreis der Freunde, die er eingeladen hatte, auf sie und mich, denn bis auf ein paar Hausangestellte war niemand sonst zu sehen. Candace trug locker sitzende Baumwollshorts und ein sackartiges Sweatshirt, sodass man nur Beine, Arme und Haare sah. Sie war eine erstaunlich gute Spielerin. Ihre Schlagtechnik ließ auf einige Unterrichtsstunden im Club und auf regelmäßige Sonntagnachmittag-Partien mit ihrem Vater schließen. Ihre beidseitige Rückhand kam präzise, die Bewegungen waren kraftvoll und gleichmäßig. Sie scheuchte Galvin, der ein schwarzes T-Shirt und blaue Shorts trug, gnadenlos über den Platz. Als er mit letzter Kraft einen ihrer langen Vorhandschläge zu erreichen versuchte, geriet er sogar ins Stolpern. Überraschung und Anzeichen plötzlicher Müdigkeit malten sich auf seinem Gesicht, während er langsam wieder auf die Füße kam – wie war so etwas möglich? Doch als Candace zu ihm hinlief, kaschierte er seine Verwirrung mit einem Lachen.

Ich setzte mich auf die Veranda, von der aus man den Platz überblicken konnte. Galvin forderte mich auf, einen Tennisschläger zu nehmen und an seiner Stelle weiterzuspielen, aber ich winkte ab. Selbst wenn ich diese Sportart beherrscht hätte, wäre ich nicht auf den Platz gegangen. Ich kam mir vor, als wäre ich Zeuge eines Geschlechtsaktes auf geistiger Ebene. Je mehr Punkte er in Rückstand geriet, desto unbesonnener spielte er; lautstark warf er ihr vor, sie würde schummeln, und alles wäre reine Glückssache. Es dauerte noch eine Weile, bis sie mit geröteten Gesichtern und verschwitzt den Platz verließen und in die Sessel fielen. Candace nahm einen Energy-Drink zu sich und machte sich über Galvins armseliges Spiel lustig, ehe sie duschen ging.

»Warum haben Sie mich eingeladen?«, fragte ich Galvin, als wir allein waren. Ich war zweifellos überflüssig.

»Ohne Sie wäre Candace nicht gekommen, mein Freund. Sie sind mein Alibi.«

»Aber jetzt verschwinde ich. Sie brauchen kein Alibi mehr. Es ist peinlich.«

»Bleiben Sie!«, flehte er. »Wir haben eine Menge zu besprechen. Und außerdem wollen wir feiern.«

Er stand auf und ging duschen. Ich blieb noch etwas sitzen. Ein großer Golden Retriever trottete auf mich zu und legte mir einen Tennisball vor die Füße. Als ich mich entfernte, folgte er mir – den Ball in der Schnauze –, und wir schlenderten gemeinsam auf das Haus zu und weiter über den gepflasterten Weg bis zum Swimmingpool. Der Hund lief immer schneller, je näher wir an den Pool kamen, der im hellen Licht der Unterwasserbeleuchtung milchig weiß schimmerte. Der Hund ließ den Ball fallen, und ich warf ihn in das Becken. Das Tier sprang hinterher. Es platschte, als sein goldenes Fell die schillernde Wasserfläche berührte. Mit erstaunlicher Geschwindigkeit paddelte er auf den Ball zu, nahm ihn zwischen die Zähne, paddelte wieder zurück und ließ den Ball am Beckenrand fallen. Er wollte, dass ich den Ball noch einmal warf. Aber ich fand, diesmal sollten wir es umgekehrt machen. Er sollte mir den Ball zuwerfen – aber das war wohl Wunschdenken. Der Hund kletterte aus dem Pool und schüttelte sich neben mir das Wasser aus dem Fell, dass es nur so spritzte. Gemächlich gingen wir auf das Haus zu. Ich konnte mich nicht beklagen: Er war mein Date.

Galvin hatte im Kamin seines Arbeitszimmers ein Feuer gemacht. Er und Candace wirkten erleichtert, als der Hund und ich in der Tür standen. Für Candace bot mein Erscheinen ein komfortables Alibi, dass es sich hier nicht um ein Tête-à-tête handelte. Sie trug jetzt schwarze Jeans und dazu ein weites Oberteil. Über die Schultern hatte sie sich einen Pullover geschlungen. Ihr Haar war zu einer Hochfrisur gekämmt, nur einzelne Locken fielen ihr ins Gesicht. Niemand sprach, aber eine leise knisternde Spannung erfüllte den Raum. Selbst die Borkenscheite im Kaminfeuer explodierten, kaum dass sie Feuer gefangen hatten, und sprühten leuchtende, farbenprächtige Funken.

»Was trinken wir?«, fragte Galvin. Er war nervös. Ich hörte es an seiner Stimme. »Sollen wir eine Flasche Wein aufmachen?«

Candace war einverstanden. Ich antwortete nicht, weil ich mir nicht sicher war, ob meine Meinung tatsächlich zählte. Aber Galvin wandte sich eifrig bemüht an mich. »Begleiten Sie uns in den Keller. Wir suchen zusammen einen aus.« Er brauchte mich immer noch als Krücke, um die Illusion aufrechtzuerhalten, es handle sich hier um einen Gruppenabend. Wir folgten ihm durch die Eingangshalle, vorbei an einem wuchtigen Panzerschrank, bis zu einer Tür, die hinunter zu einem Raum mit Glastüren und empfindlichen Thermometern führte. Nachdem Galvin die Alarmanlage abgeschaltet hatte, schloss er die Tür auf. In dem Raum war es kalt wie in einem Kühlschrank. Er drückte einen Schalter, und in dem Licht schimmerten die Weinflaschen, mit denen die drei Wände einnehmenden Regale vom Boden bis zur Decke gefüllt waren. Man kam sich vor wie in einer kleinen Kunstgalerie: An jeder Flasche haftete ein weißes Plastikschildchen mit dem Namen des Weines, seinem Jahrgang und der Angabe des Jahres, in dem er frühestens verkonsumiert werden durfte. Ich verstehe wenig von Wein, aber die berühmten Namen waren mir geläufig: Léoville-Las-Cases, Le Corton, Montrachet, Romanée-Conti – Etage um Etage, Jahrgang um Jahrgang. »Geradezu perfekt«, sagte Candace. Sie wirkte sichtlich überrascht. Hier stand sie vor dem vielleicht schönsten Symbol von Galvins Reichtum. Doch war es offenbar weniger die Fülle, die sie so sehr beeindruckte, als vielmehr die gewissenhafte Anordnung der Flaschen, die an eine Sammlung Briefmarken oder Schmetterlinge erinnerte.

»Das hier ist ein eigenwilliger Tropfen«, sagte Galvin, nahm eine verstaubte Flasche aus dem Regal und blies darüber, damit wir das Etikett betrachten konnten. Es war ein 1945er Mouton-Rothschild. Der erste Jahrgang nach dem Krieg, mit einem kleinen V. für Victory am oberen Rand der Etikette. Er reichte Candace erst diese Flasche, dann eine Flasche Madeira, 1900, und schließlich noch einen Champagner, Magnum, Jahrgang 1926. Sie hob jede Flasche hoch, hielt sie gegen das Licht, prüfte die Farbe und das Etikett.

»Woher hast du sie?«, fragte sie.

»Ich habe jemanden in New York, der den Markt beobachtet. Wenn etwas Interessantes auftaucht, kauft er für mich ein. In Hongkong habe ich meine ersten Weine gekauft. Den japanischen Kunden gefielen die klingenden Namen. Ein Glas Nuits-St. Georges, und sie waren mit jedem Geschäft einverstanden.«

»Wie viel hat all das hier gekostet?«, fragte ich. Das war eine unfeine Frage, also musste ich sie stellen.

»Ich weiß es nicht. Ich habe die Flaschen nach und nach gekauft, über einen langen Zeitraum hinweg. Vermutlich lagert in diesem Raum Wein im Wert von einer Million Dollar. Schwer zu schätzen. Nur eine Versteigerung würde zeigen, wie viel das alles tatsächlich wert ist.«

»Werden Sie die Flaschen jemals verkaufen?« Die Frage mochte nur ein weiterer Beweis meiner Ignoranz sein, aber ich war nun einmal neugierig. Würde jemand an seinem Wein festhalten, selbst wenn er gerade im Begriff war, eines seiner Häuser zu verlieren?

Enttäuscht sah er mich an. Wie kam ich nur auf so eine absurde Idee? Für ein angenehmes Leben war diese Investition absolut unverzichtbar.

»Ich habe vor, jede Flasche mit der Unterstützung meiner Freunde zu trinken.« Er lächelte uns beide an, aber sein Blick verharrte auf Candace, die immer noch eingehend die Flaschen betrachtete. Er trat an sie heran.

»Ich freue mich sehr, dass du hier bist. Schon vor Jahren habe ich dir das zeigen wollen. Ich wollte wissen, was du sagst, wenn du das siehst.«

Sie nahm seine Hand und drückte sie sanft. »Wie lieb von dir.« Dann küsste sie ihn auf die Wange. Schon jetzt nahm der Abend eine Wendung, die alle ihre vernünftigen Vorsätze über den Haufen zu werfen drohte.

»Also, was wollen wir trinken?« Galvin sah die Regale mit den preisgekrönten Burgundern durch und entschied sich für einen 1990er Batard-Montrachet und einen La Tache von 1985. Er hielt die Flaschen so, dass Candace die Etiketten lesen konnte.

»Genau richtig«, sagte sie beifällig. Wie alle guten Ex-Auslandskorrespondenten kannte sie ihre Weine.

Galvin bat uns in das so genannte kleine Speisezimmer, das ich bis dahin noch nicht betreten hatte. Ein runder, dunkelrot gestrichener Raum mit einem runden Tisch in der Mitte. Candace saß zwischen unserem Gastgeber und mir. An den Wänden hingen Skizzen von Matisse. Eine Nackte, auf einem Teppich liegend; eine bekleidete Frau, die ein Goldfischglas betrachtete; und eine Dritte mit verschränkten Armen, die Augen herausfordernd auf den Betrachter gerichtet. Einfache Zeichnungen, wenige, rasch gesetzte Striche, mit denen der Künstler die Frische und Sinnlichkeit seines Modells eingefangen hatte. Plötzlich fiel es mir auf: Sie sahen alle aus wie Candace.

Unser Gastgeber gebärdete sich überschwänglich, der Wein

und eine innere Glut ließen ihn aufblühen, und ich rätselte, ob sein Verhalten einem bestimmten Zweck diente oder schlichtweg Ausdruck seiner Freude über das Beisammensein mit Candace war. Eine hübsche junge Französin, die mit Galvins Küchenchef verheiratet war, servierte uns das Essen – kalter Meeresfrüchtesalat, gefolgt von Lammkotelett. »Das Personal«, so pflegte er seine Bediensteten zu nennen, die aus einem verborgenen, offenbar nie versiegenden Geldquell bezahlt wurden, welche Unwetter sich auch über dem Horizont zusammenbrauen mochten.

Wir hatten den weißen Burgunder geleert und taten uns nun an dem roten gütlich. Galvin und Candace tauschten angeregt Erinnerungen an ihre goldenen Jugendjahre aus. So weit ich verstand, sprachen sie von einer Zugreise, die sie in ihrem ersten gemeinsamen Sommer 1971 in den Westen der USA geführt hatte. Als sie in Wyoming kein Geld mehr hatten – nein, es war in Salt Lake City gewesen! –, beschlossen sie, auf einen Güterzug aufzuspringen. Galvin hatte in einem Zeitungsartikel darüber gelesen und wusste, wie man das bewerkstelligte. Es war ein Zug mit Lebensmittelkonserven, weißt du noch? Sie füllten wechselseitig ihre Erinnerungslücken, eilten weiter zur nächsten Episode – wie ein Ehepaar.

Candace wandte sich mir zu, ihre Augen strahlten, wie sie vermutlich auch an dem Tag gestrahlt hatten, als sie mit dem Güterzug aus Salt Lake City gerumpelt waren. Sie wusste noch genau, wie sie die Beine aus dem Güterwagen hatte hängen lassen. Die untergehende Sonne stand über dem Great Salt Lake und hatte den See in ein orange-goldenes Licht getaucht. Die Wanderarbeiter in dem Güterzug begannen zu trinken und Eisenbahnlieder zu singen. Einer von ihnen war schließlich so betrunken, dass er in Elko, Nevada, vom Zug fiel.

Bei dieser Erinnerung kam Leben in Galvin. *»›Sie nennen mich Hoppy‹«,* sagte er mit zitternder, rauchiger Stimme. *»›In*

Winnemucca kennt mich jeder. Wenn du nach Winnemucca kommst, sag ihnen nur, Hoppy schickt dich.‹«

»Und dann haben wir die Sierra Nevada überquert«, fuhr sie fort. »Erzähl ihm, was passiert ist, als der Zug anhielt.«

Galvin gab ihr einen Klaps auf die Schulter. »Nein, das musst du tun. Es ist schließlich deine Geschichte.«

Sie schloss die Augen und rief sich das Bild des schaukelnden, rumpelnden Güterzugs ins Gedächtnis. »Wir waren vierundzwanzig Stunden unterwegs gewesen«, sagte sie. »Ich war schrecklich müde und dreckig. Kein Bad, keine Toilette, nichts zum Waschen dabei. Der Zug wand sich durch die Sierras, auf den Bergen lag Schnee. Als wir den Pass erreicht hatten, hielten wir aus irgendeinem Grund an. Wir warteten – fünf Minuten, zehn Minuten. Genau unter uns, vielleicht zwanzig Meter von den Gleisen entfernt, lag ein kleiner Bergsee. Klares Wasser, wahrscheinlich eiskalt, inmitten von Wildblumen. Etwas derartig Schönes habe ich nie wieder gesehen. Ich konnte den Blick gar nicht abwenden und dachte nur daran, wie herrlich es wäre, ins Wasser zu springen. Sandy meinte, ich würde mich ja doch nicht trauen, hinunterzulaufen und im See zu schwimmen. Aber ich war so verschwitzt, und der Zug stand schon so lange, und es konnte noch Stunden dauern, bis er endlich weiterfuhr, also dachte ich mir, weshalb eigentlich nicht? Ich bin hinunter zu dem See gerannt, habe mich bis auf die Unterwäsche ausgezogen und bin ins Wasser gegangen. Ach, es tat so gut! Ich ließ mich auf dem Rücken treiben, sah in den blauen Himmel, bis ich plötzlich einen Pfiff und das Knirschen der Räder hörte.

Lieber Himmel, bin ich erschrocken! Mit den Anziehsachen unterm Arm kroch ich das Ufer hinauf. Ich hatte Angst, mutterseelenallein hier zurückzubleiben. Ich war oben, aber der Zug beschleunigte immer mehr. Sandy streckte die Hand nach mir aus, schrie: ›Renn, renn!‹ und konnte mich schließlich in den Waggon ziehen. Ich war tropfnass, so gut wie nackt, und

Sandy lachte mich aus. Ich wäre fast in den Sierras zurückgeblieben, und er amüsierte sich königlich, als hätte er noch nie im Leben etwas so Lustiges erlebt.«

Nach einer kurzen Pause sagte sie: »Mistkerl!«, und sah ihn dabei ausgesprochen zärtlich an. Es klang, als wäre es der netteste Eintrag im Wörterbuch.

»Was feiern wir heute Abend eigentlich?«, erkundigte ich mich. Ich wollte die beiden nicht in ihren Erinnerungen unterbrechen, aber ich fragte mich allmählich, ob Galvin sich für dieses inszenierte Wiedersehen einen offiziellen Anlass überlegt hatte.

»Richtig! Das hätte ich beinahe vergessen. Aber zum Feiern brauchen wir noch einen Wein.« Da mittlerweile auch die Flasche La Tache leer war, führte Galvin uns erneut hinunter, und wir torkelten zu dritt in den Weinkeller. »Die Weine, die wir bisher getrunken haben, waren so gut, dass wir eine Steigerung finden müssen. Wo ist denn sonst die Pointe? Es muss ein roter Burgunder sein, einverstanden? Einen Bordeaux kann ich jetzt nicht trinken. Ebenso wenig wie Weißwein.« Er zog einen Romanée-Conti von 1978 aus dem Regal. »Von den Weinen hier im Haus ist das meine Lieblingssorte. Tausend Dollar die Flasche. Ich habe ihn für einen ganz besonderen Anlass aufgehoben. Und dieser besondere Anlass ist jetzt da! Keine Frage!«

Als wir wieder im Wohnzimmer saßen, hob Galvin feierlich sein Glas. Selbst im angetrunkenen Zustand war er ein vollendeter Gentleman. »Ich möchte mit euch auf die neue *Washington Sun* trinken. Aus diesem Grund habe ich euch heute Abend zu mir gebeten. Denn es läuft gut! Trotz des Unfugs von Bacon und seinen Speichelleckern kommen wir voran! Wir bezwingen den Berg!«

»Was meinen Sie damit?«, fragte ich. »Was läuft gut?«

Er lächelte schüchtern. Wie damals, bei meinem ersten Besuch auf dem Rasen hinter seinem Haus. »Ich habe die Verkaufszahlen bis einschließlich fünfzehnten Oktober erhalten. Beim Kioskverkauf haben wir die zehntausend überschritten. Das klingt vielleicht nicht nach viel, aber zuvor hatte die *Sun* seit mehr als drei Jahren keinen Auflagenzuwachs mehr verzeichnet. Das liegt zwar vermutlich zum großen Teil am Bingospiel, aber dennoch! Es läuft! Wir schaffen es! Wir müssen nur dranbleiben! Nicht nachlassen, schieben, schieben – damit die Leute mit dem negativen Gequatsche aufhören und dem Plan folgen, weil wir nämlich ins Rollen gekommen sind. Sie sollten besser auf den Zug aufspringen, sonst bleiben sie auf der Strecke.«

»Schieben, schieben, schieben!«, ahmte Candace seinen Aufruf im Cheerleadertonfall nach, schlang die Arme um seinen Hals und gab ihm einen herzhaften Kuss. Sie war betrunken, dennoch …

»Herzlichen Glückwunsch, Boss!«, sagte ich. Wenn ihn diese Stimmung überkam, war er nahezu unwiderstehlich. Das ist das Geheimnis von Karnevalsantreibern, Armeegenerälen und Heilsverkündern: Sie alle verfügen über dieses Geschick, ihre Zuhörer von deren Überzeugungen abzubringen und sie für ihre eigene Weltsicht zu gewinnen. Es funktionierte! Für all diese dämlichen neuen Ideen – die *Anti-News,* die Preisausschreiben, selbst für die Editorials auf der Titelseite – fanden sich Leser. Mit solchen Sätzen erklärte Galvin der alten Zeitung den Krieg. Hoffentlich war ihm das bewusst. Aber wenn man ihm so zuhörte, brachte man kaum den Widerstandsgeist auf, seine Ideen in Zweifel zu ziehen – mochten sie auch noch so verrückt sein.

Da Galvin eine Zigarre rauchen wollte, gingen wir hinaus auf die Veranda. Nachdem er auf der Couch Platz genommen hatte, legte Candace sich neben ihn und bettete den Kopf in seinen Schoß. Der Wein und die Erinnerungen hatten sie offenbar mit einer angenehmen Benommenheit erfüllt. Sie summte Titelmelodien verschiedener Fernsehshows vor sich hin und ließ hin und wieder ein paar auf Galvin gemünzte Bemerkungen fallen. Mein Date tauchte erneut schwanzwedelnd auf, den Tennisball in der Schnauze. Ich warf den Ball in den Pool, und der Hund schwamm brav hinterher und zog in dem lichtdurchfluteten Wasser seine goldene Bahn. Candace hörte kaum mehr zu. Ein günstiger Zeitpunkt, wie mir schien, um endlich die Frage zu stellen, die mir schon den ganzen Abend unter den Nägeln gebrannt hatte. Ich wusste nicht recht, wie ich anfangen sollte. Schließlich war Galvin ein brillanter Schauspieler, dem man nur schwerlich anmerkte, ob er die Wahrheit sagte.

»Was ist los auf dem Geldmarkt?«, fragte ich. »Ich habe keine Ahnung von der Finanzwelt, aber die Leute erzählen, der Markt gibt nach. Ist an dem Gerede was dran?«

»Ihre Freunde haben Recht«, antwortete er. »Das Geld wird knapp, und für Leute, die ins Blaue hinein Geschäfte tätigen, kann es unangenehm werden.«

»Was heißt das? Vergessen Sie nicht, in finanziellen Dingen bin ich Analphabet.«

»Wissen Sie, was Liquidität bedeutet? Nein, natürlich nicht. Im Grunde genommen ist es nur ein gehobeneres Wort für Geld. Und es gibt kein Geld. Die Verknappung setzte vor ungefähr einem Monat ein. Der Markt mit den Risikopapieren existiert so gut wie nicht mehr. Kreditgeber berechnen ihren Kunden Zinsen, die den Zinsertrag ihrer Papiere übersteigen. Auch der Input-Output-Markt stagniert. Noch vor zwei Monaten haben die Leute in jedes noch so dämliche Projekt investiert, aber jetzt scheuen alle das Risiko. Ein eigenartiger Markt. Nichts für Amateure.«

»Haben Sie denn etwas zu befürchten? Ich meine, persönlich? Oder stecken Sie in Geldnöten?«

»Ich?« Er lachte. Es klang wie ein ehrlicher, spontaner Ausbruch von Heiterkeit. »Aber nein! Wie kommen Sie darauf?«

»Die Leute reden. Ich plaudere gern, Sie kennen mich ja, und da erzählen mir die Leute so das eine oder andere.«

Galvin lächelte immer noch. »Und was erzählen die Leute so?«

»Dass Sie Ihr Haus in Georgetown verkaufen müssen, weil irgendeine führende Finanzierungsgesellschaft in der Karibik aus Ihrer Hypothek eine Zwangsvollstreckung betreibt.«

Er lachte erneut und schüttelte den Kopf. »Wo haben die bloß ihre Informationen her? Ich habe Ihnen vor ein paar Wochen erzählt, dass ich beabsichtige, das Haus in Georgetown zu verkaufen. Das hatte ich Ihnen ja bereits bei unserem ersten Zusammentreffen gesagt. Ich glaube, der Käufer verfügt über ein Offshore-Konto. Na und?«

»Die Gesellschaft macht die Forderung also nicht geltend?«

»Ich bitte Sie. Sehe ich aus wie ein Mann, dem eine Zwangsvollstreckung droht? Nein! Ich begleiche augenblicklich eine offene Rechnung mit ein paar Leuten, mit denen ich ein Geschäft abgewickelt hatte. Diese Leute erwerben im Gegenzug das Haus in Georgetown. Aus steuerlichen Gründen ist es besser, das so abzuwickeln, als sie auszuzahlen. Ein ganz normales Geschäft.«

Klang eigentlich ganz einleuchtend. Zu meinem großen Bedauern hatte ich auch zu wenig Ahnung von Geldtransaktionen, um ihm mit gezielten Fragen weitere Einzelheiten zu entlocken. Und außerdem: Wir hatten gerade über tausend Dollar unsere Kehlen hinuntergespült. Das war Liquidität! Mochte der Markt auch noch so sehr nachgeben.

Galvin küsste Candace auf die Stirn. »Wach auf, Liebste«, sagte er. Sie erwachte in jenem nebelhaften Geisteszustand, in dem wir das denken und aussprechen, was wir tatsächlich empfinden.

»Hallo, Liebling«, antwortete sie, streckte die Arme nach ihm aus, zog ihn zu sich herab und küsste ihn auf die Lippen. Sie war sich meiner Gegenwart offensichtlich nicht bewusst, es gab nur ihn. »Komm, gehen wir nach oben«, schlug sie vor.

Galvin legte zärtlich die Arme um sie und schmiegte den Kopf an ihren.

Ich war bereits aufgestanden und machte mich auf Zehenspitzen davon. Ich hätte mich unbemerkt davonschleichen können, hätte nicht der Hund gebellt. Vielleicht wollte er auch einen Kuss.

»Gute Nacht«, rief ich, erhielt jedoch keine Antwort. Sie hatten lange auf diesen Augenblick gewartet, und alles andere war ihnen herzlich egal.

SECHZEHN

Es ist mir nicht erinnerlich, wann Ted Amara das erste Mal in der *Sun* aufgetaucht war. Es war jedoch nicht lange nach der Feier im »kleinen Kreis« bei Galvin zu Hause, als er unter dem bescheidenen Titel eines persönlichen Assistenten des Herausgebers die Arbeit aufnahm. Amara war Jurist und hatte bis vor kurzem in Paris gelebt, konnte jedoch nicht die passenden Empfehlungsschreiben vorweisen, um die Aufmerksamkeit der Washingtoner Gesellschaft auf sich zu ziehen. Aber bereits nach kurzer Zeit herrschte kein Zweifel mehr, dass wir einen einflussreichen Mann vor uns hatten. Man merkte es zum einen daran, dass Galvin bei allen Besprechungen auf seiner Anwesenheit bestand. Zum andern an der Art seines Auftretens. Amara war klein und dunkelhaarig, und seine scharf geschnittenen Gesichtszüge ließen eindeutig auf eine mediterrane Herkunft schließen. Er trug doppelreihige Anzüge, die gleichermaßen zu eng wie zu weit wirkten, und er besaß die nervöse Angewohnheit, auf hölzernen Zahnstochern herumzukauen, die er in der Jackentasche seines schlecht sitzenden Anzugs verbarg. Vermutlich wollte er sich nur das Rauchen abgewöhnen, aber es wirkte bedrohlich. Man hatte den Eindruck, als würde er nicht auf diesem Zahnstocher herumkauen, sondern auf einem selbst.

Jemandem wie Amara begegnete man in der Zeitung nicht allzu häufig, und man hätte ihn schlichtweg als Gangster abtun können, wäre da nicht noch ein anderes Merkmal gewesen, das er vorzuweisen hatte: Er war überaus gerissen. Das wenige, was er in Besprechungen von sich gab, traf genau den Punkt. Und wenn Galvin ihn mit einer Aufgabe betraute, wie beispielsweise mit Vertretern der Gewerkschaft Vertragsstreitigkeiten zu klären, trat er entschieden auf und erledigte die Angelegenheit tadellos. Eine gewisse Hartnäckigkeit ging von ihm aus, die Fähigkeit, anderen auf subtile Art und Weise zu vermitteln, dass es ihm mit dem, was er sagte, ernst war, wodurch sich manches von selbst erledigte. Dazu genügte ein Blick in seine dunklen, unnachgiebigen Augen.

Ich war neugierig auf ihn, versteht sich. Als ich ihn eines Morgens alleine mit einer Zeitung in der Cafeteria sah, setzte ich mich zu ihm. Er freute sich sichtlich über Gesellschaft wahrscheinlich hatten die Kollegen bisher einen Bogen um ihn gemacht aus Angst, er würde sie erschießen, sobald sie etwas Falsches sagten – und gab sich erstaunlich aufgeschlossen.

Im Laufe des Gesprächs stellte sich heraus, dass er Ende der Sechzigerjahre die Columbia Law School besucht und sich während der Sommermonate bei gemeinnützigen Projekten engagiert hatte. So zum Beispiel in Allard Lowensteins Kampagne und als Leiter eines Jugendprogramms in der South Bronx. In dem doppelreihigen Anzug steckte also ein Gutmensch! Oder zumindest hatte einmal einer darin gesteckt, ehe er Anfang der Siebzigerjahre in die internationale Geschäftswelt abwanderte und dort seine wahre Berufung entdeckte, und zwar – soweit ich es zu beurteilen vermochte – die eines *fixer,* also des Börsenspekulanten, der das Geschäft verstohlen und ohne viel Tamtam abwickelte.

»Was genau macht eigentlich Ted Amara?«, fragte ich Galvin einmal. »Er scheint ja ein recht kompetenter Kerl zu sein. Worin besteht sein Job?«

»Er tut das, womit ich ihn beauftrage. Ähnlich wie Sie. Nur mit dem Unterschied, dass er kleiner ist als Sie.«

»Wo haben Sie ihn aufgegabelt?«

»Ted arbeitet seit nahezu zwanzig Jahren in unregelmäßigen Abständen für mich. Im Rohstoffhandel trifft man auf viele unzuverlässige Leute. Ich brauchte jemanden wie Ted, der für mich ermittelte, was stimmte und was nicht. Das ist nach wie vor seine Aufgabe. Wie sich zeigt, ist das Zeitungswesen dem Rohstoffgeschäft ziemlich ähnlich.«

Einige Wochen nach Amaras Arbeitsantritt bot sich mir die Gelegenheit, ihn das erste Mal in Aktion zu sehen. Galvin war gerade im Begriff, der Regierung des District of Columbia seine Hilfe anzudienen. Ein Projekt, das für ihn zur Obsession wurde. Weiß der Himmel, weshalb er sich gerade mit diesem Projekt vor der Bevölkerung als Menschenfreund ausweisen wollte, wimmelte es doch in Washington nur so von den erbärmlichsten und korruptesten Politikern, die man auf dieser Seite Chicagos finden konnte. Aber Galvin hatte nun einmal beschlossen, dass die Zeitung mit Herz ihrer Heimatstadt gegenüber eine Verpflichtung besaß. »Lasst uns etwas für unsere Stadt tun!«, lautete sein wiederholter Appell an die Mitarbeiter in der Nachrichtenredaktion. Der wahre Grund für die Probleme der Stadt lag seiner festen Überzeugung nach in dem Rassenhass. Nur weil die Lokalpolitiker schwarz waren, ging die Bevölkerung auf sie los.

Also freundete Galvin sich mit dem Bürgermeister an, einem Schwarzen namens Alistair P. Marquand, der über die Jahre hinweg ein unglaubliches Geschick entwickelt hatte, die weiße Bevölkerung in Unruhe zu versetzen und einzuschüchtern. Galvin sah darin eine Herausforderung. Er beauftragte Amara, dem Bürgermeister einen Besuch abzustatten und ihn zum Mittagessen in der *Sun* einzuladen. Zur allgemeinen Überraschung nahm der Bürgermeister die Einladung tatsächlich an! Das Essen sollte nur in kleiner Runde stattfinden, sozusagen als Maßnahme zur »Versöhnung«, wie Galvin es nannte. Weder Bacon noch Journalisten der Stadt waren hinzugebeten worden. Doch aus irgendeinem Grund wollte er mich dabeihaben. »Vielleicht stoßen Sie ja auf etwas, worüber sich zu schreiben lohnt«, meinte er. »Etwas, was die herrschende Skepsis zerstreut.«

Der Bürgermeister hatte einen honigfarbenen Teint und einen säuberlich gestutzten grauen Bart. Er sah aus wie ein Jazzmusiker. Die erste Hälfte des Mittagessens vergeudete er mit einer langatmigen Schmährede über die »rassistische *Washington Sun*«, die intensive Nachforschungen über ihn angestellt, seine Freunde belästigt und seine politischen Initiativen blockiert habe. Selbst seine kostbare Tochter könnte keinen Klavierabend geben, ohne dass Reporter der *Sun* hereinplatzten. Er sei es wirklich leid! Galvin hörte eine Weile aufmerksam zu und nickte beifällig – eine Menge dessen hatte er selber bereits gesagt –, doch als die Tirade kein Ende nahm, schaltete er ab. Ted Amara hatte seinen Boss die ganze Zeit über beobachtet, bis er den Bürgermeister schließlich mitten im Satz unterbrach.

»Wir haben Sie nicht hierher gebeten, um über all diese Dinge zu reden«, sagte er. »Es geht uns um etwas anderes.« Bürgermeister Marquand schielte zu ihm hinüber und murmelte etwas wie »Arschloch!«, hielt dann aber tatsächlich den Mund und hörte zu. Amara hatte diese Wirkung. Mit diesem Mann war nicht zu spaßen, und der Bürgermeister, der Macht intuitiv einzuschätzen vermochte, begriff das auf Anhieb.

»Mr. Galvin möchte mit Ihnen über Stipendien reden«, sagte Amara. Dann schwieg er und überließ seinem Boss das Feld.

»Gut«, entgegnete der Bürgermeister. »Reden wir.« Man spürte, dass es ihm große Willensanstrengung abverlangte, nicht jeden Satz mit »Ihr Scheißtypen« zu beenden.

Galvin streckte dem Bürgermeister die kräftigen Arme entgegen. »Bürgermeister Marquand, ich möchte dieser Stadt etwas Gutes tun. Deshalb habe ich um diese Besprechung gebeten.«

Der Bürgermeister schenkte ihm ein breites Lächeln, das zu sagen schien: *Das werde ich dir gerade glauben, weißes Bürschchen!*

»Ich möchte Ihnen ein Angebot machen. Ich bin bereit, jedem Schüler, der im kommenden Frühjahr seine Abschlussprüfung auf einer öffentlichen Schule im District of Columbia macht, ein Stipendium in Höhe von tausend Dollar anzubieten. Das Stipendium gilt für jedes College, jedes Junior College, jede Handelsschule eigener Wahl. Jedem Studenten, der in den ersten beiden Collegejahren im Durchschnitt eine gute Note erzielt, stelle ich ein zusätzliches Stipendium in Höhe von fünftausend Dollar in Aussicht.«

»Mhm, das ist ja unglaublich großzügig von Ihnen«, entgegnete der Bürgermeister mit abgrundtiefem Argwohn in der Stimme.

»Ja, das ist es«, stimmte Galvin ihm zu. »Ich kann Ihnen sogar genau sagen, wie viel das kosten wird. Mr. Amara hat einen Kostenvoranschlag erstellt.« Er griff in seine Tasche und zog ein Stück Papier hervor. »Unter der Maßgabe, dass jeder der ungefähr viertausend Schüler seinen Abschluss macht, kostet mich das im Jahr durchschnittlich vier Millionen Dollar. Wenn ich davon ausgehe, dass zwei von zehn nach zwei Jahren ein »Gut« erzielen, sind wir bei weiteren acht Millionen. Mit anderen Worten, ich werde im Laufe der kommenden vier Jahre vermutlich knapp fünfundzwanzig Millionen Dollar in Stipendien für Studenten des District of Columbia aus meiner eigenen Tasche investieren.«

Kopfschüttelnd wandte sich der Bürgermeister seinem Begleiter zu und sagte: »Der Mann ist verrückt!«

»Ich bin noch nicht fertig. Ich möchte außerdem, dass Sie mir bei der Verteilung des Geldes helfen, Herr Bürgermeister Marquand. Es ist als gemeinsames Vorhaben Ihrer Dienststelle und der *Sun* gedacht. Und ich möchte, dass die Stipendien Ihren Namen tragen.«

Jetzt war der Bürgermeister erst recht verstört. Die Sache

hatte doch bestimmt einen Haken! Galvin machte keineswegs den Eindruck des typischen, zerknirschten weißen Liberalen, und Ted Amara schon gar nicht. »Was springt für Sie dabei heraus?«, wollte er wissen.

»Die Genugtuung, einen Verständigungsprozess zur Versöhnung in Gang zu setzen«, antwortete Galvin.

»Na schön. Versöhnung ist ein guter Gedanke – dazu gebe ich mein Amen! –, aber dafür braucht man keine Fünfundzwanzig-Millionen-Dollar-Idee.«

»Ich verfolge damit allerdings auch ein eigennütziges Ziel. Ich möchte die Auflagenhöhe der *Sun* steigern. Und für mich liegt klar auf der Hand, dass das nur möglich ist, wenn ich mich den Bürgern der Stadt gegenüber großzügig verhalte. Tatsache ist, dass wir keine gesunde Zeitung haben werden, solange in der Stadt der Hass regiert. Ein gutes Geschäft: Je besser es dem schwarzen Anteil der Bevölkerung Washingtons geht, desto mehr Zeitungen kann ich verkaufen.« Das ließ sich kaum widerlegen – nicht einmal von unserem mürrischen Bürgermeister, der nur zu gerne Rassenhetze betrieb. Er schüttelte Galvin die Hand, wenngleich er nach wie vor skeptisch dreinblickte, als wolle er sagen: »Ich kapier's nicht. Wo ist der Haken?« Als der Bürgermeister und seine Truppe zum Aufzug gingen, sah ich, wie Ted Amara neben den Bürgermeister glitt, ihn den Gang hinunterbegleitete und ein paar Worte mit ihm wechselte. Als sie das Gespräch beendeten, nickten sie beide heftig mit dem Kopf.

Howard Bacon wusste bereits vor dem Besuch, kaum dass der Bürgermeister das Gebäude betreten hatte. In einem Zeitungsverlag lässt sich nichts geheim halten. Wenn ein ganzes Unternehmen hingebungsvoll Schmutz zusammenkehrt und Grind abkratzt, wird etwas von der frei werdenden kreativen Energie zwangsläufig nach innen geleitet. Bacon wusste auch, dass ich an dem Mittagessen für den Bürgermeister teilgenommen hatte, und war darüber erbost. Für ihn war das ein Verrat an der Nachrichtenredaktion. Als Buße sollte ich ihm nun alles brühwarm erzählen.

»Was heckt Galvin mit dem Bürgermeister aus?«, wollte er wissen, knapp fünfzehn Minuten, nachdem Marquand wieder draußen war. Bacons Verhalten hatte in diesen Tagen etwas Fiebriges. Auf seinem sonst so blassen Gesicht zeigten sich rote Flecken, Zeichen ständiger Angst.

Ich erzählte ihm von Galvins Angebot, Stipendien in Höhe von insgesamt 16 Millionen Dollar zu vergeben, die vom Bürgermeister und der Zeitung zusammen ausgeschrieben werden sollten. Ich erzählte von der Tirade des Bürgermeisters und von dem Aufruf unseres Vorgesetzten, die Stadt und die Zeitung sollten zusammenarbeiten.

»Das darf er nicht!«, sagte Bacon. »Das ist unmoralisch. Der Bürgermeister ist verrückt und erwiesenermaßen ein Schurke. Aber selbst wenn er ein Heiliger wäre, gehört sich das nicht. Zeitungen schmusen nicht mit Behörden. Begreift er denn gar nichts?«

»Er kennt sehr wohl die Regeln«, antwortete ich, »hält sie aber für falsch.«

»Herr des Himmels!«, schrie Bacon. Gleich würde er durchdrehen. »Was soll ich tun? Dieser Mann ist nicht bei Sinnen! Ihm fehlt jedes Gespür für drohende Gefahr. Diese Woche hat mich jemand von der *New York Times* angerufen und zu Details über Galvins Wahlkampfzuschüsse ausgefragt. Galvin verteilt für die Wahlen im November tausende von Dollar an alle möglichen Leute – Senatoren, Mitglieder des Repräsentantenhauses und Lokalpolitiker, wissen Sie das eigentlich? Das darf er nicht tun! Das ist unmoralisch! Er ruiniert die Zeitung.«

»Ach, das glaube ich kaum, Howard. Die Zahlen sprechen für sich. Ich habe gehört, dass der Verkauf an den Zeitungsständen letzte Woche um weitere fünftausend Exemplare in die Höhe geschossen ist. Und der Aktienpreis liegt bei mehr als zwanzig Dollar über dem Kaufpreis. Den Leuten gefällt die Zeitung. Ich sage es ungern, aber sie hat jetzt einfach mehr Pep. Vielleicht weiß Galvin doch, was er tut.«

»Unsinn! Er ist eine Bedrohung. Ich untersage Ihnen hiermit, diese lächerlichen Stipendien in Ihrer Rubrik *Modernes Leben* als ›die gute Nachricht des Tages‹ zu nennen. Wir werden die Zeitung keinesfalls in ein Propagandaorgan für die Lieblingsthemen des Herausgebers verwandeln. Wenn er es den Leuten mitteilen will, soll er ein Eigeninserat in seine Zeitung setzen. Haben Sie mich verstanden? Das ist ein Befehl!«

Ich erzählte Galvin nichts von Bacons Wutanfall. Es hätte nur verfrüht die unvermeidliche letzte Schlacht heraufbeschworen. In den darauf folgenden Tagen verschanzte Bacon sich in seinem Büro, las *The New York Review of Books* und telefonierte mit Kollegen aus der Branche in New York. Bin ich denn auf diesen Job angewiesen?, schien er mit seiner Haltung ausdrücken zu wollen. Dabei gehörte er beileibe nicht zu der sorglosen Sorte Menschen. Wie sehr er unter Stress stand, merkte man daran, dass er zunehmend dünner wurde. Die Hose schlotterte an ihm, und seine Schuhe waren nicht mehr gewienert wie üblich – das ist immer ein schlechtes Zeichen. Er wusste, dass er der Verlierer war, aber er begriff nicht warum. Das Älterwerden machte ihm zu schaffen. Es zehrte an ihm und höhlte ihn aus.

Es war spätabends und Candace arbeitete noch. Sie wollte ein Feature über die Insolvenz japanischer Banken zu Ende schreiben. Ein typisches Candace-Projekt. Die Idee zu diesem Vorhaben war ihr vor einigen Monaten gekommen, weil die Leser die Tragweite der Finanzkrise Japans nur am Beispiel einer von Turbulenzen geschüttelten Bank erfassen konnten. Mithilfe unseres Mannes in Tokio hatte sie eine geeignete Bank gefunden, deren Bilanzen auf Grund eines Prozesses nun offen lagen. Bei der Prüfung des Geldinstituts war man auf nicht eintreibbare Anleihen in Höhe von mehr als fünf Milliarden Dollar gestoßen. Candaces Bericht warf ein erhellendes Licht auf die Scheinwelt im Herzen von Japan Incorporated. Da das Feature gegebenenfalls für einen Preis nominiert würde, wollte Candace eine tadellose Arbeit abliefern.

Auch ich saß an diesem Abend noch im Büro, um die nächste Kolumne fertig zu stellen. Diesmal ging es um einen kleinen Jungen aus Salvador mit netten, fleißigen Eltern. Sie waren mit ihm ins Krankenhaus gefahren, weil der Kleine über starke Bauchschmerzen geklagt hatte. Der Arzt tippte auf zu viele heiße Tamale und schickte das Kind wieder heim. Wie sich später herausstellte, hatte der Junge jedoch einen Blinddarmdurchbruch, der ihn fast das Leben gekostet hätte. Daraufhin wandten sich seine Eltern an einen Staranwalt aus der K Street, der das Krankenhaus auf zehn Millionen Dollar verklagte. Eine moderne Version des amerikanischen Traums. Da Candace auch so lange arbeitete, hoffte ich, dass sie mich im Auto mitnehmen würde. Aber als ich mich auf den Weg zu ihrem Zimmer machte, sah ich sie gerade in den Aufzug steigen. Ich rannte die Treppe hinunter, vielleicht erwischte ich sie ja noch. Aber als ich sie rufen wollte, eilte sie bereits über die Straße und umarmte Galvin, der im Dunkeln auf sie gewartet hatte. Sie gingen offensichtlich zusammen nach Hause. Er hatte den Arm um sie gelegt, ihr Kopf ruhte an seiner Brust. Sie rechneten wohl kaum mit einem Beobachter. Ich sah ihnen nach, während sich ihre Stimmen im Verkehrslärm verloren.

»Ich möchte Ihnen etwas zeigen«, scholl mir Galvins muntere Stimme wenige Tage später durchs Telefon entgegen. »Wir treffen uns in fünf Minuten im Erdgeschoss.« Es war mitten am Vormittag. Die Zeit, in der ich mich gewöhnlich mit meinen Redakteuren für Sonderberichterstattung zusammensetzte, um die Aufgaben des Tages festzulegen und zu klären, wer heute die Lobhudeleien und wer die Strafpredigten übernahm. Aber meine Leute kamen auch ohne mich hervorragend zurecht.

Der Verleger erwartete mich im Atrium, wo er sich gerade die Zeit mit einer Gruppe Schulkinder vertrieb, die aus Gaithersburg gekommen waren und sich *The Anti-News* ansehen wollten. Sie belagerten ihn, um ein Autogramm zu ergattern – dank der Fernsehshow war Galvin auf regionaler Ebene zum Star avanciert –, und er kritzelte hastig seinen Namen in Notizbücher, auf T-Shirts und Baseballkappen. Kaum hatte ich die Eingangshalle betreten, wusste ich, dass er sich an diesem Morgen eindeutig in einem Höhenflug befand.

»Ich schlage vor, wir machen einen Spaziergang«, sagte er zur Begrüßung und hatte mich auch schon am Arm gepackt. Raschen Schrittes steuerten wir auf den Dupont Circle zu. Im gnadenlos optimistischen Ton eines Werbespots legte er mir seine neuesten Vorhaben dar. Auf Grund des großen Anklangs, den das Bingospiel in der *Sun* fand, hatte er Kontakt zu einer großen Telefongesellschaft aufgenommen in der Absicht, eine landesweite Internetlotterie ins Leben zu rufen. Des Weiteren hatte er mit Paramount über die Produktion einer Show mit dem Titel *Was ist Ihnen wirklich wichtig?* gesprochen, in der die Kandidaten erzählen sollten, was sie *wirklich* kümmert, im Unterschied zu dem, was sie kümmern *sollte.* Dem Konzept lagen zwei andere Fernsehshows zu Grunde. Außerdem wollte Galvin mit Unterstützung einiger Geldgeber eine an die *Anti-News* gekoppelte überregionale Ausgabe der *Sun* herausbringen. Eine Flut von Vorhaben, die er wie Maschinengewehrsalven abfeuerte! Seine Augen funkelten dabei wie die eines Halbwüchsigen, der zu lange Videospiele gespielt hatte und jetzt mit dem Joystick auf alles zielte, was sich bewegte.

Wir hatten mittlerweile den Dupont Circle hinter uns gelassen und näherten uns der Florida Avenue. Als wir das Wohngebiet der hispanischstämmigen und afroamerikanischen Bevölkerung betraten, das an den nördlichen Innenstadtgürtel grenzte, wechselte die Hautfarbe der Stadt allmählich von Weiß zu Schokoladenbraun, während Galvin weiterhin Pläne, Vorhaben und Projekte herunterrasselte. »Ist was mit Ihnen?«, erkundigte ich mich rasch, als er einmal Luft holte.

»Warum? Nein, gar nichts. Was soll denn mit mir sein?«

»Sie wirken nur etwas angespannt, und ich frage mich, ob Sie sich vielleicht über etwas Sorgen machen.«

»Nicht im Mindesten. Mein einziges Problem ist, dass ich zu viele Ideen habe. Wie Churchill, der, als jemand zu ihm sagte, wenn er noch mehr tränke,würde der Schnaps das Zimmer überschwemmen, sinngemäß zur Antwort gab: ›Es gibt so viel zu tun, doch leider fehlt die Zeit, es zu tun.‹«

Wir überquerten die 14th Street, seit Jahrzehnten die Schnittstelle zu den Wohngebieten der schwarzen Bevölkerung Washingtons. Das Lincoln Theatre, in dem die schwarzen Jazzgrößen der Vierziger- und Fünfzigerjahre aufgetreten waren, lag nur ein paar Häuserblocks entfernt, wenige Schritte weiter stieß man auf Bohemian Caverns, einen Jazzclub, den immer noch der Geist John Coltranes und Miles Davis' erfüllte. Und in nächster Nähe befand sich die erste Kneipe der Stadt, die die ganze Nacht über geöffnet hatte – ein winziges Loch in der Mauer namens Ben's Chili Bowl.

»Wohin gehen wir?«, fragte ich. Offen gestanden zweifelte ich, ob Galvin wirklich wusste, auf welchem Pflaster er sich augenblicklich bewegte. Kaum ein Weißer wagte sich in die Viertel östlich der 14th Street. Es war leichtsinnig. Traf man hier auf einen Weißen, konnte es sich nur um einen Idioten oder einen Bullen handeln.

»Sie brauchen keine Angst zu haben«, sagte er beschwichtigend. »Big Daddy beschützt Sie.« Er selbst zeigte wirklich keine Spur von Angst. Als wir in die 7th Street einbogen – mittlerweile zogen wir die Blicke vieler Passanten auf uns –, fasste Galvin mich am Ellbogen und dirigierte mich in eine noch südlicher gelegene Straße. Vor einem Gebäudetorso an der Ecke 7th Street/T Street blieben wir stehen.

»Da wären wir!«, rief er. »Die Heimat des Rhythm and Blues in Amerika! Hier hat alles angefangen. Nicht etwa im Apollo in Harlem ging die Post ab, nein, hier im Howard Theatre!«

Ich blickte auf die Ruine. Für mich war sie immer nur ein Sinnbild für Amerikas Rassenunruhen gewesen, sonst nichts. Das Gebäude war während der Krawalle von 1968 nach dem Tod von Martin Luther King zerstört worden, und man hatte es nicht wieder aufgebaut. Das Einzige, was von seinem einstigen Glanz zeugte, war ein Vordach mit dem Namen des Theaters.

»Das Haus ist ja vollständig zerstört«, sagte ich.

»Ja, aber es wird wieder in seiner alten Pracht erstrahlen, dank der *Sun*! Wir bauen es nämlich wieder auf!«

Es war kurz nach zwölf. Eine schwarze Limousine der Stadt, vorn und hinten eskortiert von Polizisten des District of Columbia, näherte sich von der 7th Street her. Die Tür öffnete sich und heraus stieg – die Gestalt war unverkennbar – unser hochverehrter Herr Bürgermeister, gefolgt von Ted Amara. Ich sah, wie Marquand einen Briefumschlag in sein Jackett schob.

»Hallo, hallo! Wie geht es meinem über alles geliebten Zeitungsverleger?«, rief Marquand. Galvin streckte ihm die Hand entgegen, aber da drückte ihn der Bürgermeister bereits heftig an die Brust. Er war kein Freund halber Sachen. Galvin wirkte immer noch hektisch und wippte unablässig auf den Ballen, als tanze er. Er deutete auf die Ruine des Howard Theatre.

»Mr. Marquand, Sie können nicht wissen, dass dies für mich ein geheiligter Ort ist. Als Teenager habe ich eine Tagesreise auf mich genommen und bin aus Pittsburgh hierher gefahren, nur um James Brown, die Temptations und solche Leute zu hören.«

Der Bürgermeister blickte ihn skeptisch an. Trotz der ungestümen Umarmung hatte er offensichtlich Schwierigkeiten, sich Sandy Galvin als Fan der Soulmusik vorzustellen.

»Warum denn das?«, fragte er. »Da ist man doch vier Stunden unterwegs!«

»Weil das hier der Ort schlechthin war! Das Theater war so klein und die Akustik so gut, dass das ganze Haus vor lauter Energie bebte, sobald die Band zu spielen anfing. Alles wirbelte durcheinander. Ein Weißer war nicht länger ein Weißer, ein Schwarzer nicht länger ein Schwarzer.«

Galvin nahm den Bürgermeister am Arm und führte ihn zu den verkohlten Mauerresten. »Ich erzähle Ihnen jetzt etwas, Mr. Marquand. Sie wollen also wirklich wissen, wie verrückt ich war? Fast jeden Samstag habe ich den Veranstalter angefleht, mich hinter die Bühne zu lassen, um die Sänger für meine High-School-Abschlussarbeit interviewen zu können. Als ich bei den Leuten vom Theater bekannt war, durfte ich die Show hinter dem Vorhang ansehen und anschließend in die Künstlergarderoben gehen. Auf diese Weise habe ich Interviews mit den Manhattans, den Contours und Junior Walker gemacht.«

»Shotgu-un!«, erwiderte der Bürgermeister beflissen. Er war offenbar Junior-Walker-Fan! Marquand war im selben Alter wie Galvin und hatte die gleiche Musik gehört, aber er hatte weitaus praktischer gedacht. Er hatte nach seinem Abschluss auf dem College in Rutgers noch auf der New York University Jura studiert.

»Und noch etwas«, sagte Galvin verschwörerisch. »Eines Samstagabends habe ich sage und schreibe den Bassisten der Temptations interviewt! Ich glaube, er hieß Melvin.« Der Bürgermeister nickte. Der Bassist hieß tatsächlich so. »Er meinte, wie könnten das Interview auf dem Weg in sein Hotel machen, weil er dort noch mit ein paar Leuten verabredet war. So saß ich auf der ganzen Fahrt in die 14th Street neben ihm in seiner Limousine und stellte ihm dämliche Fragen, wie zum Beispiel, ob der Ursprung seiner Musik in der Gospelmusik zu finden war, und er nickte nur und antwortete mit seiner tiefen Bassstimme ›mhm‹ und ›stimmt‹, bis wir in seinem Hotel waren. Dort durfte ich mit in sein Zimmer. Da gab es tolle Frauen, in einer Ecke bekifften sich die Leute, und ich flehte ihn an, bleiben zu dürfen. Doch Melvin wollte, dass ich gehe.«

»Stimmt das wirklich?«, fragte der Bürgermeister, der allmählich dahinter kam, welch schräger Vogel Sandy Galvin war.

»Ja, Sir. Ich habe mit auf dem Berg gestanden, auf dem sich Weiße und Schwarze an den Händen gehalten und zusammen gesungen haben. Und wissen Sie was? Ich möchte dorthin zurück! O. J., Farrakhan und der Rest sind mir schnuppe. Ich bin es leid, in einer Stadt voller Hass zu wohnen. Es kotzt mich an! Deshalb möchte ich Ihnen noch einen Vorschlag machen. Wir beide, Sie und ich, ziehen hier zusammen ein ganz tolles Ding auf. Wir bauen diesen Tempel wieder auf – ein Schwarzer und ein Weißer –, damit unsere Kinder hier zusammenkommen und die Musik hören können, die wir so geliebt haben. Was halten Sie davon? Ob uns das gelingt?« »Tja«, entgegnete der Bürgermeister und sah erst Galvin, dann Ted Amara an. »Ich bin auch auf dem Berg gewesen, und das ist verdammt lang her. Aber es spricht nichts dagegen, es wenigstens zu versuchen.«

Eine Woche danach ließen sie anlässlich des geplanten Wiederaufbaus des Howard Theatre an der Kreuzung 7th Street/ T Street ein Fest steigen. Galvin stellte dafür fünfzehn Millionen Dollar zur Verfügung. Aretha Franklin schnitt das Band durch und sang *Respect*, und zehntausende fielen ein und sangen mit. Es zeigte sich, dass es im District of Columbia noch unendlich viele Rhythm-and-Blues-Fans gab. Laut Aussagen der Polizei war es eine der größten multikulturellen Zusammenkünfte in der Stadt seit Jahrzehnten. Die *Sun* brachte die Story auf der Titelseite. Galvin verglich das Fest sogar mit der Wiederkunft Christi: *Black and white together, we shall not be moved!* Bacon hatte es mittlerweile aufgegeben, diese Sache nach den üblichen Maßstäben zu messen. Die Dinge entglitten ihm immer mehr. Wir folgten jetzt alle Melvin, dem Bassisten, ins Gelobte Land.

Eine Woche später rief Galvin den Versöhnungstag aus. Er machte ihn zum Thema seines Leitartikels auf der Titelseite und organisierte eine Versammlung vor dem Hauptgebäude des Verlags. Der Bürgermeister legte sich dafür mächtig ins Zeug. Schwarze kamen in Scharen von Anacostia bis Shaw und stellten sich in ordentlichen Reihen auf. Ich konnte nur schätzen, wie viel Geld Ted Amara in den Straßen verteilt hatte, aber es hatte seine Wirkung getan. In gleicher Anzahl wie Schwarze strömten auch Weiße aus den Vororten herbei. Diesmal hatte niemand Angst.

Galvin hielt eine Rede über Liebe und Toleranz zwischen ethnischen Gruppen. Er schien die meiste Zeit Candace anzusehen, die mit strahlendem Gesicht in der ersten Reihe stand. Als er seine Rede beendet hatte, umarmte Galvin Marquand, Mitglieder der Stadtverwaltung und wen er sonst noch zu fassen bekam. Der Bürgermeister schnappte sich das Mikrofon und schrie: »Und jetzt umarmt jeder seinen Nachbarn.« Die Menge gehorchte. Schwarz und Weiß umarmten einander wahllos, jeder herzte jeden. Galvins Kameras der *Anti-News* übertrugen diesen klebrig-süßen Gottesdienst landesweit.

Das Ereignis war in aller Munde. Die Menschen mussten einfach darüber reden. Eine der renommiertesten Zeitungen der Vereinigten Staaten schwärmte von Rassenversöhnung. Schwarze und Weiße umarmten einander in den Straßen einer Stadt, in der bisher Rassenhass geherrscht hatte. War das wirklich Washington? Aber am meisten redeten die Leute von dem charismatischen Herausgeber und seiner Zeitung mit Herz. Er erweckte den Eindruck, als wohne ihm die unerklärlichste und wichtigste menschliche Gabe inne: Die Fähigkeit, die Menschen von ihren Sorgen abzulenken. Für eine Stadt, die unentwegt unter dem Elend der Selbstgerechtigkeit gelitten hatte, war es, als bräche endlich die Sonne hervor.

SIEBZEHN

Im Herbst begannen Galvin und der Präsident sich regelmäßig zu treffen. Den Anstoß dazu hatte zum gewissen Teil die Versöhnungskampagne der *Sun* gegeben, die im Präsidenten Neugier geweckt und Galvin gestärkt hatte. Aber dass sich die zwei eines Tages zusammenfinden würden, war ohnehin abzusehen gewesen. Beide hatten sich aus dem Sumpf von Ehrgeiz und Strebsamkeit hochgearbeitet, waren ungefähr im selben Alter und hatten es dank einer ähnlichen Mixtur von Charme und Intellekt zu Erfolg gebracht. Aber vor allem strahlten beide die gleiche unerklärliche Lebenskraft aus, die sich im Blick, im Händedruck, im Auftreten äußerte und ihnen Macht über andere Menschen verlieh, wenngleich nicht immer über sich selbst.

In Washington entspringt jede Beziehung einem wechselseitigen Opportunismus. So auch hier. Die erste Begegnung der beiden Männer fand im Weißen Haus statt, doch schon wenig später lud Galvin den Präsidenten zu sich nach Virginia ein, wo sie erlesenen Wein tranken, Zigarren rauchten und über ihre Probleme sprachen (oder zumindest über die Probleme des Präsidenten, denn Galvin stand es nicht an, welche zu haben). Vermutlich war beiden daran gelegen, ihre Zusammenkünfte geheim zu halten, und der Präsident verzichtete sogar auf die übliche Presseeskorte. Allerdings war Diskretion in Washington stets ein kurzes Leben beschieden.

Ich kam rein zufällig dahinter. Ich war zu Galvin nach Virginia hinausgefahren, um für eine Vorstellung im Kennedy Center an jenem Abend Theaterkarten abzuholen, die er mir angeboten hatte. Am Ende der Zufahrt standen zwei schwere Ford Crown Victoria Limousinen, die bevorzugten Fahrzeuge der treu sorgenden Ordnungshüter. Als ich die Haushälterin fragte, wer denn die Besucher seien, deutete sie ins Wohnzimmer, wo ein halbes Dutzend Beamte des Secret Service in Vorbereitung des Präsidentenbesuchs jeden einzelnen Gegenstand unter die Lupe nahmen. In der für jene Herren typisch herrischen Manier verlangten sie von mir zu wissen, wer ich sei. Erst ein Anruf bei Galvin stellte sie zufrieden.

Ich musste versprechen, Stillschweigen zu bewahren, und ich weihte auch tatsächlich nur Candace ein, die es natürlich längst wusste. Galvin hatte es ihr vor Tagen erzählt. Was hätte ich dafür gegeben, Augenzeuge des ersten Zusammentreffens dieser zwei in die Jahre gekommenen Vertreter der Nachkriegsgeneration zu sein und zu beobachten, wie sie einander mit dem gleichen wachen, prüfenden Blick abschätzten, mit dem gleichen gewinnenden Lächeln aufeinander zugingen, sich die Hände reichten und sich dabei ernst und mit ehrlichem Interesse in die Augen sahen. An wen würde die Charismatrophäe gehen? Ich tippte auf Galvin.

Es gibt Menschen, die mühelos eine Atmosphäre von Vertrautheit schaffen können, indem sie über sich selbst und ihre Träume sprechen und ihr Gegenüber ermuntern, das Gleiche zu tun. Sowohl Galvin als auch der Präsident verfügten über dieses Geschick, und was ich so mitbekam, schwang jene Vertrautheit von Anfang an in ihren Gesprächen mit. Sie redeten über ihre Lebensziele, ihre nächsten Vorhaben – weil es immer eine neue Herausforderung gibt – und flochten einen bunten Strauß von Ideen. Beide waren als Angehörige der herrschenden Elite bestätigt worden – Galvin seines Reichtums, der Präsident seines politischen Erfolges wegen. Diese Elite setzte sich aus einer Schar gequälter Musterschüler zusammen, denen dieselbe paradoxe Mischung aus Selbstbewusstsein und Unsicherheit anhaftete wie den Frühkapitalisten, die einst die Menschheit mit der protestantischen Weltsicht beglückten. Genau jene Sehnsucht nach Bestätigung – man gebe sich modern und nenne es Statusangst – ist von jeher Antriebsfeder großer historischer Umwälzungen gewesen, was immer die Historiker auch einwenden mögen.

Laut Candace beherrschten zwei Themen die Gespräche der beiden Männer: Die Probleme des Präsidenten mit dem Gesetz (selbstredend) und die beängstigende Lage der Weltwirtschaft. Galvin sah in den Problemen des Präsidenten ein Symptom der Krankheit, die Washington befallen hatte. Er empfahl ihm, in der Arena auszuharren. Die Öffentlichkeit verabscheue das Gemeckere und die plumpen Vorwürfe. In ihren Augen seien die Kritiker des Präsidenten nichts als Zwerge. Da der Präsident haargenau das hatte hören wollen, fanden die zwei viele Gemeinsamkeiten, über die sich einträchtig miteinander plaudern ließ. Von den Gesprächen über den Zustand der Weltwirtschaft erfuhr ich allerdings weniger. Offenbar erklärte Galvin dem Präsidenten lang und breit den Mechanismus, dem globale Märkte unterlagen, und den Grund für ihre gegenwärtige Anfälligkeit. Es hörte sich an wie ein Seminar. Vielleicht erteilte er dem Präsidenten auch gezielt Ratschläge, aber davon erzählte er Candace und mir nichts.

Der Präsident fragte Galvin nach seiner Meinung zu den Krisengebieten der Welt, die die Außenpolitiker in Sorge versetzten – sollte man Serbien bombardieren? Wie konnte man den Anführer der Irakis in die Knie zwingen, wie in Kuba Demokratie aufbauen? Zusammen schmiedeten sie Geheimpläne. Seit Lyndon Johnson und Phil Graham hatten Politiker solche Themen nicht mehr mit Zeitungsherausgebern diskutiert. Aber die zwei sparten nichts aus. Ich sah sie geradezu vor mir, wie sie auf Galvins beheizter Veranda saßen, edlen alten Brandy tranken, Zigarren rauchten, zu den fernen Ufern des

Potomac blickten und über neue Ziele für die Cruisemissiles diskutierten.

Die Gespräche wären allenfalls historisch relevant gewesen – Stoff für staatsmännische Memoiren –, hätte Galvin sich nicht wieder einmal über die gängigen Regeln hinweggesetzt. Nach dem ersten Zusammentreffen mit dem Präsidenten war er zu dem Schluss gelangt, dass er den Mann mochte. Und wenn er jemanden mochte, so lehrte die Erfahrung, tat er alles in seiner Macht Stehende, um demjenigen zu helfen. Ratschläge, Vorsicht walten zu lassen, schlug er in den Wind. Vorsicht roch nach Zugeständnissen und Feigheit. Beides verachtete er.

Er gab einen Leitartikel auf der Titelseite in Auftrag. Diesmal war es kein unverfänglicher platter Aufruf zu gegenseitiger Toleranz, sondern ein richtiger Kracher, links oben auf der Titelseite, dreispaltig, mit der Überschrift: LASST IHN ENDLICH IN RUHE! Galvin rief in seinem eigenhändig verfassten Leitartikel die Leser auf, die Hetzjagd auf den Präsidenten einzustellen und wieder zur Tagesordnung überzugehen. Der Artikel sprach vielen Menschen aus der Seele, wollte man den Umfragen glauben. Und den Anhängern des Präsidenten gefiel er ohnehin. Aber in dem provinziellen Washington hatte er die Wirkung einer Stinkbombe.

Galvin hatte sich mit diesem Artikel wirklich Feinde geschaffen. Der Sprecher des Repräsentantenhauses berief eine Pressekonferenz ein und prangerte Galvins Vorgehen als »unerhörte Einmischung« eines Verlagsinhabers in Regierungsangelegenheiten an. Die *New York Times* veröffentlichte einen Enthüllungsbericht über Galvins heimliche Zusammenkünfte mit dem Präsidenten. Der Artikel enthielt eine Menge Details – weiß der Himmel, wie ihre Leute all die Einzelheiten in Erfahrung gebracht hatten – und stellte die gegenseitigen Besuche der beiden Männer als konspirative Treffen dar. Auch diese Form öffentlicher Aufmerksamkeit wusste Galvin zu genießen. Jeden Morgen hatte er seinen Auftritt in den *Anti-News* und wetterte gegen die Kultur des Elends in der Hauptstadt, wie er es nannte. Er drehte sogar im Weißen Haus ein Live-Interview mit dem Präsidenten, das zur besten Sendezeit ausgestrahlt wurde. Wirklich gutes Fernsehen, so fand ich, eines *Jerry Springer* ebenbürtig. Eine Art »Super-Zack: Das 220-Pfund-Baby«. Galvin fragte den Präsidenten unter anderem auch, ob er ein glücklicher Mann sei, und bekam statt des üblichen Gefasels eine Antwort, die wirklich Hand und Fuß hatte. Nein, der Präsident war nicht glücklich, er war sich nicht einmal mehr der Bedeutung dieses Wortes sicher. Das Klagelied der Nachkriegsgeneration: Wir hatten alles und haben alles verspielt.

Galvins größtes Sorgenkind war die Nachrichtenredaktion. Mittlerweile murrten nicht nur Howard Bacon und seine emsigen Freunde, sondern im ganzen Haus herrschte die einhellige Meinung, der Verleger sei mit dem Beistand für den Präsidenten zu weit gegangen. Reporter und Redakteure wandten sich an mich, weil sie immer noch glaubten, ich könne auf den Mann einwirken. Die Situation war ihnen peinlich. Kollegen anderer Zeitungen und Zeitschriften machten ihnen Vorhaltungen – wie konnten sie für eine solche Zeitung noch weiter arbeiten? –, und so mancher langjährige Reporter überlegte ernsthaft, ob er nicht kündigen sollte.

Galvin konnte sich nur damit rechtfertigen, dass die Bürger auf seiner Seite waren. Die Auflagenzahl kletterte immer höher und war seit dem Tag der Zeitungsübernahme um annähernd achtzigtausend verkaufte Exemplare pro Tag gestiegen. Und der Aktienwert hatte sich fast verdoppelt und lag bei neunzig Dollar pro Stück – ein hübscher Nebenverdienst für Mitarbeiter, die Aktien besaßen. Es erschien mir wie Heuchelei. Die Angestellten, die an Galvins Gebaren Kritik übten, profitierten schließlich auch davon. Apropos Heuchelei: Bestimmt würde es sich auf dieser Welt schlechter leben, wenn jedermann stets nach seinen Überzeugungen handelte. Widersprüchliches Gedankengut in sich zu tragen, ohne Unbehagen zu verspüren, ist ein Zeichen von Reife und geistiger Gesundheit.

Candace tat ihr Bestes, ihre Beziehung zu Galvin vor den Kollegen in der Nachrichtenredaktion zu verbergen. Ich wusste Bescheid und ein paar andere vermutlich auch, aber die meisten hatten wahrscheinlich keine Ahnung. Ihnen war nur bekannt, dass Candace und der Herausgeber früher einmal ein Paar gewesen und heute noch miteinander befreundet waren. Aber Candace zeigte sich weiterhin mit Mark Pawel, dem rastlosen Staatssekretär, in der Öffentlichkeit. Ihre Rendezvous mit Galvin waren gut getarnt. Soweit man wusste, nächtigte sie nie bei ihm. Wenn in Frankreich ein Flugzeug abgestürzt war oder die Serben den Kosovo in Grund und Boden schossen, rief die Auslandsredaktion Candace mitten in der Nacht in ihrem Häuschen in Georgetown an, und stets war sie am Telefon. Vielleicht hatte sie die Gespräche auch nur in Galvins Haus umgeleitet. Was diese Beziehung betraf, tappte man wirklich im Dunkeln.

»Sei vorsichtig, Candace«, sagte ich eines Morgens zu ihr, nachdem ich die beiden wieder einmal zusammen das Verlagsgebäude hatte verlassen sehen.

»Ich bin immer vorsichtig«, antwortete sie.»Begreif es doch endlich, David. Mich wird nie jemand erwischen.«

Galvin schien zu altern, als der Winter einsetzte. Den meisten Menschen fiel es gewiss nicht auf, aber ich bemerkte, dass er an Gewicht verloren hatte, sein Haar zunehmend grauer wurde und sein Gesicht allmählich die Straffheit der ewigen Jugend einbüßte. Es überraschte mich, muss ich gestehen, denn eigentlich gehörte Galvin zu den Menschen, an denen die Zeit scheinbar spurlos vorübergeht. Ende November wurde er krank. Zum ersten Mal, wenn die Erinnerung mich nicht täuscht. Die Nase verstopft und gerötet, die Augen verquollen, schien er in Zeitlupentempo durchs Gebäude zu schleichen. Außerdem war er gereizt. Manche Menschen ertragen Krankheit mit Würde und Humor oder sind so vernünftig und bleiben zu Hause, bis es ihnen wieder besser geht. Nicht so Galvin! Ich schlug ihm vor, Urlaub zu machen, aber er war zu sehr in seine zahlreichen Projekte eingebunden, um auch nur einen Gedanken ans Verreisen zu verschwenden. Jetzt ging es ums Ganze. Er wollte jede Sekunde nutzen und nicht irgendwo am Strand liegen und faulenzen.

Das Interesse an unserem rührigen Verleger war mittlerweile so stark, dass mich Journalisten anriefen, die Porträts über ihn zu schreiben beabsichtigten. Offenbar hatten Kollegen aus der Nachrichtenredaktion geplaudert und mich als Galvins Freund und Faktotum genannt. Diese Journalisten meinten, ich könne sie nun mit jenen »farbenfrohen Details« versorgen, die ich früher als Redakteur bei der *Reveal* selbst den Leuten aus der Nase zu ziehen versucht hatte. Mein Aufstieg in die höheren Gefilde des Journalismus hatte mich jedoch keinesfalls selbstloser werden lassen, sodass ich die meisten Anrufe unerledigt ließ. Es war allerdings der Anruf einer Journalistin darunter, die ich aufrichtig bewunderte. Michelle Hagel war unbeirrt ihren Weg gegangen, indem sie schrieb, was sie gerade dachte, und je mehr Leute sie dabei vor den Kopf stieß, desto besser. Damit hatte sie Karriere gemacht und arbeitete jetzt als ständige Mitarbeiterin beim *New Yorker.* Ich konnte ihr das nicht einmal zum Vorwurf machen, Talent drängt eben in die Öffentlichkeit.

Also verabredete ich mich mit ihr auf einen Drink, warnte sie jedoch im gleichen Atemzug, dass ich ihr wahrscheinlich kaum würde weiterhelfen können (ein Satz, den ich zuzeiten meiner Tätigkeit für die *Reveal* oft genug von potenziellen Informanten zu hören bekommen hatte, bevor sie eine wahre Flut verwertbarer Hinweise über mich ergossen hatten).

Michelle war eine attraktive Frau, wie sich zeigte. Keine atemberaubende Schönheit wie Candace, ein bisschen fülliger und weniger elegant, aber zweifellos ansehnlich. Und sie war Jüdin. Das freute mich. Sie hätte meine Schwester sein können.

»Was verbirgt sich denn nun hinter Galvins Charme?«, wollte sie wissen. Das fragt man sich immer, wenn man einen interessanten Menschen kennen lernt, als wäre das, was man mit eigenen Augen sieht, nur Täuschung. Ich sagte ihr, dass diese Frage albern sei, und gab ein Zitat von Oscar Wilde zum Besten: »›Nur hohle Menschen urteilen nicht nach dem Schein. Das wahre Geheimnis der Welt ist das Sichtbare, nicht das Unsichtbare ...‹«

Es bereitet Freude, sich mit einem Aphorismus vor einer klugen Frau zu brüsten, aber sie schnitt mir das Wort ab und meinte, ich hätte sie missverstanden. Ihr sei aufgefallen, dass sich Galvins Tun nicht mit dem decke, was man von ihm wisse. Seine Spielchen machten keinen Sinn: Nominell war er im Rohstoffhandel tätig, aber sein Vermögen hatte sich zum großen Teil in Luft aufgelöst; er war mit dem Präsidenten befreundet, verfolgte aber weder eindeutige politische Interessen noch ein politisches Programm; er hatte eine Zeitung gekauft, aber in New York ging das Gerücht, er beabsichtige, sie wieder zu verkaufen. Der Mann war ein einziges Rätsel. Vielleicht konnte ich ihr ein wenig Klarheit verschaffen.

»Er möchte etwas, weiß aber nicht, wie er es bekommen kann«, sagte ich. »Und das ärgert ihn.«

Sie neigte sich zu mir herüber, ihre Hand ruhte auf ihrem schwarzen krausen Haar. Im Dunkel der Bar wirkte sie weicher, weniger wie meine Schwester. Was es denn sei, das Galvin wollte, drängte sie. Sie nahm mich richtig in die Mangel, und das gefiel mir.

»Er will geliebt werden«, sagte ich. Sie nickte verständnisvoll.

Es gebe eine bestimmte Frau, die er anbete, deren Namen ich aber nicht nennen dürfe. Aber das sei es nicht allein. Alle sollten ihn lieben. Das war die Wahrheit. Es wäre einfacher gewesen, etwas zu erfinden, aber ich wollte aufrichtig sein.

»Warum mögen Sie ihn so sehr?«, fragte sie. In ihren Augen war er einer, der die Leute seit Beginn seiner Karriere austrickste und betrog. Er unterschied sich in nichts von den anderen Magnaten – überlebensgroß und doch nichtswürdig. Sie begriff nicht, wie jemand wie ich ihn ernst nehmen konnte. Das schmeichelte mir natürlich, und ich stellte mir diese Frage jetzt selber. Warum empfand ich aufrichtige Sympathie für ihn? Die einzige Antwort, die mir einfiel, klang lächerlich.

»In Galvins Gesellschaft fühlt man sich wohl«, antwortete ich. »Er ist wie ein guter Offizier in der Armee. Man möchte ihm einfach folgen.« War es das? War es so einfach? Ich war mir selbst nicht sicher.

Michelle schwieg. Sie wollte mehr hören. »Es wird einem nicht langweilig mit ihm«, fügte ich hinzu. »Ich weiß nie, was er als Nächstes tut, und er scheint es selbst nicht zu wissen. Er definiert sich immer wieder neu. Das macht einen Teil seiner Anziehung aus. Man möchte wissen, was bei der Geschichte herauskommt.«

»Klingt ganz nach dem großen Gatsby«, sagte sie augenzwinkernd.

Bitte nicht, dachte ich insgeheim. Warum denken die Leute bei jedem Tycoon gleich an Gatsby? Folglich musste ja auch jede blonde Frau Marilyn Monroe sein. Michelle erwartete eine Antwort. Ich hatte das Buch vor Jahren gelesen und versuchte mich zu erinnern, was es mit Fitzgeralds Protagonisten auf sich hatte.

»Nein, so ist es nicht«, antwortete ich schließlich. »Gatsby wollte eher Ansehen als Liebe. Er wollte Daisy in Besitz nehmen wie ein großes Haus in East Egg. Galvin ist so etwas ziemlich einerlei. Das lässt sich nicht miteinander vergleichen.«

Hagel fragte, ob sie sich noch einmal melden dürfe, sollte sie etwas wirklich Unangenehmes aufdecken. Die Gerüchteküche brodelte. Würde ich ihr bei der Aufklärung behilflich sein? Ich überlegte, was wohl passieren würde, wenn wirklich Verheerendes über Galvin ans Tageslicht käme. Versagen war ihm fremd. Er wusste gar nicht, wie er damit umgehen sollte. Ja, antwortete ich, natürlich wäre ich zu einem Gespräch bereit. Ich wollte mehr über die Gerüchte in Erfahrung bringen, denn schließlich hatte ich in Galvin genauso viel investiert wie ein Banker. Aber sie rief nicht wieder an. Der *New Yorker* hatte den Artikel wohl abgeblasen. Oder Ted Amara hatte jemandem einen Besuch abgestattet. Das war nicht auszuschließen. Ich erinnere mich nur noch, dass mich an dem Abend, nachdem Michelle Hagel die Bar verlassen hatte, ein äußerst ungutes Gefühl beschlich und ich mir wünschte, Michelle säße noch neben mir. Man kann fast sagen, sie ging mir ab.

Hugo Bell wollte sich mit mir auf einen Kaffee treffen. Er hatte eine brandheiße Neuigkeit für mich. Das irritierte mich. Hugo kam mir vor wie der personifizierte Brief, den man am liebsten eine Weile ungeöffnet auf dem Tisch liegen lassen wollte, bis er etwas von seiner Brisanz verloren hatte. Aber Bell war nützlich. In ihm steckte stets eine wertvolle Information.

Wir trafen uns in einem kleinen Lokal an der M Street, einer der wenigen altmodischen Kneipen in Georgetown mit Plastikstühlen und Tischen im Freien. Die anderen Gebäude in der Straße wirkten wie eine Filmkulisse: Die alten Ziegelfassaden, die noch vor einem Jahrzehnt die Patina in Würde heruntergekommener Gebäude trugen, bildeten jetzt die Frontseiten von Megastores, in denen Bücher, Basketballschuhe und Designermode verkauft wurden. Aus einer gewöhnlichen Straße war ein Mekka des Konsums geworden. Hugo wirkte wohlhabender, als ich ihn in Erinnerung hatte – er trug einen Anzug italienischen Designs und hatte einen Aktenkoffer aus glänzendem Chrom bei sich. Seit Herbst übte er noch einen Nebenjob aus: Im Auftrag kandidierender Politiker führte er Recherchen in Oppositionskreisen durch. Es sei kaum zu glauben, wie viel Schmutz sich über die unterschiedlichsten Leute in den Akten finde, sagte er. Und Informationen seien farbenblind, Schmutz bleibe Schmutz, egal, ob er an einem Schwarzen oder an einem Weißen hafte.

Welche heißen Neuigkeiten er denn für mich habe, wollte ich von Hugo wissen.

»Jetzt ist es amtlich«, sagte er genüsslich. »Ihr Boss hat Geldprobleme.«

»Aber das ist doch ein alter Hut. Außerdem bin ich mir nicht einmal sicher, ob das stimmt.«

»Und ob! Ihr Freund Mr. Galvin ist gerade dabei, Vermögenswerte flüssig zu machen. Und zwar nicht nur seine eigenen, sondern auch die der *Sun*. Ein Notverkauf unter Wert. Im kommenden vierteljährlichen Fragebogen der Börsenaufsichtsbehörde wird er dazu Stellung beziehen müssen, es sei denn, er ist ein noch größerer Betrüger, als ich vermute.«

»Was verkauft er denn?«, fragte ich, immer noch skeptisch.
»Das Haus in Georgetown ist bereits Schnee von gestern, um es vorneweg zu sagen. Der Umzugswagen ist gekommen und auch schon wieder weggefahren. Das Haus ist leer.«

»Das weiß ich. Was noch?«

»Er verkauft Landbesitz der *Sun* im Montgomery County – ein weitläufiges Gebiet nördlich von Rockville, das die Hazens und Crosbys in den Fünfzigern noch als Ackerland erworben haben. Sein Wert liegt bei weit über dreißig Millionen Dollar. Außerdem veräußert er bewaldeten Grund sowie eine Papiermühle in Kanada. Da könnten hundert Millionen herausspringen, wenn nicht mehr. Und wie ich höre, stößt er darüber hinaus vielleicht sogar das ehemalige Grundstück der *Sun* im Nordosten der Stadt ab, vorausgesetzt er findet einen Käufer. Ich sage Ihnen, er scheint ganz hübsch in der Klemme zu sitzen.«

»Davon ist in der Zeitung noch nichts zu hören gewesen. Wer wickelt die Verkäufe ab?«

»Nicht die Leute, die die *Sun* früher damit beauftragt hatte. Jemand anders. Die Immobilienhändler sind entsetzt. Er heißt Amara.«

Da wusste ich, dass es stimmte. »Ted Amara. Er ist Galvins Anwalt.«

»Offenbar ein recht hartgesottener Bursche, dieser Amara. Er fordert versiegelte Submissionsangebote und Barzahlung bei Vertragsabschluss. Die Leute fragen sich, was dahinter steckt.«

Da ich selbst neugierig war, beschloss ich, den Häuptling zu fragen. Ich ging hinauf zu seinem Büro, warf der Sekretärin eine Kusshand zu und spazierte hinein. Er saß am Schreibtisch und blickte unverwandt mit düsterer Miene auf den Monitor mit den neuesten Aktiennotierungen. Die meisten Märkte in Asien spien in jener Woche Blut.

»Wie können kluge Leute nur so dumm sein?«, murmelte er. »Was sich auf dem Markt abspielt, macht absolut keinen Sinn. Es gleicht einem Nervenzusammenbruch. Mit den billigen Werten, die man vor zwei Monaten gekauft hat, steht man heute schlechter da, als wenn man in teurere Werte investiert hätte. Das macht doch wirklich keinen Sinn, oder?«

Eine rein rhetorische Frage. Er war außer sich. Man sah es an seinem Blick und daran, dass er nervös Klebestreifen zwischen Daumen und Zeigefinger zu Röllchen formte. Etwas auf dem Bildschirm fesselte seine Aufmerksamkeit. Es war eine Übersicht der Notierungen auf den Devisenmärkten. »Einen Moment noch, ich bin gleich fertig.« Es schien ihm geradezu peinlich zu sein, Geschäfte im Beisein eines Mitarbeiters abzuwickeln. Er griff zum Telefon und wählte eine Nummer. Vermutlich einen Devisenhändler oder Ted Amara. »Wir werden in Hongkong kaltgestellt«, sagte er in die Muschel. Es folgte eine kurze Diskussion, ob man die Papiere abstoßen solle. Nach einigem Zögern gab er die Anweisung, sie nicht zu veräußern.

»Worum ging es gerade?«

»Ich habe vor ein paar Wochen gewettet, dass der Hongkong-Dollar und die anderen Notierungen auf den asiatischen Märkten fallen würden. Wie es aussieht, war meine Prognose falsch. Die Werte sind heute wieder stark gestiegen. Aber das Blatt wird sich bestimmt wenden.«

Er sah jetzt sehr angespannt aus. »Und wenn nicht?«, fragte ich.

»Dann habe ich die Wette verloren. Aber ich habe noch andere Werte im Rennen. Italienische Anleihen. Brasilianischer Kaffee. Nigerianisches Öl. Amerikanische Aktien. Die einen steigen, die anderen fallen. Es gleicht sich aus.«

Er sagte das so sicher, als rede er gar nicht über Wetten. Aber die Anspannung in seinem Gesicht und in seiner Stimme während des Telefongesprächs sprachen eine andere Sprache.

»Stecken Sie in finanziellen Schwierigkeiten?«

Er überlegte einen Augenblick. »Nichts Gravierendes«, entgegnete er. Vor ein paar Wochen hatte er auf eine ähnliche Frage von mir spontan reagiert. Diesmal kam die Antwort zögerlich. »Ich stecke nur gerade in einem, wie es so schön heißt, ›kurzfristigen Liquiditätsproblem‹. Das passiert jedem, der sich in diesem Markt bewegt. Kein Thema. Ich finde schon eine Lösung. Warum fragen Sie? Reden die Leute etwa wieder?«

Ich nickte. »Es heißt, Sie hätten Ted Amara beauftragt, den Grundbesitz der *Sun* zu verkaufen.«

Er lächelte wie jemand, den man bei einer kleinen Flunkerei erwischt hat. »Ja, das stimmt. Ich versuche die Bilanz in Ordnung zu bringen. Die Hazens und die Crosbys haben alles Mögliche erworben, was sie gar nicht brauchen konnten. Sie haben alles zusammengewürfelt und es dann vergessen. Das ist Humbug. Wozu braucht die *Sun* Waldland und Papiermühlen?

Sollen doch andere das Papier herstellen, und wir kaufen es ihnen ab. Was nützt uns gewerblich genutzter Grundbesitz? Meinetwegen können andere unsere Grundstücke erschließen. Dagegen ist doch nichts einzuwenden, oder?« Seine Argumente klangen so vernünftig, dass man ihm kaum etwas entgegenzusetzen vermochte. Er gebärdete sich nicht wie jemand, der etwas zu verbergen hat. Man bekam auf jede Frage eine Antwort. Und trotzdem spürte ich, dass etwas nicht stimmte.

»Es steht mir nicht zu, Ihnen Ratschläge zu erteilen«, begann ich. »Aber ich tue es trotzdem. Sie müssen vorsichtiger sein. Sie haben bereits mehr Erschütterungen ausgelöst, als Ihnen überhaupt bewusst geworden ist. Sie haben einige Leute ganz schön vor den Kopf gestoßen. Sobald die Schwachstellen an Ihnen entdecken, werden sie darauf herumhacken.«

»Natürlich habe ich Schwachstellen«, entgegnete er. »Ich bin schließlich auch nur ein Mensch.«

»Aber Washington ist nicht menschlich. Es vergibt nicht. Ein Hieb und Sie sind erledigt. Sie müssen wirklich Acht geben.«

»Ich weiß, ich weiß. Aber mir gefällt es hier nun mal.« Er lächelte so munter wie F. D. Roosevelt in den schwärzesten Tagen des Jahres 1934. »Ich mache das, was ich mir schon immer gewünscht habe. Alles wird sich fügen. Jetzt werden Sie bloß nicht zum Pessimisten, David. Das passt nicht zu Ihnen.«

Ich blickte aus dem großen Fenster. Das Licht der tief stehenden Wintersonne traf in schrägem Winkel auf die Häuserfronten und malte scheinbar endlose Schatten. Es war verwirrend. Für gewöhnlich wird unsere Welt von oben beleuchtet. Wir erkennen die Dinge kaum wieder, wenn die Sonne in einem anderen Winkel einfällt und bereits zu Mittag niedrig am Himmel steht.

Candace zog sich auf ihre Art zum Winterschlaf zurück. Auf ihrem Weg in die Cafeteria schaute sie nicht mehr bei mir vorbei, und auch auf meine Neckereien reagierte sie nicht mehr so fröhlich und schlagfertig. Vielleicht hatte die Vorsicht, die sie bei ihrer Beziehung zu Galvin walten ließ, ihre ganze Persönlichkeit durchdrungen. Keine Ahnung. Doch je zurückhaltender sie sich gab, desto neugieriger wurde ich. Ich wollte begreifen, was sie und Galvin miteinander verband. Offen gestanden war und blieb mir ihre Beziehung ein Rätsel. Obwohl ich beide so gut kannte, verstand ich nicht, was sie einst zusammengeführt, getrennt und jetzt wieder vereint hatte.

Mein Wissensdurst erhielt durch Candaces langjährige Freundin Ariane Hazen unerwartet neue Nahrung. Als Vorsitzende der gemeinnützigen Stiftung, die Galvin ins Leben gerufen hatte, erfüllte sie nach wie vor eine Aufgabe im Verlag. Galvin hatte sein Versprechen gehalten, sie weiterhin in die *Sun* einzubinden, und dafür hatte sie sich mehr als einmal revanchiert und ihn über Schwierigkeiten bei den Behörden oder mit Inserenten informiert. Die eine oder andere seiner Neuerungen fand sogar ihre Anerkennung, insbesondere der Geldsegen, der dank der Versöhnungskampagne auf die Stadt niedergeregnet war.

Eines Nachmittags traf ich sie zufällig vor dem Geldautomaten gegenüber des Verlagsgebäudes. Sie schien den peinlichen Besuch vergessen zu haben, den ich ihr im Sommer abgestattet hatte, zu der Zeit, als Galvin sich langsam an die *Sun* heranpirschte. Nun waren wir Kollegen. Ich fragte sie, ob sie hin und wieder unsere gemeinsame Freundin Candace Ridgway sehe. Sie sagte, nein, leider nicht, Candace verbringe ja jede freie Minute mit dem Verleger. Ich zwinkerte ihr in schweigendem Einverständnis zu. Wir gehörten also beide zu den wenigen, die wussten, was gespielt wurde.

»Ich verstehe diese Beziehung nicht«, wagte ich zu sagen. »Ich begreife weder, warum sie wieder zusammen sind, noch weshalb sie sich damals im College getrennt haben.«

Ariane meinte, ich müsse sie schon zu einem Kaffee einladen, wenn ich darauf eine Antwort hören wolle. Hier auf der

Straße würde ich keinen Ton aus ihr herausbringen. Ich führte sie also in eine brasilianische Coffeebar unweit des Büros, in der sich immer außerordentlich gut aussehende Männer und Frauen aufhielten, die jemanden aufreißen wollten. Man war so klug und wies uns einen Tisch im hinteren Bereich zu, wo die Brasilianer uns nicht ständig vor Augen haben mussten. Ariane bestellte eine Piña Colada, was mich auf der Stelle für sie einnahm.

»Candace hat ihm das Herz gebrochen«, vertraute sie mir nach ein paar Schlucken an. »Er wollte sie nach dem Tod ihres Vaters heiraten, aber sie hat ihm einen Korb gegeben. Damit war es aus.«

»Woher wissen Sie das?«, fragte ich.

Hundertprozentig sicher sei sie sich nicht, meinte sie, es sei eher eine Vermutung. Aber da Candace und sie damals hier in Washington viel Zeit miteinander verbracht hatten, erinnere sie sich noch gut an Candaces Zustand, kurz bevor die Beziehung zwischen Galvin und ihr zerbrach.

Die beiden Schulfreundinnen hatten sich im Spätsommer 1971 auf einer Party wiedergetroffen, unmittelbar bevor Candace ihr zweites Studienjahr begann. Sie sah schlecht aus, fand Ariane. Dünn, müde und ungeheuer traurig. Candace erzählte ihr von einem Mann, mit dem sie sich in Harvard regelmäßig traf und der regelrecht verrückt nach ihr war. Aber sie hatte nie seinen Namen erwähnt. Erst vor kurzem war Ariane klar geworden, dass es sich um Galvin gehandelt haben musste. Die labile Verfassung ihrer Freundin hatte Ariane in Erstaunen versetzt. Candace war stets das Glamourgirl der Schule gewesen. Sie war es, die mühelos Auszeichnungen einheimste und den Siebenmeter für ihr Hockeyteam ins Tor brachte, weil sie Nerven wie Drahtseile hatte. Ariane hatte Candace seit ihrem Eintritt ins College nicht mehr gesehen, und offensichtlich hatte ihr das erste Studienjahr viel abverlangt. Sie wirkte wie die älteste Neunzehnjährige der Welt. Das hatte zum Teil mit ihrem namenlosen Freund zu tun. Aber eben nur zum Teil.

Candace erzählte Ariane von ihrem Vater, der in jenem Sommer erneut ins Krankenhaus hatte eingeliefert werden müssen. Es klang alles recht mysteriös, aber Ariane begriff, dass es sich nicht um ein gewöhnliches Krankenhaus handelte, in dem einem die Ärzte den Blinddarm herausnehmen oder eine Schraube in den gebrochenen Knochen setzen, sondern um eine psychiatrische Klinik. Überdies kursierten noch andere Gerüchte über Mr. Ridgway. Es hieß, er hätte eine Affäre mit einer geschiedenen Frau und würde übermäßig trinken. Seiner Frau war das alles sehr peinlich, und sie tat so, als sei an diesen Geschichten nichts dran, und tischte den Freunden der Familie Lügenmärchen auf. Nur Candace ahnte offenbar, dass ihren Vater etwas, wofür ihm selbst gegenüber seiner Tochter die Worte fehlten, tief bedrückte.

Ariane spürte, dass die Freundin diese Situation nur bewältigte, indem sie ihr Leben gleichsam in Schubladen unterteilte. Hatten sich in einem Fach zu viele Probleme angehäuft, so schloss sie es ab und rührte nicht mehr daran. Sie besaß die Gabe, ihren Mitmenschen vorzugaukeln, alles sei in bester Ordnung. Nur bei ihrem Freund – wer immer es sein mochte – gelang ihr das nicht. Seine Liebe überschwemmte sie, saugte sie auf und schnürte ihr dabei fast die Luft ab, sodass sie kaum noch atmen konnte.

Und das machte Candace Angst. Ariane merkte es ihr an. Die Freundin sah aus wie eine gepresste Blume. Bildschön, vollendet, aber blutleer und leblos. Statt sich mit diesem todesähnlichen Zustand abzufinden, verstärkte sich in jenem September ihr Verlangen aufzubegehren. Wochen später machte sie Ernst und griff zu dem einzigen Machtmittel, das ihr geblieben war: Sie sagte Nein. Lehnte den Heiratsantrag ihres Freundes ab und brach ihm damit das Herz. Das glaubte zumindest Ariane.

Noch am selben Abend, wenige Stunden nach meinem Gespräch mit Ariane, rief ich Candace an. Vermutlich hatte ich Angst um sie. Als Mann war Galvin immer noch ein Taifun, der einen hinwegfegen und ersticken konnte. Und er war jetzt noch gefährlicher. Er war kein charismatischer Student mehr, sondern jemand, der sich aus einer Zeitung, einem Präsidenten und einer Stadt eine Pyramide aufgebaut hatte. Aber das Fundament war nicht fest verankert, und sollte Candace sich in dem Augenblick an seiner Seite befinden, da alles in sich zusammenfiel, würde sie sich verletzen. So dachte ich wenigstens.

Sie war am Telefon. Ich wusste nicht, ob es in ihrem oder Galvins Haus klingelte, aber es spielte auch keine Rolle. »Ich mache mir Sorgen um dich«, sagte ich.

»Wie lieb von dir. Und warum machst du dir Sorgen um mich?« Ich erzählte ihr von dem Gespräch mit ihrer langjährigen Freundin Ariane und dass ich nun nachempfinden konnte, wie schmerzlich das Ende der Beziehung zwischen Galvin und ihr gewesen sein musste. »Ich bin dein Freund und möchte verhindern, dass es noch einmal so weit kommt. Galvin hat derzeit ein so hohes Tempo drauf, dass ich fürchte, er katapultiert sich eines Tages aus der Bahn. Ich möchte nicht, dass du dabei zu Schaden kommst.«

Sie antwortete nicht. Vielleicht weil Galvin neben ihr lag und zuhörte. Aber wahrscheinlich war das nicht der Grund. Ich glaube eher, sie überlegte, was sie antworten sollte.

»Mir wird schon nichts passieren«, erwiderte sie sachlich. »Es ist halt nur ein bisschen kompliziert.«

»Hat er irgendwelche Probleme? Er wirkt krank und scheint ziemlich unter Stress zu stehen.«

»Ich weiß es nicht. Es gibt vieles, was er mir nicht erzählt. Vielleicht hat er Geldsorgen, aber ich bin mir nicht sicher. Sandy behält eine Menge für sich.«

»Sei vorsichtig. Die Zeitung könnte Schaden nehmen.«

Ein solcher Satz aus meinem Mund kam mir selbst merkwürdig vor. Bisher war mir die *Sun* gleichgültig gewesen. Aber so ist das mit Zeitungen. Sie sind wie Haustiere, die einen schon lange begleiten. Man entwickelt eine gewisse Zuneigung für sie, obgleich sie ihre Eigenheiten haben, bellen und einen von morgens bis abends nerven.

»Ich werde der Zeitung niemals Schaden zufügen.« In ihrer Stimme schwang eher etwas wie Resignation und Pflichtgefühl mit als Leidenschaft. »Ich bin auch noch etwas anderes als die Freundin des Verlegers«, fügte sie hinzu. »Ich weiß, wo die Grenzen sind.«

Es war spät. Elf Uhr. Beginn der einstündigen Nachrichtensendung. Vor vielen Jahren hatte der lokale Fernsehsender, der auch Wiederholungssendungen ausstrahlte, Mitleid mit seinen informationsgesättigten Zuschauern gezeigt und zu dieser Stunde alte *Baywatch*-Folgen mit David Hasselhoff und Pamela Anderson in Badekleidung serviert. Aber jetzt gab es kein Entrinnen, es sei denn, man schaltete das Gerät ab. Doch selbst das war keine Lösung, denn die Morgenzeitung lag mahnend neben meinem Bett. Ich konnte nicht einschlafen. Mein Gespräch mit Candace hatte mich traurig gestimmt.

Ich nahm die *Sun* zur Hand und blätterte die Seiten mit den Lokalnachrichten durch. Seitdem ich Mitarbeiter dieser Zeitung war, las ich sie nicht mehr gründlich durch. Das war das Schlimmste, wenn man einen Job in einer Zeitung hatte: Das Leben erschien einem eher uninteressant. Es bestand nur noch aus einzelnen Episoden ohne Menschen aus Fleisch und Blut.

Ich war bei der Seite mit den Nachrufen angekommen, die ich für gewöhnlich überblätterte. Aber diesmal fiel mein Blick auf die Rubrik »In Memoriam« mit den Fotos von Menschen, die zum Teil schon vor langer Zeit gestorben waren, und kurzen, zu Herzen gehenden Begleittexten. Eine Witwe und ihre vier Töchter äußerten ihren Schmerz um einen Mann, der bereits vierunddreißig Jahre tot war. »Wir tragen die Erinnerung an dich stets mit uns. Die Wunde, die dein Tod in unsere Herzen gerissen hat, schmerzt bis in alle Ewigkeit.« Oder das Foto eines jungen Mannes in Schuluniform, der vor acht Jahren im Alter von einunddreißig Jahren gestorben war. Seine Familie hatte ein Gebet verfasst: »Wir können dir keinen Brief schreiben, noch deinen Körper berühren. O Herr, bitte trage unsere Worte zu dem, dem all unsere Liebe gilt.«

Was für merkwürdige Menschen es doch gab. Sie glaubten allen Ernstes, Gott würde Zeitung lesen.

Ich blätterte weiter und stieß auf die Kontaktanzeigen, die ich hin und wieder wegen der blumigen Sprache las, in der Leute sich selbst beschrieben. »Zärtlich, sinnlich, reiselustig, fit.« Das Wort »einsam« kam nie vor. Plötzlich fiel mein Blick auf eine Spalte, die mir bisher noch nie aufgefallen war. »Wo bist du?« Knappe Hinweise von Menschen, denen eine andere Person aufgefallen war. Erst im Nachhinein erkannten sie, vielleicht genau jenen Menschen getroffen zu haben, welcher … »Starbucks, Dupont Circle, 28.10. Du: brünett, roter Mantel. Ich: sandfarbenes Haar, Lederjacke. Du hast gelächelt.« »National Gallery, 30.10., 13 Uhr neben dem Rembrandt-Gemälde. Du hast ›hallo‹ gesagt. Ich war zu schüchtern.« »St. Mark's Church, 25.10. Du hast neben mir gesessen. Bist du Single?«

Derart traurige Zeilen hatte ich bisher noch nie gelesen. Mit knappen Worten verlieh jeder Inserent seinem Schmerz Ausdruck, dass er die große Liebe seines Lebens, die greifbar nahe gewesen war, nicht festgehalten hatte. Ich versuchte mir die Gründe für die Sprachlosigkeit vorzustellen, die den Betroffenen in jenem Augenblick erfasst hatte und die sich hinter diesen flehentlichen Appellen verbarg. War es die Verlegenheit gewesen, die im Gesicht des andern zu lesen gewesen war, war es ein nicht zu Ende gesprochener Satz oder vielleicht das klopfende Herz? Die Angst, den anderen anzusprechen? *Wahr-*

scheinlich denkt er sich, was quatscht die bloß für dummes Zeug: Sie hält mich bestimmt für zu direkt… Und kaum war der Augenblick vorbei und die Person fort, setzte auch schon das Bedauern ein, und der Augenblick wurde zurückgesehnt. Deshalb inserierten die Betroffenen. Sie hofften, sie könnten das Rad zurückdrehen und von vorn beginnen.

Wäre ich ein richtiges menschliches Geschöpf gewesen, hätte ich in jener Nacht beschlossen, etwas gegen meine Einsamkeit und Isolation zu unternehmen. Aber da ich Journalist war, kam ich nur auf den Gedanken, einen Artikel daraus zu machen. In der Besprechung am nächsten Vormittag erzählte ich meinen Kollegen aus dem Ressort *Modernes Leben* von meiner Absicht, ein Feature über Menschen zu schreiben, die auf der Suche nach Liebe sind. Wir würden dazu auf die Rubrik »Wo bist du?« zurückgreifen und uns bemühen, die Gesuchten zu finden, beispielsweise die Brünette im Starbucks, die gelächelt hatte, oder den Mann in St. Mark's Church, und sie mit den Urhebern der Anzeigen zusammenzuführen. Liebe war das letzte unbekannte Terrain in unserem zersplitterten, verstörenden Land, erklärte ich meinen Mitarbeitern. Wie findet man sie? Wie gelingt es manchen Menschen, Kummer zu entrinnen? Ist es Glück oder ein reiner Willensakt?

Alle waren von der Idee angetan. Aber ihrem Blick nach zu urteilen, fragten sie sich, ob bei mir vielleicht eine Schraube locker war.

ACHTZEHN

Howard Bacons letzte Schlacht mit Galvin entzündete sich an einer absoluten Belanglosigkeit und traf jeden wie ein Blitz aus heiterem Himmel, insbesondere Bacon. Einen Tag davor hatte ich ihn noch in der Themenkonferenz gesehen, auf der er sich nicht anders als sonst gebärdete: Erst hüllte er sich in ein lang anhaltendes Schweigen, ehe er mit kleinlichen Fragen diesen und jenen Bericht zerpflückte. Ich bin mir nicht sicher, ob er dabei bereits den Artikel im Visier hatte, der ihm schließlich das Genick brechen sollte. Als der Lokalredakteur bei der Fünfzehnuhrsitzung jenen Artikel erläuterte, fragte Bacon nur, ob er von den Hausjuristen abgesegnet worden sei.

In dem Beitrag ging es um den Pfarrer des New Cavalry Full-Gospel Temple, einer Kirche im Nordosten der Stadt, deren Gottesdienste der Bürgermeister hin und wieder besuchte. Bürgermeister Marquand hatte dem Pfarrer dieser Gemeinde, Elwood R. Carnes, angeblich Aufträge der Stadt zugeschanzt, in denen es um die Umsetzung von Drogenbekämpfungsprogrammen und Wohnprojekte für ältere Mitbürger ging. Als Gegenleistung, so hieß es, zeige sich Pastor Carnes als treuer Gefolgsmann in Marquands politischem Räderwerk, veranlasse tausende von Wählern zum Urnengang und stehe ihm bei seinen Kampagnen brüderlich zur Seite. Es war einer dieser ganz banalen Fälle lokaler Korruption, wie die *Sun* sie alle paar Monate aufgriff und die stets nichts als einen wütenden Aufschrei aus den Reihen schwarzer Leser zur Folge hatten und den Bürgermeister in seiner Vermutung bestätigten, die Zeitung betreibe Hetze gegen ihn. Der Artikel war in keinster Weise diffamierend. Einer unserer Juristen hatte ihn vor der Veröffentlichung genau unter die Lupe genommen. Aber unterschwellig barg er einen höhnischen Ton gegenüber der schwarzen Bevölkerung Washingtons und deren politische und religiöse Einrichtungen. Ein Ton, der schon seit Jahren mitschwang, ob es der *Sun* gefiel oder nicht.

Galvin erschien am nächsten Morgen wie üblich um sieben Uhr dreißig in seinem Büro, um die Zeitung zu lesen und Anrufe entgegenzunehmen. Er hatte eigens eine Telefonnummer eingerichtet, unter der ihn die Leser zwischen acht und neun anrufen und ihre Meinung zu der Zeitung mit Herz äußern konnten. An jenem Tag klingelte das Telefon schon seit dem Morgengrauen. Der erste Anrufer war Pfarrer Carnes persönlich. Er sei in Tränen aufgelöst gewesen, berichtete Galvin mir später. Warum die *Sun* gerade ihn zur Zielscheibe erkoren habe, sei ihm ein Rätsel. Schließlich gäbe es in der Stadt dutzende anderer Pfarrer, die gleichermaßen auf der Gehaltsliste des Bürgermeisters stünden.

Kurz darauf rief der Bürgermeister an.

»Jetzt rühren wir also wieder in der üblichen rassistischen Scheiße. Allerdings mit dem Unterschied, dass Sie Ihre Hunde jetzt nicht nur auf mich hetzen, sondern sogar auf meinen Pfarrer! Versöhnungskampagne – dass ich nicht lache!«, schrie er aufgebracht. Er hatte in der schwarzen Gemeinde für Galvin den Kopf hingehalten und war jetzt der Angeschmierte.

»Ich hatte keine Ahnung von der Carnes-Story. Glauben Sie mir, ich bin genauso wütend wie Sie.«

»Ersparen Sie mir Ihr dummes Geschwätz!«, fuhr ihm der Bürgermeister über den Mund. »Wollen Sie wissen, woher ich es weiß? Meine Frau Edna hat mich um halb acht vom Fitnessstudio aus angerufen! Das muss man sich mal vorstellen!«

»Ich verspreche Ihnen, es rollen Köpfe, sobald ich herausgefunden habe, wie es dazu gekommen ist!«

»Dummes Geschwätz!«, wiederholte der Bürgermeister. »Ich glaube Ihnen kein Wort! Sie sind schließlich der Boss. In Ihrer Zeitung läuft nichts ohne Ihren Segen. Erzählen Sie mir keine Märchen. Aber zumindest weiß ich jetzt, wie ich mit Ihnen dran bin und wie ich mit Ihrer rassistischen Zeitung umgehen muss. So wie seit Jahren eben. Und das Gleiche gilt für unsere Gemeinde.«

»Es tut mir wirklich außerordentlich Leid«, antwortete Galvin. Und als er mir hinterher davon erzählte, konnte ich ihm das sogar abnehmen. Der ganze rassistische Müll, den er wegzuräumen versucht hatte, war jetzt wieder vor seiner Tür gelandet, und alle, einschließlich ihm, stolperten darüber.

Bacon kam erst Viertel vor zehn, was die Situation erheblich verschärfte, weil Galvin bis dahin noch mehr wütende Anrufe annehmen musste und selbst immer zorniger wurde. Zudem gab es ihm Zeit, mich in sein Büro zu zitieren. Er brauchte einen Beobachter, einen Zeugen der Hinrichtung. Als Bacon das Gebäude betrat, wies ihn der Portier in der Eingangshalle an, sich unverzüglich in das Büro des Herausgebers zu begeben.

»Wie konnte das passieren?«, schleuderte Galvin seinem Chefredakteur wutentbrannt entgegen und deutete auf die Carnes-Story. Bacon erstarrte. Er hatte nicht damit gerechnet, eine Kampfzone zu betreten.

»Der Artikel ist ein einziges Stück Dreck!«, tobte Galvin. »Und er ist ein anschauliches Beispiel dafür, was ich am Journalismus hasse. Ein billiger Coup, der unnötig Ärger in der Gemeinde schürt und obendrein durch und durch rassistisch ist. Mit keinem Wort wird hier erwähnt, wie viel der Pfarrer für seine Gemeinde geleistet hat. Wie kann so ein Artikel überhaupt in unserer Zeitung erscheinen, verdammt noch mal?«

»Die Juristen haben ihn geprüft«, rechtfertigte Bacon sich. »Sie haben nichts daran auszusetzen gehabt. Und ich auch nicht.«

»Wenn dem so ist, sind Sie ein noch erbärmlicherer Redakteur, als ich ohnehin vermutet hatte! Warum haben Sie mich nicht vorher über den Artikel in Kenntnis gesetzt? Ich bin der Herausgeber dieser Zeitung. Ich habe mit dem Bürgermeister zusammengearbeitet, um der Stadt zu helfen. Der Artikel betrifft zweifellos auch mich. Ist Ihnen nicht in den Sinn gekommen, mich vorher zu warnen?«

»Mr. Hazen wollte nie etwas vorher lesen. Er hielt es für unangemessen.«

Der Hinweis auf den ehemaligen Herausgeber brachte das Fass zum Überlaufen. Für gewöhnlich war Galvin sehr darauf bedacht, seinen Zorn nicht zu zeigen, aber jetzt war es um seine Selbstbeherrschung geschehen. »Feigling!«, zischte er, griff sich blind vor Wut einen Briefbeschwerer vom Schreibtisch und schmetterte ihn gegen die Wand. Das Geschoss flog dicht an Bacons Kopf vorbei.

»Gott, wie jämmerlich Sie doch sind!« Angewidert schüttelte der Herausgeber den Kopf. »Ich verlange in der morgigen Ausgabe eine Richtigstellung. Das ist das Mindeste, was wir tun können, um den Schaden wieder gutzumachen. Ich möchte, dass die Richtigstellung auf der Titelseite erscheint. Genau dort, wo der heutige Artikel steht.«

Galvin war ein stattlicher Mann, der, wenn er wie jetzt vor Wut raste, ungeheuer Furcht einflößend wirkte. Aber Bacon ließ sich nicht einschüchtern. »Es gibt nichts zu berichtigen«, antwortete er. »In dem Artikel ist kein einziger Fehler.«

»Der ganze Artikel ist ein Fehler! Er ist ein Angriff auf die religiöse Gesinnung des Bürgermeisters dieser Stadt und der Mehrheit seiner Bürger. Himmel noch mal! Sie begreifen es wohl wirklich nicht, was? Darum sind den Amerikanern die Journalisten so verhasst! Ihr glaubt, es sei ganz in Ordnung, anderen Menschen an den Karren zu fahren. Und wenn sie sich darüber aufregen, klopfen Sie ihnen auf die Finger und sagen, das sei ungehörig. Was ist los mit euch? Macht es euch Spaß, Leute ohne jeden Grund zu verprellen? Ist es das?«

»Ich stehe zu dem Artikel!«, bekräftigte Bacon, jetzt vor Entrüstung zitternd. »Nur weil sich diese Zeitung dank des dürftigen Urteilsvermögens ihres Herausgebers beim Bürgermeister anbiedert, kann das doch nicht heißen, dass wir nicht mehr über die Fälle von Korruption in unserer Stadt berichten oder uns entschuldigen müssen, wenn etwas unserem Empfinden nach nicht korrekt ist. Ihr Freund, der Bürgermeister, verschwendet das Geld der Steuerzahler, um seine Busenfreunde hochzupäppeln. Steuerzahler sind auch Leser. Zählt deren Meinung etwa nichts?«

»Veröffentlichen Sie die Richtigstellung«, befahl Galvin.

»Ich weigere mich. Es widerspricht jedem journalistischen Ethos, einen Artikel zu berichtigen, nur weil er dem Herausgeber unangenehm ist.«

»Sie Wichser! Reden Sie nicht so mit mir! Genau darum hasst Amerika die Journalisten. Weil sie so arrogant sind. Deshalb hasst Amerika sie! Sie wissen sich nicht zu entschuldigen, wenn sie einen Fehler begangen haben. Ich fordere Sie zum letzten Mal auf: Schreiben Sie für die morgige Ausgabe eine Richtigstellung!«

»Ich weigere mich«, wiederholte Bacon leise, aber bestimmt.

»Hiermit sind Sie gefeuert!« Galvin stand auf, trat neben Bacons Sessel und beugte sich über seinen Chefredakteur. Er wirkte riesig im Verhältnis zu dem rosa gesichtigen Mann, den er nun am Arm packte und hochzog. »Bis zwölf Uhr haben Sie das Gebäude verlassen!«, sagte er und schob ihn aus der Tür.

Bacon berief für elf Uhr eine Sitzung in der Nachrichtenredaktion ein. Er stellte sich auf einen Schreibtisch, damit alle ihn sehen konnten, und gab bekannt, dass man ihn gerade gefeuert habe, weil er der Forderung des Verlegers nicht nachgegeben habe, den Carnes-Artikel zu berichtigen. Dann legte er den Mitarbeitern die Gründe für seine Ablehnung dar. Es folgte eine blumige Rede über das Ethos des Journalismus, die vielen Anwesenden die Tränen in die Augen trieb. Bacon kannte sein Publikum. Journalisten sind sentimental und jederzeit bereit, die *Marseillaise* anzustimmen.

Als Bacon zu Mittag das Gebäude verließ, stand die gesamte Belegschaft Spalier und spendete ihm Applaus. Erneut flossen die Tränen. Lob dem Chefredakteur, Fluch über den Herausgeber. Doch dann geschah etwas Unerwartetes: Einige Reporter, die jahrelang mit Bacon zusammengearbeitet hatten, schlossen sich ihm an, dutzende anderer folgten, bis die gesamte Nachrichtenredaktion das Gebäude verließ und auf die Straße marschierte. Ein regelrechter Demonstrationszug. Gewiss fünfhundert Menschen reckten die geballten Fäuste gen Himmel und riefen zornige Parolen zu Galvins Bürofenster hinauf. Ich reihte mich in die Menge ein – weil ich nicht als Galvins Spitzel gelten wollte. So werden Revolutionen geboren, dachte ich, während ich die lautstark skandierenden, wütenden Menschen beobachtete, die dazu aufriefen, so lange zu streiken, bis Galvin seinen Rücktritt erklärte.

Die Situation hätte sich gewiss noch mehr zugespitzt, wenn Bacon nicht dazwischengetreten wäre. Er nahm ein Megafon zur Hand und richtete das Wort an die Menge. Er beteuerte, wie sehr er ihre Unterstützung schätze, doch sei es für ihn die größte Ehre, wenn sie an ihren Arbeitsplatz zurückkehrten und am morgigen Tag eine phantastische Zeitung herausbringen würden. Dies sei kein Anlass zum Streik, sagte er. Die Gemeinde würde womöglich falsche Schlüsse aus ihrem Protest ziehen, und das wäre nur zum Nachteil der *Sun*.

»Bitte gehen Sie wieder an die Arbeit«, redete er ihnen zu. »Mit diesem Verleger müssen Sie den Kampf um guten Journalismus täglich aufs Neue ausfechten.«

Er hatte die Situation brillant gemeistert, das musste man ihm lassen. Ich mochte Bacon nach wie vor nicht, aber seine letzten Karten hatte er recht geschickt gespielt. Sein Auftritt verhalf ihm letzten Endes zu einer beachtlichen Dozentenstelle in Berkeley, womit sich eine weitere Regel Washingtons bestätigte: Ein angemessener Abgang verschafft einem ein gutes Auskommen.

Wenig später tat Galvin etwas, was sich seine Umgebung nur als törichten Verzweiflungsakt erklären konnte. Um ein Uhr heftete er die Mitteilung ans schwarze Brett im Erdgeschoss, er habe Bacons Kündigung angenommen und bestimme Candace Ridgway, Gewinnerin des Pulitzerpreises und Auslandsredakteurin der *Sun*, zu dessen Nachfolgerin.

Kaum hatte die Nachricht Candace erreicht, jagte sie hinauf in Galvins Büro. Ich folgte ihr. Die Mitteilung versetzte mich in Panik. Seine Entscheidung war übereilt, sie konnte leicht falsch ausgelegt werden. In der Nachrichtenredaktion ging es mittlerweile drunter und drüber, und Kollegen riefen Candace auf der Treppe hinterher, den Job nicht anzunehmen. Ich passte sie im Vorzimmer zu Galvins Büro ab. Sie war elegant gekleidet. Blaues Kostüm, kurzer Rock und tailliertes Jackett – zu modisch für eine Redakteurin.

»Er ist übergeschnappt«, sagte sie, als sie mich sah. »Was soll ich bloß tun?«

Die Tür ging auf und Sandy Galvin trat heraus. Er strahlte übers ganze Gesicht. Was ihn betraf, hatte sich soeben etwas Wunderbares ereignet. Er hatte einen Vorwand gefunden, einen seiner Ansicht nach unfähigen und unzuverlässigen Redakteur loszuwerden und die Stelle mit einer begabten und weniger streitbaren Person zu besetzen.

»So geht das nicht!«, sagte Candace, als wir in seinem Büro standen. »Damit machst du einen Fehler.«

Galvin schüttelte den Kopf. Journalisten waren verrückte

Geschöpfe. Sie hatten keine Ahnung von Management. Das war seiner Meinung nach die einzige Erklärung für Candaces Widerstand. »Es ist kein Fehler. Du bist die beste Redakteurin der Zeitung, das hast du schon öfter unter Beweis gestellt. Der Umstand, dass wir außerdem befreundet sind, ist irrelevant. Du bist die Geeignetste. Ich würde mich auch dann für dich entscheiden, wenn ich dich nicht ausstehen könnte. Was meinen Sie dazu, David?«

Ich enthielt mich einer Antwort. Ich wollte in dieser Auseinandersetzung nicht zum Pingpongball werden.

»Du hättest wenigstens mit mir reden sollen, ehe du es bekannt gibst«, entgegnete sie.

»Aber damit hättest du die Chance gehabt abzulehnen. Jetzt kannst du nicht mehr kneifen.«

»Da wäre ich mir an deiner Stelle nicht so sicher! Ich kann in einer Presseerklärung verkünden, dass ich den Job ablehne. Bei dem ganzen Schlamassel hier käme meine Entscheidung nicht überraschend.«

»Tu es nicht, Liebes«, bat er zärtlich. »Nimm die Beförderung an. Du hast sie dir verdient. Ich biete dir die Gelegenheit, eine der größten Zeitungen der Welt zu führen. Es ist mein Geschenk an dich. Nichts macht mich glücklicher. Nimm es und mach etwas Großes daraus. Mehr verlange ich nicht.«

Sie verschränkte die Arme vor der Brust, sah ihn geradeheraus an und sagte: »Du wirst es womöglich bereuen.«

»Bestimmt nicht. Warum sollte ich?«

»Wenn ich den Job übernehme, dann mache ich ihn so, wie es sich gehört. Ich bin Journalistin, und ich stehe zu unserem Kodex, auch wenn du das albern findest. Derzeit ist die Glaubwürdigkeit der Zeitung erschüttert. Wenn die Leute den Eindruck gewinnen, ich sei deine Handlangerin, geht die Zeitung ganz vor die Hunde.«

Galvin strahlte noch mehr. »Ich bin in allem, was du gerade gesagt hast, deiner Meinung. Deshalb ernenne ich dich zur

Chefredakteurin. Weil ich überzeugt bin, dass du für die Zeitung das Richtige tun wirst.« Er streckte die Hand aus, um die Vereinbarung mit einem Händedruck zu besiegeln, aber Candace war noch nicht fertig.

»Ich lehne eine Richtigstellung des Artikels ab«, erklärte sie. »Bacon hat Recht. Die Sache mit Carnes war vielleicht schäbig, aber de facto nicht inkorrekt.«

Jetzt lächelte Galvin nicht mehr. »Tu es mir zu Gefallen, Candace. Der Bürgermeister erwartet eine Richtigstellung. Er hat sie verdient. Ich habe mich sehr bemüht, die Stadt auf eine neue Basis zu stellen, und möchte keinen Rückschlag. Eine Richtigstellung wäre für die Gemeinde ein Zeichen, dass es uns Leid tut. Was ist daran falsch?«

»Falsch daran ist, dass es schlichtweg *nicht das Richtige* ist! Es geht hier um etwas Grundsätzliches. Eine gute Zeitung stößt die Menschen eben zuweilen vor den Kopf. Das ist unvermeidlich. Dafür entschuldigen wir uns nicht, denn es gehört zu unserem Job! Wenn wir ihnen zu verstehen geben, dass sie uns nicht einerlei sind, werden sie uns über kurz oder lang verzeihen.«

»Ich will eine Richtigstellung auf der Titelseite der morgigen Ausgabe, Candace. Es ist mir wichtig. Ich möchte keinen Rückzieher machen müssen, das wäre ein falsches Signal.«

Ein paar Schritte trennten sie voneinander – die Journalistin aus gutem Hause und den Tycoon aus einfachen Verhältnissen, der ein Verleger sein wollte. Es war soweit. Sie hatten lange gebraucht, um an diesen Punkt zu gelangen. Ich konnte mir nicht vorstellen, dass einer der beiden nachgeben würde. Dazu mussten sie erst einmal ihre Lebensgeschichte rückgängig machen. Aber zu diesem Zeitpunkt wusste ich noch nicht, wo der Angelpunkt ihrer Beziehung wirklich lag.

Candace drehte sich zu mir um. »Wir müssen das unter uns aushandeln, David. Würdest du uns bitte entschuldigen?«

Ich verließ das Büro und setzte mich in einen der ledernen

Besuchersessel am Ende des Flurs. Nach fünf Minuten trat Candace aus Galvins Büro. Sie schüttelte ihm die Hand, er küsste sie auf die Wange. Dann kam sie auf mich zu. Ihre Augen funkelten vor Eifer. Sie war bereit für etwas Neues.

»Wie lautet die Entscheidung?«, fragte ich.

»Wir haben einen Kompromiss geschlossen«, antwortete sie. »Ich habe mich bereit erklärt, die Chefredaktion zu übernehmen, und er verzichtet auf die Berichtigung des Artikels über Carnes.«

»Du hast gewonnen«, sagte ich aufrichtig erstaunt. Aber da war sie bereits auf dem Weg zum Aufzug, um ihre neuen Mitarbeiter zu begrüßen.

Um sechzehn Uhr berief sie eine Personalversammlung ein. Anders als Bacon stellte sie sich nicht auf einen Tisch, sondern verschaffte sich einfach nur laut und vernehmlich Gehör. Viele Mitarbeiter hatten sich eingefunden, mehr noch als zu Bacons herzzerreißendem Abschied. Viele Angestellte in der Nachrichtenredaktion kannten Candace gar nicht, da sie viele Jahre im Ausland verbracht hatte. Zudem war sie die erste Frau, der man den Posten der Chefredakteurin übertragen hatte, somit war die Neugier groß. Die Leute wollten gerne an ihre Führungsqualitäten glauben, aber Bacons Mitstreiter hatten bereits verbreitet, Galvin würde mit ihr ins Bett gehen.

Jemand fragte mich, ob die beiden tatsächlich etwas miteinander hatten. »Nicht auszuschließen«, antwortete ich nach einigem Zögern. Ich würde nicht lügen, nur um die zwei zu schützen. Irgendwann musste Candace sich den Vermutungen ohnehin stellen.

Die Leute scharten sich um sie, als sie aus ihrem Büro trat. Sie war in der Zwischenzeit im Schönheitssalon gewesen. Nichts mehr von dem windzerzausten Haar, das ihr ins Gesicht fiel und mir so gut an ihr gefallen hatte. Die neue Frisur saß akkurat, mittels Haarspray in Form gehalten. Die Chefredakteurin wirkte jetzt so hoheitsvoll, dass die Leute zu ihr vordrängten, um sie besser betrachten zu können. Als hätten sie das Bedürfnis, sie zu berühren, um sich zu vergewissern, dass sie tatsächlich echt war, Gewicht hatte und nicht gleich wieder entschwebte. Sie brauchten Candace wirklich. Eine seriöse Zeitung zu publizieren, erfordert Entschlusskraft. Es ist umso vieles einfacher zu lügen, sich dem Druck zu beugen, den Leuten nach dem Mund zu reden. Etwas, was Galvin bei all seinem gerechten Zorn nicht begriff. Es gibt einen Unterschied zwischen Zeitungen, die die Wahrheit sagen, und denen, die es nicht tun.

»Dieser Tag war die reinste Achterbahnfahrt«, begann Candace ihre Rede. »Trotzdem hoffe ich, dass wir sicher ans Ziel gelangen.« Die Menschen beklatschten sogar diesen Satz. Es verlangte sie dringend nach etwas, woran sie sich festhalten konnten.

»Wie Sie wissen, hat Mr. Galvin mir heute den Posten als Chefredakteurin angeboten. Aber Sie wissen vermutlich nicht, dass ich sein Angebot erst angenommen habe, als er mir die feste Zusage gegeben hat, dass ich unabhängig von der Vertriebsseite und dem Verleger handeln könne.« Sofort setzte Applaus ein. Candace bat um Ruhe. Aus ihrer Miene sprach Entschlossenheit. Sie würde dieses Unternehmen leiten. Sie war dazu bestimmt.

»Mr. Galvin hat von mir eine Richtigstellung des Artikels über Pfarrer Carnes verlangt, der auf der Titelseite der heutigen Ausgabe abgedruckt ist. Wie Howard, so habe auch ich abgelehnt und Mr. Galvin erklärt, ich würde die neue Aufgabe nicht übernehmen, solange er bei seiner Forderung bleibt. Nach einem kurzen Streitgespräch hat er eingelenkt. Es wird keine Richtigstellung geben.« Noch mehr Freudenrufe, ja, Jubel kam auf. Sie hatte den Verleger zu einem Zugeständnis gezwungen, ihm die Stirn geboten und gesiegt.

»Ich habe vorgeschlagen, uns stattdessen morgen mit Pfarrer

Carnes zu treffen und uns seine Meinung zu dem Artikel anzuhören. Eine gute Zeitung ist für so etwas stets offen.« Zunächst reagierte keiner. Sie überlegten, ob das vielleicht einem Rückzieher gleichkäme. Doch dann besannen sie sich und applaudierten.

»Ich stimme mit dem Verleger überein, dass wir die Art unserer Berichterstattung überdenken müssen. Die *Sun* könnte noch viel aufregender sein und noch mehr Leser anlocken. Vieles, was Mr. Galvin geändert hat, hat bereits positive Wirkung gezeigt, aber ich habe ihn noch einmal darauf hingewiesen, dass die *Sun* eine erstklassige Zeitung bleiben muss. Sie darf nicht zu einem Witzblatt verkommen, sondern muss seriös und unabhängig bleiben! Allerdings lässt sich das nur mithilfe der professionellen Journalisten in diesem Raum bewerkstelligen.«

Als sie ihre Rede beendet hatte, kam Bewegung ins Publikum. Man vernahm Jubelrufe und Seufzer der Erleichterung, Applaus setzte ein und wollte nicht enden. Candace hatte die Zeitung gerettet und der Zeitung viele Mitarbeiter erhalten, denn manch einer von ihnen hatte vorher innerlich schon gekündigt. Es grenzte an ein Wunder. Trotz ihrer großbürgerlichen Herkunft war sie doch eine von ihnen – eine echte Journalistin, die den Pulitzerpreis gewonnen hatte. Die Herzen flogen ihr zu.

Später stattete ich Candace einen kurzen Besuch ab, um ihr zu gratulieren. Ich musste mich einige Minuten gedulden, weil sich so viele Gratulanten vor ihrer Tür drängten. Die Leute konnten es kaum abwarten, sich bei der neuen Chefin lieb Kind zu machen. Als ich schließlich in ihrem Büro stand, machte ich die Tür hinter mir zu, damit uns die Fans nicht belauschen konnten.

»Ist es wirklich wahr?«, fragte ich. »Deine Rede war toll und die Mitarbeiter haben sie geradezu eingesogen. Ist Galvin denn wirklich auf all deine Bedingungen eingegangen?«

»Natürlich. Ich lüge doch nicht. Er wollte mich als Chefredakteurin, und damit ich einwillige, war er zu Konzessionen bereit.«

»Aber du bist seine *Freundin*. Glaubst du nicht, dass das Komplikationen geben könnte?«

»Weshalb denn? Die Menschen haben für so etwas Verständnis. Ich mache meine Arbeit, er seine. Was sich außerhalb des Büros abspielt, geht nur ihn und mich etwas an.«

Sie wirkte unbeirrbar und sachlich. Meine Vision hatte sich erfüllt, aber anders als ich es mir vorgestellt hatte. Was einst anschmiegsam gewesen war, war hart geworden.

»Wie kann eine Journalistin einen Lügner lieben?«, fragte ich. Sie schwieg. Aber ich kannte die Antwort ohnehin. Jeder liebt Lügner.

Candace erlangte rasch Berühmtheit. Alle Zeitungen berichteten tags darauf, wie sie den Verleger wegen einer prinzipiellen Streitfrage mit Erfolg zum Einlenken bewegt hatte. Die Artikel enthielten viele Einzelheiten, die nur Candace selbst hatte beitragen können. Die *Times* erwähnte ihre und Galvins Liebesbeziehung auf dem College, äußerte sich aber erstaunlicherweise nicht über die Gerüchte zu ihrer gegenwärtigen Beziehung. Candace nahm an zwei Vormittagstalkshows teil, und auch dort fragte niemand nach ihrem Privatleben. Die Medienelite schwieg. Candace war Mitglied des Clubs, und dieser würde sie so lange wie möglich schützen.

Bisher hatte ich ihr nie einen Erfolg missgönnt. Und von meinen Verwünschungen für jene, die überlebt hatten und in dem Medientollhaus zu Ruhm gelangt waren, hatte ich sie stets ausgenommen. Aber ich gestehe, dass ich jetzt Wut empfand und ein Teil meines Herzens ihr Pech wünschte.

NEUNZEHN

Im Dezember wurde es ernst. Der Angriff auf Galvin begann. Im Grunde hatte ich schon darauf gewartet. Jede Aktion erzeugt eine Reaktion. Insbesondere an einem derart schwerelosen Ort wie Washington. Galvin hatte zu viele Regeln missachtet. Solange man den Eindruck von Stärke vermittelt, kann man sich Bilderstürmerei erlauben. Doch bereits beim geringsten Anzeichen von Schwäche versammeln sich die Feinde zum Festschmaus. Darin unterscheidet sich Washington in nichts von Lagos und Beirut. Sind erst einmal sämtliche Vorschriften außer Kraft gesetzt, geht es in der Politik allein darum, Schläge auszuteilen.

Das *Wall Street Journal* eröffnete das Feuer mit einem Artikel auf der Titelseite. Darin wurde ausführlich berichtet, dass die Kontrollbehörde für die Warenterminbörse sowie das Finanzministerium Galvin im Monat zuvor diskret aus der Patsche geholfen hatten. Sie hatten einige Großbanken dazu überredet, Galvins Beteiligungsfirma einen Überbrückungskredit in Höhe von achthundert Millionen Dollar einzuräumen, da Galvin dem Bericht im *Journal* zufolge durch Zinsfehlkalkulationen mehrere hundert Millionen Dollar Verlust gemacht hatte und ihn seine Gläubiger nun unter Druck setzten. Vermutlich war das sein »Liquiditätsproblem«, von dem er mir ungefähr zur selben Zeit heiter und freimütig erzählt hatte.

Der Artikel war deshalb so Aufsehen erregend, weil darin behauptet wurde, Galvin habe seine Finanzprobleme an einem der Wein- und Zigarrenabende mit dem Präsidenten besprochen. Der Präsident habe daraufhin Kontakt mit der Behörde und dem Finanzministerium aufgenommen, um zu prüfen, in welcher Form man Galvin unter die Arme greifen könnte. Doch da hatte es wohl eine undichte Stelle gegeben, die belegte, dass Galvin sich einflussreiche Feinde gemacht hatte.

Als Candace und ich an jenem Morgen im Aufzug hinauffuhren, wirkte sie bekümmert. Das *Journal* hatte sie unter den Arm geklemmt, einzelne Passagen des Artikels mit gelbem Leuchtstift markiert. Die glücklichen Tage nach ihrer flammenden Rede und der Rettung der Nachrichtenredaktion waren vorüber, jetzt hieß es: Ärmel hochkrempeln.

»Wie gehen wir mit diesem kleinen Hinweis um?«, fragte ich und deutete auf das *Wall Street Journal.*

»Wir nehmen dazu Stellung. Es bleibt uns keine andere Wahl«, gab sie zur Antwort. Sie hatte bereits den besten Finanzreporter des Verlags zu Hause angerufen und ihn angewiesen, in den Verlag zu kommen und Galvin über die Sache zu befragen. Er saß schon im Büro des Verlegers. Galvin war über den Artikel so erbost gewesen, dass er am liebsten umgehend das Flugzeug nach Europa genommen hätte. Aber sie hatte ihn überredet, zu bleiben und sich der Sache zu stellen.

Wir brachten das Interview am darauf folgenden Tag. Der Verleger gab vorsichtige Antworten, die nichts Neues offenbarten und sich größtenteils mit dem Inhalt des Artikels im *Journal* deckten. Er konnte es schlecht leugnen, denn die Berichterstatter belegten den Inhalt des Artikels mit Namen, Daten und Zitaten aus verschiedenen Konferenzen. Candace setzte das Interview auf die Titelseite. Das war gewiss nicht in Galvins Sinn, aber sie tat damit das einzig Richtige. Er hingegen wollte einen Leitartikel über die Entwicklung der Finanzmärkte schreiben, die zunehmend trügerischer geworden waren. Doch Candace redete ihm den Plan aus. Für eine Vorlesung war es nun wahrlich nicht der passende Zeitpunkt.

Mit dem Artikel im *Journal* war der Ring für Galvins Feinde freigegeben. Insbesondere die Republikaner im Kongress fletschten die Zähne, denn sie hassten ihn und den Präsidenten gleichermaßen und waren entzückt über die Chance, nun beide gleichzeitig unter Beschuss nehmen zu können. Der Vorsitzende des Handelsausschusses des Repräsentantenhauses kündigte für den Januar Anhörungen über Galvins Transaktionen an, sobald sich der neue Kongress gebildet hatte. Es hieß, die Ausschussmitarbeiter würden unverzüglich beginnen, Material zusammenzutragen. Über die Reaktion von Galvins Geschäftspartnern konnte ich nur spekulieren. Gewiss waren sie der Meinung, er hätte sich das alles selbst zuzuschreiben, weil er seine Transaktionen in eine Irrenanstalt wie Washington verlegt hatte. Zudem würden sie die Kreditzinsen noch ein wenig erhöhen, um ihm die Rückzahlung des Geldes zu erschweren.

Das Weiße Haus reagierte auf den Artikel im *Wall Street Journal* mit einer vorsichtig formulierten Stellungnahme. Es verwahrte sich gegen den Vorwurf, zwischen Galvin und dem Präsidenten habe es geheime oder gar unlautere Vereinbarungen gegeben, und sicherte der Untersuchungskommission seine uneingeschränkte Unterstützung zu. Man würde ihn ans Messer liefern. Es gab keine Alternative, der Präsident hatte mit zu vielen anderen Problemen zu kämpfen, als dass er sich noch ausführlich mit Galvins Schicksal hätte auseinander setzen können, wie viele Flaschen Wein sie auch zusammen verkonsumiert haben mochten. *Sauve qui peut, sal si puedes, rette sich, wer kann* – dieser Ausspruch gilt fast überall auf der Welt. Auch in Amerika: *cover your ass!*

Ich erhielt ein Schreiben vom Ausschuss des Repräsentantenhauses, in dem man mich ersuchte, sie bei ihren Untersuchungen freiwillig zu unterstützen. Gleichzeitig nannten sie einen Termin im Dezember für ein inoffizielles Gespräch. Das stellte mich vor ein Problem, wenngleich weniger moralischer als vielmehr praktischer Natur. Ich rief einen alten Freund aus

Collegezeiten an, der mittlerweile als überbezahlter Anwalt in Washington tätig war und dem ich für gewöhnlich mit freundschaftlicher Geringschätzung gegenübertrat. Ich erzählte ihm von dem Brief und fragte ihn, ob ich mir mehr Schwierigkeiten einhandelte, wenn ich die Aussage verweigerte oder eine Aussage abgab. Er meinte, das ließe sich nicht so einfach beantworten. Als Journalist dürfe ich die Aussage verweigern, was aber einige Aufregung verursachen würde. Ich könnte mich jedoch auch zu einem informellen Interview bereit erklären, unter der Bedingung, dass es nicht zu Protokoll genommen werde. Sollte ich mich dazu entschließen, sei es ratsam, die Wahrheit zu sagen und zu erklären, nichts über Galvins Machenschaften zu wissen. Der Vorschlag gefiel mir. Er besaß eine gewisse Ausgewogenheit, die mich faszinierte. Der Anwalt beschwor mich, mit niemandem über meine Vorladung zu sprechen.

Mittlerweile war Candace so sehr beschäftigt, dass ich sie um einen Termin bitten musste, wenn ich sie sprechen wollte. Sie war in Bacons Büro umgezogen und hatte eine forsche Brünette namens Eileen als Sekretärin eingestellt, zu deren Aufgaben es gehörte, gut meinende Menschen und Arschkriecher fern zu halten. Da Candace jetzt eine eigene Toilette zur Verfügung stand, hatte sie keinen Anlass mehr, durch den Nachrichtenraum zu gehen.

Sie hatte das Büro bereits umgestaltet. Bacons ehrwürdige Bücher über Staatsführung und Außenpolitik waren verschwunden. Stattdessen standen jetzt Romane in den Regalen. Jane Austen anstelle von Zbigniew Brzezinski – wer hätte dafür kein Verständnis? Aber sie hatte noch andere Veränderungen vorgenommen, um das Büro wohnlicher zu gestalten: Die Ledercouch war mehreren Sesseln, die Neonlampe ein paar hübschen Tischlampen gewichen. Und sie hatte das Porträt ihres Vaters, das mit einem neuen Rahmen versehen war, aufgehängt. Auf dem kleinen Tisch prangte ein üppiger Strauß Schnittblumen. Eine Aufmerksamkeit des Verlegers. Nur der Teddy war nicht mehr da. Gerade jetzt hätte sie ihn dringend gebraucht.

»Ich glaube, es wäre ratsam, wenn du dich bald mit Galvin besprichst«, sagte ich. »Die Geier kreisen schon über uns.«

»Ich weiß. Gestern habe ich einen Brief vom Ausschuss des Repräsentantenhauses erhalten. Aber ich habe unserem Anwalt erklärt, ich würde der Vorladung nicht nachkommen. Der Ausschuss darf seine Ermittlungen nicht auf mich ausdehnen. Ich bin die Chefredakteurin der Zeitung und zudem eine enge Freundin von Galvin. Der Anwalt sieht in der Aufforderung nur einen Versuchsballon.«

»Na, dann ist ja alles gut.« Ich sagte nichts von dem Schreiben an mich. Ich war mir noch nicht schlüssig, wie ich damit umgehen sollte.

»Außerdem weiß ich nichts über Sandys Finanzen. Wir sprechen nie über Geld. Obwohl mir das zugegebenermaßen allmählich Sorge bereitet. Ich befürchte, dass er in alle möglichen Dinge verstrickt ist, von denen niemand im Verlag eine Ahnung hat, ausgenommen Ted Amara, dieser Schleimbeutel. Es ist mir wirklich gegen den Strich gegangen, den Artikel eines Außenstehenden über unseren Verleger mit einem eigenen Bericht zu erwidern. Das war peinlich.«

»Was wirst du tun? Die Uhr tickt. Die Untersuchungen des Ausschusses haben schon begonnen.«

Unruhig rutschte sie auf dem Stuhl hin und her, als drücke sie etwas im Kreuz. Ihr Blick wanderte zu den Blumen auf dem Tisch – Iris, Orchideen und Rosen im Wert von hundert Dollar, die man ihr zugeworfen hatte wie eine verschwenderische Kusshand, nur für sie. Sie mied meinen Blick, bemühte sich, die Chefredakteurin zu sein, und das bedeutete Einsamkeit.

»Ich bin der Meinung, wir müssen selbst eine Untersuchung vornehmen, um Sandy und die *Sun* vor dem Verdacht zu bewahren, wir würden etwas verheimlichen«, sagte sie schließlich. »Wir könnten den Sachverhalt intern und ohne großes Aufsehen prüfen. Sozusagen zu unserem eigenen Schutz. Ich glaube nicht, dass wir etwas Furchtbares entdecken. Sandy ist kein Betrüger. Wir könnten ein kleines Team zusammenstellen und den Bericht veröffentlichen. Eine angemessene Vorgehensweise für eine große Zeitung in einer derartigen Situation, denke ich. Was hältst du von der Idee?«

»Klingt ganz vernünftig«, antwortete ich. »Das Problem löst sich schließlich nicht in Luft auf. Du musst etwas unternehmen. Wirst du Galvin erzählen, dass du Untersuchungen über ihn anstellst?«

»Wahrscheinlich nicht. Zumindest nicht gleich. Ich werde ihn natürlich um seine Stellungnahme bitten müssen, wenn wir die Untersuchungen beendet haben. Wie wir es bei jeder Story machen. Aber gerade deshalb müssen wir die Untersuchungen unabhängig durchführen. Das wäre in Sandys Sinn. Er hat die *Sun* nicht gekauft, um daraus ein Propagandablatt zu machen, egal was die Leute reden. Er will eine hervorragende Zeitung herausgeben.«

Ich bot ihr meine Unterstützung an. Als ich ihr sagte, ich würde ein paar Leute kennen, die einige Informationen über Galvins Geschäfte beisteuern könnten, schien sie sehr dankbar zu sein, die Last mit jemandem teilen zu können. Sie schlug mir vor, mich mit dem Untersuchungsteam zu treffen. Sie hatte dafür bereits zwei vertrauenswürdige Reporter ausgewählt – einen, der sich vornehmlich mit Recherche befasste, und unseren Wall-Street-Reporter in New York. Also waren wir zu viert. Erneut schärfte sie mir ein, die Sache unbedingt vertraulich zu behandeln. Der Kolumnist dürfe keinesfalls seine üblichen Informationsquellen anzapfen. Mit Freuden erklärte ich mich dazu bereit. Ich begriff, dass sie das Richtige tat – journalistisch gesprochen.

Galvin selbst schien dem Unwetter, das sich über ihm zusammenbraute, kaum Beachtung zu schenken. Das war typisch für ihn. All seinen finanziellen Problemen zum Trotz kletterte die Auflagenzahl der *Sun* immer höher. Sie hatte mittlerweile die Hunderttausend überschritten, und die Handelsblätter sprachen vom »wundersamen Umschwung« der *Sun*. Galvin suchte nach Möglichkeiten, diese Entwicklung in Gang zu halten, denn das war genau der wunde Punkt des Unternehmens: Es war instabil. Sollte eine Stagnation eintreten, bestand die Gefahr einer Implosion.

Galvin hatte eine neue Leidenschaft: Er wollte die hiesige Fußballmannschaft – das MLS-Team – kaufen. Nachdem er zu dem Schluss gelangt war, Fußball sei in Amerika auf dem Vormarsch, sollte die *Sun* daraus Gewinn ziehen. Eines Tages kam er in mein Büro und fragte, weshalb wir in der Rubrik *Modernes Leben* so wenig über das Team berichteten. Die Mannschaft war mitten in den Play-offs, aber die Zeitung ging mit keinem Wort darauf ein. Hätten wir etwa Vorurteile gegenüber Latinos? Lag es daran?, überlegte er laut. Weshalb sollte er das Team kaufen, wenn die Zeitung nicht darüber berichtete?

»Die Jungs geben eine tolle Story ab«, erklärte er. »Bizarre Kerle, fern der Heimat.«

»Ein bisschen zu bizarr. Wie ich gehört habe, hat man zwei von ihnen letztes Jahr wegen Belästigung einer jungen Frau angezeigt.«

»Fehlalarm! Man hat den beiden nichts nachweisen können. Ted Amara hat die Angelegenheit geprüft. Und die Fans scheren sich ohnehin nicht um so etwas. Fußballer sind die neuen Superstars! Rivaldo, Zidane, Baggio. Wahre Götter! In Brasilien werden die Kinder nach den Spielern benannt. Amerika wird bald nachziehen. Und wir werden bereit sein.«

Galvin wollte das Team in »The Suns« umbenennen. »Die Mannschaft mit Herz, präsentiert von der Zeitung mit Herz.« Er hatte bereits mit den Leuten vom Kabelfernsehen geredet, die selbstverständlich willens waren, jedes Spiel zu übertragen, sofern die *Sun* Werbeanzeigen für ihr Unternehmen schaltete. Galvin spielte sogar mit dem Gedanken, eine Juniorliga zu sponsern, in der Zeitung eine Rubrik mit Coachingtipps einzurichten und für eine kostenlose medizinische Versorgung der Spieler zu sorgen.

Er befand sich wieder einmal in der Phase der Neuerschaffung der Welt, wie vor ein paar Monaten, als er die Versöhnung zwischen Weißen und Schwarzen initiiert hatte. Es mangelte nicht an Energie, nur die Verpackung war schon ein bisschen löchrig. Und auch seine Stimme war etwas leiser geworden, als stecke ihm etwas in der Kehle. Das war die für mich einzig sichtbare Schwäche des *Sun King*. Die Finanzmärkte und die Untersuchungsausschüsse des Repräsentantenhauses konnte er sich vom Leib halten, aber der Zeit war er ausgeliefert. Sein Universum schlug zurück.

Galvin beauftragte Ted Amara, mit den Besitzern des Fußballteams zu reden, einer Gruppe Washingtoner Immobilienhändler, die in den Siebzigerjahren und Anfang der Achtziger durch den Bau von Shopping-Malls und Bürogebäuden, die sich jetzt wie ein Ring um die Stadt zogen, zu Geld gekommen waren. Amara verabredete sich mit ihnen in Tyson's Corner im Tower Club, einem gigantischen Bürohaus, das aus den einstigen Äckern am Beltway aufragte. Treffpunkt von Nordvirginias Neureichen, jenen Vorstadtunternehmern, die ihr Vermögen mit sauberen, langweiligen Geschäften in der Telekommunikations- und Computerbranche gemacht hatten. Von den Fenstern des Clubs aus wirkten Washingtons Probleme klein und weit weg.

Amara trat mit seiner Aktentasche und seinem schlecht sitzenden Anzug an. In dieser von farblosem Erfolg geprägten Zitadelle wirkte er wie das fünfte Rad am Wagen. Trotzdem gelangte man zu einer Einigung. Galvin äußerte sich nur vage über Amaras Vorschlag. Demnach bot die *Sun* den Besitzern des Teams eine Summe, die etwas über dem ursprünglichen Kaufpreis lag, zuzüglich eines Anteils am zukünftigen Gewinn. Bis zu Amaras Besuch hatten sich die Besitzer nicht ernsthaft mit dem Verkauf des Clubs befasst, sagte Galvin, aber sein Vasall kehrte von dem Treffen mit einer vorläufigen Vereinbarung in der Tasche zurück.

»Wie hat Amara das bloß geschafft?«, fragte ich. »Ist er ein Gangster?«

»Ganz im Gegenteil«, antwortete Galvin. »Ted ist der ehrlichste Mensch, den ich kenne. Er zeigt den Menschen nur auf, was für sie das Beste ist.« In diesem Fall wusste Ted zum Beispiel sehr wohl, dass er es mit Immobilienhändlern zu tun hatte. Sie hatten eine Menge Geld in einen Markt investiert, der allmählich nachgab, und Amara wusste auch rein zufällig, dass einige Projekte gefährdet waren. So zum Beispiel das Projekt zum Bau einer riesigen Shopping-Mall in Leesburg, die Finanzierung war gerade vor einer Woche geplatzt. Amara hatte ihnen geholfen, Geld aufzutreiben, um das Geschäft doch zu einem erfolgreichen Abschluss zu bringen. Dabei hatte er die Leute auch noch auf andere Entwicklungen hingewiesen, die sich am Horizont abzeichneten und von denen sie vermutlich bis dahin nichts gewusst hatten. Sie waren ihm offenbar sehr dankbar dafür. Geschäftsleute seien nicht blöd, auch wenn Journalisten das gerne glaubten, sagte Galvin. Sie kannten ihre eigenen Interessen ziemlich gut. Ich schüttelte den Kopf. Woher hatte Galvin das Geld, andere Investoren aus dem Rennen zu schießen? Es war mir ein Rätsel.

»Sollten Sie nicht ein bisschen zurückhaltender vorgehen?«, sagte ich. »Sie sitzen im gleichen Boot wie die Immobilienleute. Sie stecken in finanziellen Schwierigkeiten, egal, wie hoch die Aktien der *Sun* notiert sind. Ein paar Ihrer Papiere geben nach. Sie können doch jetzt nicht wie der Weihnachtsmann persönlich auftreten.« Galvin lachte. Es amüsierte ihn sichtlich, dass ich ihm einen finanziellen Rat geben wollte. »Zerbrechen Sie sich mal darüber nicht den Kopf. Alles wird sich zum Guten wenden.« Er deutete auf das *Arielle*-Poster. »Denken Sie an das Ende der Geschichte. Der Prinz heiratet die kleine Meerjungfrau, und wenn sie nicht gestorben sind, dann leben sie noch heute.«

Als der Sportredakteur hörte, dass Galvin drauf und dran war, die Fußballmannschaft der Stadt zu kaufen und in »The Suns – Das Team mit Herz« umzubenennen, rannte er Hals über Kopf in Candaces Büro. »Das ist mein Ende!«, rief er. »Sie müssen ihn davon abbringen!«

Wie die meisten Journalisten der *Sun* betrachtete sich der Sportredakteur als Profi. Seit über einem Jahrzehnt war er verantwortlich für dieses Ressort und unablässig dem Druck seitens der Besitzer und Manager der verschiedenen Clubs ausgesetzt gewesen, denen an guter Presse für ihre Teams gelegen war. Alle erhoben den Anspruch: Wir sind das Team der Stadt! Wir sind die Besten! Wir sollten in der Zeitung unserer Heimatstadt anerkennend erwähnt werden!, woraufhin der Sportredakteur immer antwortete: »Lasst mich zufrieden! Die *Sun* begünstigt niemanden!« Und jetzt drohte der Herausgeber, die Glaubwürdigkeit zu untergraben.

»Ich versuche es«, entgegnete Candace. »Aber was ist, wenn er darauf besteht?«

Keine einfache Frage. Der Sportredakteur war zweiundfünfzig Jahre alt und hatte drei Kinder. Eines besuchte das College, zwei waren noch in der High-School. Wenn er jetzt seine Sachen packte, würde er schwerlich einen Job finden, der ihm auch nur annähernd das Gehalt einbrachte, das er in der *Sun* verdiente.

»Dann muss ich kündigen«, antwortete er trotzig. »Es ist Unsinn, für Leute zu arbeiten, die die Regeln nicht verstehen.«

Da Diskretion nicht zu den Stärken unseres Sportredakteurs zählte, wusste bald jeder im Nachrichtenraum von dem Ultimatum, das er der neuen Chefredakteurin gestellt hatte. Candace tat mir Leid. Dieser Streit hatte ihr gerade noch gefehlt! Sportreportagen waren ihr eigentlich einerlei, sie hatte genügend andere Probleme. Aber der Redakteur des Sportressorts war bei der Belegschaft beliebt, und außerdem wusste Candace, dass er im Prinzip Recht hatte: Für die *Sun* gab es keinen vernünftigen Grund, eine Fußballmannschaft zu kaufen.

Sie bat Galvin, mit ihr einen Spaziergang am Fluss zu machen. Sie erzählte es mir, als sie wieder zurück waren. Wahrscheinlich hatte sie der Ausgang des Gesprächs selbst überrascht. Es war ein sonniger, kalter Dezembertag. Die Luft war klar, der Himmel von einem kristallenen Blau, als wären die Farben in der Atmosphäre eingefroren. Sie verließen das Verlagsgebäude und spazierten die Virginia Avenue hinab zum Flussufer. Ruderer kämpften sich flussaufwärts, der Strömung und dem Wind trotzend.

»Du darfst die Fußballmannschaft nicht kaufen«, sagte sie. »Wenn du es tust, reicht der Sportredakteur seine Kündigung ein.«

»Dann soll er eben. Er mag ja ein guter Redakteur sein, aber er nervt mich.«

»Er findet es unmoralisch, wenn eine Zeitung ein Fußballteam besitzt. Es bringt uns in Versuchung, Lobhudeleien zu schreiben, nur weil wir die Besitzer der Mannschaft sind. Außerdem würden uns alle anderen Mannschaften das Haus einrennen. Es macht ihm sehr zu schaffen.«

»Hör mir auf mit Moral! Ich kann es nicht mehr hören. Diese Leute sollten am besten Priester werden, wenn ihnen so sehr an Moral liegt. Ein Fußballteam zu kaufen, betrachte ich einfach nur als gutes Geschäft. Es passt doch hervorragend zu einem Unternehmen in der Kommunikationsbranche. Deshalb hat Turner die Atlanta Braves gekauft. Sozusagen als Zugpferd für seine Fernsehsender. Und genau aus diesem Grund hat Murdoch die Dodgers und Disney die Angels gekauft. Aus geschäftlicher Perspektive ist das durchaus sinnvoll. Außerdem braucht unsere Stadt auch einmal eine Mannschaft, die gewinnt! Ich weiß nicht, ob es dir schon aufgefallen ist, aber die anderen Teams in Washington sind wirklich erbärmlich. Das ist schlecht für die Auflage!«

Candace hakte sich bei ihm unter und sprach eine Weile nichts. Arm in Arm spazierten sie auf dem grasbewachsenen Pfad, der das Flussufer säumte. Der Wind schmückte das dunkle Wasser mit Schaumkrönchen, die den Zuckergusskringeln auf einem Kuchen ähnelten. Gegenüber lag das friedliche, dicht bewaldete Roosevelt Island. Obwohl von Bauwütigen und Naturzerstörern umzingelt, hatte sich dort ein Stückchen Wildnis erhalten. Gemächlich schlenderten sie weiter. Sie wollte, dass er die Dezembersonne auf dem Gesicht spürte.

»Du musst dich entscheiden, was für ein Zeitungsverleger du sein möchtest«, sagte sie nach einer Weile. »So kann das nicht weitergehen. Diese Streitigkeiten alle paar Wochen müssen ein Ende haben. Das ist nicht lustig. Der Sportredakteur hat Recht. Wir sollten das Team nicht kaufen. Es mag ein gutes Geschäft sein, aber es ist schlechter Journalismus. Wenn beide miteinander im Clinch liegen, muss der Journalismus immer siegen!«

Sie drohte nicht mit ihrem Rücktritt, aber ich bin überzeugt, sie hätte es getan, wenn es notwendig gewesen wäre. War es aber nicht. Das Problem verflüchtigte sich. Galvin gab ihr nicht einmal eine direkte Antwort. Er küsste sie nur auf die Wange und drückte sie an sich.

»Ich liebe dich«, sagte er.

Sie setzten sich auf eine Bank am Fluss, die schon morsch war. Da die Hälfte der Latten fehlte, mussten sie eng beieinander sitzen. Galvin schlang die Arme um Candace. Sie schmiegte sich an ihn, als suche sie Schutz in seiner Wärme, an seinem kräftigen Körper. Lang saßen sie so da und vergaßen darüber die Zeit. Er flüsterte ihr Scherze und Erinnerungen aus alten Zeiten ins Ohr. Sie sang ihm mit ihrer leisen, hohen Sopranstimme etwas vor, was sie sich für gewöhnlich nicht traute. Es waren Folksongs und Melodien aus Shows, die sie in den ersten Monaten ihres Kennenlernens gesungen hatte. Ihre Lippen waren nah an seinem Ohr.

Die Flugzeuge dröhnten über ihnen, Jogger huschten an ihnen vorüber, Tauben kreisten über dem Flussufer. Aber sie waren allein. Er wirkte wie der glücklichste Mann der Welt – auf der morschen Bank, inmitten von Lärm und Menschen, aber seine ganze Aufmerksamkeit war auf die Frau an seiner Seite gerichtet. Und auch sie hatte an jenem Tag Frieden und etwas wie Glück empfunden, sagte sie später. Es war eines der letzten Male, in denen sie alleine waren. Sie hatten die Sicherungsleine entfernt, und Candace gab sich der Zweisamkeit hin – wenngleich etwas sie von Zeit zu Zeit schaudern machte und sie über die Schulter sah, um zu prüfen, ob jemand sie beobachtete.

ZWANZIG

Ich ging durch einen langen Flur. Die Marmorböden des Rayburn-Bürogebäudes waren auf Hochglanz poliert, sodass sich mir der Eindruck aufdrängte, ich hätte eine Filmkulisse betreten. Das war das Dilemma des Kongresses: Er war eine bizarre Kinoversion seiner selbst. Jedes Detail saß. Die reich verzierten Gebäude schimmerten in der Sonne, als hätte das Löschauto des Filmstudios sie soeben gründlich abgespritzt, um ihnen den stilgerechten Glanz zu verleihen. Wie Komparsen promenierten Kongressmitarbeiter mit leerem Blick durch die Gänge. Einige von ihnen hatten sogar Sprechrollen (»Abgeordneter Jones, Sie werden im Sitzungssaal erwartet!«). Zweitklassige Schauspieler, die die Kongressabgeordneten mimten, deklamierten Texte, die zweitklassige Drehbuchautoren eigens für sie verfasst hatten. Wen wundert es da, dass niemand am Wahltag zu den Urnen ging. Jeder wartete ab, bis es das Video zu kaufen gab.

Auf dem Weg zum stellvertretenden Anwalt des Handelsausschusses hallten meine Absätze auf dem Marmorboden, als wäre ich John Travolta höchstpersönlich. Man hatte mich anlässlich der Vorbereitung auf die Anhörungen im Januar zu einem »inoffiziellen« Gespräch gebeten. Es handle sich nicht um eine Aussage unter Eid, hatte mir der Anwalt nachdrücklich versichert. Mit anderen Worten: Ich würde keine Fragen beantworten müssen. Kurz vor seinem Büro war mir immer noch nicht klar, weshalb ich mich zu dem Gespräch bereit gefunden hatte. Ich war mir meines ungehörigen Benehmens, was die Zeitung betraf, vollends bewusst. Nicht, dass ich Verlangen danach verspürt hätte, Galvin zu schädigen. Nein, in gewisser Weise glaubte ich sogar, ihn schützen zu können, indem ich seine Peiniger ein wenig aushorchte. Aber letztlich war es wohl doch Neugierde, die mich hierher getrieben hatte. Schließlich war ich nie zuvor in einer offiziellen Angelegenheit im Rayburn-Gebäude gewesen, noch hatte mich jemals ein Kongressmitarbeiter interviewt, geschweige denn war ich jemals in diesem Film als Nebendarsteller aufgetreten. Unser gelehrter Kolumnist wollte wissen, was das für ein Gefühl war.

Der stellvertretende Anwalt hieß Ewan Buzby. Ein junger Mann von mäßiger Intelligenz – wahrscheinlich zu klug, um sich als Kongressabgeordneter aufstellen zu lassen, aber wiederum nicht so klug, um eine richtige Stelle in einer Anwaltsfirma zu ergattern. Im Kongress wimmelte es nur so von derlei auf Hochglanz geschrubbten Menschen, die sich aus Selbstschutz dumm stellten. Wie Nachwuchsschauspieler in New York, fühlten sie sich von Washington angezogen. Überlegen Sie einmal, wie ein junger Mensch, der heutzutage noch von einer Regierungslaufbahn träumt, beschaffen sein muss.

Ewan Buzby bestand darauf, mich in ein Privatbüro zu führen, wo wir unbeobachtet waren. Das bereitete mir Unbehagen. Er tat geradeso, als wäre ich sein Kronzeuge. Er hatte einen Notizblock mit einer langen Fragenliste dabei. »Sie haben doch nichts dagegen, wenn ich unser Gespräch aufzeichne?«, fragte er unmittelbar vor unserem Gespräch, und ich antwortete, *natürlich* hätte ich etwas dagegen. Wie sonst sollte ein Gespräch inoffiziell sein, wenn es auf Band festgehalten wurde? Daraufhin schaltete er das Aufnahmegerät ab, aber ich hätte doch gerne gewusst, ob nicht vielleicht trotzdem irgendwo im Raum ein Tonband installiert war und unbemerkt mitlief.

»Ich werde Ihnen einige Fragen zu Carl Galvin stellen«, begann er das Gespräch. »Sie stehen zwar nicht unter Eid, aber ich erwarte trotzdem ehrliche Antworten von Ihnen.«

»Kein Problem«, entgegnete ich. »Ich lasse Sie wissen, wenn ich zu lügen beabsichtige.«

Er lächelte nicht. Humorlosigkeit ist ein wesentliches Merkmal des Stils, den man auf dem Capitol Hill pflegt. »Seit wann kennen Sie Mr. Galvin?«, lautete seine erste Frage.

»Noch nicht lange. Ungefähr seit sechs Monaten.«

»Wer hat Sie miteinander bekannt gemacht?« Sein Gesicht war straff wie das eines Menschen, der zu viel Zeit im Fitnessstudio verbringt. Er wirkte unangenehm gesund.

»Niemand. Ich habe Galvin angerufen und ihn gefragt, ob er für ein Interview für meine Zeitschrift zur Verfügung stünde. Die *Reveal* war damals recht bekannt, ist aber eingegangen.«

»Hat er Sie dafür bezahlt?«

»Nein! Natürlich nicht.« Ich musste lachen, aber im selben Augenblick beschlichen mich Zweifel, ob Galvin nicht doch genau das getan hatte. »Zumindest nicht direkt. Später hat er mir einen Job angeboten.«

»Als Sie Mr. Galvin kennen lernten, war Ihnen da bekannt, dass er in finanziellen Schwierigkeiten steckte?«

»Nein. Ich bin mir dessen auch heute nicht bewusst, muss ich gestehen. Ich weiß nur das, was im *Wall Street Journal* steht und was sich die Leute so erzählen. Stimmt es wirklich?«

Mr. Ewan Buzby antwortete nicht. Nicht ich durfte hier Fragen stellen, ganz klar. Er nestelte an seinem Schlips. Einem Schlips mit lauter kleinen Elefanten – ein sehr loyaler Zug. Sie tummelten sich bestimmt auch auf seinen Boxershorts.

»In dem Gespräch mit Mr. Galvin für Ihren Artikel sind Sie doch sicher auf seine Vergangenheit zu sprechen gekommen?«

»Ich habe mich bemüht, aber er hat mir nicht viel erzählt.« Das roch jetzt wahrscheinlich nach dunklen Flecken in der Vergangenheit. »Erst nachdem ich ihn etwas näher kennen gelernt hatte, hat er mir einiges verraten.«

»Hat er Ihnen jemals erzählt, dass er in Asien für den CIA gearbeitet hat?«

»Nein. Aber das hat mich schon immer interessiert. War er wirklich ein Spion?«

»Tut mir Leid, darauf kann ich Ihnen keine Antwort geben.« Im Klartext hieß das wohl, dass Galvin tatsächlich für den CIA tätig gewesen war. Mann o Mann! Das war beachtlich, wenn auch auf perverse Art. Ein junger Mann, der Anfang der Siebzigerjahre sein Studium in Harvard abgebrochen hat, lässt sich von den Big Boys anwerben! Kein Wunder, dass er so rasch im Rohstoffgeschäft Fuß gefasst hatte.

»Hat Mr. Galvin Ihnen von seinen Geschäften im Rohölhandel erzählt?«

»Ein wenig. Mir scheint, es ist ihm stets leicht gefallen, mit Leuten Bekanntschaft zu schließen. Jemand hat gesagt, er würde nah am Risiko kalkulieren, sich in prekäre Situationen begeben und einfach alles tun, um ein Geschäft unter Dach und Fach zu bekommen. Einmal hat er gesagt, das Rohstoffgeschäft sei so heikel, weil es im Wesentlichen von Leuten betrieben wird, die nicht vertrauenswürdig sind.«

Der junge Herr fixierte mich mit mäßig intelligentem Blick. Der letzte Satz war vermutlich zu hoch für ihn. »Hat man Ihnen jemals erzählt, dass Mr. Galvin Leute bestochen hat, um an ein Geschäft heranzukommen?«

Jetzt wurde es interessant. Von Bestechung war mir bisher noch nie etwas zu Ohren gekommen. »So allgemein lässt sich das kaum beantworten«, antwortete ich. »An welche Länder hatten Sie da gedacht?«

»Angola zum Beispiel. Wissen Sie etwas darüber, dass er Rebellen bestochen hat, um an Verträge zum Verkauf von Öl zu gelangen?«

»Nein. Ich weiß nur, dass er in dieses Geschäft eingestiegen ist, nachdem die Portugiesen abgezogen waren.«

»Und was war mit Nigeria?«

»Nichts. Warum? Ging es da auch um Bestechung?«

»Hat er jemals erzählt, Öl nach Südafrika verkauft zu haben?«

»Lassen Sie mich nachdenken.« Ich rieb mir die Stirn. Das machte richtig Spaß. »Ich entsinne mich, davon gehört zu haben, weiß aber nicht, ob Galvin es mir erzählt hat oder jemand anders. Helfen Sie doch bitte meiner Erinnerung auf die Sprünge.«

»Die Frage ist, ob Galvin in den Achtzigerjahren unter Verletzung von Sanktionen russisches Öl nach Südafrika geschmuggelt hat. Angeblich hat er dafür eine Provision von zehn Dollar pro Barrel bekommen. Kommt Ihnen das irgendwie bekannt vor?«

»Vage. Tut mir Leid, aber mein Gedächtnis ist wirklich miserabel.«

»Wie steht es mit dem Iran? Wissen Sie etwas über Ölförderungen in Bandar Abbas, ungeachtet aller Sanktionen?«

»Ja, davon habe ich gehört. Bestimmt. Aber mehr kann ich Ihnen darüber nicht sagen.«

»Wissen Sie es von Galvin?«

»Nein. Es war ein anderer. Aber die Person schien sich ziemlich sicher zu sein.«

Ewan Buzby runzelte die Stirn. Wahrscheinlich überlegte er, ob er nicht vielleicht gerade veräppelt wurde, aber er war zu einfältig und zu arglos, um den Verdacht zu hegen, jemand könne ein Interview mit dem Vertreter eines Kongressausschusses auf die leichte Schulter nehmen. Also wagte er einen weiteren Vorstoß.

»Und der Irak? Hat Galvin jemals etwas erwähnt, trotz Sanktionen Öl vom Irak gekauft zu haben?«

»Zumindest nicht ausführlich. Aber ich habe von anderen Leuten gehört, dass er in den Irak gereist ist und diesen Job übernommen hat, als niemand sonst es gewagt hat. Er hat damit eine Menge Geld verdient.«

»Was haben Ihnen diese anderen Leute erzählt?«

»Nur dass er es getan hat. Sie wussten kaum mehr darüber. Anscheinend wissen Sie ja bereits, was ich von diesen Leuten erfahren habe.«

»Um wen handelt es sich bei den Leuten, auf die Sie sich beziehen?«

»Eigentlich handelt es sich nur um eine Person. Ein hier ansässiger Makler. Er hat mir seine Karte gegeben, aber ich habe sie verloren.«

»Sie zeigen sich nicht besonders hilfreich. Wir könnten Sie vorladen, müssen Sie wissen.«

»Na fein. Tun Sie es doch. Dann kriegen Sie gar nichts mehr aus mir heraus.«

Mürrisch lehnte er sich zurück. Er wirkte verärgert wie ein Kind, das nicht mit den Spielsachen seines Freundes spielen darf. Er wollte seine Liste auf dem Notizblock unbedingt abarbeiten.

»Und was ist mit Russland? Wissen Sie etwas über Galvins Aktivitäten dort?«

»Von welchen Aktivitäten in Russland sprechen Sie? Vielleicht weiß ich etwas darüber.« Es lohnte einen zweiten Versuch, um festzustellen, ob ich mit Bluffen noch etwas mehr aus ihm herauskitzeln konnte. Vielleicht hatte ich mich ja in Mr. Buzby getäuscht, und immerhin war er dumm genug, sich der Wahl zum Kongressabgeordneten zu stellen.

Der Anwalt blickte mich erneut eindringlich an. »Mr. Galvin soll Öl und andere Rohstoffe von ehemaligen sowjetischen Funktionären gekauft haben, die in jenen Jahren Bodenschätze privatisiert und sich widerrechtlich angeeignet hatten. Ist Ihnen etwas darüber bekannt? Des Weiteren interessiert uns, ob Galvin jene Russen bei der Einrichtung privater Bankkonten in der Schweiz unterstützt hat.«

»Nein. Bedaure, das ist mir neu. Offenbar weiß ich doch nicht so viel über Russland. Hab mich wohl getäuscht.«

Jetzt war er stinksauer. Er glaubte, ich würde mich über ihn lustig machen. Sein Ton wurde strenger.

»Kennen Sie jemanden namens Ted Amara?«

»Ja. Er arbeitet bei der *Sun*. Er ist Jurist. Zäher Bursche, führt sich auf wie ein Gangster. Ich begegne ihm hin und wieder im Haus.«

»Ist Ihnen bekannt, dass er dem Bürgermeister von Washington Bargeld zugesteckt hat?«

»Nein. Ich habe die beiden zusammen gesehen und hatte das Gefühl, dass irgendwas zwischen ihnen vor sich geht. Aber es liegt doch ohnehin auf der Hand, dass der Bürgermeister mit den Herausgebern einer weißen Zeitung nicht aus reiner Nächstenliebe gemeinsame Sache macht, oder? Zudem weiß jeder, dass Galvin der Stadt viel Geld für Stipendien und für den Wiederaufbau des Howard Theatre zur Verfügung gestellt hat. Aber ansonsten ist mir nichts bekannt.«

»Haben Sie eine Ahnung, bei welchen anderen Projekten Amara als Mr. Galvins Mittelsmann in Erscheinung getreten ist?«

»Ich weiß, dass er zuvor in Frankreich gelebt hat. Sie müssen sich schon ein bisschen genauer ausdrücken, wenn Sie meine Hilfe haben wollen.«

»Uns interessieren Mr. Amaras Aktivitäten in Russland, in der Schweiz und im Irak. Irgendwelche Informationen?«

»Nein. Da muss ich passen. Ich weiß, dass er sich in Tyson's Corner mit jemandem getroffen und über den Kauf eines Fußballteams gesprochen hat. Und dass er viel für Galvin reist. Aber wahrscheinlich sind Sie an etwas ganz anderem interessiert.«

Buzby schüttelte den Kopf. Ich war ein Reinfall. Er schlug eine Seite seines Notizblocks um und fuhr mit einer offensichtlich neuen Liste von Fragen fort. »Nun, Mr. Cantor, möchte ich mit Ihnen über Ihre Rolle beim Kauf der *Washington Sun and Tribune* reden«, hob er an. Er nannte absichtlich den vollständigen Namen der Zeitung, um sich den Anschein einer Respektsperson zu geben.

Sein Ton machte mich nervös. Jetzt fischte er nicht mehr auf gut Glück, sondern hatte etwas Bestimmtes im Auge.

»Abgesehen davon, dass ich Galvins Tasche tragen musste, kam mir dabei keine Rolle zu«, erklärte ich.

»Das deckt sich aber nicht mit meinen Informationen, Mr. Cantor. Man hat mir erzählt, dass Sie bei der Abwicklung der Übernahme der Zeitung eine wesentliche Rolle gespielt haben. Haben Sie nicht beispielsweise die Familie Hazen darüber in Kenntnis gesetzt, dass eine Holdingfirma mit Namen PalmTrust verdeckt Aktien der *Sun* gekauft hatte?«

Scheiße, dachte ich bei mir.

Lächelnd registrierte Mr. Buzby mein Unbehagen.

»Galvin hatte mich zu einer Besprechung mit Ariane Hazen mitgenommen. Er wollte den Eindruck vermitteln, ich sei derjenige gewesen, der die Neuigkeiten über PalmTrust an Land gezogen hatte. Aber das stimmte nicht. Das gehörte zu seinen Spielchen. Das war alles.«

»Und soviel ich weiß, waren Sie auch bei Mr. Galvins Besprechung mit den Familien Hazen und Crosby dabei.«

»Ich war so etwas wie Galvins Gehilfe. Das klingt bestimmt seltsam, aber ich bin sozusagen als Beobachter mitgegangen. Das ist Washington. So verhält man sich hier. Washington ist eine Stadt der Voyeure.«

Er ignorierte meine kleine kulturelle Randbemerkung. »War Ihnen damals bekannt, dass Mr. Galvin umfassende Geschäftsbeziehungen zu Melvin Wolfe pflegte, dem Besitzer von PalmTrust?«

»Nein.«

»Wussten Sie, dass Mr. Wolfe unserem Mr. Galvin einen Kredit von mehr als zweihundert Millionen Dollar zur Verfügung gestellt hatte? Und dass Mr. Wolfe und Mr. Galvin hinter dem Rücken aller die gemeinsamen Drahtzieher der angeblichen Konkurrenzangebote für die *Sun* waren?«

»Nein. Das ist mir neu. Allerdings ist mir die Sache irgendwie verdächtig vorgekommen, das muss ich zugeben. Aber ich wusste von nichts.« Ich spürte, wie ich blass wurde und wie sich die Schweißtropfen auf meiner Stirn sammelten. Es schien mir der Augenblick gekommen zu sein, auf der Stelle meinen Anwalt anzurufen oder die Seiten meines Adressbuches aufzuessen oder was immer als schuldig Verdächtigte in solchen Fällen tun. »Dürfte ich vielleicht die Toilette aufsuchen, Mr. Buzby?«

Er lächelte. »Noch eine Minute, vielleicht können Sie noch so lange aushalten. Eine letzte Frage: Haben Sie Mr. Galvin irgendwann in den letzten Monaten gefragt, ob er finanzielle Probleme hat?«

War das eine Fangfrage? Ich konnte es nicht mehr beurteilen. »Ja. Sogar mehrmals. Ich bin allmählich in Sorge geraten, wie es wohl mit ihm weitergeht. Ich weiß zwar nicht, was Sie denken, aber ich habe wirklich nichts über seine Finanzlage gewusst und weiß nach wie vor nichts darüber! Aber ich habe mir Sorgen gemacht.«

»Und als Sie ihn gefragt haben, was hat er geantwortet?«

»Er meinte, alles sei in Ordnung. Ich solle aufhören, mir den Kopf zu zerbrechen. Es sei nur ein kurzfristiges Problem. Letztlich würde sich alles zum Guten wenden.«

»Und Sie haben ihm geglaubt?«

Auf diese unbedarfte Frage konnte ich schlecht antworten, dass ich ihm natürlich geglaubt hatte. Selbst nach unserem Gespräch und nach allem, was ich erfahren hatte, fiel es mir schwer, Galvins Aufrichtigkeit anzuzweifeln. Das war das Problem, wenn die Regeln des normalen Lebens mit denen eines sprunghaften, flüchtigen Lebens kollidierten. Es war schwierig, den Kontrollorganen zu erklären, warum die Regeln außer Kraft gesetzt waren.

Als ich Ewan Buzbys Büro verließ, konnte ich mich nicht des Eindrucks erwehren, mich in einer heiklen Lage zu befinden.

Mein Eindruck bestätigte sich bei einem Gespräch mit einem befreundeten Juristen, dem ich von der Befragung erzählte. Auch er wollte nähere Einzelheiten wissen, insbesondere darüber, ob ich nicht doch etwas mehr über Galvins Zusammenarbeit mit Melvin Wolfe wusste. Aber ich vertröstete ihn. Es gab noch genügend Zeit, um sich der Bagatellfrage zu widmen, auf welche Weise ich mich einer Strafverfolgung entziehen könnte. Im Augenblick musste ich mit einer Verfolgung auf emotionaler Ebene klarkommen.

Ich ging in mein Büro zurück, um die Kolumne zu schreiben, die ich an sich am Abend vorher hätte fertig stellen sollen. Der gelehrte Kolumnist war für gewöhnlich pünktlich, doch in jener Woche war sein intellektuelles Kapital geschwunden. Ich blätterte den Ordner mit den Ideen durch, die ich für Notsituationen bereithielt. Aber die Ideen schienen mir allesamt entweder zu trivial oder zu problembeladen.

Vielleicht konnte ich mich ja mit der Streitfrage aus der Affäre ziehen, ob der wichtigste Beitrag der Nachkriegsgeneration die Verbreitung des Oralsex gewesen war. Bis 1965 hatten brave Mädchen so etwas nicht getan, später, nun gut … Sie wissen schon. Aber nein, Schwamm drüber, dieses Thema war vielleicht doch keine so gute Idee.

In meiner Verzweiflung entschied ich mich schließlich dafür, eine ehemalige Kolumne von Russell Baker zu überarbeiten (*klauen* wäre wohl ein passenderer Ausdruck für mein Vorhaben gewesen). In der Kolumne ging es um den Charakter von Präsidenten, um Haustiere und Kinder. Mir war aufgefallen, dass Präsidenten, die sowohl Hunde als auch Töchter hatten, häufig über ein auffallend schlechtes Urteilsvermögen verfügten. Baker hatte Nixon als Beispiel genommen, einen typischen Hund- und Tochtermann. Aber das Gleiche ließe sich auf den gegenwärtigen Amtsinhaber übertragen, wenn man sich die unkritische Zuneigung betrachtete, die ihn allerorts entgegenschlug. Dem klugen Kolumnisten hingegen wurde

Zuneigung vorenthalten. Daher waren seine Kolumnen so scharfzüngig.

An jenem Abend war ich mit dem Untersuchungsteam von Candace in einer Bar in der Nähe meiner Wohnung verabredet. Es war bitterkalt. Der Wetterbericht hatte für den nächsten Tag Schnee und Eisregen vorausgesagt. Alles in allem ein Abend, um daheim zu bleiben und sich in Gesellschaft von etwas Hochprozentigem und einem liebevollen, unkritischen Hund, falls sich einer zeigen sollte, in die Ecke zu kuscheln. Ich spielte mit dem Gedanken, die Verabredung mit den zwei Reportern sausen zu lassen, sah dann aber ein, dass es keinen guten Eindruck machen würde – ich machte mir plötzlich Gedanken, welchen Eindruck etwas auf andere macht. Ein bedrohliches Zeichen –, also machte ich mich auf den Weg zu dem Rendezvous.

Die verrauchte Kellerbar hatten die beiden anderen ausgesucht. Es verlangte sie nach der üblichen Reporteratmosphäre, die man vom Kino her kennt. Die zwei Männer waren Mitte dreißig und fieberten der Jagd entgegen. Sie hießen Taub und Loden. Irgendwie unpassend für Leute dieses Gewerbes. Sie bestellten Bier und rührten es kaum an. Ich ließ mir erst einen Martini bringen, dann noch einen und sah mich ein bisschen um. Ein merkwürdiges Etablissement. Keiner baggerte jemanden an. Es war offenbar Unhappy Hour. Anfangs wusste ich nicht so recht, ob ich meine Kollegen von der *Sun* an den Informationen teilhaben lassen sollte, die ich von Mr. Buzby erhalten hatte. Aber vielleicht konnte ich auf diese Weise meinen Kopf aus der Schlinge ziehen. Solange ich zu jenen Mitarbeitern gehörte, die Galvins Machenschaften ans Licht brachten, konnte man mich nicht so ohne weiteres der Komplizenschaft bezichtigen. Ohne zu erwähnen, dass ich soeben mit einem Anwalt des Repräsentantenhauses gesprochen hatte, betete ich den Katalog mit der schmutzigen Wäsche herunter, auf den Buzby sich offensichtlich eingeschossen hatte – Angola, Nigeria, Südafrika, Iran, Irak, Russland. Ich erwähnte außerdem, dass ich bei der Übernahme der Zeitung vor etlichen Monaten den Verdacht hatte, Galvin würde mit PalmTrust unter einer Decke stecken. Das Hinterlistige daran war, dass alles der Wahrheit entsprach.

Die beiden Reporter hörten mir aufmerksam zu und machten sich seitenweise Notizen. Kaum hatte ich ein neues Stichwort gegeben, nickten sie und beendeten die Sätze an meiner Stelle. Nach ungefähr einer halben Stunde war mir klar, dass sie das meiste dessen, was ich ihnen gesagt hatte, bereits wussten. »Was machen Sie jetzt mit all den Informationen?«, fragte ich, als wir fertig waren. Der eine antwortete feierlich, darüber würde Candace Ridgway entscheiden.

EINUNDZWANZIG

Der folgende Tag war ein Samstag. Normalerweise wäre ich zu Hause geblieben und hätte Trollope gelesen oder das Internet nach perversen Websites durchforstet, aber am Vormittag rief Galvin an und lud mich zu sich ein. Er fühle sich nicht besonders wohl; Candace habe sich entschuldigt, und er sei recht allein in seinem großen Haus und könne ein wenig Gesellschaft brauchen. Er klang angegriffen, was ungewöhnlich für ihn war, und ich meinte aus seiner Stimme einen traurigen Unterton herauszuhören, den ich bei jedem anderen als melancholisch bezeichnet hätte.

Vor meiner Haustür erwartete mich eine Märchenlandschaft von trügerischer Schönheit. Die zunehmende Kälte hatte die Stadt zu einem blau schimmernden Eispalast erstarren lassen. Tückischerweise war die Temperatur für wenige Stunden gestiegen und sank danach erneut ab. In diesem etwas milderen Zeitraum setzte Niederschlag ein, aber nicht als pulvriger Schnee, sondern als verheerender Eisregen. Die Straßen hatten sich in Eisbahnen verwandelt, und die Äste und Zweige eines jeden Baumes waren von einer schimmernden, glasharten Eishülle überzogen. Das Gewicht des Eises drückte auch die Hochspannungsleitungen nach unten; ein paar Schritte weiter in der Connecticut Avenue war bereits ein Kabel gerissen und schleifte mit einem leisen Klirren auf dem eisbedeckten Pflaster hin und her. Ich ging zwei Blocks weit bis zum Parkplatz an der Florida Avenue, wo ich für gewöhnlich mein

Auto parkte. Immer wieder glitt ich aus, und der pakistanische Parkplatzwächter meinte, bei allem Respekt, aber ich sei wohl von allen guten Geistern verlassen, unter diesen Bedingungen ins Auto zu steigen.

Ich deutete auf meinen zerbeulten grauen Honda. »Für so einen Tag genau das richtige Auto«, sagte ich. »Und außerdem ist es Schicksal. Entweder baue ich einen Unfall oder nicht.« Meine Antwort verstörte ihn noch mehr, denn sie zwang ihn, die Möglichkeit in Betracht zu ziehen, dass der verhängnisvolle Fatalismus der östlichen Hemisphäre, vor dem er auf der Suche nach einem besseren und von der Vernunft bestimmten Leben geflohen war, nun auch Washington infiziert hatte.

Das Autofahren erwies sich als unproblematisch, solange man nicht bremsen musste. Die Betätigung der Bremse hatte – vor allem bergab – nicht den gewünschten Effekt und brachte das Auto nicht zum Stillstand. Stattdessen schlitterte es über die glatte Straße, bis seine Schubkraft nachließ oder es irgendwo anstieß. Ich wählte eine möglichst ebene Straße zu Galvins Haus, hatte aber nicht bedacht, wie abschüssig die Zufahrt war. Im Schneckentempo tastete ich mich Meter für Meter vor und bremste nur kurz zwischendurch. Als das Gefälle steiler wurde, versagte die Taktik jedoch, und zweimal rutschte ich von der Straße. Einmal prallte ich sogar gegen einen Baum und kassierte eine weitere hübsche Delle an meinem Honda. Als ich schließlich das Ende der Zufahrt erreicht hatte und bei Galvin klingelte, war ich sehr stolz auf mich: Ich war angekommen!

Galvin öffnete mir selbst die Tür. Er trug eine Hausjacke aus schwarzem Satin und rote Samtpantoffeln, die mit seinen Initialen bestickt waren. Auf den ersten Blick hätte man ihn immer noch für einen jener Filmstars von früher halten können, Errol Flynn oder Clark Gable, aber er hatte dunkle Ringe unter den Augen, und seine Haut hatte die sommerliche Frische verloren. Sie wirkte trockener, beinahe durchscheinend, und die Blässe offenbarte die Anzeichen des Alters. Er sah erschöpft aus.

»Danke, dass Sie gekommen sind«, begrüßte er mich. »Das ist wirklich nett von Ihnen.« Der Arme. Er schien tatsächlich gerührt, dass ich mich trotz Eis und bitterer Kälte auf den Weg zu ihm gemacht hatte.

»Wo ist das Personal?«, fragte ich. Soweit ich mich erinnerte, war er bisher nie selbst an die Tür gekommen. Sogar der Hund, der schöne goldene Labrador, war nicht mehr da.

»Ich habe das Personal entlassen. Alle, außer der Haushälterin. Hier wird es wohl demnächst ziemlich ungemütlich, und ich wollte nicht, dass sie da mit hineingezogen werden. Also habe ich ihnen ihre Jahresgratifikation ausgezahlt und mich in aller Freundschaft von ihnen verabschiedet.«

Er führte mich in das kleine Arbeitszimmer, in dem wir in jener magischen Nacht mit Candace gesessen hatten – nun ja, zumindest für die beiden war diese Nacht voller Magie gewesen. Im Kamin prasselte ein Feuer, und auf dem Beistelltischchen stand ein großer Becher Tee. Da es kein Personal mehr gab, war es jetzt nicht mehr ganz so ordentlich, dafür aber gemütlicher. Endlich hatte man den Eindruck, das Zimmer wurde *bewohnt*. Auf dem Sofa lag eine Häkeldecke; Galvin faltete sie zusammen und legte sie beiseite. Er fragte mich, ob ich Tee oder Kaffee wolle, aber ich schenkte mir lieber einen Whiskey ein.

»Sie sehen krank aus«, bemerkte ich.

»Das liegt an dieser verflixten Erkältung«, erwiderte er. »Ich werde sie einfach nicht los. Nachts kann ich kaum schlafen, dauernd muss ich husten oder die Nase putzen. Aber das wird schon wieder. Sie werden sehen, im Handumdrehen bin ich wieder auf dem Damm.«

Ich nickte. Heute würde ich ihm bestimmt nicht widersprechen.

»Im Augenblick ist es sicher nicht leicht für Sie«, sagte ich.

»Es tut mir Leid, dass Sie nun zusätzlich gesundheitlich angeschlagen sind.« Ich gab mir Mühe, die richtigen Worte zu finden. Für Galvin war es selbstverständlich, Ermutigung und Anerkennung auszusprechen, aber umgekehrt tat er sich schwer damit, genau diese Dinge von anderen anzunehmen.

»Nicht der Rede wert«, antwortete er. »Dies ist die glücklichste Zeit meines Lebens, von ein paar Kleinigkeiten einmal abgesehen. Ich habe alles erreicht, was ich wollte.« Sein Lächeln war liebenswürdig und aufrichtig, und trotz der Müdigkeit, die aus seinem Gesicht sprach, wirkte er genauso heiter wie immer. Ganz offensichtlich meinte er, was er sagte. Dennoch verspürte ich das Bedürfnis, ihn zu warnen, auch wenn ich ihn vor dem Bevorstehenden nicht schützen konnte.

»Sie sind hinter Ihnen her«, sagte ich. »Der Untersuchungsausschuss des Repräsentantenhauses sammelt Material gegen Sie. Sie prüfen jedes Geschäft, das Sie abgeschlossen, jede Provision, die Sie gezahlt haben. Falls Sie oder Ted Amara irgendwann irgendwo jemanden bestochen haben, werden sie es herausfinden.«

»Ich weiß, ich weiß.« Er klang nicht etwa gequält, sondern eher gelangweilt. »Lassen wir sie im Dreck wühlen, so viel sie wollen. Das kann ich nicht verhindern. Ich habe nichts Ungesetzliches getan – jedenfalls nichts Gravierendes. Mein Gewissen ist rein. Sollen sie ruhig versuchen, mir was anzuhängen. Wir haben immer noch unsere Zeitung. Der Rest ist mir gleichgültig.«

Plötzlich fröstelte ihn. Er zog die Hausjacke enger um die Schultern und breitete die Decke über seine Knie. Dort auf dem Sofa wirkte er so freundlich und versöhnlich, dass ich mich ganz elend fühlte – und zwar wegen meines Gesprächs mit Taub und Loden. Beichten sind mir zuwider, aber ich war ihm eine schuldig.

»Ich muss Ihnen etwas sagen«, begann ich.»Vor ein paar Tagen hatte ich eine Unterhaltung mit einem Beamten vom

Untersuchungsausschuss des Repräsentantenhauses. Ich hatte mich bereit erklärt, einer Einladung zu einem Gespräch nachzukommen. Der Mann hat mir eine Menge Fragen gestellt, aber ich habe eigentlich nichts Brauchbares erzählt. Trotzdem beunruhigt es mich, und ich dachte, ich sollte es Ihnen sagen.« Verlegen starrte ich zu Boden.

»Das weiß ich alles schon«, erwiderte Galvin.

»Sie wissen es?« Ich war überrascht. Warum war er so nett zu mir, wenn er wusste, dass ich mich mit seinen Feinden getroffen hatte?

»Ein Typ vom Untersuchungsausschuss hat mich angerufen und behauptet, Sie würden mit denen zusammenarbeiten. Natürlich habe ich ihm das nicht geglaubt. Sie versuchen nur, mich unter Druck zu setzen. Das ist deren Masche, wenn sie sich erst einmal auf jemanden eingeschossen haben. Aber das ist mir gleich. Ich habe nichts Unrechtes getan.«

»Der Untersuchungsausschuss wollte wissen, auf welche Weise Sie die *Sun* erworben haben. Anscheinend glaubt man, dass Sie mit Wolfe gemeinsame Sache gemacht haben. Die Leute stellen es als Betrug hin und nehmen offenbar an, dass ich auch meine Finger im Spiel hatte.«

»Machen Sie sich keine Sorgen.« Er tätschelte mir beruhigend die Hand. »Die können Ihnen nichts anhaben. Falls sie Ihnen was anhängen wollen, dann beschwöre ich eben, dass Sie nicht eingeweiht waren. Aber dazu wird es gar nicht erst kommen.«

Man konnte diesen Mann nicht einmal verraten! Seine unerschütterliche Gelassenheit machte einen vollkommen wehrlos. Aber alle Gemütsruhe der Welt würde doch nicht seine Rechnungen zahlen.

»Wie wollen Sie finanziell überleben? Es klang ganz so, als seien Sie ernsthaft in Schwierigkeiten. Wie können Sie die Zeitung halten, wenn Ihre Gläubiger Ihnen auf den Pelz rücken?«

»Ich habe tatsächlich gewisse finanzielle Probleme«, räumte er ein. »Das gebe ich zu – Ihnen gegenüber zumindest. Mein Rohstoffunternehmen steht mit mehr als einer Milliarde Dollar in der Kreide, und niemand will mir noch Geld leihen. In wenigen Tagen oder Wochen wird das Unternehmen bankrott gehen, das liegt ganz bei meinen Gläubigern. Aber was soll's. Es ist vorbei, und ich bereue nichts. Die Leute, denen ich etwas schulde, haben sowieso schon zu viel Geld, und die meisten sind komplette Idioten. Denen weine ich keine Träne nach. Mir geht es jetzt vor allem darum, die Zeitung zu schützen.«

»Aber wie wollen Sie die *Sun* retten, wenn all Ihre anderen Geschäfte den Bach runtergehen?«

»Ich habe gewisse Vorkehrungen getroffen. Was glauben Sie, woran Ted Amara schon die ganze Zeit arbeitet? Aber ich möchte hier nicht ins Detail gehen. Das ist alles zu kompliziert.«

Er rief die Haushälterin und bat sie, ihm noch einen Tee zu kochen. Dann schlurfte er in seinen Samtpantoffeln ins Badezimmer. Seine Schritte waren klein, schleppend. Schritte eines alten Mannes, ganz anders als die federnden Bewegungen, die mir von unserer ersten Begegnung her in Erinnerung waren. Ansonsten hatte er sich jedoch kaum verändert. Ich dachte an all die Menschen, die damals bei den Partys in seinem Garten versammelt waren, die seinen Wein getrunken und sich in seinem Glanz gesonnt hatten. Nun, da er am Boden lag, würde ihm bestimmt keiner zu Hilfe eilen.

Galvin führte mich in den Wintergarten. Es handelte sich um eine verglaste Veranda mit Ausblick auf den Garten und die Felsen, die steil zum Fluss hin abfielen. Er hatte die Heizung so weit aufgedreht, dass man trotz der Kälte draußen das Gefühl hatte, geröstet zu werden. Die kahlen, mit Eis überzogenen Bäume glitzerten im Licht der niedrig stehenden Wintersonne. Sie glichen einem urzeitlichen Wald, in dem durch eine

Naturkatastrophe – etwa durch einen Vulkanausbruch oder einen Meteoriteneinschlag – die Zeit stehen geblieben war. Man konnte noch erkennen, wo damals bei Galvins triumphaler Siegesfeier das Zelt gestanden hatte, und im Geiste sah ich wieder Candace auf der Tanzfläche in seinen Armen liegen.

Unsere Unterhaltung steuerte unweigerlich auf Candace zu. Sie war der Mittelpunkt, um den wir nun seit vielen Monaten kreisten, obwohl ich bezweifelte, dass Galvin inzwischen die Tiefe und Komplexität meiner Gefühle zu ihr erkannt hatte. Die Beziehung der beiden war mir immer noch ein Rätsel. Ich sah die Wirkung, aber nicht die Ursache. Und je mehr ich versucht hatte, die Beziehung zu begreifen, desto größer war meine Verwirrung geworden.

Diesmal brachte er das Gespräch auf Candace. Das erstaunte mich, denn wenn es um Dinge ging, die ihm wirklich am Herzen lagen, konnte er sehr verschlossen sein. Ich hatte nicht damit gerechnet, dass er je mit mir offen über sie reden würde. Aber jetzt war es so weit. Vielleicht war ich der einzige Mensch, der den beiden nahe genug stand, um ein guter Zuhörer zu sein.

»Man muss einfach wissen, dass Candace Ängste hat«, sagte er in einer Gesprächspause. Wir hatten gerade über die Zeitung und über Candaces Arbeit während der ersten Wochen als Chefredakteurin gesprochen.

»Wovor sollte sie Angst haben?«, fragte ich. Wollte ich Candace beschreiben, würde mir dieses Attribut nicht unbedingt als Erstes einfallen.

»Davor, sich auf jemanden einzulassen. Zu versagen. All die Dinge, vor denen Leute normalerweise Angst haben, plus all das, was der Tod ihres Vaters noch dazu beigetragen hat. Sein Tod hat sie verändert.«

Er forderte die Frage geradezu heraus, also tat ich ihm den Gefallen. Was war mit Candace in den Wochen vor und nach dem Tod ihres Vaters geschehen? Warum hatte sie Galvin verlassen, wenn sie ihn doch so sehr liebte? Wenn ich das verstehen könnte, dann würde vielleicht auch der Rest klarer werden.

»Sie wollen wirklich wissen, wie die Geschichte ausging?«, fragte er nachdenklich. Natürlich wollte ich, das konnte er mir ansehen, und er erfüllte anderen Menschen gerne einen Wunsch.

Sie waren trunken vor Liebe, so jedenfalls erinnerte sich Galvin, aber sie wussten beide, dass es nun an der Zeit war, nüchtern zu werden und zur Normalität zurückzukehren. Sie war neunzehn, er einundzwanzig. Sie waren von jener glücklichen Reise quer durchs Land zurückgekehrt, während der sie in Güterwagen gereist waren und an Stränden übernachtet hatten. Die Zeit auf Kerouacs Spuren war vorüber. Man schrieb den Herbst 1971: Das Fest war vorbei, und das große Reinemachen begann.

Candace war zunächst nach Hause gefahren, um vor Semesterbeginn noch einmal ihre Eltern in Washington zu besuchen. Als sie danach in Harvard eintraf, sah sie erschöpft aus. Der Zustand ihres Vaters hatte sich verschlechtert. Sie wollte nicht darüber sprechen, doch man spürte, dass es ihm nicht gut ging. In ihrer Verzweiflung hackte die Mutter auf Candace herum. Ihr missfiel die Beziehung zu Galvin, und sie hatte sogar versucht, Candace von der Reise durch Amerika abzuhalten – erst als Mr. Ridgway gemeint hatte, sie solle sich nicht aufregen, ein wenig Aufmüpfigkeit sei doch gar nicht schlecht, hatte sie sich umstimmen lassen. Aber innerlich gab sie Candace die Schuld daran, dass sich die Krankheit des Vaters verschlimmert hatte. Vor Candaces Abfahrt nach Harvard kam es zu einer schrecklichen Szene; die Mutter fing an zu schreien, und Candace brach in Tränen aus.

Candace trug bei ihrer Rückkehr ans College schwer an der Last dieser unbefriedigenden Auseinandersetzungen. Galvin hätte ihre Bürde gerne erleichtert, doch er wusste nicht, wie. Sie verbrachte viel Zeit allein auf ihrem Zimmer; sie sagte, sie habe jetzt im zweiten Studienjahr mehr zu tun, aber Galvin wusste, dass das nicht der wahre Grund war. Sie entfernte sich von ihm. Es kam ihm so vor, als fordere die Familie in ihrer Verbohrtheit Candace zurück. An einem herrlichen Oktobersonntag lud Galvin sie zu einem Picknick ein und fuhr mit ihr zum Walden Pond. Nach ihrer Rückkehr am selben Abend liebten sie sich in seinem Zimmer. Aber sie verschwand bei Morgengrauen, und er war noch zu verschlafen, um sich von ihr zu verabschieden.

Wie sich herausstellte, war das der Tag, an dem sich ihr Vater umbrachte. Galvin erfuhr davon, als er von einem Seminar in der William James Hall kam. Ein Freund hatte die Nachricht im Radio gehört. Galvin rief sofort bei Candace an, aber da war sie bereits auf dem Weg nach Washington.

Galvin folgte ihr. Er nahm am Begräbnis teil, fühlte sich jedoch fehl am Platz. Hier gehörte er nicht hin. All die latenten Minderwertigkeitsgefühle gegenüber der elitären Herkunft seiner Freundin brachen wieder hervor. Candace verdrängte ihre Trauer, indem sie sich auf die Vorbereitungen des Begräbnisses konzentrierte. Es würde ein öffentliches Ereignis werden, an dem alle Freunde und treu ergebene Gefolgsleute der Familie teilnahmen. Ihre Mutter war wie erstarrt in ihrem Schmerz, und so musste Candace die Planung fast ganz allein in die Hand nehmen. Galvin wusste, dass er ihr den größten Dienst erwies, wenn er sich im Hintergrund hielt.

Der Beerdigungsgottesdienst fand in der Washington Cathedral statt. Hunderte von Menschen drängten sich in dem riesigen Kirchenschiff. Das Establishment hatte begriffen, dass Dwight Ridgway ein Opfer des Krieges war. Sie hatten seinen allmählichen Verfall miterlebt; er war zum Symbol für den Zusammenbruch ihrer Welt geworden. Während des Gottesdienstes vergoss Candace keine einzige Träne. Sie versuchte, sich ihres Vaters würdig zu erweisen und es dadurch den anderen leichter zu machen. Sie las die Verse aus dem Hohe Lied Salomos vor, die ihr Vater am Morgen seines Todes aufgeschlagen auf seinem Lesetisch hatte liegen lassen. So wie sie die Zeilen las, musste man einfach glauben, dass Liebe tatsächlich stärker als der Tod war, dass viele Wasser sie nicht auslöschen und Ströme sie nicht ertränken konnten. Die Lesung war ihre Idee gewesen, denn dies war zumindest etwas, was einem Abschiedsbrief nahe kam. Am Ende brauste die Orgel, und sogar die wuchtigen Säulen der Vierung schienen in ihrem Klang zu erzittern. Bei dem anschließenden Empfang standen die Leute Schlange, um Candace zu umarmen und ihr zu versichern, dass ihr Vater stolz auf sie gewesen wäre.

Als die öffentlichen Begräbnisfeierlichkeiten vorüber waren, wurde sie von Trauer übermannt. Sie konnte nicht essen, nicht schlafen und kaum sprechen. Für Galvin war es, als würde er jemandem beim Dahinsiechen zusehen. Hilflos stand er daneben. Noch nie hatte er jemanden so trauern sehen. Candace traf ein paar Tage nach ihm in Harvard ein. Er hoffte, dass sie sich wieder fangen würde, rief sie mehrmals am Tag an, brachte ihr Blumen oder etwas zu essen mit. Hin und wieder unternahmen sie lange Spaziergänge, aber jedes Mal lief sie lange Zeit stumm neben ihm her. In jenem Monat musste Candace noch zweimal nach Washington fliegen, um sich um ihre Mutter zu kümmern, der es noch schlechter ging als ihr selbst. Als es November wurde, begann sich Galvin ernsthaft Sorgen um Candace zu machen. Die Familie forderte ihren Tribut; er fürchtete, sie würde seine Freundin bei lebendigem Leibe verschlingen.

Galvin war sich seiner Liebe zu ihr sicher. Er glaubte fest daran, dass er im Laufe der Zeit ihre Wunde würde heilen können. Er fühlte sich für sie verantwortlich. Sie war so allein; nun war er ihre wahre Familie. An einem klaren, strahlend blauen Samstag Mitte November lud er sie zum Abendessen ein. Ein Kommilitone, der über das Wochenende weggefahren war, hatte Galvin den Schlüssel für sein Appartement in einem Hochhaus am Charles River überlassen. Durch das große Panoramafenster sah man hinab auf das dunkle Band des Flusses, das sich in vielen Windungen bis zum Fresh Pond hinzog. Sie kamen am Spätnachmittag an. Die Sonne ging gerade unter. Die Ränder der tief hängenden Wolken erglühten in einem rosigen Schein, der sich im Westen in ein dunkles Rot verwandelte. Als die Sonne hinter dem Horizont verschwand, erloschen sie.

Galvin zündete eine Kerze an und öffnete eine Flasche Champagner. Das Bett war schon aufgedeckt, für später. Er bat Candace, auf dem Sofa Platz zu nehmen, von wo man einen Ausblick auf die Stadt hatte, und nahm ihre Hand. Er wollte, dass alles genau stimmte, damit sie sich immer daran erinnern würden, wie wunderschön dieser Augenblick gewesen war.

»Willst du mich heiraten?«, fragte er. Er hatte sie das schon einmal gefragt. Eine andere Art, auszudrücken, dass er sie liebte, aber diesmal war seine Frage wörtlich gemeint. Jetzt war der richtige Zeitpunkt. Sie zerbrach fast an ihrer Trauer. Wenn sie seinen Antrag annahm, konnte er sie glücklich machen. Er nahm den Verlobungsring aus der Schachtel.

Geistesabwesend sah sie ihn an, als hätte sie seine Worte gar nicht gehört. Dann begann sie zu weinen. Einen Augenblick lang dachte er, es seien Freudentränen. Er wiederholte seinen Antrag, doch diesmal sprach sie es aus: »Nein.« Sie wollte ihn nicht heiraten.

Als er eine Begründung für ihre Ablehnung forderte, wurde sie wütend. Sie könne kaum mehr atmen, weil Galvin ihr schier die Luft abschnüre. Im Moment sei sie für so viele Dinge verantwortlich, habe so viele Pläne, so viel zu erledigen. Sie liebe ihn, aber sie habe sich selbst und ihrer Familie gegenüber Pflichten. Genau da liege das Problem, entgegnete Galvin scharf. Genau das habe ihren Vater umgebracht. Er bat sie inständig, mit ihm zusammen wegzugehen, um sich selbst zu retten und ein neues Leben anzufangen. Aber sie weigerte sich. »Hör endlich auf, mich zu drängen!«, schrie sie. Sie schnappte ihren Mantel und rannte zum Lift – und ließ Galvin mit den brennenden Kerzen, der Flasche Champagner und dem Verlobungsring allein zurück. Ihre Worte dröhnten ihm in den Ohren.

Das sei der schlimmste Augenblick in seinem Leben gewesen, sagte er. Sogar jetzt noch, dreißig Jahre später, spürte er den intensiven Schmerz dieser Zurückweisung. Nun hatte sie es ausgesprochen: Er war ein Nichtsnutz. Letztendlich war er nicht gut genug für sie. Er mochte attraktiv und charmant sein, aber er war kein Mann zum Heiraten.

Da beschloss Galvin fortzugehen. Er fühlte sich abgelehnt, nicht nur von ihr, sondern von der Welt, die sie verkörperte. In Harvard wurden die Ridgways beinahe wie Götter verehrt. Ihr Vater und ihre Cousins und Cousinen hatten hier studiert. Quasi ein Familienunternehmen. Für Galvin war es unmöglich, länger in Harvard zu bleiben. Er versuchte sich auf sein Studium zu konzentrieren, trieb Sport und ging mit anderen Mädchen aus – doch alles schmeckte schal. Das Spiel war aus. Er war nichts als ein junger Kerl aus Pittsburgh mit einem verrückten Sozialisten als Vater und ohne einen einzigen Penny in der Tasche. Aber sein Selbsterhaltungstrieb war sehr wohl intakt. Er hatte das überwältigende Verlangen, diesem Ort den Rücken zu kehren und endlich richtig loszulegen.

Also verließ er Anfang Dezember, in seinem letzten Studienjahr, die Universität. Er erklärte den Dekanen, er werde im nächsten Herbst wieder da sein und seinen Abschluss machen. Zuvor müsse er sich noch neuen Wind um die Nase wehen lassen. Die Dekane zeigten Verständnis; in Harvard war man großzügig. Er hatte vor, nach Asien zu gehen. Nach einigen Telefongesprächen fand er einen Job in Bangkok. Er blickte niemals zurück. Ein paar Jahre lang erhielt er immer wieder Briefe der Harvard University mit der Frage, wann er denn zurückzukommen gedenke, aber auch das hörte schließlich auf. Und dann, eines Tages, begann Galvin selbst nach Harvard zu schreiben und großzügige Spenden zu schicken. Das war seine Antwort oder zumindest ein Teil davon.

»Haben Sie in Bangkok wirklich für den CIA gearbeitet?«, fragte ich, als er zu Ende erzählt hatte. Genau dieses Detail faszinierte mich. Galvin hatte von verbotenen Früchten gekostet – ein Zeichen dafür, dass er vollkommen mit der Welt, die Harvard verkörperte, gebrochen hatte.

»Ja. Ab und zu. Warum nicht? Es hat Spaß gemacht, und ich habe eine Menge gelernt. Hat mir besser gefallen als die Fremdenlegion. Auch von Hongkong aus habe ich noch ein paar Jahre lang Aufträge für die Big Boys erledigt. Und, ehrlich gesagt, wenn einer von ihnen jetzt hier ins Zimmer käme und mich um Hilfe bitten würde, würde ich auf der Stelle zusagen – und erst später fragen, worum es eigentlich geht.«

»Und Sie haben Candace während Ihrer Zeit in Asien nie gesehen und erst wieder getroffen, als Sie nach Washington gezogen sind?«

Neugierig blickte er mich an. »Das stimmt nicht. Ich habe sie über die Jahre häufig getroffen. Wer hat Ihnen das erzählt?«

»Candace selbst.«

Er schüttelte den Kopf und lachte. »Typisch Candace! Nein, wir sind in Kontakt geblieben. Während sie in Übersee war, habe ich ihr regelmäßig Informationen besorgt. Ich habe ihr geholfen, den Pulitzerpreis zu gewinnen, falls Sie das interessiert. Es war eine Serie über Schmiergelder, die amerikanische Firmen in Übersee gezahlt haben, stimmt's? Nun, was glauben Sie, woher sie die Informationen darüber hatte? Aus verlässlicher Quelle. Natürlich haben wir den Kontakt gehalten. Darum bin ich zurück nach Washington gegangen. Sie hat mir signalisiert, dass nach all den Jahren vielleicht jetzt der richtige Zeitpunkt gekommen sei, es noch einmal miteinander zu versuchen.«

Er verstummte. Der Wind strich durch die geisterhaft aussehenden Bäume. Wenn sich die eisbedeckten Äste berührten, ertönte ein leises, klirrendes Geräusch, ähnlich dem Klang eines Windspiels. Ich war wütend, weil Candace mich angelogen hatte. Natürlich wusste ich, dass sie eine Frau war, die gerne die Fäden in der Hand hielt und ihre Schönheit und Intelligenz einsetzte, um die Welt nach ihren Vorstellungen zu gestalten. Aber für eine Lügnerin hatte ich sie bisher nicht gehalten. Diese Erkenntnis war wie ein vergifteter Pfeil, der mitten ins Herz drang.

»Sie stellt Nachforschungen über Sie an«, sagte ich.

Galvin sah überrascht auf. Er begriff nicht, was ich da redete. »Entschuldigung, aber das habe ich nicht ganz mitbekommen.«

»Sie stellt Nachforschungen über Sie an«, wiederholte ich. »Auf ihre Anweisung hin überprüft ein Team von Reportern der *Sun* Ihre Finanzen, Ihre Bestechungsversuche und schmutzigen Geschäfte. Sie will einen Bericht darüber veröffentlichen.«

»Ausgeschlossen!« Er machte eine wegwerfende Handbewegung. »Das müssen Sie missverstanden haben. So etwas würde sie nie tun. Nicht in meiner Zeitung, und dazu noch ohne mir etwas davon zu sagen.«

»Es ist die Wahrheit«, erwiderte ich leise.

»Das können Sie mir nicht weismachen«, wehrte er ab. »Candace ist sehr eigenwillig, aber sie würde mich niemals in meiner eigenen Zeitung öffentlich angreifen. Sie sind bloß sauer auf sie, weil sie nicht mit Ihnen schlafen will.«

Er zwinkerte mir zu und boxte mich spielerisch gegen die Schulter, und damit wurde das Thema ad acta gelegt. Es sollte unsere einzige private Unterhaltung bleiben. Nie werde ich vergessen, wie er eingehüllt in seine Decke in dem Wintergarten saß und lächelnd auf die Bäume und den Fluss hinausblickte – die Ruinen seines Reiches. Er war glücklich. Er hatte herausgefunden, wie er das, was er für andere getan hatte, auch sich selbst geben konnte.

ZWEIUNDZWANZIG

Candace bat das Untersuchungsteam zum Abschlussbericht in ihr Haus in Georgetown. Auf Grund des heiklen Themas hielt sie es für klüger, dieses Gespräch nicht im Verlagsgebäude zu führen. Bisher war nichts nach außen gedrungen, aber wenn man uns vier zusammen sah, würde vielleicht der eine oder andere Mitarbeiter den Verdacht schöpfen, dass die *Sun* Nachforschungen über ihren Verleger anstellte. Die Belegschaft würde sich in Befürworter und Gegner einer Veröffentlichung spalten. Candace wollte auf jeden Fall eine Beeinflussung vermeiden; sie behauptete, sie habe noch nicht festgelegt, wie sie vorgehen würde. Sie hoffe immer noch, dass sich die Anschuldigungen gegenüber Galvin letztendlich als gegenstandslos erweisen würden und sich diese leidige Angelegenheit in Nichts auflöse. Ich bezweifelte, dass sie wirklich daran glaubte, aber es gehörte nun mal zu ihrer Überlebensausrüstung, sich vorzumachen, sie verfüge unmittelbar vor einer Entscheidung zwischen ja und nein noch über Alternativen. Dadurch gelang es ihr, bis zum Schluss den Schein zu wahren.

Es war nur noch eine Woche bis Weihnachten, und als ich zu Candace fuhr, wimmelte es in Georgetown von Kauflustigen. Aufgrund meiner jüdischen Herkunft bereitete Weihnachten mir immer ein ganz besonderes Vergnügen. Herrlich, welche Schau all diese guten Christenmenschen für mich abziehen. Sie lächeln mich ohne besonderen Grund auf der Straße an, schütteln mir herzlich die Hand, wünschen mir:

»Frohe Festtage!«, und sind so höflich, den Nachsatz: »Auch wenn Sie nur Jude sind…« wegzulassen. Weihnachten ist kaum zu überbieten, wenn es darum geht, nach allen Richtungen hin Frohsinn zu verbreiten. Darüber hinaus findet es ausgerechnet in der Zeit des Jahres statt, in der die Tage kurz und düster sind und in Wahrheit namenlose Trübsal herrscht. Wirklich clever eingefädelt! Jerry Springer moderierte einmal eine Show mit dem Titel *Willkommen in der Weihnachtshölle!*, bei der er ein Pseudoweihnachtsdinner veranstaltete. Die geladenen Gäste fingen plötzlich an, sich gegenseitig zu beschimpfen und mit Gegenständen zu bewerfen. Hier offenbart sich die wahre amerikanische Gesinnung, die unmittelbar hinter dem breiten »Hallo-Nachbar!«-Lächeln lauert.

Candace hatte in ihrem Wohnzimmer einen Weihnachtsbaum aufgestellt und wunderschön mit handgearbeitetem Weihnachtsschmuck aus ihrer Kindheit dekoriert. Da gab es Glasfigürchen, kleine hölzerne Elfen und Rentiere, Engel aus Gaze und Goldfolie. Auf der Baumspitze saß ein Engel in einem purpurroten Kleid mit goldenen Flügeln. Mit seinem ebenmäßigen wächsernen Gesicht und dem blonden Haar war er das Ebenbild von Candace.

Wir drei eher weniger Weisen aus dem Abendland marschierten etwas verlegen an dem Baum vorbei ins Esszimmer, wo Candace Kaffee und Saft bereitgestellt hatte. Sogar ein Stapel Notizblöcke lag auf dem Tisch – wie bei einer morgendlichen Geschäftsbesprechung im Hotel. Sie bat uns, am Tisch Platz zu nehmen, und bedankte sich für unser Kommen. Es war befremdlich, sie hier bei sich zu Hause so steif und geschäftsmäßig zu erleben. Heute trug sie kein kurzes Kleid aus ihrer schicken Designergarderobe, das ihre schönen Beine zur Geltung gebracht hätte, sondern ein schlichtes Nadelstreifenkostüm.

Zunächst wollte sie hören, was die Reporter herausgefunden hatten. Dann erst würde sie über ihr weiteres Vorgehen entscheiden. Was auch geschehe, wir müssten absolutes Stillschweigen bewahren, bis sie mit Galvin gesprochen habe. Falls wir uns nicht daran hielten, würden wir ihm bitter Unrecht tun. Das sagte sie voller aufrichtiger Überzeugung, ohne eine Spur von Ironie.

Die beiden Reporter – Mark Taub und Henry Loden – hatte ich bereits in der verrauchten Bar kennen gelernt. Taub war unser Reporter an der Wall Street; er hatte früher für den *Bond Buyer* gearbeitet und kannte sich mit den Gegebenheiten auf den Finanzmärkten aus. Loden, der Rechercheur, war einer von der eher schweigsamen Sorte. Sein Gesicht war mit Aknenarben übersät, sein Blick undurchdringlich. Er hatte sich hauptsächlich mit Galvins Erwerb der *Sun* befasst.

Candace wandte sich an den Wall-Street-Reporter und bat ihn, die Ergebnisse seiner und Lodens Nachforschungen zusammenzufassen. Taub wollte seine Chefin beeindrucken und legte ihr Tabellen und Listen vor, mit deren Hilfe er die komplizierte Struktur und die Entwicklung von Galvins Imperium erklärte. Diese Geschichte war mir bereits vertraut.

Carl Galvin Corporation, bekannt unter dem Kürzel CGC, hatte sich als eines der weltweit führenden Unternehmen für Rohstoffhandel etabliert. Galvin hatte damals ein Vermögen gemacht, indem er auf steigende Ölpreise setzte. Danach hatte er immer wieder klug auf eine Verknappung von Rohstoffen gesetzt: Zinn, Kupfer, Mangan, Nickel, Bauxit. Als die Weltwirtschaft Ende der Siebziger- und Anfang der Achtzigerjahre expandierte, zogen die Preise für diese Rohstoffe vorübergehend kräftig an, da die Nachfrage sprunghaft anstieg, das Angebot jedoch beschränkt blieb. In einigen Fällen hatte Galvin laut Taub selbst zu einem Ungleichgewicht des Marktes beigetragen. Zum Beispiel hatte er einmal alle verfügbaren Nickelvorräte aufgekauft, um eine Knappheit auf dem Spotmarkt zu erzeugen. Dies wiederum trieb die Preise nach oben und erhöhte den Wert von Galvins Beständen.

Während Taub seinen Bericht herunterratterte, nickte Candace mehrere Male. Das meiste schien sie bereits zu wissen oder zumindest geahnt zu haben. Taub erzählte von Galvins hochriskanten Unternehmen in Afrika und im Nahen Osten, von denen ich schon von anderer Seite gehört hatte. Er vermutete, Galvin habe dabei Sanktionen gegen Südafrika, den Iran, den Irak und andere Staaten gebrochen. Aber es sei vermutlich mit Duldung seiner Freunde beim CIA geschehen; dafür könne man ihn vor Gericht nicht belangen.

»Sein Geschäft besteht darin, mit Risiken zu jonglieren«, erklärte Mark Taub. Galvin hatte im Laufe der Jahre gelernt, wie man die Wertschwankungen eines Rohstoffs in einer bestimmten Region gegen einen anderen ausbalancieren konnte. Wenn er sich mit auf Dollar lautenden Ölkontrakten an Japan eingedeckt hatte, sorgte er durch Spekulationen auf dem Devisenmarkt dafür, dass er von beiden Seiten gegen etwaige plötzliche Veränderungen abgesichert war. Außerdem setzte er auf langfristige Trends. Schon früh hatte er erkannt, dass Glasfaser an Stelle von Kupferdraht treten würde, und mit Kupfertermingeschäften Millionen verdient. Als sein Unternehmen expandierte, wurde er unweigerlich zu einem Kurstreiber – was bedeutete, dass er manchmal auf beiden Seiten eines Handels agieren musste. Das ging gut, solange die Märkte stabil waren.

Galvins Unternehmen unterlag allein der Gefahr, dass die Preise der wichtigsten Rohstoffe – Öl, Metalle, Chemikalien, Papier – gleichzeitig nachgaben. In einer Zeit starken Wirtschaftswachstums hielt man einen solch umfassenden Rückgang für völlig undenkbar. Doch genau das war in den Neunzigerjahren eingetreten. Allen Prognosen zum Trotz waren die Rohstoffpreise im Laufe der Jahrzehnte immer weiter gesunken.

Gegen Ende der Neunziger, als die Auswirkungen des Zusammenbruchs der asiatischen Märkte spürbar wurden, stürzten die Preise der wichtigsten Industrierohstoffe auf einen katastrophalen Tiefstand. Manche Rohstoffe erreichten bei inflationsbereinigter Basis den niedrigsten Stand seit fünfzig Jahren. Genau damit hatte Galvin nicht gerechnet, und das war ihm zum Verhängnis geworden.

»Aber er ist doch immer noch vermögend, nehme ich an?«, fragte Candace. Es wollte ihr nicht in den Kopf, dass Galvin als Rohstoffhändler elementare Fehler gemacht haben könnte. Sie war auf Vorwürfe wegen Betrugs und Bestechung gefasst gewesen, nicht auf simple unternehmerische Fehlentscheidungen.

»Er ist pleite«, sagte Taub mit der typisch ausdruckslosen Stimme eines Menschen aus dem Mittleren Westen. »Soweit wir das beurteilen können, ist er schon seit Mitte der Neunziger pleite. Als die Märkte für Öl und andere Rohstoffe abgestürzt sind, hat es ihn mit nach unten gezogen. Davon hat er sich nie mehr erholt.«

»Lassen Sie sich von ihm nicht an der Nase herumführen!«, rief Candace aus. »Er hat bestimmt noch irgendwo Geld und hält es nur vor seinen Gläubigern versteckt. Wahrscheinlich ist er immer noch Milliardär; er spielt uns allen etwas vor.«

Mark Taub schüttelte den Kopf. »Er mag vielleicht anderen eine Milliarde Dollar schulden, aber er selbst hat das Geld definitiv nicht.« Er und Loden hatten sich mit dutzenden von Leuten unterhalten, die alle nach Galvins verstecktem Schatz gesucht hatten und letztendlich zu dem Schluss gekommen waren, dass es einen solchen nicht gab. »Er hat alle hingehalten, um den Schein zu wahren, hat gerade genug Geld verdient, um umschulden zu können. Aber er steckte schon lange vor seiner Ankunft in Washington in finanziellen Schwierigkeiten.«

Candace zog die Augenbrauen hoch. »Das kann einfach nicht stimmen. Was ist mit den zwei Häusern und den Partys, den Stipendien und den Spenden? Das hat er alles tatsächlich gezahlt.«

»Mit geliehenem Geld«, erwiderte Taub. »Im Grunde hat er uns seit seiner Ankunft in Washington etwas vorgegaukelt. Es ist einfach, reich zu wirken, wenn die Leute glauben, man sei reich – dann leihen sie einem nämlich immer wieder Geld. Khashoggi hat dieses Spiel jahrelang gespielt, bevor irgendjemand gemerkt hat, dass er bankrott ist. Als es Galvins Gläubigern endlich dämmerte, dass er wirklich bis zum Hals in Schwierigkeiten steckte, haben sie die Schraube angezogen, aber umsonst – da war nichts mehr zu holen.«

Candace sah sich unerwartet einer eigenartigen Wahrheit gegenüber. Im Dickicht von Galvins geschäftlichen Angelegenheiten hatte sie nach Hinweisen auf den tief greifenden Missbrauch seiner Finanzmacht gesucht und war dabei auf eine viel größere Überraschung gestoßen: Galvins Reichtum war pure Illusion.

»Wie hat er denn die *Sun* gekauft?«, fragte sie. Immerhin hatte sie jeden einzelnen Schritt dieses Prozesses aus der Nähe miterlebt. »Woher ist das Geld gekommen?«

Henry Loden, der Spürhund mit dem Hang zur Lakonie, kannte die Antwort: »Er hat mit seinem Partner Melvin Wolfe zusammengearbeitet. Sie haben das Geschäft so manipuliert, dass Wolfes Aktien auf jeden Fall steigen mussten.«

»Das weiß ich«, erwiderte sie aufbrausend. Galvins Betrug nahm sie als gegeben hin, jedoch nicht seine Mittellosigkeit. »Aber mit wessen Geld haben die beiden gezahlt?«

»Wolfe hat zusätzlich Sicherheiten bereitgestellt«, antwortete Loden. »Auf diese Weise hat Galvin einen Kredit aufnehmen können. Galvin hatte selbst keinen Pfennig, um etwas zur Finanzierung der Zeitung beizutragen.«

»Aber wer hat die Kontrolle über die *Sun*? Er oder seine Gläubiger?«

Loden erwiderte, das sei schwer zu beurteilen. Galvin habe sich während der letzten Wochen eingehend mit Ted Amara und seinen anderen Anwälten beraten. Über die Unterredungen sei nichts bekannt, da es sich um vertrauliche Gespräche zwischen Bank und Privatkunde oder Anwalt und Mandant handele. Bei einigen Anwaltsfirmen jedoch mache das Gerücht die Runde, dass Galvin an der Eigentumsstruktur der Zeitung herumbastele und neue Trusts für die Verwaltung der stimmberechtigten Aktien schaffe. Candace zuckte gleichgültig die Schultern. Galvins und Amaras Vorsichtsmaßnahmen interessierten sie nicht.

Der Bericht der Hardy Boys dauerte noch ungefähr eine Stunde. Soweit ich wusste, hatte keiner von ihnen sich mit Galvin persönlich unterhalten. Das erklärte den trockenen Ton ihrer Darstellung. Sie waren wie Biografen, die jedes noch so kleine Detail über eine Person zusammengetragen, letztendlich jedoch ihr Wesen nicht erfasst haben. Nun ja, wenigstens kannten wir jetzt die ganze Geschichte, wenn auch nur als eine Aneinanderreihung von Tatsachen. Unser großartiger Verleger war bankrott. Er hatte sich unsere Zeitung durch Betrug angeeignet. Wir lebten in einem journalistischen Kartenhaus, das jeden Augenblick über uns zusammenzufallen drohte.

Candace sah erschöpft aus. Als sie kurz nach zwölf Uhr mittags die Besprechung beendete, hatten die beiden Reporter gerade Anlauf zur zweiten Runde genommen. Wäre es nach ihnen gegangen, hätten sie bis zum Abend weitergeredet. Aber Candace hatte genug Fakten beisammen; nun musste sie sich über den nächsten Schritt klar werden. Sie dankte den Reportern und versicherte ihnen, sie hätten die schwierigste Aufgabe bewältigt, die es für eine Zeitung gibt: Untersuchungen über sich selbst anzustellen. Das verdiene höchste Anerkennung. Als sich die beiden verabschiedeten, bat Candace sie um ihre Aufzeichnungen, die sie brauche, um zu einer Entscheidung zu gelangen.

Ich wollte gemeinsam mit Taub und Loden aufbrechen, aber Candace lud mich ein, noch eine Weile zu bleiben. Sie musste unbedingt mit jemandem reden. Erst einmal brauchte sie etwas zu trinken. Ich schenkte ihr ein Glas Wein ein und machte uns ein paar Thunfischsandwiches als Mittagessen, während sie auf den winterlich kahlen Garten starrte. Als ich das Brot toastete, sagte sie, sie gehe kurz nach oben, um dieses grässliche Nadelstreifenkostüm durch etwas Bequemeres zu ersetzen. In Freizeithosen und einem alten Kaschmirpulli kam sie wieder herunter.

»Und, was hältst du von alldem?«, fragte sie mich.

Ich hatte überlegt, wie die einzelnen Teile des Puzzles zusammenpassten – die finanziellen Probleme, der Betrug und der Zusammenbruch seines Unternehmens. Aber in diesem Bild gab es ein übergeordnetes Muster, das ich verstehen wollte und dessen Linien sich immer klarer abzeichneten. Im Grunde war es gar nicht so kompliziert.

»Er hat es für dich getan«, sagte ich. »Alles. Dieses ganze verrückte Theater hat er für dich inszeniert, weil er dich liebt.«

Kalt sah sie mich an. Das hatte sie mit ihrer Frage nicht gemeint. »Mag sein«, erwiderte sie. »Aber das ist jetzt irrelevant.«

»Nein, ist es nicht«, sagte ich entschieden. »Hier geht es um dich. Du kannst nicht so tun, als hättest du damit nichts zu tun. Galvin braucht dich. Er steckt in Schwierigkeiten. Du solltest zu ihm gehen. Er leidet darunter, dass du auf Distanz gehst.«

»Nicht jetzt.« Auch in ihrer Stimme lag diese überraschende Kälte. »Ich bin seine Chefredakteurin. Unter diesen Umständen kann ich ihm nicht freundschaftlich zur Seite stehen. Ich muss die Zeitung schützen. Wenn alles vorbei ist, können wir wieder zusammen sein.«

»Das ist eine dieser unmenschlichen Antworten, die für Washington so typisch sind.«

Sie schüttelte den Kopf und biss sich auf die Lippe. Wieder starrte sie auf den Garten hinaus. »Mach es mir nicht noch schwerer«, sagte sie nach einer Weile.

Ich betrachtete sie, wie sie da am Fenster lehnte, stahlhart unter dem weichen Pullover. Und ich begriff allmählich, was Galvin damals empfunden haben musste, als er ihr nahe sein wollte, aber den Panzer nicht durchdringen konnte. »So machst du es also«, sann ich laut nach. »Du bist so schön, dass die Leute vergessen, wie hart du bist. Wenn sie dich wirklich brauchen, zeigst du ihnen die kalte Schulter. Das hast du Sandy vor vielen Jahren schon einmal angetan.«

»Wie kannst du nur so etwas Schreckliches sagen, David! Vor allem jetzt.« Sie wandte sich vom Fenster ab und kam auf mich zu. Ich hatte sie wütend gemacht. Sehr gut. »Wenn du mir nicht helfen willst, solltest du besser gehen«, sagte sie. »Das ertrage ich nicht.«

Ich hörte gar nicht zu. Ihre Wünsche waren mir in diesem Augenblick vollkommen egal. »Warum wolltest du ihn damals am College nicht heiraten? Ich komme einfach nicht dahinter. Ich habe Galvin gefragt, aber anscheinend weiß er es selbst nicht genau. Darum ist er zurückgekehrt. Er dachte, jetzt würde alles gut werden.«

»Ich möchte, dass du gehst, und zwar auf der Stelle. Du bringst mich in Rage.«

Ich stand da, dürr und nutzlos wie ein alter Zaunpfahl, aber fest entschlossen, ihren Fluchtweg zu blockieren. Ich wollte, dass sie sich wenigstens einmal in ihrem Leben ihre Härte und Treulosigkeit eingestand. »Beantworte meine Frage«, sagte ich. »Dann gehe ich, und du kannst mit Galvin verfahren, wie du willst.«

Sie schlug mir ins Gesicht. Anders konnte sie sich nicht mehr wehren. Ich spürte ein Brennen auf der Wange, das mit nachlassender Taubheit in ein Prickeln überging. »Du Scheißkerl!«, schrie sie mich an.

»Erzähl es mir«, wiederholte ich ruhig. Ihre Abwehr fiel in sich zusammen. Ich wusste, dass sie mir eine Antwort geben würde. Sie hatte das Bedürfnis, sich zu rechtfertigen.

Der Abend, an dem Galvin ihr den Heiratsantrag gemacht hatte, glich in ihrer Erinnerung dem Negativ eines Schwarzweißfotos. Am hellsten leuchtete die schwarze Nacht, in die sie geflohen war. Candace war damals eine verzweifelte junge Frau von neunzehn Jahren, die nicht wusste, wie sie mit dem Verlust ihres Vaters fertig werden sollte, und Beruhigungsmittel brauchte, um nicht den ganzen Tag zu weinen. Ihr Freund hatte sie in eine Junggesellenbude à la Hugh Hefner mitgenommen, mit einem Panoramafenster und einem Spiegel über dem Bett. Dort hatte er eine Flasche Champagner geöffnet und versucht, ihr einen Brillantring aufzudrängen. Was um alles in der Welt hatte er sich bloß dabei gedacht? Wie konnte er nur annehmen, dies sei der geeignete Zeitpunkt für einen Heiratsantrag? In jenem Augenblick hatte sich das wahre Ausmaß seiner Eitelkeit gezeigt.

Noch nie war ihr etwas so schwer gefallen wie diese Weigerung. Als sie aus dem Apartmenthaus trat und allein am Memorial Drive stand, musste sie sich übergeben. Sie ging zur Krankenstation des Colleges und bat um Schlaftabletten. Sie wollte ihr Bewusstsein auslöschen. Aber die Tabletten unterdrückten den Schmerz nur; letztendlich konnte sie ihm nicht entfliehen, sondern musste sich ihm stellen. Sie zog sich an einen Ort zurück, den sie den weißen Raum nannte. Er existierte nur in ihrer Phantasie; er war still und warm, und die Wände schienen mitzuatmen. Schon einmal hatte sie dort Zuflucht gesucht, als ihr Vater gestorben war. In diesem Raum fühlte sie sich sicher.

Das Leid hatte Candace stärker gemacht. Das hatte Galvin nicht erkannt. Er glaubte, sie sei schwach und brauche seine Hilfe, aber sie hatte sich verändert. An dem Morgen, an dem ihr Vater gestorben war, hatte man sie aus der Vorlesung geholt und zum Büro des Studentenbetreuers geführt. Niemand hatte ihr gesagt, worum es ging, aber sie wusste, dass jemand gestorben sein musste. Sie erinnerte sich daran, dass sie gehofft hatte, es handle sich um ihre Mutter. Der Studentenbetreuer reichte ihr ein Telefon. Ihre Mutter war dran. Mrs. Ridgway weinte, aber Candace verstand, was sie sagte: »Dein Vater ist tot.« Sie erzählte nicht, wie es passiert war. Zuerst hatte Candace ihr diese Unterlassung bitter übel genommen, aber mittlerweile hatte sie ihr verziehen. Die arme Frau hatte erst eine Stunde zuvor die Leiche gefunden; die Polizei war noch im Haus und stellte Fragen. Natürlich hatte sie die Wahrheit verheimlichen wollen. Und so erfuhr Candace es aus dem Radio, im Taxi auf dem Weg zum Logan Airport. Der Fahrer hielt an und nahm sie in den Arm. Er sagte, auch er habe eine Tochter.

Sie saß in eine Decke eingehüllt ganz hinten im Flugzeug. Auf diesem langen Flug hatte sie den Weg zum weißen Raum gefunden. Als sie ihn betrat, wusste sie noch nicht, ob sie in dem eiskalten Vakuum ihres Verlusts überleben würde. Sie zog sich die Decke über den Kopf, damit niemand sie beobachten konnte, und dachte an ihren Vater. Er würde nie mehr zurückkommen. Sie war nun ganz allein auf der Welt. Und doch, in der weißen Kammer ihres Herzens, spürte sie, dass sie lebte. Wenn sie die Augen schloss, sah sie Lichtstrahlen. Auf diesem Flug alterte sie um zehn Jahre; in Washington stieg eine vollkommen andere Candace aus dem Flugzeug.

Sandy hatte ihr Leid begreifen wollen, genauso wie er alles um sich herum begreifen und besitzen wollte. Er merkte nicht, dass sie augenblicklich außer Reichweite war. Candace hatte seine Eitelkeit und Egozentrik immer geliebt; sie gehörten zu den Eigenschaften, die ihn so überlebensgroß wirken ließen. Doch nun musste sie allein sein. Das war ihre Art, wieder zu Kräften zu kommen, aber er verstand es nicht. Als er ihr diesen Ring anstecken wollte, empfand sie tiefen körperlichen Widerwillen. Ekel. Es war der falsche Schritt zur falschen Zeit, ein sträfliches Missachten ihrer Verzweiflung. Er hatte die Signale nicht verstanden. Wie konnte er behaupten, sie aufrichtig zu lieben, wenn er so selbstsüchtig handelte? Sie war geflohen – zurück in den Schutz des weißen Raumes.

Und plötzlich war Sandy Galvin fort. Aus Wut hatte er ihr verschwiegen, dass er Harvard verlassen würde. Sie fand es nur heraus, weil sie ihn eines Tages im Januar anrufen wollte, um sich zu erkundigen, ob es ihm gut gehe. Sie war sich unschlüssig, was sie sagen sollte; vielleicht würden sie einfach einen kurzen Spaziergang machen. Doch die Nummer war abgemeldet worden. Die Erkenntnis, dass er fortgegangen war, traf sie wie ein Schlag. Zunächst war sie wie betäubt – wie damals an dem Abend, da er ihr den Heiratsantrag gemacht hatte –, aber dann setzte der Schmerz ein. Sie wartete darauf, dass er nachließ, aber sie litt weiter – den ganzen Winter über, bis in den Frühling hinein. Sie hoffte immer noch auf seine Rückkehr oder zumindest auf ein Lebenszeichen in Form eines Anrufs aus irgendeinem entlegenen Winkel der Welt. Doch er meldete sich nicht.

Seither war sie mit vielen anderen Männern ausgegangen, aber die Sehnsucht blieb. Galvin war wie ein Tattoo, das sich nicht mehr entfernen ließ. Er hatte sich tief und unauslöschlich in ihre Seele eingegraben. Hin und wieder hat die erste Liebe solch eine Macht; sie schafft sich einen eigenen Platz im Herzen, der vorher nicht da war, und wenn sie geht, hinterlässt sie eine immerwährende Leere. In diesen Wochen und Monaten – und schließlich Jahren – erkannte Candace die traurige und einfache Wahrheit, dass bestimmte Dinge im Leben ungelöst bleiben. Manchen Menschen ist Glück in der Liebe nicht vergönnt. Sie verpassen ihre Gelegenheit, aus welchen Gründen auch immer, und bekommen keine zweite Chance. Das, was sie sich wünschen, bleibt ihnen verwehrt. Diese Vorstellung war Galvin möglicherweise fremd, aber Candace hatte sie akzeptiert und sich zu Eigen gemacht.

Sie barg das Gesicht in den Händen. Ich nahm den Wein aus dem Kühlschrank und schenkte uns nach. Draußen wurde es bereits dunkel. Eine mächtige graue Schneewolke hatte sich vor die untergehende Sonne geschoben. Tröstend legte ich Candace die Hand auf die Schulter; sie schüttelte sie zwar nicht ab, aber das war auch alles. Dann sah sie mich an. Ich hatte doch schon so viel gehört. Was wollte ich noch wissen?

»Du bist mit Galvin danach in Kontakt geblieben«, sagte ich. »Das hat er mir jedenfalls erzählt. Er hat gesagt, er hätte dir dabei geholfen, den Pulitzerpreis zu gewinnen.«

»Das stimmt. Eigentlich sollte es niemand erfahren, aber er hat mich über Jahre hinweg unterstützt. Nachdem er reich geworden war, hat er mir Geschenke geschickt und mich mit Informationen versorgt. Er wollte mich immer noch, und ich konnte nicht Nein sagen. Dann beschloss er, nach Washington zu ziehen, und ich hatte nichts dagegen. Mehr als das – ich wollte, dass er kommt. Ich dachte, jetzt, dieses Mal, sei es vielleicht anders. Es tut mir Leid, dass ich dich in diesem Fall belogen habe, aber es gab so viel zu verbergen. Diese Geschichte war einfach zu kompliziert, verstehst du?«

Welch lange Zeit sie doch in diesem scheintoten Zustand zugebracht hatten! Ich musste wieder an den Abschnitt aus dem Buch von Graham Greene denken, den Candace mir vor vielen Jahren vorgelesen hatte: Ein kaltes Herz ist wertvoller als ein Diamant. Hatte sich ihr Herz letztendlich erwärmt? Würde es die Ketten der Pflichten und der Verantwortung, die sie tragen musste, zum Schmelzen bringen? Ich wusste es wirklich nicht.

»Liebst du ihn?« Diese Frage hatte ich ihr schon einmal gestellt, am Morgen nach Galvins großem Fest. Damals war sie mir ausgewichen. Diesmal nicht.

»Ja, natürlich. Ich habe ihn immer geliebt. Ich liebe Sandy so stark, wie man einen Menschen nur lieben kann.«

Aber ich war immer noch nicht davon überzeugt, dass sie es ehrlich meinte.

DREIUNDZWANZIG

Vor Galvins Haus parkte ein Umzugswagen. Der Anhänger war so groß und lang, dass ich mich fragte, wie er wohl die schmale Zufahrt zu Galvins Anwesen bewältigt haben mochte. In einem Blumenbeet links der Villa stand das Fahrerhaus. Die schweren Räder hatten tiefe Furchen in den Rasen gegraben. Mir fiel auf, dass ein Adventskranz auf dem Kühlergrill steckte. Männer – wahre Hünen mit muskelbepackten Armen – gingen in das Haus hinein, trugen all die Gegenstände, die Galvin über die Jahre hinweg angesammelt hatte, heraus und verstauten sie im tiefen Innern des Fahrzeugs. Das Gläubigergremium, in dessen Händen Galvins Schicksal nun ruhte, hatte den Umzugswagen bestellt. Nachdem tags zuvor die Verhandlungen zur Rückzahlung der Schulden gescheitert waren, bemächtigten sie sich jetzt hastig Galvins Hab und Gut. Noch war es nicht publik, noch waren ihm ein paar Tage Schonfrist gewährt, bevor die formelle Bankrotterklärung zu den Gerichtsakten genommen wurde, aber seine Schätze wurden bereits abtransportiert und an den nächsten risikofreudigen Unternehmer versteigert.

Candace und ich waren an jenem Morgen zu ihm gefahren. Sie hatte beschlossen, die Ergebnisse der Nachforschungen zu veröffentlichen, und mich gebeten, sie zu begleiten. Das erschien mir mehr als unpassend. Sie schuldete ihm einen letzten privaten Augenblick. Doch sie bestand auf meiner Anwesenheit und sagte zu ihrer Rechtfertigung, es ginge schließlich ums Überleben der Zeitung. Die Sache müsse korrekt abgewickelt werden, im Beisein eines Zeugen. Und so willigte ich ganz eigennützig unter der Bedingung ein, nur als passiver Zuschauer aufzutreten. Denn, ehrlich gesagt, war mir sehr daran gelegen, dabei zu sein. Von Anbeginn dieses Dramas hatte ich die Rolle des Beobachters und Chronisten innegehabt. Das war meine Macht. Und meine Rache, ließe sich vielleicht hinzufügen. Ich möchte es dem verehrten Leser überlassen, die Heisenberg'sche Frage zu stellen, ob ich durch den Akt des Beobachtens das Geschehen, das ich hier beschreibe, verändert habe.

Das Haus war nahezu leer. Die Umzugsleute hatten bereits ganze Arbeit geleistet, als wir eintrafen. Die Zimmer waren kahl, die edlen Teppiche lagen zusammengerollt im Fahrzeug, die Gemälde waren von den Wänden genommen und in Holzkisten verpackt. Galvin bat uns in den Wintergarten, offenbar den einzigen noch möblierten Raum. Binnen weniger Stunden hatten die Heuschrecken alles kahl gefressen. Galvin saß auf einem Sofa aus Korbgeflecht mit leuchtend gelben Kissen. Candace setzte sich in den Sessel daneben, ich zog mich so weit zurück wie irgend möglich und versuchte so zu tun, als sei ich gar nicht da.

Galvins Gesundheitszustand hatte sich weiter verschlechtert. Sein Gesicht war blass, die Haut unter den Augen aufgedunsen, als stehe er unter Medikamenten, und während wir uns unterhielten, legte er sich eine Decke über den Schoß. Seine angespannte Miene ließ vermuten, dass er Schmerzen hatte. Aber das richtig zu beurteilen, war schwierig, da er ein so guter Schauspieler war. Vor ihm auf dem Couchtisch lagen die Matisse-Skizzen, die ursprünglich an der Wand des kleinen Speisezimmers gehangen hatten und deren bezauberndes Modell so große Ähnlichkeit mit Candace aufwies. Er hütete die Zeichnungen wie einen Schatz. Sie waren alles, was ihm geblieben war.

»Was für eine scheußliche Situation«, sagte er so aufgebracht, wie seine Kraft es zuließ. »Die Möbel eines Menschen mitten in der Nacht wegzukarren. Sie werden es noch bereuen, das verspreche ich euch! Wenn ich erst wieder auf den Beinen bin, werden sie für all das büßen müssen!« Nach diesem kurzen Ausbruch gespielter Tapferkeit lehnte er sich wieder vorsichtig in die Kissen zurück.

Candace murmelte eine Entschuldigung für die Störung an so einem schwierigen Tag. Sie konnte Galvin kaum ansehen. Es ging ihr wie jedem von uns, der als gesunder Mensch einem Schwerkranken einen Besuch abstattet und weiß, dass es keine rechten Worte gibt. Sein Anblick hatte sie offensichtlich tief erschreckt. Sie hatte ihn mehrere Wochen lang nicht gesehen und nicht damit gerechnet, ihn derart gezeichnet anzutreffen.

Er nahm ihre Hand. Zwar war seine immer noch doppelt so groß wie ihre, aber zerbrechlich und knochig. »He, Süße«, sagte er. »Schau doch nicht so traurig. Ist doch alles in Ordnung. Ich kaufe neue Möbel.«

Candace lachte nervös. Es war offensichtlich, dass sie ihn über ihr Kommen im Unklaren gelassen hatte. In seinen Augen war es ein rein privater Besuch.

»Was verschafft mir das Vergnügen?«, fragte er. »Ich habe mich auf dich gefreut, Candace, obwohl du dir wirklich einen besseren Tag hättest aussuchen können.«

»Es fällt mir schwer«, antwortete sie verlegen. »Der Anlass wird dir nicht gefallen.«

»Mir gefällt nichts von all dem, was sich gerade ereignet, abgesehen davon, dass du bei mir bist.« Erneut nahm er ihre Hand und schenkte ihr die krankheitsbedingt abgeschwächte Variante seines verführerischen Lächelns.

»Es geht um die Zeitung«, sagte sie, den Blick zu Boden gewandt. »Du hast Probleme mit den Finanzen und dem Gesetz. Das bringt die *Sun* in eine schwierige Situation. Wir müssen etwas über dich schreiben, ehe die andern es tun. Wenn wir uns nicht zu Wort melden, entsteht der Eindruck, wir wollten etwas vertuschen, nur weil du der Verleger bist. Deshalb habe ich vor ein paar Wochen zwei Journalisten mit der Untersuchung deiner Finanzlage beauftragt. Ich hielt das für eine Möglichkeit, dich und die Zeitung zu schützen.«

»Ich verstehe.« Er sah sie forschend an. Wer war sie wirklich? Was verbarg sich hinter der Fassade? Er würde es erfahren. »Und was haben sie entdeckt?«

»Eher unangenehme Dinge. Sie haben herausgefunden, dass du mit einer Milliarde Dollar verschuldet bist. Seit über zwei Jahren steckst du in Finanznöten und hast seit deiner Ankunft in Washington auf Kredit gelebt. Weiter haben sie in Erfahrung gebracht, dass die Börsenaufsichtsbehörde und das Justizministerium gegen dich ermitteln und demnächst Strafanzeige erstatten werden. Ihnen liegen Beweise vor, dass du die *Sun* auf betrügerische Weise erworben hast.« Sie hörte sich an wie eine Zeitungsreporterin, als sie die Liste herunterbetete.

Unfähig, ein Wort hervorzubringen, sah er sie an. Als hätte sie ihm einen Hieb in den Solarplexus versetzt, der ihm den Atem geraubt hatte. Damit war seine Frage beantwortet: Sie stand mit denen, die sein Elend verursacht hatten, im Bund.

»Was willst du von mir?«, fragte er beinahe flüsternd.

»Wir brauchen deine Stellungnahme. Anschließend veröffentlichen wir den Artikel. Tut mir Leid.«

»Das meinst du doch wohl nicht im Ernst!«, antwortete er kopfschüttelnd. Das Blut stieg ihm in die blassen Wangen. Als ich es ihm vor einiger Zeit zu erklären versucht hatte, hatte er es nicht wahrhaben wollen. Er liebte sie zu sehr, um sich vorstellen zu können, dass sie ihn vorsätzlich verletzen würde. »Diese Scheiße willst du in *meiner* Zeitung veröffentlichen? Und ich soll eine *Stellungnahme* dazu abgeben?«

»Ja. Bitte entschuldige, aber so ist das übliche Verfahren. Man darf keinen Artikel veröffentlichen, ohne dem Betroffenen vorher Gelegenheit zur Stellungnahme zu geben. Das sind die Regeln.«

»Gut. Hier hast du meinen Kommentar: Was du gesagt hast, ist absoluter Quatsch, und ich werde jeden verklagen, der es wagt, so eine Geschichte zu veröffentlichen. Was hältst du davon? Ich verklage mich selber – und gewinne!«

»Mach es nicht schwieriger, als es ohnehin schon ist, Sandy. Bitte. Mir zuliebe.«

»Dir zuliebe?« Er packte sie so hart am Arm, dass sie vor Schmerz aufschrie, und zog sie an sich. »Tu es nicht, Candace. Handle nicht nach diesen Regeln. Niemand zwingt dich dazu.«

»Doch«, entgegnete sie. Er hielt ihren Arm nach wie vor fest umklammert. Noch hatte er seine Kraft als Boxer nicht vollends eingebüßt. Ihr Gesicht war jetzt ganz nah dem seinen, und sie zitterte. Sie hatte sichtlich Angst. Als Galvin es merkte, lockerte er den Griff.

»Du bist verrückt«, sagte er. »Komplett verrückt.«

»Nein. Du hast mich zur Chefredakteurin deiner Zeitung ernannt. Und ich habe dir gesagt, dass ich es richtig mache. Ich hatte nie geglaubt, dass wir uns jemals mit so einem Problem befassen müssen. Aber ich muss die Integrität der Zeitung schützen. Das ist augenblicklich die wichtigste Aufgabe.«

»Nein, das stimmt nicht, Candace. Pflichterfüllung gegenüber anderen ist eben *nicht* das Wichtigste. Es gibt Wichtigeres im Leben, als sich um Regeln zu kümmern oder den Schein zu wahren. Wenn du mich liebst, kannst du diesen Schritt nicht tun. Dein Handeln ist falsch. Du wirst es den Rest deines Lebens bereuen.«

»Ich bin Journalistin. Ich trage gegenüber den Kollegen eine Verantwortung. Sie verlassen sich darauf, dass ich das Richtige tue.«

»Was für eine Entschuldigung! Ich soll wohl eine Drehung von hundertachtzig Grad machen und sagen: ›Aber sicher, mein

Liebling, dann tu, was richtig ist!‹ Nein, da bist du bei mir an den Falschen geraten. Wir hatten diesen Streit schon einmal. Damals hast du mich erst gar nicht um meine Meinung gefragt, bevor du mir das Messer zwischen die Rippen gestoßen hast.«

Sie sank zurück in den Sessel. Seine Worte trafen sie, als hätte er ihr jetzt einen Messerstich versetzt. Schmerz und Resignation malten sich auf ihrem Gesicht. Er würde es nie begreifen. Jedes weitere Wort war sinnlos.

»Ich denke, es ist besser, wenn ich jetzt gehe«, sagte sie. »Ich muss zurück ins Büro. Ich schicke dir eine Kopie des Artikels. Lies ihn, und wenn du etwas dazu zu sagen hast, kannst du mich ja anrufen.«

Sie stand auf und stellte sich in einiger Entfernung vor ihn hin, die Arme unmissverständlich vor der Brust verschränkt. Er sah zu ihr auf, murmelte ein paar traurige Worte vor sich hin, und plötzlich füllten sich seine Augen mit Tränen. Wie hatte es so weit kommen können? War Liebe tatsächlich so machtlos? Candace erstarrte, als wäre sie in einem Eisblock gefangen, der sie immer weiter forttrieb, ohne dass er sie aus der Eishülle hätte befreien können.

»Setz dich«, sagte er mit schwacher Stimme. Sie setzte sich. Vermutlich allein wegen seiner Tränen. Es rührte einen, diesen stattlichen Mann gedemütigt zu sehen. Er putzte sich mit einem Taschentuch die Nase und trocknete sich mit dem Ärmel die Tränen.

Ein letztes Mal nahm er ihre Hand. »Komm mit mir«, sagte er. »Vergiss all die Regeln und Verpflichtungen. Sie haben dich noch nie glücklich gemacht. Komm mit mir. Wir reisen noch heute Abend in die Schweiz. Ich habe dort nach wie vor ein Haus. Wir können am See sitzen und wenigstens für eine Weile zusammen sein.«

»Ich kann nicht. Ich muss mich um die Zeitung kümmern.«

»Komm mit«, wiederholte er. »Gesteh dir doch ein wenig Glück zu.«

»Unmöglich. Ich müsste meinen Job aufgeben. Das wäre das Ende der Zeitung. Es wäre ein Skandal.«

»Komm mit mir«, wiederholte er ein letztes Mal. »Ich bin sehr krank. Das siehst du doch, oder? Ich muss mich ausruhen. Ich weiß nicht, wie viel Zeit mir noch bleibt, aber wie lange es auch sein mag, ich möchte diese Zeit mit dir verbringen. Ich liebe dich, Candace. Dass ich es dir so schwer gemacht habe, meine Liebe anzunehmen, ist der einzige Fehler in meinem Leben, den ich aufrichtig bedaure. Aber wir haben noch Zeit. Du kannst dich immer noch über die Regeln hinwegsetzen.«

»Nein. Das kann ich nicht«, antwortete sie leise, aber bestimmt.

Dann stand sie auf und ging aus dem Zimmer. Ich folgte ihr. Wir ließen ihn in dem großen, leeren Haus zurück, eingewickelt in die Decke, die Hände um die Zeichnungen mit der Frau geklammert, die er im Herzen so sehr geliebt, aber im wahren Leben nie hatte gewinnen können. Als wir davonfuhren, sah ich ihn am Fenster des Wintergartens stehen und auf den Potomac hinunterblicken. An den Flussufern war das Wasser gefroren, aber in der Mitte strömte es weiter zur Stadt und schließlich ins Meer.

Auf paradoxe Weise hatte Galvin bekommen, was er von Washington gewollt hatte. Seine Welt war über ihm zusammengestürzt, aber er hatte erreicht, was er sich zum Ziel gesetzt hatte: Er hatte sein Leben der Liebe gewidmet und alles in seiner Macht Stehende getan, um seine große Liebe zu gewinnen. Dass sie sich geweigert hatte, brauchte er nicht sich zum Vorwurf machen. Dass sie seine Liebe nicht angenommen hatte, konnte seine Liebe zu ihr nicht schmälern.

VIERUNDZWANZIG

Noch am selben Abend flog Galvin zusammen mit Ted Amara nach Genf. Er hat also nie den Artikel zu Gesicht bekommen, den seine Zeitung am folgenden Morgen veröffentlichte. Gemessen an den üblichen journalistischen Kriterien war der Bericht ein wahres Meisterwerk. Mit eingängigen Worten zeichnete er Galvins erstaunlichen Aufstieg zu Reichtum und seinen Aufsehen erregenden Fall nach. Den wichtigsten Teil des Artikels bildete die Nachricht über das Strafverfahren, das das Justizministerium gegen den Verleger der *Washington Sun and Tribune* wegen arglistiger Täuschung anstrengte. Die Reporter hatten die Fakten sachkundig zusammengetragen und Harold Hazen, seine Tochter Ariane und selbst Melvin Wolfe, Galvins mutmaßlichen Partner in dem Szenario, zitiert. Ein besonderer Hinweis galt Galvins Weigerung, einen Kommentar abzugeben. Meine bescheidene Rolle als Galvins Assistent blieb unerwähnt.

Candace Ridgway erklärte ausführlich in einem von ihr verfassten Kommentar auf der Leitartikelseite den ungewöhnlichen Schritt, Ermittlungen gegen den eigenen Verleger zu führen. Sie gab darin eine ausgezeichnet formulierte und in gewisser Weise herausfordernde Stellungnahme zu den Werten ab, von denen guter Journalismus lebt. Sie räumte an dieser Stelle auch ein, dass sie seit vielen Jahren eine enge persönliche Beziehung zu Galvin pflege. Ein kluger Schachzug. Damit hatte diese Offenbarung für andere an Wert eingebüßt und nahm eventuellen Kritikern den Wind aus den Segeln.

Die restlichen Medien ergingen sich in Jubelrufen über Candace. Die *New York Times* brachte auf der Titelseite ein Porträt von ihr und widmete ihrer Courage und ihrer Hartnäckigkeit einen Leitartikel. Dass sie sich entschieden hatte, Nachforschungen über die Machenschaften des Verlegers anzustellen, obwohl er ein enger Freund gewesen sei, wurde als weiterer Beweis ihrer Redlichkeit und Unbestechlichkeit gewertet. Man rühmte sie als beispielhaftes Exempel für aufrechten Journalismus, und das stimmte ja nun wirklich. Kommentatoren sahen die *Sun* auf Grund dieser mutigen Selbstprüfung bereits als Gewinnerin der höchsten Auszeichnung der Branche, des Pulitzerpreises im Bereich öffentlicher Medien und Dienste, dessen Verleihung im kommenden April stattfand.

Hinsichtlich der Zukunft der Zeitung gab es etlichen Aufruhr. Galvins Gläubiger streckten sogleich die Hand danach aus, um sich schadlos zu halten. Aber sie hatten nicht mit der Schläue des Verlegers in rechtlichen Belangen gerechnet. Es stellte sich heraus, dass er seine Beteiligung an der *Sun* abgegeben und seine Aktien mit Ted Amaras Unterstützung bereits vor Monaten in einem zu Gunsten der Mitarbeiter der Zeitung eingerichteten Trust untergebracht hatte. Die Zeitung gehörte nun ihnen. Als Verwalterin hatte Galvin Candace Ridgway bestimmt. Somit war sie Geschäftsführerin des Verlages.

Galvins Gläubiger schäumten natürlich vor Wut über diesen legalen Winkelzug, und einige von ihnen versuchten Galvins Eigentumsübertragung an die Mitarbeiter anzufechten. Aber dank Candace erfreute sich die Zeitung mittlerweile derart großer Beliebtheit, dass die Vorstellung, gierige Wall-Street-Banker könnten sich zur Rückzahlung von Galvins Schulden auch diese Zeitung einverleiben, einen Aufschrei der Entrüstung in allen politischen Lagern zur Folge hatte. Kongressmitglieder überlegten sogar die Einführung eines Gesetzes zur Sicherung des Vermögens der Zeitung. Aber das war nicht nötig. Die Geldgeber zogen ihre Forderung zurück.

Im Januar, einige Wochen nach Galvins Abreise, rief Candace mich in ihr Büro. Sie forderte mich auf, meine Kündigung einzureichen, und machte kein Hehl daraus, dass sie mich fristlos entlassen würde, falls ich mich weigerte, still und leise zu verschwinden. Als Grund nannte sie meine Mitwirkung an der arglistigen Täuschung bei der Übernahme der Zeitung. Zwar sei ich einer Strafverfolgung oder einer öffentlichen Bloßstellung entkommen, aber mein Tun sei nichtsdestotrotz skrupellos und für die Zeitung untragbar. Ich habe ihre Entscheidung nicht angefochten, aber ich bezweifle, ob dies der wahre Grund für meine Entlassung war.

Vermutlich war mir zum Verhängnis geworden, dass ich dem wahren Wesen von Candace auf die Spur gekommen war. Das hatte nichts damit zu tun, dass ich über ihre Beziehung zu Galvin oder den anhaltenden Schmerz über den Selbstmord ihres Vaters Bescheid gewusst hatte. Das waren persönliche Dinge, die sicherlich niemand nachvollziehen konnte. Nein, ich hatte letztlich begriffen, was in ihr vorging. Sie hatte das Gesicht nicht verlieren wollen, und es war ihr gelungen. Das war von Anfang an *ihr* Täuschungsmanöver gewesen, nicht Galvins. Sie hatte ihn nach Washington gelockt und ihn zur Befriedigung ihres Ehrgeizes benutzt. Er hatte sich von ihr lenken lassen, manchmal wissentlich, manchmal unwissentlich. So stellte ich es mir zumindest vor.

»Jetzt hast du, was du immer wolltest«, sagte ich zu ihr an dem Tag, an dem sie mich feuerte. »Gratuliere!«

Sie wurde aschfahl – das Gegenteil dessen, was ich erwartet hatte. Ich dachte, sie würde sich als Kommandantin des Luxusliners gebärden, mich über Bord werfen und neue Häfen ansteuern. Aber anstelle ihres vertrauten Lächelns und herausfordernden Blickes, der dem Galvins in den letzten Monaten immer ähnlicher geworden war, sah ich in ein ungeheuer trauriges Gesicht.

»Glaubst du, ich habe gewonnen?«, fragte sie. Aus ihrer Stimme war Niedergeschlagenheit herauszuhören, als wäre sie tatsächlich mit knapper Not einem Schiffbruch entgangen.

»Natürlich. Du hast bekommen, was du immer gewollt hast. Du wolltest doch immer eine Zeitung herausgeben. Jetzt steht Galvin dir nicht mehr im Weg und schafft Verwirrung.«

Sie brachte kein Wort über die Lippen, sondern sah mich nur an und schüttelte den Kopf. Wie konnte es sein, dass ich mir die Geschichte zwar angehört, sie aber nicht begriffen hatte? Sie schloss die Augen. Es war ihr Schicksal, missverstanden zu werden. Die Menschen wollten stets, dass Liebe sich artikuliert, Purzelbäume schlägt, Feuerwerke entfacht, aber manchmal war sie eben leise, verborgen, unfähig, eine Verbindung herzustellen oder zu trösten. Und dennoch war es Liebe. Konnte ich das denn nicht begreifen? »David, ich bin am Ende«, sagte sie. »Glaubst du etwa, irgendein Erfolg könnte das aufwiegen, was ich verloren habe?«

Ausnahmsweise erkannte ich, dass Zynismus als Mittel der Verständigung seine Grenzen hatte. Nur allmählich begriff ich, dass Spott nicht immer die adäquate Reaktion im Leben war. Aber der Anblick von Candace an jenem letzten Tag – vollkommen empfindungslos inmitten leerer Symbole von Status und Macht – weckte in mir das Bedürfnis, an meinem Lebensplan ein wenig weiter herumzubasteln. Ich wollte nicht mit dem gleichen Gesichtsausdruck wie sie in den mittleren Abschnitt meines Lebens eintreten. Verlassen, ohne Liebe, so weit gekommen, nur um mich zu fragen: Ist das alles? Mir lag nichts daran, am Ende meiner Tage in Gedanken eine Notiz an die Menschen zu verfassen, die ich vielleicht geliebt hätte, wenn ich nur die Worte dafür gefunden hätte.

Am Ende jeder *Jerry Springer Show* gibt Jerry den Zuschauern einen so genannten »letzten Gedanken« mit auf den Weg. Das ist der einzige Teil der Show, den ich regelrecht verabscheue. Gerade hatten wir eine Stunde lang lesbische Paare bei einer Schlammschlacht mit ihren Exfreunden beobachtet, hatten uns frisch angetraute Ehefrauen angesehen, die um Scheidung flehten, nachdem sie auf Video miterlebt hatten, mit welchen Orgien ihre Ehemänner ihren Abschied vom Junggesellendasein gefeiert hatten. Und dann beschließt Jerry den Abend mit frommen Sätzen wie: Leute, Beziehungen – egal welcher Art – sind ein kostbares Geschenk. Oder: Leute, denkt daran: Wenn ihr eine verlässliche Frau möchtet, müsst ihr auch ein verlässlicher Mann sein. Okay, okay, Jer, denke ich dann stets, lass gut sein, hol die Lesben wieder auf die Bühne.

Aber hier in unserem Fall muss ich doch noch ein abschließendes Wort über mich und Candace sagen.

Während der Monate, in denen ich die Entwicklung der Dinge verfolgt habe, habe ich mich zunehmend von einer Art bösartigem Selbstbetrug befreit. Vielleicht ist das der Trick eines jeden, der andere Menschen aufmerksam beobachtet, weil er schließlich etwas von ihnen für sich lernen kann. Ich hatte schon so lange in einem Säurebad zugebracht, dass ich mich mittlerweile daran gewöhnt hatte. Aber jetzt bereitete es mir Schmerzen, und in mir erwachte der Wunsch, so zu leben wie alle Menschen um mich herum. Ich gestehe, ein seltsamer Wunsch für einen Harvard-Absolventen, aber ein aufrichtiger (aufrichtig – ein Ausdruck, der mir geradezu körperliche Pein bereitet, aber egal, ich bin ja gerade dabei, mich zu bessern.)

Auf jeden Fall habe ich erkannt, was ich nicht länger sein wollte. Und zwar ein Zeitungsmann! Wenn Candace mich nicht gefeuert hätte, so hätte ich aus freien Stücken gekündigt. Eine Zeitung war für mich von jeher Inbegriff von Einsamkeit und Isolation gewesen. Als kleiner Junge hatte ich die Sportseite geradezu verschlungen, selbst jedoch keinen Sport getrieben. Als Erwachsener diente mir die Lektüre politischer Ereignisse und Begebenheiten in der Welt als Ersatz eines eigenen Lebens. Anstatt zu heiraten, las ich zwanghaft Sonntag für Sonntag die Heiratsanzeigen in der *New York Times*. Ich befasste mich so gründlich damit, als handle es sich um eine Abhandlung über Gesellschaftsarchäologie. Reiche Leute neigten dazu, schöne Menschen zu heiraten. Das habe ich über Jahre hinweg beobachtet. Und die reichsten Frauen neigten dazu, Männer wie Galvin zu heiraten – falls ihnen das Glück hold war. Männer jedweder Herkunft, deren Augen geradezu vor Lebensfreude sprühten. Wenn ich einmal alt bin, lese ich gewiss pflichtbewusst die Todesanzeigen, um zu lernen, wie man stirbt, und überlege, welche Worte die Zeitung wohl für mich findet. Ich war lange Jahre in zwei Dimensionen gefangen gewesen. Gefangen zwischen jenen Zeitungsseiten. Aber genug damit! Einsamkeit war ebenso wie Zeitunglesen eine Angewohnheit, und ich wollte sie ablegen. Ich wollte es wagen und das dünne Eis überqueren, um zu sehen, ob ich auf der anderen Seite das antraf, was ich vermutete. Die Kälte war es, die ich an Candace gemocht hatte. Eine Kälte, rein und makellos wie eine Schneeflocke. Aber dadurch wurde meine Zuneigung irreal. Jetzt fragte ich mich: Wie mochte jemand sein, der real und unvollkommen war. Jemand wie Michelle Hagel, die Journalistin, die ich so schätzte. Die Frau mit dem anheimelnden Körper und dem Kraushaar. Was wäre gewesen, wenn ich in der Bar ihre Hand berührt hätte, anstatt mit einem treffenden Zitat zu brillieren. Wäre sie zurückgeschreckt? Oder hätte sie gelächelt und mich näher zu sich gezogen? Ich wollte es wissen.

Candace ist eine Frau ihrer Zeit. Das ist mein abschließender Gedanke an sie.

Sie ist eines jener strahlenden Geschöpfe, wie man sie im Amerika unseres beginnenden Jahrhunderts zuhauf antrifft. Frauen, die den Anschein erwecken, alles zu besitzen – Schönheit, Verstand, Erfolg im Beruf –, aber denen es nicht gegeben ist, den wahren Schatz zu finden. Es gibt ihn, und das wissen diese Frauen, aber sie finden nicht den Weg, der sie zu dem Schatz hinführt. Sie wissen nicht, wie man Umwege vermeidet, um ihn zu erobern. Das hätten sie von Männern wie Galvin lernen können, aber es widerspricht ihrem Wesen. Sie gehören zu jenen Menschen, die alles haben, und die dennoch ein Gefühl der Leere empfinden, weil ihnen das eine fehlt, wonach sie sich sehnen.

Galvin war weitaus kränker gewesen, als jeder vermutet hatte. Nur er wusste es. Er litt unter Leberkrebs und starb trotz intensiver Behandlung Ende Januar in der Schweiz. Ich nehme an, er hatte schon seit vielen Monaten gewusst, dass er unheilbar krank war. Vielleicht war er deshalb nach Washington gezogen. Dort wollte er sein letztes Kapitel vollenden. Aber eigentlich steht das niemandem zu.

Die Behörden bemühten sich kurz um eine Auslieferung in die Vereinigten Staaten, damit er hier vor Gericht gestellt werden konnte, und der Vorsitzende des Handelsausschusses war außerordentlich enttäuscht, dass sein Kronzeuge zu dem Auspeitschritual nicht erschien. Doch als sich herumsprach, wie elend Galvin war, verloren die Verfolger das Interesse. Ein halb totes Stück Wild zu hetzen, machte keinen Spaß.

Candace wollte ihn am Ende noch einmal sehen. Sie flog in die Schweiz und besuchte ihn im Krankenhaus. Mittlerweile war die Krankheit so weit fortgeschritten, dass Galvin nur noch selten bei Bewusstsein war. Der Arzt meinte, es sei besser, ihm seine Ruhe zu lassen, er sei im Endstadium und sie solle ihn so in Erinnerung behalten, wie er einstmals gewesen war. Aber Candace bestand darauf, sein Zimmer zu betreten. Tag und Nacht saß sie an seinem Bett, hielt seine Hand, ohne zu wissen, ob er sie erkannte. Sie musste nichts erklären. Es war nicht mehr von Bedeutung. Sie war an seiner Seite, als er starb, hielt die zerbrechliche Hand in der ihren. Als der Arzt meinte, es sei an der Zeit für sie zu gehen, küsste sie ihn auf die Lippen und nahm Abschied.

Das Begräbnis in Genf war schnell vorbei. Auf Galvins Wunsch verbrannte man seine Leiche. Er war knapp fünfzig Jahre alt geworden. Ein schrecklicher Tod für einen Menschen, der anderen so viel von seiner sprühenden Lebenskraft geschenkt hatte. Aber ich konnte mir nicht vorstellen, dass Galvin jemals unglücklich gewesen war, auch nicht kurz vor seinem Tod. Er hatte nichts zu bereuen. Das unterschied ihn von so vielen Männern seiner Generation, die gegen den unvermeidlichen Verfall ankämpften, weil sie eigentlich nie erwachsen geworden waren. Die Mitte ihres Lebens verbrachten sie in einem Gefühl zunehmenden Bedauerns darüber, was sie nicht erreicht oder – noch schlimmer – was sie gar nicht erst angestrebt hatten. Galvin hatte Glück gehabt. Er war um die Jahre des Alterns herumgekommen. Sein Lebenslicht war plötzlich erloschen, doch selbst nach seinem Tod spiegelt sich der Widerschein dieses Lichts in meinen Augen, und ich sehe sein liebenswürdiges Lächeln vor mir, das ausdrückte: *Was für ein Leben! Was für ein Geschenk! Was für ein Glückspilz bin ich doch gewesen!*

DANK

Besonderen Dank schulde ich meinem Lektor Jon Karp, der mich ermuntert hat, dieses Mal nicht über Spione, sondern über Normalsterbliche zu schreiben. Außerdem möchte ich mich bei den Freunden bedanken, die das Manuskript gelesen und kommentiert haben, darunter meine Frau Dr. Eve Ignatius, mein Agent Raphael Sagalyn sowie Garrett Epps, Lincoln Caplan, Susan Shreve, Graham Wisner und Craig Stoltz. Darüber hinaus bin ich Don Graham und Meg Greenfield zu Dank verpflichtet, die mir ihre Zeit schenkten und mich ermutigten, als ich beides brauchte.